文春文庫

下流の宴

林真理子

文藝春秋

下流の宴

目次

下流の宴

第一章　福原家のこと（一）

松の飾りが取れた日曜日の午後、福原由美子《ふくはらゆみこ》はダイニングテーブルで手紙を書いている。白い便箋《びんせん》にボールペンではなく万年筆を使う。今の世の中、メールではなく手紙を書く相手といったら、よほど気の張る人物ということになる。由美子の場合その相手は実の母親だ。

「温暖化といっても、年末から寒い日が続きましたがお元気でしょうか」

もちろんいつも母親に手紙を書くわけではない。手短に電話で済ませることの方が多い。けれどもたとえ身内でも、金や物品のやりとりがあった時は、きちんと手紙で礼を言えというのは、今年七十三歳になる母親の教えであった。

「このたびは翔《しょう》の成人式に際して過分なお心遣いをいただき、本当にありがとうございました」

母親といっても、こうした手紙の場合、つい丁寧なきまり文句になっていく。由美子の長男翔あてに、十万円の書留が送られてきたのはおとといのことだ。

「いつもながらのお母さんのお気持ち、本当に嬉《うれ》しく頂戴《ちょうだい》いたしました」

けれども後が続かない。本当のことを書けばこうなるからである。

「ところが翔は、暮れから家を出てしまい、今のところ連絡がつかない状態です。何度か電話があり、友だちのところにころがり込んでアルバイトをして何とか暮らしているようです。おそらく成人式にも出ないことでしょう。スーツでも買ってあげなさい、というお母さんの気持ちは全く無駄なものになりそうです。これから先も、翔にスーツを着る人生があるのかと考えると、私は空怖《そらおそ》ろしい気持ちになるのです」

四十八歳の由美子にとって、目下の悩みは、日に日に厚みを増していく下腹部でも、五円玉の大きさになった目じりのシミでもない。息子の出来が悪い。これにつきるのである。子どもの苦労は誰でもしているが、まわりの者の話など、由美子にとっては単なる自慢話にしか聞こえない。大学の偏差値が何だっていうのだ。就職が決まらないのがそれほどのことか。自分の息子は中卒なのだ。

まさか自分の息子が、中卒になろうとは考えてもみなかった。中卒の息子を持った母親ならみんなそう思うであろう。中卒があたり前の家の、中卒の親なら話は別だろうが。過度の期待をかけた憶《おぼ》えはない。東大などということは考えたこともないが、せめて並の上レベルの大学を出て、人が聞けばああ、あそこねと言われる程度の会社に行く。そのくらいのことを息子に期待して何の悪いことがあろうかと由美子は思う。

ごく普通に育てたつもりだ。塾を強制することもなかったし、ゲームを取り上げたこともない。有名教育評論家の本に書いてあることをなるほどと思い、土日だけ時間を決めてやらせるようにした。朝ご飯は必ず食べさせ、日曜日には博物館や美術展に連れていった。

「ほら、ご覧なさい。これが昔の人たちが使っていた地図なのよ。ほら、日本が面白い形で描かれているでしょう」

と、出来るだけ自然な形で地理や歴史を学ばせるようにしたのも、その教育評論家の影響があったからだ。

しかし息子は、地団駄《じだんだ》を踏みたくなるような子どもであった。小学校中学年になっても、意欲や好奇心というものがまるで希薄なのだ。先生から言われたとおり宿題はするが、それ以外に、自分で図鑑をめくったり、人に聞いたりすることもない。

危機感を持った由美子は、夫と相談して中学受験をさせることにした。子どもにとって初めての試練を与えることで、大きく成長するとあの教育評論家も言っていたからである。

通い出した塾の教師は、偏差値表を見せてくれた。東京にこれほどたくさんの中学があるのかと驚く由美子に、教師は言った。

「翔君の成績だと、偏差値六十以上の難関校はまず無理でしょう。ですけどこの五十二、三のあたりが大学進学率が伸びてて、お得感がありますよ」

その時、学校に〝お得感〟というのがあるのかと、由美子はなにやらおかしな気分になったものだ。しかし、翔が合格して通った中学は少しもお得感はなく、彼は中高一貫校の高校に進学したとたん、学校をやめたいと言い出したのだ。

息子が学校をやめたいと言った時の驚きと絶望を由美子は今でも憶えている。そういう兆候は確かにあったが、まさか本当にやめるとは思っていなかった。

由美子の年代の人間にとって、高校を中途退学するなどというのは、人生を放棄したということと同じだ。まっとうな社会にもう戻れないということだ。

最初は怒り、脅《おど》した。

「そんなこと、許されると思ってんの。いいえ、お母さんは絶対に許しませんとも。学校やめるっていうんなら、この家を出ていきなさい。そしてホームレスでもおやんなさいよ」

そしてそれが全く効果がないとわかると、今度はやさしく、心を込めて諭すことにした。

「ねえ、翔ちゃん、あなたはこれから六十年も、七十年も生きていかなきゃならないの。

好きな女の人とめぐり合って、家庭をつくりあげる、ってこともしなきゃいけない。だけどね、高校をやめると、そういうことがむずかしくなるのよ。暗い、何もない人生しか待っていないの。お母さんはね、あなたのことが本当に可愛いから言うの。早まっちゃ駄目よ、あなたの人生はこれからなんだからね」

けれども翔は、ただ学校をやめたい、という言葉を繰り返すのみだ。そして自分の部屋に閉じこもり、食事と風呂以外の時は出ることがなかった。このまま引きこもりになられてもと、由美子は夫と相談して休学届けを出したが、一年たっても事態は変わることはなかった。

校長と担任の教師立ち会いのもと退学届けを出した時、由美子は人目をはばからず泣いたものであるが、まだ諦《あきら》めたわけではなかった。

息子の休学中、いろいろ読みふけった本にも書いてあった。

「人生は何度でもやり直しがきくのだ」

その本には高校を中退したものの、大検をへて、一流大学に入学した青年が手記をのせている。

「結局、高校生活が自分に合わなかったんですが、これでドロップアウトしてたまるかと思ってました。だから頑張りました」

何年か先、息子も同じことを言ってくれる。由美子はどうにか希望を見つけ出した。

そうだとも、息子が高校を中退した時、由美子がいちばん言いたかったのはこのことであった。

「人生はいくらでもやり直しがきく」

著名人のインタビューを読むと、たいていの人が挫折を経験しているではないか。進学しなかったり、中退した、というのはざらにある話で、中にはぐれかかったり、自殺を考えた者さえいる。まあ、こういう人たちは、画家や作家、音楽家といったアーティスト系で、あまり由美子の好みではない。彼女は自分の息子がこういう特殊な人間になってほしくなかったし、なれるとも思わなかった。親の目から冷静に見て、翔はごく普通の青年である。子どもの時から絵や作文といったもの、あるいはスポーツに秀でたものは何もなかった。

しかしそれはどうということはない。たいていの母親が子どもに望むのは、普通で上等の人生である。絵が多少まずかったとしてもそれがどれほどのことであろうか。勉強の方で秀でたものを見せてくれればいいのである。

けれども息子は、こちらの方でも凡庸《ぼんよう》であった。いや凡庸というより標準以下であった。

「僕は勉強大嫌いなんだ。どうしてこんなことをしなくちゃいけないんだろうって、鉛筆握るといらいらしてきちゃうよ」

息子がこう言葉を漏らしたのは小学校五年生の時だ。由美子はこの時愕然《がくぜん》とはしたものの、同時に武者震《むしゃぶる》いのようなものさえ感じた。「さあ、きた」という感じであろうか。自分では教育ママとは思ってはいないが、教育に関してはそれなりに本を読んできた。有名人の講演会やシンポジウムに足を運んだこともある。だからこう、本当にやさしく、明るくさわやかに言ったものである。

「あら、翔ちゃん、勉強するのって楽しいわよー。自分の知らなかったことがわかったり、新しいことを知るって、ものすごく楽しいことじゃない」

「そうかなぁ」

「そうよ、あのね、翔ちゃんもきっといつかわかると思うわよ。そうしたらもっと深いことを知りたくなる。専門の大学行きたくなる。そのために受験があるの。きっとわかるわ」

そうなのだ。息子にまだその日は訪れてはいない。中退してもその日は迎えることが出来る。

高校を二年の一学期で中退した後、翔はアルバイトを始めるようになった。コンビニやコーヒーショップの店員、引っ越し業者の手伝いといった、由美子にとって考えられないような、中途半端な仕事ばかりである。

「そりゃあ、コンビニの店員さんだって立派な仕事かもしれないわよ。だけどどうせやるなら、ちゃんと正社員になって店長になるぐらいの気構えでやりなさいよ。ねえ、翔ちゃん、ずっとこのままバイト生活をしていくつもりなの。このままだと結婚だって出来ないのよ。それでもいいの？」

夫の健治《けんじ》からは、決して追いつめないようにと言われているが、由美子は言わずにはいられない。

「ねえ、翔ちゃん、今なら間に合うのよ。今なら大丈夫。家庭教師をつけるぐらいのお金はあるのよ。だから今から頑張って大検受けて、どこかの大学に入ればいいの」

そして由美子は「飴《あめ》とムチ」の飴の方を差し出す。

「大学は楽しいと思うわよー。お母さんだってね、今まで生きてきて、いちばん楽しかったのはいつか、って聞かれたら、やっぱり大学の四年間って言うわよ。そりゃ、翔ちゃんや可奈《かな》ちゃんが生まれた時は別だけどさ」

可奈というのは、翔のひとつ上の姉である。

「コンパしたり、みんなで旅行したり。同じバイトするんだってね、学生のバイトなら心にも余裕があるし、まわりだって大切にしてくれる、ねえ……」

由美子は泣きたいような思いで必死にかきくどく。

「一日中立ちっぱなしで働いたり、重い荷物運んだりするより、学生で四年間、遊んだり勉強したり、旅行したりする方がずーっと楽しいでしょう。そんなことわかりきってるでしょうに！」

「だけど別にィ……」

翔はうっすらと口髭《くちひげ》の生え始めた口を、そう動かすことなく答える。

「別にィ、大学行きたいとも思わないし。それだったら、働いてた方がまだいいかなァと思って」

そんな風にして四年が過ぎた。そして成人式の直前に由美子の怒りが爆発したのだ。

成人式というのは、子どものためでなく、親のためにあるのだ、と言ったのは由美子の実家の母である。

「よくここまで頑張った」

と、それまでに自分の成し遂げた成果を確認し、賞《ほ》め讃《たた》えるために成人式はある、というのだ。

「だから振袖やスーツを買うのだって、親の楽しみなのだから」

と言い、可奈の時も相応の金を送ってくれた。由美子はそれを貯金するつもりだったのであるが、可奈はどうしても振袖をつくってくれという。他の同級生たちも、たいてい自前の振袖を着る。自分だけぴらぴらした貸衣裳《かしいしょう》は嫌だと言い張るのだ。

この娘は誰に似たのか、非常に見栄っ張りなところがある。子どもの頃から、友だちを連れてくる時は、それテーブルクロスをかけろ、手製のケーキを焼け、などといちいち注文をつけた。小学校の高学年になると、自分から受験をしたいと言い出したのであるが、それはどこもお嬢さま学校と言われるところばかりで、由美子は心底驚いた。この時には夫がせつせつと説いたものだ。

ああいうところは、うちのような普通のサラリーマンの家の子が行くところではない。金持ちの娘たちが、小学校、あるいは幼稚園からエスカレーター式に上がってくるところに、中学から入って何の価値があるのだ。きっとお前がつらい思いをするだけだ。

由美子も娘の受験に大反対したのであるが、それは年子の弟である翔の中学受験を考えてのことだ。メーカーに勤める健治の給料では、とても二人の子どもを私立に通わせることは出来ない。それならば姉の方に遠慮してもらうしかないという考え方は、実は男尊女卑の思想ではないかと、少々由美子は悩んだものだ。

それが六年後に別の形となった。公立中学から公立高校に進んだ可奈は、以前憧《あこが》れたお嬢さま学校の大学に合格し、どうしても行きたいと言うのだ。同じくらいの偏差値なら、うちからも近い分相応の共学の大学がいくらでもある。娘の心の内は読めている。せめて四年間だけでも、その学校のブランドを身につけたいのだろう。

が、今となっては娘の見栄っ張りの性格が頼もしい。あんな息子を持てば当然のことだ。

由美子は再び手紙を書き始める。やはり七十三歳の母に本当のことは告げられなかった。

「翔は相変わらず、家とアルバイト先の往復という生活をしているのですが、どうやら将来のことを真剣に考え始めたようです。主人も私も、この四年間のことは長い休暇と考えることにしました。遠まわりをしてしまっても、行くべきところに行ってくれるものと私も信じています。お母さんにもいろいろ心配かけてすいません。今度帰りました時に、またいろいろお話しさせてください」

あの誇り高い母親に、どうして息子の家出など告げることが出来るだろうか。由美子は今でも母を落胆させたり、嘆かせたりするのが大層つらい。子どもの頃からずっとそうだった。それは自分の生いたちによるものだと、誰に指摘されなくても由美子がいちばんわかっている。

「お父さんさえ生きていてくれれば」

というのが、母の満津枝《みつえ》の口癖であった。父は由美子が十歳の時に死んだ。進行の早い胃癌《いがん》だったという。

「由美ちゃんは、お医者さまのお嬢さんだったのにねぇ……」

父親は、地元の病院に勤める小児科医であった。父の長兄は市内で医院を経営している。だから父親さえ元気ならば、由美子もそれなりの家の娘として育つはずなのに、

「こんなことになっちゃって……」

と、母親はため息をつく。といっても、そうしょっちゅうではない。満津枝はもともとそうした性格だったのか、あるいは寡婦《かふ》という境遇がそうさせるのか、たまに愚痴《ぐち》ることがあっても、常に前向きに雄々しくものごとに立ち向かう女だ。

もっともその強い気性がわざわいして、まわりの者たちとは悶着《もんちゃく》を起こすことがあった。

父が亡くなってしばらく、母は伯父《おじ》の病院で事務を手伝っていたのであるが、あまり長く続かなかった。どうも伯母《おば》と折り合いが悪かったらしい。

その後、母は覚悟を決めたようで、家を売り払い、アパートに引っ越した。幼い娘が二人いるからフルタイムの勤めに出ることも出来ず、母が始めたのが、まずお定まりの保険のセールス、それから補正下着の販売であった。

保険よりも、下着販売の方が性分に合っていたようで、母はかなりの成績を上げるようになった。長く地域の責任者をしていたぐらいだ。そしてこの間、母はまわりの人を驚かせる偉業を成し遂げた。コツコツ貯めた金で家を建てたのである。

それはかつて若い勤務医の夫が建てた家よりも、ずっと大きな家であった。将来娘のどちらとでも暮らせるように二世帯同居になっている。

「娘たちをアパートから嫁に出すことだけはしてはいけないと、ずっと心に決めていましたから」

女手ひとつで、子ども二人を大学にやったばかりでなく、家まで建てた母に、まわりの人たちは賞賛を惜しまなかった。

由美子が生まれ育った地方では、〝お建て前〟と言って家の新築祝いを盛大にする。親戚縁者を大勢呼んで、酒や料理をふるまうのである。この席で伯母と母は和解した。そして伯母は母にこう約束したのだ。

「由美ちゃんか妙ちゃんのお婿さんは、きっと私が見つけてあげるわ」

そして彼女は約束を守った。妹の妙子の夫は産婦人科医で、これは伯母が持ってきた縁談によるものだ。今、母は妹一家と、自分の建てた家で安穏《あんのん》な老後を過ごしている。医師夫人という身分から、ある日突然不幸のどん底につき落とされたが、それでも負けることなく幸せを勝ち取った母の成功譚《たん》は、あの田舎町では今や伝説と化しているのである。

母は確かに努力家であった。よその家をまわっては小さなお茶会を開いて、そこで〝補正下着の試着ショー〟なるものを行ったのだ。

そこではひとりにモデルになってもらい、彼女の三重にも四重にもなったぜい肉を押し込み、押さえつけ、整え、女たちを感心させる。そしておもむろに言うのだ。

「ちょっと苦しくても、この下着をつけてもらえば、一ケ月で体型が変わります。本当ですよ」

どちらかというと、母は痩《や》せぎすで陰気な顔つきをしていたが、それが女たちに信頼感を与えたのであろう、売り上げは徐々に伸びていき、この仕事を始めて五年目には「優秀販売員」として、パリ旅行に連れていってもらったほどだ。

「お母さんも頑張るから、由美ちゃんも頑張ってね。もし由美ちゃんがお医者さんになりたいって言うのなら、お母さんはきっとそうしてあげるからね。絶対だからね」

とあの頃母はよく言ったものである。だから由美子もそれに応えようとした。勉強も頑張り、高校も地域でいちばんの学校を狙《ねら》い見事合格した。これで医学部に入ったりしたら、母の名声はさらに高まったであろうが、話はそううまく進まない。

県下の秀才が集まる高校では、いくら勉強してもそう上にはいけないのである。ここで由美子は自分の限界を知った、というよりも勉強にいささか飽きてきた。高校ではハンドボールに夢中になり、ボーイフレンドも出来た。成績は中の下のあたり、というところをさまよいながら、由美子は楽しい学園生活をおくることになったのである。

幸いなことに、母の満津枝はこの頃から、自分の下部組織をつくったり有力な客と夜のつき合いをしたりと、結構忙しくなってきた。

経済的に余裕が出来始めると、

「勉強しなさいよ。努力しなさいよ」

という言葉も、そう悲愴《ひそう》感を持たなくなり、説得力が薄まるものである。

けれども由美子は努力を忘れなかった。〝それなりの〟という言葉はつくものの、今の息子に比べたら一千倍は努力というものをしたはずだ。高校三年生の時は、塾にも通い、かなり本気で受験勉強をした。おかげで地元の国立大学文学部に現役合格したのである。

息子の翔に言いたいのはそういうことなのである。

一生頑張り抜く、などということは不可能だ。そんなことが出来るのは、大天才、大秀才と呼ばれる人だけである。普通の人間は、それほどの根気や体力もない。だから要所、要所でその都度やる気を出せばいいのである。

その頑張る時が今ではないか。今ならまだ間に合う。まだ何とかなる。大検を受けて大学へ進めばいいし、それが嫌だと言うならばどこかの専門学校へ行けばいい。とにかく、どんな形にせよ、勉強をする、ということが肝心なのだ……。

ということを息子に伝えたくて、由美子は言葉を尽くした。

しかし息子は少しもわかってくれない。というよりも、彼の体が全く言葉を吸収していないのである。拒否でもなく、嫌悪《けんお》でもなく、日本語が全く通じない外国人のように翔はきょとんとしている。その困惑だけの表情を見た時、由美子の心は破裂した。

「わかった、もうこの家を出ていきなさいよッ！」

由美子は教育評論家によると、いちばんしてはいけないこと、子どもの前で大声でわめく、ということをしたのだ。

「お母さんはもう、あんたにはうんざりしてんの！　もうイヤッ。この家を出てって、どこへでも行きなさい。もうあんたの顔を見たくないのよッ」

若い日の夫婦喧嘩でも、あれほど感情を爆発させたことはない。由美子はそこらにあるティッシュペーパーの箱や、茶筒を力いっぱい息子に向かって投げつけた。その時、顔をかばった腕の間から見えた、息子の悲し気な目が忘れられない。

本当にあのまま出ていくとは思わなかった。全く泣きたいのはこっちの方である。しかし四十八歳の由美子には、泣いて訴える者はもういないのだ。夫の健治は、最後には妻をなじるに違いない。

そしてあの母親にもどうしても言えなかった。誇り高き努力の人。人生のどんな苦難も、己の力で乗り切れると信じている人に、息子の現状などどうして言えようか。子どもの出来不出来は母親の努力によるものだという信念を持っているあの人に。

とはいっても、このまま放っておくわけにもいかなかった。息子は家出をしたのである。「家出」。かつてそれは、少年のいち通過儀礼であり、青春期の輝かしい冒険であった。由美子の高校時代も、気骨《きこつ》がある同級生の男の子は、たいてい一度か二度は家出をしたものである。ある者はボストンバッグひとつで北の国へ向かい、ある者は本で憧れた歴史の街へと向かった。が、その中でも軽蔑《けいべつ》されたのは、東京への家出であったろう。

どこかのビジネスホテルなどに泊まり、二日ほどで帰ってきた者に対しては、

「単に遊びに行っただけじゃん」

とみなはせせら笑ったものである。

いや、そんなことはどうでもいい。今回の息子の家出は、彼らとはまるで別種類のものだ。翔は親への反発から家を出たのではなく、親への怯《おび》えからどこかへ行ってしまったのである。こんな家出の先にあるものが、成長とはどうしても思えなかった。

夫の健治は思いの外呑気《のんき》に構え、

「もう二十歳《はたち》を過ぎてるんだから、そう心配することはないさ。友だちのところに泊まっているんだろう」

などと言うのには呆《あき》れてしまう。高校を中退し、アルバイトを転々としている息子に、どうして友だちが出来るのであろうか。この何年か、由美子は翔の友だちというものを見ていないのである。

小学生の時には確かにいた。家に上がり込み、おやつを食べ、ゲームをしていった少年たち。あの少年たちはいったいどうしているのだろうか。おそらくみんな高校を順調に卒業し、今は大学生になっているだろう。みんな薄汚くざらついた膝小僧《ひざこぞう》を曲げ、ピコピコとゲームに熱中していた。

「もう帰りなさい。ゲームはやめ」

と由美子が叱《しか》るまで帰ろうとはしなかった。あの子たちの出来の方がよかったとは思えないし、息子の方が格段悪かったとは思えない。それなのにどうしてこんなことになってしまったのだろうかと、由美子は小田急線のシートに座り、深い感慨にふける。

あれから十年たった。大学生にも会社員にもならなかった息子を捜して、新宿の漫画喫茶というところに行かなければいけない自分の身の上が、つくづく情けなかった。

翔がアルバイトをしている漫画喫茶を、どうして知っているかというと、以前チラシを手に入れていたからである。翔がうっかりとデニムのポケットに入れていたものを発見したのだ。そこには大きな赤い字で、

「なんと基本セット　三時間八百円！」

と書いてあった。それがどういう意味かよくわからないが、ひどく貧し気で下品な感じがしたものだ。

「まさか、翔ちゃん、へんなところに勤めているわけじゃないでしょうね」

「へんって、何が……」

息子は相変わらず最小限の言葉で答える。

「だって、その、基本セットとか……」

言い澱《よど》んだ。以前盛り場を歩いている時に見たキャバレーの看板を思い出したからである。そこには半裸の女性の写真と「基本お得セット、ぽっきり五千円！」と書かれて

あった。

「別にィ……、〝マンキツ〟だから基本セットがあんのはあたり前じゃん」

何があたり前なのかわからないまま、由美子はそれ以上何も聞かなかった。

息子の〝マンキツ〟という略した発音にも、耐えがたいほどのいかがわしさを感じたからである。漫画という本来なら牧歌的な響きの単語に、どうしてこれほど胸がざわつくのだろうか。これはもうキャバレーという文字と同じ印象さえ抱く。不安を感じた由美子はそのチラシを大切にとっておくことにした。地図によると、その〝マンキツ〟は、伊勢丹近くにあった。道路を越えていないことに由美子はホッとする。伊勢丹から道路を越せばそこは歌舞伎町があるところだ。

若い時に夜の歌舞伎町に二、三回行ったことがあるけれども、最近は足を踏み入れたことがない。いや、三年ほど前にコマ劇場に行ったことがあった。友人から石川さゆりのワンマンショーに行こうと誘われたからである。由美子はそこで久しぶりに歌舞伎町を歩いた。昼間だったのでそう怖いとは思わなかったが、シャッターをおろした風俗店や、道に散らばったチラシが何やらすさんだ感じがし、ああここがテレビによく出てくる悪所というところかと納得した。

地図に出ていたように、その店はラーメン屋が目印だった。雑居ビルの一階に、有名なラーメンのチェーン店があり、漫画喫茶は地下に入っていく。

昼だというのに階段一段ごとに、丸いライトがチカチカ光っていてまぶしいほどだ。地下に続く階段は長く、踊り場が二つもあった。由美子は緊張のあまり、動悸《どうき》が速くなっている。まるで果てしない地下へと降りていくようではないか。こんなところがいかがわしくないはずはないとさえ思う。

やっと入り口にたどりついた。狭いホールにもいろいろな色のネオンが点滅していて、由美子は昔行ったディスコを思い出した。受付には、背の高い女の子がひとりいた。眼鏡をかけ、黒いセーターを着ていて、化粧っ気もあまりない、彼女があまりにもまともなので、由美子は少々驚く。実は従業員は全員鼻にピアスでもしていると思っていたのだ。

「家の者ですが、福原翔、おりますでしょうか」

「ああ、翔君ですね」

女の子はにっこりと笑う。

「今日は二時からですので、あと一時間ぐらいするといらっしゃるんじゃないですか。お待ちになられたらいかがでしょうか」

彼女のまともな口調に、由美子は面くらってしまった。こんなところで働く女の子が、どうしてこんなきちんとした敬語を使えるのだろうか。

しかしこんなところで一時間待つわけにはいかない。伊勢丹にでも行ってみようか……、と思いをめぐらした時、ダウンコートを着た女の子がさっと入ってきた。

「セットね」

「はい、承知しました。お煙草《たばこ》お吸いになりますか」

「吸う」

「それでは二十八番にどうぞ」

女の子は番号が書かれたプラスチックのプレートを受け取ると、さっとホールから出て奥へ向かう。そのもの慣れた様子を見ていた由美子は、ふと奇妙な好奇心にとらわれた。あの奥にはいったい何があるのだろうか。漫画が溢《あふ》れた書棚は想像出来るとして、みんなどのような格好で読みふけるのか。由美子はつい声を出した。

「あの、私にもセット、お願いします」

部屋の番号が入ったプレートを受け取り、由美子は階下へ降りていった。ここは禁煙ゾーンなのである。黒いメタリックな壁におおわれた空間で、桟や本棚、いたるところにネオンがつけられている。上もそうだが、どう見てもひと昔前のディスコの店内だ。が、人影はない。

みんな、いったいどこで漫画を読んでいるのだろうか。

由美子の想像では、図書館のような大テーブルが幾つかあり、そこでみんな思い思いの格好で本を読んでいる。そして時には飲食も許されている、というのが漫画喫茶だ。

しかしここにはテーブルも椅子も置いてないではないか。いったいみんなどこにいるのか。そして、このプレートと同じ番号の部屋は、いったいどこにあるのだろう。

その時、壁が動いたかと思うと、ひとりの青年が姿を現した。由美子はヒッと小さな声を飲み込む。まさかここが部屋のドアになっているとは思わなかった。よく見ると、部屋の真ん中の書棚になっているブースも、間が部屋のドアなのだ。目を凝らすと確かに番号が記されている。由美子はやっと気を取り直し、「43」という文字を探した。ドアを開ける。いきなり大きなスポーツバッグが目に入ってきた。一畳もない部屋のほとんどを占めるかのような大きさだ。

何なんだろう、これは——。

さっきまで人がいた気配がする。もう一度ドアの上の番号を見て納得した。まぎらわしい場所に番号を書いているので、ひとつ隣の部屋と間違えてしまったらしい。

正しい番号のドアを開ける。カーペットを敷いてあるので、靴は外に出すようだ。それにしても、何という狭さだろう。昔、寝台車に乗ったことがあるが、奥行きがない分、あそこより狭いかもしれない。足を伸ばすことさえ出来ないのだ。

かすかに臭気が漂ってくる。汗のにおいでも、トイレから漏れてくるにおいでもない。二十四時間暖房をしていて、二十四時間人がいる店につきもののにおい。そう、朝を迎えることのない場所独特のにおいなのだ。

思い出した。あの大きなスポーツバッグのことだ。以前テレビで、漫画喫茶で暮らす人たちのことを特集していた。あの中には全財産が入っているのである。

漫画喫茶の個室の中は大層狭い。人間ひとりが、やや余裕を持って座るのが精いっぱいだ。体を伸ばすことなど出来るわけがない。おまけに左右の壁は完全なものではなく、上の方は開いているから、音もつつ抜けだ。右隣には人がいるらしく、息づかいまではっきり聞こえてくる。こんなところで寝泊まりする人間がいるとは、由美子には到底信じられない。

目の前の棚には、こんな注意事項が書かれていた。

「みだらな行為をしないでください。

火を使わないでください。

強いにおいを発するものを持ち込まないでください」

ということは、こんな場所でみだらな行為をしたり、卓上コンロを持ち込む人間がいるらしい。いったいどうしてこんなところで、そんなことをするのだろうかと、由美子はなにやら空恐ろしいような気分にさえなってくる。何が何だかよくわからない。とにかくこの世界では、由美子が今まで生きてきた常識や道徳とは全く違うものが蠢《うごめ》いているようだ。そして息子は、この世界にもはや取り込まれているのか。もう普通のまともな世界に戻ることは出来ないのか……。

由美子は居てもたってもいられないような気分になる。とっさにここを出ていこうかと思ったのであるが、あと三十分ほどで息子はやってくるのだ。フロントのあたりはソファひとつなく、あそこで待つわけにもいかないだろう。

せっかくここに来たのだから、漫画を読んでいこうと由美子は思い立つ。先ほど本棚を眺めてわかったのであるが、禁煙フロアのここは女性が多いらしく、少女漫画やレディースコミックの棚があった。

そろそろと用心深くドアを開けて、由美子は外に出た。目が慣れてきたため、ドアの前に靴が置いてあるのを幾つも目にする。ほとんどがスニーカーだが、中にはしゃれた女の子の靴もある。

ハンドバッグをしっかりと手に持ち、由美子は少女漫画の棚の前に立つ。出版社別になっている中から、由美子は「ガラスの仮面」を見つけた。

「ガラスの仮面」は、学生時代に読んだことがある。もう二十歳を過ぎていたから、少女漫画などと馬鹿にしていたのであるが、とても面白いからと友人に勧められ、やがてやみつきになった。そのために小さなサークルをつくったほどだ。同じような友人四人で金を出し合い、それまでの全巻を揃《そろ》えた時は嬉しかった。家でも読みふけり、食事をとるのさえ惜しいほど夢中になった。

そうだとも、自分は決してものわかりの悪い母親ではなかったはずだ。自分にもそうした時代があったから、息子のゲームや漫画にも理解を示した。ただしだらだらとやらせることはなく、時間を決めて徹底させた。そうだとも、自分は、自分も教育を受けたごく普通の母親として、あたり前のことをあたり前にしただけではないか。それなのにどうしてこんなことになったのだろうか。

息子は高校を中退し、アルバイト生活を送った揚げ句が家出なのだ。これから先、息子の前にはどんな人生が待っているのかと考えると、由美子は暗澹《あんたん》たる気持ちになる。そう、暗澹、という言葉が今の気分にぴったりだ。暗く、行きどまりに入り込んだような思い。

とりあえず由美子は、「ガラスの仮面」の第一巻をめくり始める。けなげな天才少女、北島マヤの顔が懐かしかったが、どうしてもその世界には入っていけなかった。由美子は本を閉じ、もう読むことを諦めた。

コートを着、バッグを持って個室を出る。ドアの前の靴の数がさらに増えていた。この中にいるのは、きっと若い男や女だろう。どんな子どもたちがいるのか。おそらく翔に似た子どもなのだろう。

由美子は自分の息子が、決して特別な存在ではないということを知りつつある。が、息子の悩みが、ありふれたものであるということは、由美子を慰めはしない。

こんな低レベルなところで「ありふれて」いたとしても、それがいったい何だというのだ。由美子が息子に期待していたものは、もっと上の部類の「ありふれて」いたものだったのだ。

由美子は階段を上がる。自分がまだ賭けをしようとしていることに気づきながら。

フロントに戻ると、先ほどの女性が感じよくにっこりと笑いかける。

「福原君、もうちょっとしたら来ると思うんですけど。よかったら、ドリンクコーナーで何かお飲みになったらいかがですか」

さっきシャワールームも見つけたし、今度はドリンクコーナー。こういうところはいったいどうなっているのか本当にわからない。

「いいえ、結構です」

と断って、由美子は何とはなしに女性と向かい合うような格好になる。

「あの、翔は、ちゃんと働いているんでしょうか。お役に立っているんでしょうかね」

「もちろんです」

彼女は深く頷《うなず》いた。

「時間にルーズなコや、掃除に手を抜くコは多いんですけど、福原君はそんなこと全然ないですよ。きちんと仕事をしてくれて、仲間うちでも評判がいいです」

「そうですか」

こういう話を聞くと親としては嬉しい。それならばどうしてちゃんとした職につけないのか、どうして大検を受けようとしないのかと、行きつくところはそうした恨みへとなっていく。

あら、と女性が言った。

「福原君、来ましたよ」

後ろを振り向くと、出ていった時と全く同じ格好をした翔が、階段を降りてくるところであった。黒いダウンジャケットにジーンズ、スニーカーというごくありふれたいでたちだ。今どきの男の子らしく脚が長い。息子がこの光景にぴったり合っていることが、由美子には口惜しかった。

「何だよおー」

翔は露骨《ろこつ》に嫌な顔をする。

「こんなところにまで来ることないじゃん。信じられねえよ。全く……」

息子の口調に照れが混じっているのに気づく。そう大事には至っていないことを由美子は直観した。

「ちょっと話をしたいんだけど」

「出来るわけないじゃん。オレ、これから十時まで仕事だもん」

「福原君、大丈夫よ」

フロントの女性は、本当によく気がついた。

「私、一時間ずらしてあげる。ちゃんと行ってきなさいよ」

近くの喫茶店、などと思ったのであるが、新宿の盛り場にそんなものはなく、結局はデパートの中のティールームにした。

「翔ちゃん、いったいどうしたっていうのよ」

紅茶を注文するのももどかしく、由美子はついなじる口調になった。

「一週間もどこか行っちゃって。携帯もとらないし、いったいどういうつもりだったのよ」

「どういうつもりもさ、この家を出てけーって言ったのはそっちの方じゃん」

確かにそうだ。あの日昼頃起き出し、テレビを見始めた息子の背中が、どうしようもないほど醜く、始末の悪いものに見え、それから由美子はわめき始めたのだ。

「あんたは人間の屑《くず》だ、生きてる資格もない、最低の人間、見ていていらいらするとか、あれだけのことを言われれば、誰だって出ていくっしょ。オレだって一応プライドっていうもんがあるんだし」

「そうか、プライド、あるんだ」

息子が喋《しゃべ》り始めたので、つい軽口も出る。

「あるよ。あったり前じゃん」

翔の表情もふっとゆるんだ隙《すき》に、由美子は言っておかなければいけない幾つかの事項を口にする。

「私もお父さんもね、男の子はいつか家を出てかなきゃいけないものだと思ってる。だけどそれはちゃんと自立して、自分で部屋を借りるだけの力が出来てからよ。職もない、お金もないあなたが、家を出ていくってことは親を心配させるだけなの。こうなったからには、こうなる理由があったんだから、それをこの際とことん話し合いましょうよ」

「そういう話し合いってさ、なんかあるたびにしょっちゅうしてるよ。だけど一度も話がまとまったことないじゃん。ああいうの、やってて空《むな》しくない？」

翔の注文したアイスコーヒーが運ばれてきた。それを受け取る時、上向きになった翔の、男にしては長い睫毛《まつげ》がしばたたいた。中学生の時は、ジャニーズ事務所に入れるかもと、時々周りから言われたものだ。が、まさかそんなはずはない……。

「翔ちゃん、今、どこで暮らしてるの」

「友だちのとこだよ」

「まさか、女の人のところじゃないでしょ」

「あったりィ」

しばらく言葉が出てこなかった。

「冗談でしょ。嘘《うそ》よね……」

「本当だよ」

翔はストローで、残り少なくなったアイスコーヒーをちゅっと吸う。

「別にそんなこと、嘘ついても仕方ないっしょ」

「だって、あんた、そんな……」

息が荒くなり、一瞬まわりの風景が遠くなる。めまい、というのはこういうことだろうかと息を整え、やっと姿勢を立て直した。

「ま、まさか。あのフロントにいた女の人じゃないでしょうね」

先ほどの感じのいい女性の姿が突然浮かんだ。バイト先と家との往復しかなかった、息子の相手といえば彼女ではないだろうか。そういえばやけに親切だったではないか。

「まさか、名取さんだろ。あの人は二十五歳で、早稲田の大学院行ってんだよ。全然関係ないよ」

「じゃ、誰なの。いったいどこで知り合ったっていうのよッ」

由美子の声があまりにも大きかったのか、隣に座っていた女が二人、ちらりとこちらを見る。どちらも大きな紙袋を二つ、三つ持ち、金のかかったみなりをしている。デパートのティールームにふさわしい客だ。

「ねえ、正直に言いなさい。別に怒ったりしないわよ。さあ」

声を潜《ひそ》めた代わりに、目に思いきり力を込めた。

「パソコンのオンラインゲームで知り合ったんだよ。それで二ケ月前から会うようになって、行くとこがないって言ったら、それじゃ、うちに来なさいって言ってくれてさア」

「オンラインゲームですって！」

もう駄目だ。体がわなわなと震えて、またつい大声を出してしまった。

「それって、出会い系サイトっていうやつなんでしょ。パソコンで知り合って、いろいろ事件を起こすアレよね」

「違うってば」

翔はめんどうくさそうに、口からストローを離した。

「たまたま一緒にゲームをしたら気が合ったんだってば。珠緒《たまお》っていうんだ」

タマオ、タマオ、タマオ……。

由美子は息子の初めての恋人になる女の名を、口の中でころがしていた。古風なやさし気な名前にも聞こえるし、思いきり今どきの名前のようにも思える。いずれにしても、パソコンのオンラインゲームで知り合った、などというのは尋常な出会いではない、と思う。出会い系サイトといったいどう違うのだろうか。出会い系サイトといえば、売春が目的だったりして、よくニュースをにぎわせている。ひどい時は殺人だって起こるではないか。

「だからさ、僕たちは偶然一緒に〝旅〟をして、すごく気が合ったわけ。出会い系サイトなんかとまるっきり違うよ。なんかさ、攻め方が女っぽくなくて、やるじゃん、と思ってチャットしたわけ」

全然話がわからない。

「でも、その女の子は、すぐ誘いに応じたわけでしょ」

「ま、二人だけの〝オフ会〟ってことで会ったわけだけど、彼女も僕もそんなに期待しなかったと思うよ。だけどさ、結構話が盛り上がってすごく楽しかったわけ」

「だけど、そんな知り合ってすぐに、男の人を、自分の部屋に……」

泊める、という言葉がどうしても口に出来なかった。息子が女の部屋で暮らしているという大きな事実に、また息が苦しくなる。由美子がどうしても聞けない質問に、先まわりして答えてほしい。それもこういう風にだ。

「彼女の部屋にいるって言ってもさ、別に恋人っていうわけでもないから別の部屋だよ。そっちが考えてるようなヘンなことしてないよ」

ところが翔は、明快に期待していない方の答えを述べたのである。

「一緒に暮らしてるってこと？　でも仕方ないじゃん。他に行くとこもなかったんだしさ。珠緒もバイトだけど、あっちの方がずっと給料いいからさ、二人の給料足せば、なんとかやってけるんじゃないかって思ってんだ」

「それって、……」

この言葉ならどうにか発音出来そうだ。

「同棲《どうせい》するっていうことなの」

「違うよ」

翔は晴れ晴れとした笑顔を見せた。

「オレもさ、珠緒も結婚するつもりなんだ」


「お前は、いつもものごとを大げさに言い過ぎる」

というのは、由美子に対する夫の健治の口癖である。だから今度のことも、出来る限り冷静に話したつもりである。途中興奮して、つい早口になったりしたが、決して誇張していないつもりだ。

「結婚だって、馬鹿馬鹿《ばかばか》しい」

夫が笑い出したので、由美子はどれほど救われただろうか。おかげで、息子の結婚話など、ほんの気まぐれの冗談のように思えてくる。

「二十歳の無職の小僧が、結婚なんて出来るわけないだろう。ちょっと考えたってわかることだ」

「そうでしょう、私もそう思うわ」

由美子は深く頷き、安堵《あんど》のあまり涙ぐみたくなってくる。さすがは男親だ。ふだんは歯がゆくなることが多いが、いざとなったら的確な判断をし、息子をぴしっと制してくれるに違いない。

「相手の女の子は二十二歳なのよ。翔より二つ年上なの。だからっていっても、あっちもバイトで経済力があるわけじゃない。だけどね、沖縄の離島出身なんだって。その子の生まれたところじゃ、二十二なんて早婚でも何でもない。好き合ったらパーッと結婚しちゃうのが普通なんですって」

「そんなのは翔のつくり話じゃないか」

「私もそう思うわ。だけど、もしこのまま一緒に暮らすようだったら、あっちの親御さんにもご挨拶《あいさつ》しなきゃいけないんじゃないかしら。だけど沖縄じゃ、遠いわよね……」

「ほっとけ、ほっとけ」

健治は手をふる。そういうしぐさをするとめっきり老けて見えた。由美子より四歳年上の五十二歳とは思えないほどだ。

「あいつ、初めてのことで頭に血がのぼってるのさ。もうちょっとほっとけば、女の子にも捨てられて、すごすご帰ってくるに決まってる」

「捨てられるなんて、なんでわかるんですか」

「あたり前だろ、バイトでかつかつ暮らしている男なんか、いずれ愛想を尽かされるに決まってる」

　ここまで言われると、由美子は少々息子の肩を持ちたくなってくる。たとえ夫でも、自分以外の人間に侮蔑《ぶべつ》の口調で言われるのは口惜しい。

「だけど、あの子は、そう悪くないですから」

「何がだ」

「見た目ですよ。中学生の時は、アイドルの、ほら、五人で歌っているグループの、いちばん端の子によく似てるって言われたもんよ。家に閉じ籠《こ》もりかけた頃は、ぶくぶく太り出して、どうなるかと思ったけど、今はまた痩せて格好いいわよ。少なくとも、女の子には好かれるタイプじゃないかしら」

「お前は、何言ってんだか……」

　夫は深いため息をついた。

「そんな見た目よりも、最後には金の話になるんだ。若いもんが好きだ何だって、くっついてままごとやったって、一年も持ちやしない。もうちょっと待ってみれば、きっと帰ってくるんだよ」

「一年なんて冗談じゃないわ」

　由美子は大声をあげた。何を言ってんだ、と怒りたいのはこちらの方だ。

「一年たったら、あの子は二十一になるのよ。もう寄り道してる時間はないの。もう間に合わないかもしれないじゃないですか」

「何が間に合わないんだ」

「大検に決まってるでしょ」

それは消えたと思うと、また浮かび上がる由美子の最大の、そして最後の大きな星である。

「大検でどこかの大学入ってくれれば、まだ間に合うのよ。一年勉強して二十一で大学入学。あの子は年よりも幼く見えるから、なんとか十八、九の子の中に紛れ込むことが出来るはずよ。そうすればどこかで追いつくのよ。そう、追い抜かなくてもいいから、追いつけるんだってば」

「また、始まったか」

健治はうんざりしたように、マイルドセブンに火をつける。夫に何とか禁煙させようと、この五年間激しい攻防戦が行われたが、由美子はついに諦めざるを得なかった。が、夫が煙草を続けることと、翔の大検とでは重さがまるで違う。くたびれた中年男の健康などより、息子のぴかぴかの新しい人生の方がはるかに大切である。

「お前もしつこいよな。そのしつこさで、翔が家を出たんだ。そのことになぜ気づかないんだ」

「子どものためには、いくらでもしつこくなります。それが母親っていうもんでしょ」

夫を睨《にら》みつけた。

「まだ間に合う、って私は信じてるの。あの子は決して頭が悪いわけじゃないの。きっかけさえつかんでくれれば、またやり直してくれるって信じてるのよ。それを信じてやらなきゃ親じゃないわよ」

「そうは言ってもなぁ……」

健治は深く煙草を吸う。考えごとをしていたり、言葉を探しあぐねている時の癖だ。次の言葉を発すれば、また諍《いさか》いが始まるとわかっているに違いない。何十回と繰り拡《ひろ》げられた、出口のない不毛な諍い。

「どう見たってあいつは勉強が得意じゃない。手を替え、品を替えても駄目だったじゃないか。諦めるって言っちゃなんだが、もうあいつのことはほっとくしかないさ。そのうち自分の好きな道を見つけるだろう。まあ、そっちの方を信じてやるしかないと思うよ」

「そこ、そこ、そこなのよ！」

由美子は大声をあげた。

「いろんな親がはまる落とし穴！　私たちより上の団塊の世代の人たち、いっぱいそれにはまっちゃったじゃないの。自分たちは競争激しくて、受験勉強大変だったから、子どもたちにそんな苦労はさせたくないからって、個性だとか、自分の好きな道を、なんてやってたら、子どもはみんなニート、ニートなのよ。私ね、この頃やっとわかったの。子どもの基本は鍛錬なの。基礎をつくるまでは、親がびしびしやらなきゃいけないの。個性なんてもんはね、そういう基礎の上に初めて成り立つもんなんじゃないかしら。ねえ、幕末の志士の話、知ってる」

「いや」

「私、このあいだ本で読んで、すごく感動したのよ。あの頃のおさむらいの教育って、十八歳までは徹底的に親が管理していたらしいわ。口答えなんかとんでもない。勉強させて詰め込んでビシビシ鍛えるわけ。それで十八になると、初めて親の手から離すんだって。そうするとね、ものすごいエネルギーと志を持った大人になれるわけ。あの龍馬だって、すごいお姉ちゃんっ子で、かなりの年になってもおねしょしてたらしいの。だけどね、きちんと教育すれば、あんな素晴らしい大人物になれるわけなのよ」

「おい、おい、翔と龍馬とは違うよ」

「そんなことわかってるけど、私はただ、息子をこのままニートにしたくないだけなのよ」

「だから何度も言ってるだろ。そういう気持ちが翔を追いつめているんだよ。お前の気持ちはわかるが、今はどうしようもないじゃないか」

「今、今やらなけりゃ、いったいいつやるのよ。あの子の人生の分かれ道なのよ」

と、結局は堂々めぐりになってしまうのである。全く息子のことで、いったい何回、こういう議論を繰り返したことだろうか。最初のうちは健治の方がやや優勢であった。「母親のやり方が間違っていたからではないか」という切り札があったからだ。しかし四年が経過しようとしている今では、夫は次第に寡黙となり、反対に由美子の発言は多くなった。いろいろな知識を仕入れているからである。

由美子はいまいまし気に、二本目の煙草に火をつける夫を見つめる。夫と話しているといつも腹が立って仕方がない。それは禁煙出来ないことと、息子の進路に関して何の力も持っていなかったことによる。

子どもの頃に父に死に別れた由美子は、父性というものを過剰評価していたきらいがあった。子どもが岐路《きろ》に立った時は、さっと父親が現れ、難問を解決してくれると信じていたのである。

ところが健治は、息子を変えることが出来なかった。殴りこそしなかったものの、毎晩のように息子の部屋から怒声が聞こえたものだ。それでも翔は学校をやめたい、という意志を曲げなかった。

あの時、由美子はどれほど落胆したことだろうか。息子にも失望したが、夫にも失望したのである。

いよいよ退学が決まった時、由美子は涙まじりに夫に言ったものだ。

「自分はちゃんと早稲田出て、ちゃんとした社会人になってるじゃないの。どうして自分の息子には、そういう人生与えてあげられないのよ。自分と同レベルの人生を、息子に歩ませるって、それはもう、父親の責任でしょ。父親の義務でしょうに……」

あの時の口惜しさを、未だに由美子はひきずっているのかもしれない。もう夫には期待しないとよく思う。が、気持ちのぶっつけ先は、やはり夫しかいないのだ。


夫の健治とは職場結婚である。自分ではかなり熱烈な恋愛だったと思っているが、夫が初めての相手だったからかもしれない。当時の女としてもやや晩生《おくて》だったが、そう珍しいことではなかったはずだ。少なくとも由美子が当時住んでいた地方都市では、結婚前に何人もの男性を経験しているような女の話はあまり聞いたことがない。

由美子はそれほどの野心を持っていたわけではないが、卒業した後の進路は東京へと決めていた。地元の国立大学では、卒業すると大半が教師か公務員になるが、それがとてもつまらなそうに思えたからだ。

男女雇用機会均等法は出来たものの、総合職などという言葉は遠い世界のものであった。おまけに「女子は自宅通勤に限る」などという言葉が大手をふってまかり通っていた頃で、就職には本当に苦労した。

やっと大手の家電メーカーに決まった時は、どれほど嬉しかったことだろうか。おまけに配属されたところは企画開発部である。本社の中でもエリートが集まっているところだ。そしてその職場の、若い独身の女たちの評定の中で、健治は「まあまあ」の部類に入っていた。中肉中背で、ハンサムではないが醜男でもない。大学は早稲田の理工学部。実家は土地つき一軒家らしいが、埼玉のはずれにある。しかし、次男であるのと、性格が穏やかでやさしいことから、

「積極的にはなれないが、そう悪くないかもしれない」

というのが女たちの評価であった。よくある話であるが、飲み会の帰りに送ってくれたのがきっかけだ。

一見凡庸に見える男であったが、やる時はやった。かなり強引に近づいてきた時は、ただもう目が眩《くら》むような思いであった。由美子の人生の中で、これほど男らしく大胆にふるまった男は初めてであった。

「由美ちゃんと結婚出来なかったら、僕の人生は終わりだと思っている。本当だよ」

という言葉で結ばれた手紙。人というのは、誰でも一度だけドラマの主人公になる時がある。そしてその興奮と熱風の最中に一生が決まり、やがて静かに後悔という冷えが始まるのだ。

このあたりに関しても、由美子はかなり初心《うぶ》だったといってもいい。なにしろ父親の

記憶があまりないのだ。だらしなく家で寝ころんでいる男の姿を見ることもなかったし、男という生き物が、いっきに老けるものだとも知らなかった。

母親がこれまた、

「お父ちゃまは、いつも夜お勉強していらしたの」

「お父ちゃまはクラシックがお好きだったのよ。レコードだって、そりゃあたくさん持っていらして、引っ越す時に処分するのはつらかったわ」

などと吹き込むものだから、由美子の男性観がかなりいびつなものだったのは確かだ。

結婚したとたんの夫の変化に、由美子は大層とまどい、やがて腹を立てた。

大らかに見えていたものは、単なるものぐさだとわかったし、堅実に見えていたものは吝嗇《りんしょく》に変わった。同時に夫は外見の大きな変貌《へんぼう》を遂げ、四十になったかならないかで、髪は大きく後退したのである。そのスピードは驚くほどで、娘の可奈が、

「父親参観に来ないでくれ」

と命じたほどだ。

そしてさらに年月はたった。健治が手がけていた半導体部門は、業績悪化のために本社から切り離され、中堅のメーカーと合併した。四年前から健治はそこに出向、という形になっている。

結局は出世や金というものからは無縁の夫であったが、それも仕方ないと思うほど由

美子も年を経て、練れた中年女となった。さまざまな葛藤《かっとう》にピリオドを打ったきっかけは、妹の妙子のこんな言葉である。

「お母ちゃまって、いつもお父ちゃま、お父ちゃまって、美しい思い出を語るけど、あれは死んだから出来るのよね。生きてたら、毎日いがみ合いの日々よ。お父ちゃま、あれで若い頃は大変だったらしいわよ。お姉ちゃまが生まれてすぐの頃、看護師さんと浮気騒ぎ起こしてたのよ。伯母ちゃまが話してくれたんだから、本当のことだと思うわよ」

聞いた時はいささかの衝撃があったが、やがてなるほどと納得するようになった。男などというのは、そんなものだろうと思う。証拠はつかんでいないが、五年ほど前、健治にも何やら怪し気なことがあったのだ。

夫がそわそわして、携帯の音に神経を集中して注意をはらっているのを、由美子は記憶している。もし由美子がもっと気が強く、愚かな女であったら、決定的な証拠を探っていたことであろう。

が、そんなことはしなかった。寛容なのではない。浮気の真似ごとにいちいち騒ぎ立て、家庭を壊すようなことをしたくなかったからだ。

〝家庭〟。それは幼い頃、父を亡くした由美子にとって、人間が社会生活を営んでいく上の基本中の基本である。幼い頃から、母は姉妹によく言いきかせたものだ。

「いい、二人ともしっかりと勉強するのよ。あなたたちは将来、父親がいないっていうことでつらいめにあったり、嫌な思いをするかもしれない。だからこそ、頑張るのよ」

そして母は、毎度繰り返されるあのフレーズを口にするのである。

「お父ちゃまさえ生きていてくれたら、あなたたちは何の苦労もせずに、お医者のお嬢さまでいられたのにね」

その人間が社会から評価されるかどうかは、結婚生活をきちんと営んでいるかどうかで決まる。両親が揃っていて、父親はしかるべきところに勤め、母親は専業主婦か、あるいは有意義な職業についている。これが由美子が長い間、理想としてきた中流家庭のあるべき姿ではなかったか。そうだとも、自分はこの〝中流家庭〟を守るために努力してきたのだと、由美子はひとり頷く。

それなのに息子が脱落し、この家庭の一角が、はらりと崩れ落ちてしまった。なんとか修復しようと、この四、五年やっきになってきたのであるが、今度はとんでもないことを言い出した。

結婚。それも二十歳で。

由美子に言わせれば、早婚は、一部の肉体労働者の習慣である。テレビのドキュメンタリーで、時々出るではないか。

「十六歳で母親になった少女」

たいていの場合、父親の方も少年だ。金髪に染め、眉《まゆ》を剃《そ》り、よくわからない職業に就いている。あれこそ由美子の考える〝中流家庭〟からいちばん遠いものだ。そして翔は自らあの仲間に入っていこうとしているのである。

「おお、いやだ」

由美子は小さく叫んだ。


弟の翔の結婚話を聞いて、可奈がまず思ったのは、

「しまった、遅かったか」

ということである。

今まで弟のことを問われると、適当に誤魔化《ごまか》していた。

「プーよ」

と答えると、たいていの友人は早合点をしてこう言う。

「ああ、浪人してるっていうことね」

「うちにもプーがいるよ。もう二年やっても、まともな大学入れないの」

しかし弟の翔はそんなレベルではない。高校を中退しているのである。それが今度は結婚となると、

「まるっきりヤンキーと同じじゃない」

ヤンキーの弟を持ったらどうなるか。友人たちから何か言われるかもしれない。そうでなくても、大学からこの女子大に入った可奈は何かと肩身が狭いのだ。キャンパスには、小学校からエスカレーター式にこの学校に進んだグループが存在していて、可奈などとても近づけない。もっと結びつきが強固なのは幼稚園からの集まりだというが、これはあまりにも少数なので、見分けをつけることは不可能だった。

とにかく下から来た女子大生たちは、途中から来た者よりもはるかに格が上で、横のネットワークも強固である。東大や慶大生との合コンも上質なのからしょっちゅうお誘いがかかるようだ。

三年間いろいろ手を尽くしたが、もう彼女たちと同じように遇《ぐう》せられるのは諦めた。女子大の名前で、合コンのスケジュールはすぐに埋まるが、同じ慶大生でもそう粒は揃っていない。おまけに、大学からとわかると、あきらかに男の子の態度が違うのだ。

「なんだよ。トッピング女じゃん」

と陰でささやかれているのではないかと勘ぐってしまう。〝トッピング女〟というのは、地方出身者だったり、公立の学校に通っていたくせに、最後の大学だけ〝男受け〟のする、東京の名門女子大に通うことを意味する言葉だ。可奈は自分がこうなったのは、母親のせいだと思うようになった。幼い頃からこう言われ続けていたからだ。

「いい、ちゃんと勉強するのよ。いい学校へ行かなきゃ、つまんない男と結婚することになるのよ。そしてつまんない人生をおくるのよ」

　親に言われなくても、勉強はそこそこにした。が、それよりもさらに情熱を注いだのは、おしゃれと、髪や肌の手入れであった。

　中学生ともなれば、女の子は自分がどのあたりのレベルにいるかわかるものだ。中二あたりから可奈は男の子に騒がれるようになり、女の子からは少々苛《いじ》められるようになった。

　高校一年生の時に、渋谷でスカウトされたというのが可奈の自慢である。あれは母の由美子に言わせると、

「お金を遣わされるインチキプロダクション」

　だそうだが、人に言う時はうまい具合に誤魔化している。いずれにしても、自分はかなり可愛らしく、美人と言われる顔の女なのだと可奈は早いうちに知った。だからこそ、お嬢さま学校と呼ばれる女子大に進学したのだ。同じぐらいの偏差値の大学も調べたが、どこもぱっとしない。それならば、知名度や華やかさで選ぶに決まっている。そもそもお嬢さま学校というのは、偏差値の治外法権下にあり、待っているのは憧れの視線なのである。就職もかなりいい。

　大学に入った時から、可奈が考えていたのはアナウンサーになることであった。あれこそ女の夢を凝縮したような職業だ。ＯＬであってＯＬではない。芸能人でもない。知

的な職業として人にはちやほやされるし、有名人とも結婚出来るのだ。

可奈はこの希《のぞ》みを、高校来の親友にだけ打ち明けた。

「うちはあんなアホな弟がいるのよ。高校にも行ってない弟。あんな弟がいたら、将来私の結婚に差しさわりがあるかもしれない。親だって可哀想よ。だからね、私、アナウンサーになりたいのよ。アナウンサーになれたら、一発逆転っていう感じで、うちの一家も幸せになれると思うの」

「うーん、だけど競争率すごいんでしょ。六千人だか七千人の中から四、五人でしょ。宝くじにあたるようなもんよね」

可奈よりもはるかに冷静な友人は言ったものだ。

「だけどさ、誰かはアナウンサーになるのよ。チャレンジするってそういうことでしょ」

この時点まで、確かに可奈は自信に溢れていたのである。

大学二年生の時から、可奈は渋谷にあるアナウンサー専門学校に通い始めた。そこではいろいろな情報が入ってくる。あるテレビ局は、よりすぐりの学生だけを集めたアナウンサーセミナーを開催している。そのセミナーに入れない者は、就職試験を受けても無駄なのだ。

ある者は、学校のミス・コンテストに出ようと必死だった。ミス・キャンパスの名称は、アナウンサー志望の女子大生にとってかなり有利に働くのである。

残念なことに、可奈の女子大ではミス・コンテストは開催していない。そういうことは、

「神の教えに背く、はしたないこと」

と学校側が許さないからだ。

かといって一般のミス・コンテストに出場するきっかけもつかめないまま、東京キー局のアナウンサー試験が始まった。この試験は他の就職試験よりもずっと早く行われる。全国の自信と野心を平均以上に持つ女子大生が運試しに殺到するのだ。

可奈の第一志望はフジテレビであった。が、これは全くの夢に終わる。張り切ってパソコンでエントリーをしたものの、一次も通らなかった。他も同じだったが、ひとつだけ、一次を通過したところがある。これは写真館を変え、実物よりもはるかに美しい写真を使ったのがよかったのかもしれない。

かなり期待して受けた二次であったが、ここであっさりと落とされ、可奈はやっと現実を知ることになる。

「アナウンサーになるのって、本当にむずかしいんだ」

ごくあたり前のことがわかったのである。しかしこのことは、可奈の自己否定につながるものではない。可奈は考える。

「そりゃあ、アナウンサーっていうのは、普通じゃ受からないものかもしれない。だけど私は外見もかなりいけるし、大学も聞こえのいい女子大学だ。アナウンサーは確かに無理かもしれないけれど、一流企業のＯＬならきっと大丈夫なはず」

可奈は商社か広告代理店に狙いを定めた。そこへ降ってわいたような、弟の結婚話である。可奈は本気で焦っているのだ。

「まずいよ。弟がヤンキーになっちゃうなんて。私、就職なんだよ」

現在の就職試験は、個人情報保護とやらで、家族のことを書く欄はない。会社側が親の職業を聞くのもいけないことのようだ。だから弟のことなど知られるはずはないのだが、それでも可奈は用心をしていた。

もし面接が最後の最後まで行った時、ふと面接官がきょうだいについて尋ねるかもしれない。

「おうちの中で、長女であるあなたは、どんな役割を担っているんですか」

そんな時、しどろもどろになってしまったらどうしよう。緊張のあまり、つい本音を話すことはないだろうか。

「うちの弟は出来が悪くて、高校も中退しているんです。おまけに二十歳そこそこで、結婚するなんて言い出して、家族はもう大パニックなんですよ。だから私が頑張って、いい会社に入らなきゃいけないんです。そして両親を喜ばせてあげたいんです。もう私だけが、わが家の希望なんですから」

運よく一流企業に入れたとしても、五年後のことを考えると可奈は憂うつな気分になる。自分は同僚、あるいは自分のつちかった人脈の中から優秀な青年を見つけるつもりだ。たぶんこの願いはかなうだろう。合コンをすると、いつも人気が集まるのは自分だ。これぞと思う男の子に、携帯の番号やメールアドレスを聞かれなかったことはない。が、安っぽい女だと思われたくなかったから、経験したのは二人きりだ。最後のひとりは私立の医大生で、彼とは二年もつき合った。このまま〝婚約〟というコースになるかと思ったが、何とはなしに別れてしまった。いや、別れた、と思っているのは自分だけで、実は体《てい》よくふられたのかもしれない。あそこの医大の男の子というのは、不実なことでは定評があるからだ。

が、そんな過去のことなどどうでもいい。まわりを見渡しても、大学時代の恋人と結ばれる例はあまり聞いたことがなかった。みんな〝新規巻き直し〟を信じているのだ。社会人となれば、学生時代よりも一ランク、二ランク上の相手が見つかるに違いない。そのために熾烈《しれつ》な就職試験を勝ち抜こうとしている可奈の行く手に、あの弟が控えているとは……。

可奈は恋人となる青年から、家のことを尋ねられる日のことを想像する。

今から五年後、自分は二十六歳、年子の弟は二十五歳になっている。二十歳だったら、

「プーしている」「ぐずぐず浪人している」で、いくらでも誤魔化せたかもしれない。けれども、

「二十五歳で結婚していて、高校中退」

と聞いたら、人はどんな家庭を想像するだろうか。これで子どもでもいたりしたら……。

「ヤンキーの家」

ということになってしまう。

自分の最終学歴を華やかにしたいという思いで、可奈は名門女子大に入学した。〝名門〟と言っても、偏差値が高い学校とは少しニュアンスが違う。昔から良家の娘や、金持ちの娘が入るところとして有名な学校だ。覚悟していたことではあるが、サラリーマンの家庭で育った可奈とは、まるで生活レベルの違う同級生が何人もいた。とはいうものの、あまりにも差のある者たちとはつき合うこともなく、可奈のまわりにいたのは、ほどほどの金持ちの娘たちだ。そしてわかったことがある。こうした親の何割かは、そうたいした学歴を持っていない。高校だけの親も何人かいた。そこへいくと、うちの親は決して見劣りすることはないと可奈は思う。父親は早稲田の理工学部だし、母にしても地方の国立大学を出ている。ということは、

「普通の勤め人ではあるが、学歴と教養はきちんとある家庭」

という ポジションは確保できたはずなのだ。そう、あの弟さえあんな風にならなかったら、自分は何ひとつ肩身の狭いことはなかった。

そう考えると、弟のことが本当に恨めしい。しかも結婚するというではないか。あんな定職もない弟と結婚しようなどという女が、どんな女かたやすく想像出来る。そういう女が自分の妹になるというのだ。ああ、妹だと。可奈は本気で身震いする。

とにかく相手の女の子に会うべきだと、言い出したのは健治である。

「知らないうちに、籍なんか入れられたらやっかいだろ」

「そんなこと、出来るんですか。親の承諾もなしに」

「確か出来るんじゃないかな。翔も今年で二十歳だし、確か親の承諾なしでも出来るはずだ」

「そ、そんな……」

涙が出てきそうだ。途中からは出来が悪くなり、親子喧嘩が絶えなかったものの、翔は大切なひとり息子である。どちらの家にとっても初めての男の孫で、それはそれは大切にされたものだ。初節句の時には、両方の家から立派な五月人形が贈られ、由美子はどれほど誇らしい気持ちになっただろうか。

自分たちが女きょうだいだったことで、母の満津枝がかなり無念の思いを抱いていたことを由美子はよく知っている。もし自分か妹が男だったら、母親はどんな思いをしてもきっと医者にしただろう。男の孫の誕生を、母はことのほか喜んだ。

幼い翔を、実家に連れていくと、母はいとおしそうに頬《ほお》ずりしたものだ。

「この子は、なんて賢そうな顔をしてるのかしら、きっと勉強が大好きになるに違いないわ。そうよ、お父ちゃまの孫ですもの、間違いないわ」

まあ、祖母の期待も、母親の願いからも大きくはずれてしまった息子であるが、それでも見捨てる気には到底なれない。いつになるかわからないが、とにかくいつか、どうなるのかわからないが、とにかくどうにかなってほしいと、ずっと祈り続けてきた息子である。それなのに、日本の法律は何という非情さだろう。二十歳といえばまだ子どもなのに、勝手に結婚出来るというのである。

「そんな……。そこらの犬っころじゃあるまいし、そんなに簡単にくっついたりされてたまるもんですかッ」

「だから、結婚なんかさせないさ。あいつらに出来るわけないだろ」

こういう時の夫は、本当に頼もしく見える。

「俺がちゃんと説得する。つき合うのは仕方ないとしても、定職もない二人が、結婚だなんてとんでもない話だと、言いきかせるよ。まあ、頭ごなしにガミガミやると、あいつのことだから、へんに意地を張るかもしれない。これはじわじわやって、少し熱を冷まさせるしかないだろうな」

具体的には、どういうことをするのかよくわからないが、由美子は夫の言葉にいちいち頷くのである。

「ま、あいつも初めてのことだからさ、頭にカーッと血が上ってる。そのへんが、今どきの男の子と違うところだ」

しかし、この言葉を聞くたびに、由美子は胸に不快なものがこみ上げてくるのをどうしようも出来ない。身震いするような気分だ。

「初めてのこと」というのは、もってまわった言い方で、「初めての女」ということだ。高校を中退して、家とバイト先を往復していた翔には、恋人はおろかガールフレンドもいなかった。親の知っている限り、異性とのつき合いはなかったはずだ。それがここにきて、二十歳の突然の結婚話である。夫に言われなくても、それが初めてのセックスがもたらす恍惚《こうこつ》によるものだというぐらいわかる。だからこそ由美子は腹立たしく、不愉快なのだ。

翔ぐらいの外見で、普通の学生であったならば、女の子はいくらでも寄ってきただろう。本当に馬鹿な息子だ。だからいつも言っていたではないか。勉強をするということは、努力するということは、人生の選択肢を増やすということだ。それは恋愛や結婚においても同じなのだ。それなのに息子は、少しも努力しようとはしなかった。その結果、最初に目の前に与えられたものに、何も考えずむしゃぶりついたのだ。

「あの子ったら、つまんない女にひっかかったのよね。何も知らないもんだから、いいカモにされたのよね」

「おい、おい、何も翔の相手が、つまんない女、って決まったわけでもないだろう」

「そうに決まってるでしょう」

由美子はつい大声を上げた。

「あなただって、そう思ってるくせに。だいたい、今どき大学も出てないのよ。そしてたった二十二で、二十歳の男の子と結婚しようとしてるのよ。とんでもない女じゃないの」

考えれば考えるほど腹が立ってくる。二十二歳といえば、まだ人生のスタートを切ったばかりの年齢ではないか。まともに大学に通っていれば、卒業して、就職する年である。それなのに、結婚とはどういうことか。

「まあ、いいわよ。学校にも行かず、早々と結婚するっていうのは、その人たちのライフスタイルなんでしょう」

ライフスタイル、随分古めかしい言葉だと、舌にのせてみてそう思った。昔はよくこの言葉を、テレビでも雑誌でも使ったものであるが、今はそんなことはとんと聞かない。おそらく、そんな言葉では言い表せないほど、人の生き方が多種多様になったのかもしれない。

「とにかく、そのライフスタイルっていうやつよ。だけど、うちの子どもまで引きずり込まないでほしいのよ。うちの子どもは、ちゃんとしたうちで育ってんだから」

本当に冗談じゃないと思う。今のところ少々躓《つまず》いてしまったとはいうものの、翔はどこに出しても恥ずかしくない家の子どもなのだ。それなのにどうして、二十二歳で結婚する女の相手にならなくてはならないのだ。そんなことをしたら、翔は一生、あちらの世界に組み入れられてしまう。

あちらの世界。それがどういうものかはっきりとわからないが、由美子にとっては、軽蔑すべき場所である。父親が亡くなった後、住んでいた家を処分した母と共に由美子と妹は、市内のアパートに住んだ。そこには同い年の女の子が何人かいて、由美子はすぐに仲よくなった。けれども母の満津枝は、陰でこう言い聞かせたものだ。

「今は一緒に遊ぶのはいいけれど、由美ちゃんは、あの子たちとは違うんだから、そのことを忘れちゃ駄目よ」

「どういう風に違うの」

由美子の質問に、満津枝は自分に言い聞かせるよう、はっきりと力強く言った。

「決まってるじゃないの。由美ちゃんと、佳美ちゃんや里子ちゃんたちとは、住んでいる世界が違うの。あの人たちは、このアパートで生まれて、このアパートで育った人たち。だけどね、由美ちゃんは違う。お医者さんのお嬢さんだったけど、たまたま、ほんのいっときこのアパートに住んでいるだけなの。あの人たちとは根本的に違うのよ」

母の満津枝は、節をつけるようにして次の言葉を続けた。

「いい、世の中には、ずうっとアパートで暮らす人と、ほんの一時期だけ暮らす人がいるの。由美ちゃんは、もともとはアパートなんかじゃなかった。いつかは出ていく人なのよ。そのことを忘れちゃいけないわよ」

その時の母に、由美子は軽い反発をおぼえたものだ。自分の大切な友人を否定されたような気がしたからである。そして学校で教師が教えてくれた言葉が甦る。

「人間は平等なのだ」

そうだとも、お金があまりないからといって、アパートに住んでいるからといって、人を差別するようなことはあってはならない。そのようなことを、由美子は小学生のたどたどしさで母に伝えたものだ。

「貧乏はもちろん悪いことじゃないわよ」

母は答えた。

「でも、お母ちゃまは貧乏が嫌いなの。それに慣れてる人はもっと嫌いなの。お母ちゃまは、そういう家には生まれなかったの。由美ちゃんたちも、絶対そういう風には育てないつもりだから」

その言葉どおり、満津枝は三年後、〝マンション〟と呼ばれるところに移った。ここにはエレベーターというものがあり、住人たちの身なりもかなりよくなった。アパートにいた頃は日常的に見聞きしていた夫婦喧嘩も、ここでは厚い壁の中に隠されていた。

後に母は語ったものだ。

「あの頃、由美ちゃんや妙ちゃんが、平気で隣のものすごい喧嘩や、子どもを叱る怒鳴り声を聞くようになったから、本当に何とかしなきゃと思ってたわ。あなたたちの進学のために、お父ちゃまの保険や遺《のこ》したものは絶対に手をつけちゃいけないって、私も用心深く、びくびくしながら暮らしてた。だけどこのままじゃ、あなたたちは本当に〝長屋の子〟になってしまうって、思いきってマンションに引っ越したのよ」

このエピソードを、誇りを込めて由美子は夫の健治に話すことがある。彼の反応はいつも同じだ。

「今どきの〝孟母《もうぼ》三遷《さんせん》〟っていうもんだな」

いや、自分の母の偉大さは、そんなものではないと、由美子はそのたび不愉快になる。

大学生の時、かつてアパートで一緒だった里子に会ったことがある。同い齢だったのに、彼女はもう幼児を連れていた。あの頃、三つぐらいだったろうか、可愛いさかりで母親の手にぶらさがるようにしていた。が、由美子は少しも羨《うらやま》しいと思わなかった。トレーナーにジーンズという格好の里子が、いかにも貧し気でやつれていたからである。髪の手入れもされていなかったが、それは由美子の、学生としての無造作さとは違う。艶《つや》のない、カットの伸びた髪は投げやりな、あまりついていそうもない彼女の人生を表しているかのようであった。

彼女は地元の国立大学に通う由美子を、まぶし気に見つめる。

「やっぱりね。由美ちゃんは子どもの頃から頭がよかったもの。よく家で本読んでたものね。うちのお母さんも言ってた。由美ちゃんは、私たちとは違うって……」

どうやらあの頃満津枝が口にしていたことを、相手も感じていたようなのである。

今なら由美子はわかる。母は必死だった。自分の娘たちを、永久的な〝長屋の子〟にしないために、出来る限りのことをしようとしたのだ。

医師夫人という、プライドもかなぐり捨てて、補正下着の講習販売を始めたのもそのためだろう。よその女のぜい肉を右左、上下にひっぱりながら、母はひたすら自分たち姉妹の輝かしい未来を勝ち取ろうとしていたに違いない。

今でも由美子は、母の満津枝のことを考えると涙が出てきそうになる。それは東京近郊の勤め人の息子として、何の苦労もなく育った健治には、おそらく理解してもらえない感情であろう。

今度のことで、満津枝を心配させたくはなかった。そうでなくても、翔の中退の時には、母はかなり心を痛めたはずである。

今度のことは、自分たちで解決しなくてはいけないと、由美子は心を決める。大切な息子を、あちら側の世界の住人にしては絶対にいけないのだ。

由美子は翔の携帯に電話をかける。案の定、留守番電話になっていた。だいたい息子が、一回で電話に出たことはない。注意深く、着信の相手を判断しているのではないかと思われるほどだ。

翔からの電話がかかってきたのは、その日の夜十時過ぎであった。ちょうど夫婦二人で「報道ステーション」を見ていたところだ。

「何か、用」

最近の若い男の子独得の、抑揚のない声が聞こえてくる。「振り込め詐欺」が起こるたびに、

「どうして息子の声を間違えるのか」

と、テレビのコメンテーターたちは呆れた表情で言うが、もしそうした場合、自分は大丈夫という自信が由美子にはない。ぼそぼそ喋る若い男の声はみんな同じに聞こえるし、だいいち、この何年か息子とじっくり会話したこともなかったからだ。

「あるわよ、大切な用事」

由美子はわざと快活に言葉を続ける。決して強く出てはいけないと、夫から釘《くぎ》をささ

れていたからだ。

「お父さんと話したんだけど、相手のお嬢さんといっぺん会わせてもらおうと思って」

「えー、マジかよー」

あたり前でしょ、と怒鳴りたいのを由美子はぐっと抑える。

「つき合ってる、っていう段階じゃなくて、近々結婚するっていうのなら、やっぱり私たちも会っておかなきゃね、そのお嬢さんに」

「うーん、珠緒がなんて言うかな」

ここで由美子は絶句する。もう息子は相手の言いなりになっているらしい。

「そのお嬢さんがちゃんとしてたら」

ややあってようやく皮肉を口にすることが出来た。

「結婚相手の両親に、当然会ってくれると思いますけどねッ」

「ま、大丈夫なんじゃない。あいつ、そういうとこはきっちりしてるから」

きっちりしている娘が、どうして二十二歳で、二十歳の男と結婚しようとしているのだ。どうして親に会うこともなく、結婚話を進めているのだ。言いたいことは山のようにあったが、とりあえずすべて胸の中におさめ、由美子は四人で会う手はずを整えた。日にちは来週の日曜日ということになったが、場所が難航した。翔は、彼女の勤め先がある渋谷のどこかにしてほしいと言うのだ。

「冗談じゃないわ」

ついに叫んだ。

「家に連れてきなさい。こんな込み入った話」

当日、由美子は念入りに家の掃除をした。いつもは近所の、スーパーの中の花屋で済ませるのであるが、その日は駅前の大きな店まで行き、ピンクのバラを買った。

それをガラスの花瓶に活《い》けていると、

「すごい張り切ってるー」

と娘の可奈がからかうような声をあげた。バラの色と同じ春めいたジャケットを着て、外出のいでたちだ。

「あなた、今日、家にいないの。翔の相手にちょっと会ってもらいたかったんだけど」

「まさかー、やめてよ」

大げさに唇をとがらせた。

「どうせ翔が連れてくんでしょ。二十歳の男の子と結婚しようっていうんだから、ヤンキーに決まってるじゃないの。私、そういうのが妹になるかと思うと、頭がクラクラしてくる。出来るだけ、かかわり合いたくないのよ。はっきり言っとくけど」

「そんなこと、出来るわけないでしょ。仮にも弟のお嫁さんになるかもしれないのよ」

「あら、ママ、本当に結婚させるつもりなの」

娘に図星をさされて、由美子は黙る。

「なんとか説得して、結婚を阻止するつもりなんでしょ。本当に頼みますよ。翔は気が弱いとこがあるから、今は相手の女の子の言いなりになってるだけなのよ。ママの方が、ずーっと翔とのつき合いは長いんだから、ガツンとやってよ、ガツンと。弟がプーで、その嫁がヤンキーなんて、私、どうしていいかわからないよ。私の人生にかかわってくるんだから、本当にお願いよ」

確かにそのとおりなのであるが、綺麗にカールした髪を揺らし、弟を露骨に見下している娘を見ると、由美子はかすかに胸に苦いものがこみ上げてくる。二十一の娘が、五十近い自分と、全く同じ人生観を持っている違和感でもある。

「せめて、夕食の後ぐらいまでには帰ってきてよ」

「えー、夕飯食べてくの」

「翔はすぐに帰るって言ってるけど、まあ、長引いたらお鮨《すし》でも取るつもりよ」

「まあ、そんなことないと思うわよ」

可奈は実に意地の悪い笑いを浮かべた。

「盛り上がって楽しい時間を過ごす、なんてね。きっとママの大嫌いな、箸《はし》もちゃんと使えないコよ。ボロが出るから、お鮨やめといたら」

人に不快さと不安を残したまま、娘の可奈は出かけてしまった。

由美子はもう一度、家のリビングルームを点検する。フローリングの床に、一面ガラス窓から冬の終わりのやわらかい陽《ひ》ざしが射《さ》し込んでくる。

健治と結婚して五年目に、建て売り住宅を買った。それを建て直して新築にしたのは十年前のことだ。健治の父親が亡くなり、いくらかの遺産が入ったことで思いきったのである。

その時、娘も息子も幼かったが、ごく自然に、結婚する時のことを思い浮かべることが出来た。いつかそれぞれの結婚相手が、家を訪れる日が来るだろう。結納という行事も行われるかもしれない。その時のために、きちんとした場所をつくらなくてはと、リビングには特に心を尽くした。本当ならば、独立した応接間をつくるべきなのだろうが、敷地にそんな余裕はなく、十五畳にカウンター式のキッチンをつくり、ダイニングテーブルを置き、一面ガラス窓の傍《かたわ》らに、上等なソファセットを置いた。暖炉を模した飾り棚が由美子の自慢である。ここにシャガールの版画をかけ、花を絶やさないようにしている。この家のそこそこの豊かさと教養、慎《つつ》ましやかさが表れている由美子の気に入りの場所だ。

ここに、もうじき義理の娘となる女がやってくる。その女は、この空気にあてはまるだろうか。もし大きくずれるようなことがあれば、自分はどんなことをしても阻止をするつもりである。

夫の健治も同意見だ。

「まず本人を見なくっちゃな。あんまりひどいようだったら親の出番だ」

時計を見る。約束の二時を五分過ぎている。これは減点とすべきだろうか。それとも初めての家を訪れるマナーと見るべきだろうか。

十分過ぎた。玄関のチャイムが鳴る。息子が他人行儀に鳴らしたのだろう。インターフォンの画像をのぞき、とっさに由美子は、はしたなく叫んだ。

「わ、ブス」

この種のカメラは、みんな奇妙に映ってしまうのであるが、それでもその娘は美形とは言いがたかった。見慣れた息子の傍らに、平べったく大きな女の顔があったのである。いや、きっとインターフォンのモニターがいけないのだろうと、由美子は気を取り直す。カメラのレンズによるものだろうが、四角く小さな画面では、自他共に美人と認める娘の可奈でさえ、怪しげな宗教団体の勧誘人のように見えてしまうのだ。

玄関のドアが開く。きっと画面に映っていたよりも、ずっと可愛らしい女の子に違いない……が、それほどの違いはなかった。顔の大きい女、というのが由美子の第一印象である。

今どきの若者らしく、痩せて小顔の翔の傍らに立つと、ますますその大きさが目立つ。

頬一面に、まだ治っていないニキビの痕《あと》があるのでなおさらだ。

「今日《こんにち》は、お邪魔します」

大きな明るい声であった。

「翔の母親です。よくいらっしゃいました」

由美子はにっこりと笑った。この女のためではない。息子のためだ。後で、

「冷たくした。感じが悪かった」

と難癖をつけられたらたまらない。

「どうぞ、おあがりになって」

由美子がその言葉を発するまでもなく、彼女は靴を脱いでいた。両足をこすり合わせるようにして脱ぐ。予想どおり、後ろに向き直って靴を揃えるようなことはなかった。しかしとても器用に、脱ぎながら足の甲をうまく使って、靴の先を向こう側にした。これは減点とすべきか、技を讃えるべきなのだろうか。

白い靴だ。まだ春には早いというのに、白い靴を履く神経がよくわからない。そもそも全体的に、珠緒という女は、おしゃれとも、洗練されているとも全く思えなかった。

安物のダウンコートの下は、薄い花柄のワンピースを着ている。いや、ワンピースというのかどうかわからない。薄いピラピラした生地の下に、彼女はもうひとつ、スパッツを身につけているからだ。先ほどの可奈の、ピンク色のジャケットを思い出した。フ

アッションからして、この女は、わが家には異質なのだ。

こういう格好をした女を、盛り場や電車の中でよく見かけたが、自分とは全く無関係だと思っていたので、何の感想も抱いたことはなかった。しかし彼女は一メートル以内に接近し、こう発したのだ。「お母さん」。

最初は聞き間違えかと思った。が、彼女は明るくこう言ったのだ。

「お母さん、どうか、お構いなく」

「あら」

動転したあまり、ついぎこちない笑いとなった。

「まだ、お母さんは早いわ。福原さん、でいいですよ」

「そうですかァ」

別段何も感じないようで、軽く微笑《ほほえ》んだ。よく見ると、いかにも南の国の生まれらしい大きく綺麗な目をしている。が、惜しいのは、顔が大きい上に、他のパーツも大きいのだ。鼻は何かをもいできたようにぽってりとしている。唇もぶ厚く横に長い。すべてのものが大きいために、まとまりと品というものに欠けていた。着ているものの安っぽさと相まって、彼女は到底合格点をつけられるものではなかった。

「翔ちゃん、これじゃ駄目よ」

傍らにいる息子に、心の中で語りかけた。

「これじゃ駄目。絶対に駄目よ」

不思議なことに、由美子は次第に快活な気分になっていく。もし息子が連れてきた娘が、素晴らしい女性だったらどうしようかと、まるでテレビドラマのようななりゆきを、ちらっと想像したことがある。こちらがすべての偏見や先入観を恥じ、息子とその女性に謝罪しなければならない事態になったらどうしようかと。

が、この娘が相手なら、心おきなく反対することが出来る。夫の健治にしても、呆れるはずだ。全面的に自分の味方になってくれるに違いない。

「初めまして。翔の母親です。今日はよくいらしてくださったわね」

余裕のために、由美子はおっとりと構えることが出来た。目の前の娘に、東京の品のいい主婦がどういうものか見せつけてやるつもりだ。

「宮城《みやぎ》珠緒です。どうかよろしくお願いします」

意外にも、相手は立ち上がって挨拶する。そうするとぴらぴらした布のフリルが揺れた。この種の女の子は、どうして幼女のような服を着るのか、由美子は不思議で仕方ない。

「あの、すいません。私、手ぶらで来ちゃいました。何かお菓子でも買っていこうと思ったら、翔ちゃんがいらないって」

「オレが珠緒にいいって言ったんだ。うちの連中、あんまり甘いもんが好きじゃないって」

意外なことに、息子がやや強気な態度に出てきた。

「でもさあ、オレたちが住んでるところの近くに、ものすごくおいしいドラ焼き屋があるんだ。オレ、家を出るまで甘いものなんか苦手だと思ってたけど、これが案外おいしくてさ。時々二人で、二個買って歩きながら食べんだよな」

「そう、そう。あそこのドラ焼き、すっごくおいしいよね。今度、お母さん、じゃなくって福原さんにお土産に買ってきますよ」

「それはどうもありがとう」

心にもない礼を言った後、由美子はさっそく本題にかかる。

「宮城さんは、沖縄のご出身ですって」

「ええ、そうです。那覇から飛行機で一時間の南琉球島っていうところの出身です」

「南琉球島ですって。あんまり聞いたことがないけど」

「そんなことないよ。台風情報でよく出てくるとこじゃないか」

翔が憤然《ふんぜん》として言い、その見幕《けんまく》に由美子は少々鼻白む。

「今度から、よく台風情報を見るようにするわね。えーと、そこに高校卒業までいらしたのね」

ここが肝心なところだ。珠緒という娘は、きちんと高校を出ているのだろうか。まさか中退などということだったらどうしよう。自分の息子のことはさておいて、相手の女の学歴が気になって仕方ない。

「島には高校がないんですよ。だから、島の子どもは、みんな那覇の高校へ行くんです」

「まあ、それは大変ね」

いささかほっとした由美子は、キッチンカウンターで、紅茶を淹《い》れ始めた。いつもはコーヒーのことが多いが、ちょっと気の張る客には丁寧に紅茶を淹れる。

茶碗はウェッジウッドだ。よその家では、紅茶茶碗を持たないところが案外多い。平気でコーヒー茶碗で紅茶を出す。が、この家は違う。アールグレイを紅茶茶碗で出す。これがあんたの相手の家庭なのよと、由美子は心の中でつぶやく。

そこへ健治がやってきた。やや遅れて姿を現したことで、家長の威厳を出そうとしているのだろう。いつも着ているくたびれた黄色のカーディガンの代わりに、ブランド品の青を着ている。かつてゴルフをやっていたなごりだ。

五十になってから、おきまりのメタボ体型となり、由美子はあれこれ口うるさく言っているのであるが、こうした場合はそう悪くない。恰幅《かっぷく》のいい中年男が、質のいい普段着を着ているというのは、その家の豊かさが自然に伝わってくるからである。

「やあ、いらっしゃい」

思っていたよりも愛想よく、健治は声をかける。が、眼鏡の奥の目が冷たく無表情なのを由美子は見逃さなかった。夫もこの娘に落胆しているに決まっている。

「翔の父親です」

由美子が紹介すると、珠緒は再び立ち上がって挨拶した。

「はじめまして。宮城珠緒です」

「まあ、お座りください」

夫は面接の試験官のような口調で言う。いくら出向とはいえ、一応〝部長〟の役職を持つ人間の重厚さだ。由美子は少々夫を見直した。

「宮城さんは、沖縄のお生まれですって」

「はい、南琉球島で生まれました」

「ほう、あそこはいつも天気予報に出てくるところですね。台風情報があると、真っ先に名前が出てくる」

「そうなんです。島には気象台があるんですよ。なんでも日本の気象観測の重要地点とかで、すっごく人がいるんです」

由美子の時よりも、ずっとなめらかに会話が成り立っていく。傍らの翔の表情がいっきにやわらかくなった。

「きっといいところなんでしょうね。僕は石垣島には行ったことがあるけれど、あそこもいいところだった。海が綺麗でびっくりしましたよ」

「やだー、石垣島なんて」

珠緒は大きく手をふり叫んだ。

「あそこなんて、すっごい都会ですってば。大きなホテルもいっぱいあるし、人もたくさん住んでますよ。私の住んでたとこなんかと、較べものになりません」

「その南琉球島って……、そんなにヘンピなとこなの……」

由美子はおそるおそる尋ねた。石垣島が大都会というのならば、いったいどういう場所なのだろうか。

由美子は石垣島には行ったことがなく、テレビの旅番組で見るぐらいだ。が、高い建物もなく、砂浜が続いているという印象しかない。

「うちの島は、人口が千三百人ぐらいで、観光客もめったに来ないんですよね。飛行機も日に二便しか飛ばないし。まあ、ヘンピっていえばヘンピかなあ」

何か思い出したのか、珠緒はくっくっと笑う。由美子は一度見たことのある歌舞伎の「俊寛」を思い出した。あのお坊さんは、平家に逆らったばかりに、確か鬼界ケ島というところに流されたはずだ。自分を乗せてくれなかった船を、ずっと追って岸壁まで行く俊寛。ボロボロの着物をまとい、哀れっぽく、手を海に向けて叫んだのではなかったろうか。

「おおーい、船よ〜」

まさか、あの世界ではないでしょうね……。

「その島で、宮城さんのお父さんは、何をなさってるんですか」

おそらく由美子の不安を察したのであろう、健治がすばやく質問した。

「うちのお父さんは、サトウキビをつくってます。おじいちゃんの代からずっとやってます。うちの島はサトウキビで有名なんです」

「すごく広い畑らしいよ。ハーベスターでざっざっと刈り取ってくんだろ」

翔が空気を察して、言葉を添える。息子は昔からそういうところがある。男のくせに、とても優しく気がまわるのだ。由美子はこの事態のすべての原因は、翔の優しい性格によるものだと判断する。

「そうなんです。うちのお父さんの農園は、黒砂糖もつくってて、空港の売店でも置いてくれてるんですよ」

〝父〟ではなく、〝お父さん〟としか言えないことは、もう予想していたことで諦めがつく。きちんと農業をしている、案外まともな家の出らしいと、ややホッとしたところに、珠緒はこう言ってのけた。

「でも、お父さんっていっても、お母さんとは、とっくに別れてるんですけどね。うちのお父さんとお母さんは、私が小さい頃に離婚してるんです。でも小さい島ですからしょっちゅう会いますよ。お父さんが再婚して生まれたあっちの弟と、うちのお母さんが再婚して生まれたこっちの弟は、島の小学校で同級生なんです」

「そんなことって、本当にあるのかね……」

夫の健治が、ややかすれた声で尋ねた。

「全然珍しくないですよ。島には小学校と中学校が一緒になったのがひとつだけですから、たいてい誰かと同級生になります。そう、そう、お父さんとこの末の弟と、うちの妹は、小学校はひとつ学年が違うだけです。うちの妹、四月十日生まれなんで、もうちょっと早かったら同級生だったのにって、残念がってました」

「あの、あなたのところ、ごきょうだい、何人いらっしゃるの」

今度は由美子が質問する番だ。

「私が長女ですけど、お父さんのところに四人、お母さんのところに三人いますから、八人きょうだいっていうことになりますかね」

「八人……」

夫婦が同時につぶやいた。

「うちのお母さんも、お父さんのとこのおばちゃんも、子どもの保護者会で一緒になるから、今じゃ仲よしです。私たちきょうだいも、いつも一緒にいて、すごーく仲よしなんですよ」

「随分、牧歌的なところなのねえ……」

由美子のあいづちに翔が睨む。が、これは皮肉でも何でもなかった。皮肉を言うには、あまりにもかけ離れた世界である。

「でも、うちのお父さんとお母さんは、まだわだかまり、っていうのがあるんじゃないですか。うちのお母さん、島でただ一軒のカフェ・バー、ま、早い話が飲み屋をやってるんですけど、うちのお父さん、一度も来たことないんですよ。だから、ケツの穴が小さい男だって、島の人みんなに言われてます」

「宮城さん」

健治が言った。

「あなた、確か渋谷でアルバイトしてるとか」

「はい、そうです」

「だったら結婚なんてとんでもない話でしょう。うちの翔も職にもついていない、中途半端な人間です。その二人が結婚なんてあり得ない話でしょう」

いきなり本題に入ってくれた。

「そりゃ、そうかもしれませんけど……」

珠緒はうつむき、そう濃くはない茶髪が、肩のところで揺れる。この娘はおそらく一度も、きちんとしたところに勤めたことがないのだろう。だから大人が強い言葉で責めてくることに慣れていない。自分のことはペラペラ話すことが出来ても、会話することは苦手なのだ。だから反論することなど出来ないだろうという由美子の目論見《もくろみ》ははずれた。珠緒は再び口を開いたのだ。

「早いって言うけど、うちのお母さんが結婚したのは十九歳でしたよ。翔ちゃんとのこと、うちのお母さんに相談したら、一人口《ぐち》は食べられないけど、二人口は食べられるって」

「それってどういうこと」

「一人もんは食べるのが大変だけど、夫婦なら何とかなるっていうことじゃないですか。お母さんと結婚した時、お父さんは二十歳で、サトウキビつくる前は、農業嫌って那覇の方でブイブイいわせてたんです。でもお母さんは、何とかなるって結婚に踏み切ったって。人と一緒になるのは、勢いだからって、私たちのこと励ましてくれたんです」

「それはね、あなたが住んでた島でだけ通じることじゃないかしらね」

夫に続いて由美子も攻撃していく。

「こんなこと申し上げて失礼だけど、宮城さんのお父さんもお母さんも、早いうちに結婚して、そしてお別れになったんでしょう」

翔がこちらをすごい目で見たが、無視することにした。ひどい、ひど過ぎる。多少のことは予想していたけれども、これほど変わった娘だとは思ってもみなかった。

「好きならさっさと結婚して、そして嫌になったらさっさと離婚すればいいっていうのが、おたくの島の習慣や、昨今の世の中の風潮だとしても、私どもはとても賛成しかねるわ。自分の子どもは、きちんと結婚してもらいたいと思うの」

「きちんとした結婚って何だよー」

翔がきつい声で尋ねる。

「一度一緒になったら、別れない結婚です。それからまわりの人たちから祝福される結婚」

「あのー、それって福原さんたちは、賛成してくれてないってことですか」

「そうね、申しわけないけど、とても賛成なんか出来ません。あなただってそれは覚悟してらしたんでしょう」

「えー、覚悟ですか」

珠緒は心底驚いた声をあげた。大きく目を見張る。そうすると目が奇妙な形に垂れて、やっぱりこの娘は無器量だと思った。

「あの、好きな人と結婚するのに、どうして覚悟っているんですか」

「そりゃ、あなた……」

由美子は言葉を失う。どうやらとんでもなく喰《く》い違っている。というよりも、共通の言語を所有していないのではないだろうかと思えるほどだ。

「その、きっと親の反対もあるだろうし、いろいろ苦労もするだろうっていう覚悟ですよ」

「そりゃあ、貧乏はするだろうと思いますけど、そんなのたいしたことじゃないと思うしィ」

「あのねえ、宮城さん」

由美子は無知の者に教えてやると言わんばかりに、ゆっくりと優しい声を出す。

「私たちが、大喜びで結婚賛成なんて言うはずはないでしょう。親ってそういうものよね。だって翔はね、何度でも言うようにちゃんと職についていないのよ。アルバイトの身の上なの。そういう人間がどうして結婚出来るの。あなたの島じゃ普通のことかもしれませんけど、私たちは許せません。アルバイト中の人間が結婚するなんてことは、とても非常識だと思うの」

やっとキーワードが見つかった。そう、非常識という言葉だ。思えば目の前にいる娘の常識はかなりずれている。その状態をひと言で言えば、

「非常識。わかるわね、常識がないってことなの。これ、私たちがいちばん嫌いなことなの」

「あの、アルバイトしてるってことは非常識なことなんですか」

「別にアルバイトしてるのは非常識じゃありません。アルバイトしか出来ないのに、結

婚するっていうのが非常識だって言ってるんです」

「それじゃ、翔ちゃんがアルバイトしてるから、非常識で結婚は反対ってことなんですね」

「そう、他にも理由はありますけどね」

「だったら、翔ちゃん、一生結婚出来ないってことですか」

「えっ、どういうこと」

「だって、翔ちゃん、自分は一生アルバイトでいいって言ってるから」

「何言ってるの。一生アルバイトでいい、っていう人間がこの世にいるわけないでしょ」

由美子は叫んだ。

「アルバイトなんてね、十代、二十代の人がするものなの。五十、六十になって男がアルバイト中なんていうのは、社会に参加してないってことなのよッ。わかるでしょ」

由美子は翔の方を見据える。まさか、本気で言ったわけではないでしょうね。

「そんなに興奮しなくたっていいじゃん」

翔はぽつんと言う。

「別にィ、就職してるのと、アルバイトしてるのと、そんなに違ってるわけでもないじゃん」

「違ってますよ。まるっきり違ってますよ」

「だったら、その違いがオレにはわからないよ」

息子までいったい何を言い出すのだろうか。由美子はまじまじと翔を見つめる。細くて小さな顔。由美子はあまり好きではないが、眉を女のように綺麗にしているので、ますます整った顔に見える。隣にいる若い娘とは、あきらかに違っているのだ。就職している者とアルバイトの者とは、はっきりと違っているのと同じように、あなたと、この不細工な娘とは違うの、違っているのよ、どうしてそんなことがわからないのよッと、由美子は大きな声でなじりたくなる。

「正社員だって、すぐに首切られたりするじゃん。そんなのより、自分の好きなアルバイトをして、好きなだけ働く方がずっといい。オレも、珠緒も、そんなにお金使わなくたって平気だしさ。二人でいるとすっごく居心地いいし、楽しいしさ。このままで全然OKだからさ、結婚したいんだ」

「馬鹿馬鹿しい。あなたたち、五十、六十になってもアルバイトしてくつもりなの」

「そうなったら、そうでもいいじゃん」

「わかりました、わかりましたよ」

その時、ふとひらめいたことがあった。

「ねえ、翔ちゃん、今のままでも充分に楽しいんでしょ。だったら結婚なんかしなくてもいいじゃないの。二人で暮らす分には、ママだって別に反対しないわよ」

「それがダメなんですよ」

珠緒がのんびりした声をあげる。

「うちのお母さん、同棲ダメだって。だらしないことするなって言うんですよ」


お母さん、東京もまだ寒い日が続きますが、いかがお過ごしでしょうか。

先日は、翔の成人式に過分なお心遣いをいただき、本当にありがとうございました。このあいだまで半ズボンをはき、ランドセルをしょっていたあの子が、もう二十歳だと思うと、感慨深いものがあります。などといっても、うちの場合、感慨などとひと言では片づけられません。またもや大変なことが起こったのです。このあいだの電話ではとても言えなかったことです。

驚かないでくださいね。翔が突然結婚する、などと言い出したのです。主人も私も最初は本気にしませんでした。翔はまだ二十歳で、普通でいえば大学生です。しかもご存知のとおり、ちゃんとした職にもついていません。それにもかかわらず、もう一緒に暮らし始めていて、結婚などと言い出したのですから、主人も私も大反対しました。

それに相手の女の子が、何て言うんでしょうか、もうお話にならないような子なんです。下品で、図々しく、はっきり言って私たちとは住む世界が違います。あの子が帰った後、私はしばらく茫然《ぼうぜん》としていました。暗たん（すいません、漢字が今、書けません）というのは、こういう気持ちだろうかと思ったほどです。

うちは今、ああいう娘と縁組みをしなくてはならないレベルだということを、つきつけられたような気分です。お母さん、私は今わかりました。子どもがどういう相手と結婚するか、というのは、それまで築き上げた自分の家庭の採点を受けるようなものですね。

私も母親として、息子がいずれ結婚する相手をいろいろ想像したことがあります。うちは普通のサラリーマンですから、もとよりお金持ちや、名家の令嬢などというのは考えたこともありません。ただお金はなくても教養があり、しつけもしっかりしている家庭のお嬢さん、というのが、私の思い描いていた翔の相手です。出来たら知的な職業につき、自立している人だったらもっとよかった。私はせっかく自分が大学まで行かせてもらったのに、これといって何も身につけられませんでした。だからもし翔がキャリア・ウーマンのような人と結婚したら、家事を手伝ってあげようと、夢のようなことを考えていました。

翔の結婚する相手が、社会的意義のある仕事を持っていたら、私はもう昔の姑《しゅうとめ》のようなことは絶対に言うまい。いろんな意味で協力してやり、彼女が仕事を続けられるような環境にしてあげよう、などと思っていました。

ところが、翔が連れてきたのは、やはり定職を持たない女の子でした。高校は出ているらしいのですが、知的なところは全くない子です。無器量ですし、口のきき方も知りません。まさに、昔お母さんが言っていた「あっちの人たち」なんです。

私が子どもの頃、一時的にアパートに住んでいたことがありましたね。お父さんが死んで家も売り、とても大変な時だったと思います。銭湯に通う生活は、結構楽しかったけれど、お母さんはよく私たちに言ってましたね。

「あなたたちは、ここに住むあっちの人たちとは違う。お父さんが死んでしまったから、ほんのいっときここにいるだけなのよ」

って。私は子どもで「あっちの人たち」というのがどういうことかわかりませんでした。ですけれど、今ならわかります。生まれつき努力を放棄した人たちですよね。先祖代々、これから先もそういう暮らしの中で生きていく人たちで、それが格別つらいとか悲しいとかも思わない。お母さんは、誇り高く、前向きに生きていくことを幼い私たちに教えてくれ、自分もそれを実行したのだと思います。

それでは私は子どもたちに、そういうことを教えたかというと、教える必要がなかったというのが正解です。両親も揃い、何の不自由もなかった子どもたちに、強い向上心を持てというのも無理な話です。けれども普通にきちんと育てたつもりです。子どもは親の育てるようにしか育たない、と言いますが、私はそんなに間違ったことをしてきたでしょうか。

どうして息子は学校を中退し、あんなひどい娘と結婚しようとしているのか。自分から進んで「あっちの人たち」の仲間入りをしようとしているのです。まだ間に合う、とずっと翔のことを見つめていましたが、今度のことでひょっとしたら取り返しがつかないところまできているのではないかとぞっとします。

お母さん、どうしていいか教えてください。

第二章　宮城家のこと（一）

菓子屋のおばさんは、週に二度か三度、二個だけドラ焼きを買っていく二人のことをよく憶えている。

「毎度ねー」

と大きな声を出し、すばやく小袋に入れてくれる。時には珠緒がエコバッグを持っているからと言って断ることもあった。

晴れた日だと、ドラ焼きを公園で食べることもある。まだ風は冷たいけれども、陽だまりはやわらかく、黄色い光はまぶしくてしばらく目が慣れないほどだ。ちゃんと焼けコゲのついたこのドラ焼きは本当においしい。餡《あん》に黒砂糖を使っているのも珠緒が気に入っているところだ。

「沖縄のお菓子と同じじゃん」

自動販売機で買うと、いっぺんに二百四十円かかるというので、公園に寄る時は珠緒はポットに熱いお茶を入れてくる。テディベアの絵が描いてある小さなポットは、珠緒の働いているリサイクルショップに持ち込まれたものだ。新品であまりにも可愛かったので、自分が買った。店員は特権として、利ざやをつけない買い取り値段で買うことも出来るのだ。

二人はひとつのカップからかわるがわるほうじ茶を飲んだ。いつもそうしている。ひとつで足りるものはひとつしか使わない。そうするとものを洗う手間が省けるし、いかにも恋人同士、という感じがする。

「昨日はごめん」

ぽつんと翔が言う。

「ごめんって、何がさ」

「だってさ、昨日から珠緒、ずうっと口きかないじゃん。かなり気分悪くしてんだろうなあって思って」

「そりゃ、気分悪いけど、仕方ないよね。私もさ、まあ、そんなに歓迎はされないだろって思ってたけど、ま、感じは悪かったよね」

「あの人たち、変わってるからさァ。ホントにかなり変わってるって思わない」

「そうかな、ま、あんなもんじゃないの」

他にもっと感想はあるのだが、それを言うと翔が傷つくような気がした。それは自分が傷つくよりももっと嫌だった。

「翔のお母さん、やっぱり綺麗じゃん。わりかし上品でさー、年よりずっと若く見えるよ」

母親のことを誉められ、翔の表情が一瞬ゆるんだ。

「そうなんだ。うちのお袋ってわりかし綺麗だったんだ。あ、昔はね」

「わかるよ」

「それでさ、勉強も出来たらしくって、一応国立大学も出てるんだけどさ、今はさ、ただの主婦でさ、おばさんでさ、何かさ、言うことに説得力がないんだよな」

「そうかな、うちのお母さんも、ただのおばさんだけどさ、言うことはわりと説得力あるよ。私、この年なのに結構聞いちゃうもん」

「珠緒のお母さんか……。なんかすごそう」

翔はくっくっと低く笑った。毎日のように珠緒の母親のことを聞いているのだ。

とても酒が強くて、島の名産のラム酒を、水割りにしてぐいぐいあおる。店の常連たちは酔っぱらうと、珠緒の母親につまみ出されるのでみんな店では行儀よくふるまっている。

「あのさー、中学校入る時に通学カバン買いに行ったわけ。島にはないからさ、那覇のデパートに行くわけさー。私、値段の高い、いい革の取っ手のしゃれたのが欲しくってさ、ゴネたわけ。うちのお母さん、そんなに貧乏ってわけでもないのにさ、合成革の軽いのにしろって言うわけ。そしてこう言ったの。通学カバンなんてたった三年使うだけで、用が足りればそれでいい。本革と合成革は、そんな違いはないのに値段は倍する。あんた、今、そんなことにこだわると、どうでもいい違いのために、倍働かなきゃいけない生き方すんのよ、それでもいいのって。あれさ、結構ずしんときたな」

「そうか、うちの親とは正反対だよな」

深いため息をつく。うまく言葉が見つからないもどかしさで、翔は最初少し言葉がつかえた。

「うちの親、特に母親はさ、高い方のカバン買うために、人間は一生懸命働かなきゃいけない、っていうタイプだろうな。でもさ、あの人たち、変わってるけど、そう悪い人たちじゃないんだ。僕のことは可愛がってくれたしさ、必死だったよ。だけどさ、悪いとは思うけどさ、どうにも仕方ないんだよな、これは」

「いいよ、そうだよ。親ってそういうもんじゃん」

珠緒は目の前の若い男を見つめる。アイドル出身の俳優にちょっと似ていると、友人にも言われた。小さな顎《あご》に涼やかな目。ほっそりとした体つきも好みだ。高校に入ってすぐに初体験を済ませてから、三人の男の人とつき合ったけれども、翔がいちばん見た目がいい。外見ばかりでなく、心も優しかった。

オンラインゲームで知り合い、初めて待ち合わせた時、まさか、と思った。みんなネット上では嘘ばかりついてくる。二十歳の青年と言って、だらしない体型の中年男が約束の場所にやってくる、などというのはよくある話だ。

しかし渋谷の雑踏の中で、翔はひときわ目立っていた。拗《す》ねたように唇をきゅっと結び、車と人の流れを眺めていた翔の横顔を目にした時、珠緒は、「マジー!?」とつぶやいたものだ。目印のゲーム雑誌を確認しても、まだ信じられなかった。それはまさしくひと目惚《めぼ》れだった。

沖縄の女の子は、ひと目惚れということを信じている。少なくとも他の地方に住む女の子たちよりもずっとだ。友人たちを見ていても、たいていエイサーなどの祭りで知り合った男の子たちとすぐ恋におちる。中でも珠緒は「惚れっぽい女」ということになっていたけれども、翔と出会った時、今までのことはみんな遊びだと思ったほどだ。

つき合い始めてすぐ翔は、こんなことを言ってくれたのである。

「僕が学校行かなくなった時、親父《おやじ》もお袋もつくり笑いをしてこう言うんだ。翔ちゃんの人生だから、ゆっくりでいいのよ。ゆっくりと好きなことを見つければいいのよ。だけどそんなもん、どこにあるって思ってた。だけど珠緒がいたんだね。僕の好きなこと」

その言葉を聞いた時、珠緒は感動のあまり、わっと泣いてしまったほどだ。友人たちに自慢すると、みんな驚き、羨望《せんぼう》のあまり声を震わせる。

「二つ年下で、イケメンで、そんなにいいコ、絶対に離しちゃ駄目だよ」

そんなこと言われなくてもわかっている。二週間目には一緒に暮らすようになり、そして結婚を約束した。今、珠緒は夢のような幸福の中にいる。あの感じの悪い翔の親のことを別にすればだ。

「東京者《もん》とは結婚しない方がいいんだけどねー」

島の母親に翔のことを話した時、まずこの言葉が飛び出した。

「これはさー、宮城のうちの家訓だからね」

家訓という言葉のいかめしさに、母娘同時に噴き出した。

「家訓って言ったってさー、東京者と結婚したのは、まだうちで誰もいないけどさー」

「だけどさ、お母さんはさー、本島とシマのハーフじゃん」

南琉球島は不思議な島である。そしてその不思議さは、東京の旅行者よりも、沖縄本島の人間によって指摘される。

沖縄独得の方言がほとんど使われていない。そして沖縄本島では見られない神輿《みこし》や神社というものが存在しているのだ。これは祖先崇拝が神の領域となっている沖縄の人々からすると、かなり驚く光景らしい。

　南琉球島は、明治時代、八丈島からの移民によって開拓された。それまでは人が住まない熱帯雨林の島だったのだ。やがて宮古や久米といった島々から人が移り住み、前の住民との結婚も盛んに行われた。しかし住民の顔がハチジョー顔とシマ顔とにはっきりとわかれる。

　うりざね顔、細い目、高い鼻、というのがハチジョー顔の特徴なら、シマ顔は丸顔、大きな目、ぼってりした鼻、ということになる。もう先祖がどっちだったかわからないほど、島の人たちは入り混じっているのに、時折典型的な顔つきの子どもが現れ、曾祖父母のルーツを示してくれるのだ。もちろんずうっとハチジョー顔、シマ顔の純血を守る家もある。

　珠緒はどこから見てもシマ顔であるが、母が再婚して生まれた弟二人はハチジョー顔だ。上の弟は那覇の高校に通っているのであるが、綺麗な顔をしているということでとてもてるらしい。母親の再婚相手の祖父がハチジョー系だったためだろう。

　また島の人たちはハチジョー系の子どもに特別のニュアンスを込めることがある。それは頭がいい、ということだ。

　罪人が流されたとこじゃん、という者に対してハチジョー系は憤然と反撃する。

「罪人っていっても思想犯だよ。正義に燃えたインテリばっかさー」

珠緒も母親に言われることがあった。

「あんたの頭だけは、ハチジョー系かもしれないね」

いつも友だちと一緒に遊びまわっていたけれど、勉強も嫌いではなかった。宿題の他にも予習、復習をきちんとやれば、島ではいちばんになれる。高校を決める時、先生は保証してくれたものだ。

「那覇のどんな高校にだって行けるぞ」

これには少々理由がある。南琉球島は高校がないため、進学のために島を出るのだが、ここでは離島ゆえの優遇措置がある。学区というものがなく、沖縄中の好きな高校が受験出来るのだ。

しかも南琉球島の子どもたちには、推薦枠というものも用意されている。いくつかの高校が離島の中学生たちのために、門戸を拡げているのだ。

珠緒は子どもの頃から習っていた三線《さんしん》を弾き、民謡を歌って、審査の先生たちから拍手を貰ったほどだ。そして那覇の名門高校にたったひとり入学した。

不思議なことに、あれほど仲がよかった同級生たちはみんな離れたところに進学したがる。沖縄本島のずっと北の方へ進む者もいれば、南も南、石垣島に行く者もいた。

「子どもの時、あまりにも近くにいて、きょうだいみたいにしてたから、高校に行く時ぐらいは、別々になってみたいのではないか」

というのがおおかたの見解である。

　が、ここで珠緒は島の子どもにつきものの挫折を味わう。島でいちばんをとったからといっても、那覇の名門高校では中の下がせいぜいである。

「こんなはずではなかった」

と、南琉球島の優等生は大層驚くらしい。が、驚いてそれでおしまいだ。もともと人と争うとか、粉骨砕身といった言葉からは無縁の気風である。

　そもそも沖縄というところが、大学進学率が最低の県だ。本土に比べて所得が少ない、ということもあるが、南国の風土が人と競わせることを好まない。東京志向も希薄で、ほとんどの人間が、自分の生まれ育ったところが最高だと思っている。進学校でも、がつがつと勉強して東京へ行きたがる者は、たいてい地元の大学に進む。本土の人たちには案外知られていないことであるが、沖縄にも評判のいい私立大学はいくつもあるのだ。那覇の高校を出た大部分の同級生は、たいていが地元志向であるが、そうでなかったら福岡の大学に進む者も多い。

　珠緒は博多の専門学校に進んだ。簿記を勉強するためだ。母親の洋子の、

「手に職をつければ、絶対に喰いっぱぐれはないから」

というアドバイスに従ったのである。が、母親の宣託は、ここで初めてはずれることとなった。せっかく二級の資格をとったものの、那覇ではろくな就職口がなかったので

ある。

市場の弁当屋でアルバイトを始めた珠緒に、東京に来るように誘ってくれたのは南琉球島の先輩だ。いくら不況といっても、若い女だったら東京で勤め口はなんとかなる。現に自分が勤めているリサイクルショップで欠員が出た。簿記が出来る珠緒のことを話したら雇ってやってもいいという。話はとんとん拍子に進んだ。洋子も別段反対はしなかった。ただこのことはきつく言い渡された。

「タマちゃんは、言っちゃなんだけど、すごい美人っていうわけじゃない。こういう子が水商売をやっちゃ駄目だよ」

「なんでよ」

「子どもん時からちやほやされてる女だったら、水商売入っても、男ってそういうもんだって割り切って仕事が出来るさー。だけどさ、そんなことなかった女がさー、酒飲むとこに勤めると、男はそれだけで近づいてくる。酒の魔力っていうやつだね。道歩いてりゃひっかけないようなおネエちゃんにも声かける。だけど、女の方は誤解するわけさー。すぐに男に入れこんでさー、道を誤っちゃうんだよね」

「ふうーん。でも私は大丈夫だよ。だいいちお酒飲むとこあんまり好きじゃない」

「そうだよ。あんただから言うけどさー、お客の中にも私を口説くのが何人もいる。全くお酒の力って怖いよね」

これには珠緒がびっくりした。あんな狭い島の中で、店に来る客はみんな顔見知りだ。奥さんの顔もわかる。だいいちあの性格の、あの体格の母親に言い寄るとは！

「うちのお母さんって、四十過ぎた頃からむくむく太り出したんだよね。ま、うちの島じゃ珍しくないよ。だって歩いてる人なんかあんまりいないもん。みんなすぐそこまで行くのも車だしさ。夕方からは、みんなどっかの店に行って、すごい量食べて呑むんだよ。診療所の先生言ってたもん。みんながまじめにメタボ健診したら、この島の八割はひっかかるって」

翔はくっくっと笑う。珠緒のこうした話を聞くのが大好きなのだ。東京生まれ東京育ちの翔にとって、遠い南の島の話は、信じられないほどの驚きに充ちている。最初のうちは、珠緒が自分を喜ばせるために創作したのではないかと思ったほどだ。

「でもさ、今度のことでうちのお母さん、見直したね。いや、やっぱりいいなーって思っちゃった」

電話で翔の両親に結婚を反対されていること、いっそのこと二人だけで婚姻届けを出そうと思っていることなどをかいつまんで話したところ、即座に、

「駄目だよ。そんなことしちゃ絶対に駄目だよ」

と耳にがんがんと響くような声で怒鳴られた。

「結婚っていうのはさー、みんなにお祝いされてしなきゃ駄目なもんなんだよ。どっち

かの親が反対してたら、もう駄目だね。結局は別れることになる。あんたのお父さんとがそうだったからね」

「そうなの。でもいいじゃん。私っていう可愛い子どもも生まれたんだし、それだけでラッキーとかよく言ってるじゃん」

「バカタレ！」

洋子はさらに大きな声をあげる。

「そんなもん、世間への強がりってもんだよ。うちの島は右向いても、左向いても、みんな一回か二回離婚してるけど、離婚なんかしないのがいちばんさー。子どもが可哀想だ」

「私、そんなに気にしてないよ」

「そりゃ、タマちゃんがいい子だからだよ。あんたさー、結構、今のお父さんに気を遣ってただろ。そんくらいわかるさ。弟や妹も可愛がってくれた。本当はさー、大学にだって行きたかっただろ。本当の父親なら我儘《わがまま》言えても、うちの人には言えないことがある。悪かったさー、しみじみ思うよ」

食べかけのドラ焼きを手に、珠緒はしみじみとした声で言った。

「お母さん、結構私のこと考えてくれてるんだって、あの時はジーンときたよな」

「そりゃ、そうだよな」

「お母さんさ、島の肝っ玉母ちゃんみたいなこと言われてさ、時々ガイドブックや情報雑誌に出んの。いつもガハハッて大口開けて笑ってる写真なんだけど、あの人もいろいろ苦労してるし、結構繊細なんだよねー」

仲間みたいに毎晩酒を呑み交わしている島のおじさんたちの中にも、お母さんにエッチな誘いをする人いるんだって……という言葉を舌の上でころがし、餡と共に飲み込んだ。やはりこういうことを翔に言うのははばかられる。あんなにお上品なつんとしたお母さんを見た後ならなおさらだ。

「ま、母親って、みんな子どものこと考えてくれてんだよなァ」

翔は遠いところを見るような視線になる。

何かシビアなことを言い始める時だ。つらい嫌な記憶をたどっているのだろうと珠緒は思う。

「うちのお袋だって、僕のことで必死になっていろいろ頑張ってくれたよ。有り難いと思うんだけどさ、やっぱり違うんだ。珠緒とお母さんみたいになれない。珠緒って、結構お母さんの言うこと聞いてそのとおりにしようとするじゃん。僕には出来ないんだ。そんなに反発するっていうんじゃないけど、やっぱりあの人たちの言うとおりには出来ないんだよ。なんかさ、言葉が頭の上を素通りしていくみたいな気分っていうかさ」

「ま、仕方ないじゃん」

珠緒は残りのドラ焼きをぱくりと口にする。

「うちのお母さんが言ってた。タマちゃんの相手は、きっと東京のいいとこのお坊ちゃんなんだろうねって。それだけでもややこしくって結婚なんかやめとけ、って言いたいけど、相手は学校を途中でやめてるらしい。こうなると話はもっとこじれるよって。あっちのプライドが屈折してるはずだ。出来の悪い息子ですからよろしく、って言える親なら上出来だけど、たぶんそうじゃないだろうって……」

「珠緒のお母さんって、すごい。すべてお見通しだよ」

翔がうなった。

「うちの親のことを嫌いなのはさ、すべて決めつけることなんだよ。一生バイトで生きてけるわけはない。一生貧乏のままで終わるんだ、それでいいのかって脅すように言うだろ。あれって本当にムカつく。自分たちが大金持ちでうんと楽しそうにやってるならともかく、よくどっちかがお金のことで小言言って、どっちかがふくれるのがうちのパターンさ。親父なんかさ、テレビ見てて、ＩＴや外資で大儲けしている奴のこと、腹の底から憎々し気に言う。あれってどう見ても貧乏人のひがみなんだよ。それなのに、僕に向かって、一生貧乏のままになるぞって脅すのってどうよ⁉」

今勤めている漫画喫茶は、深夜勤務だと一時間千百円くれる。昼のルーティンと組み合わせても月に十四万円になる。珠緒の方はもっと稼いでいて、十八万に少々欠けるぐらいだ。二人合わせるとだいたい三十万円。翔にとって気の遠くなるような大金だ。ユニット式のバスルームのついたアパートは、前から珠緒の住んでいたところで家賃が七万円、二畳ほどのキッチンがついている。ここに折りたたみ式のパイプ椅子とテーブルを置いた。その上に珠緒と百円ショップで買ってきたテーブルクロスをかける。テーブルクロスだけではない。二人分の食器も箸もナイフとフォークも、すべて百円ショップで見つけてきたものだ。

初めて珠緒に連れられ、ショップに行った時の興奮を、翔は今もよく憶えている。今まで街中の小さな店を利用したことはあったが、これほどの巨大店は初めてであった。郊外にあるチェーン店だ。ここには何でも揃っている。食器どころか鍋もヤカンもフライパンも、みんな百円で買えた。Tシャツも下着もオリジナルの本も、百円なのである。

「なんなんだ、これは」

千円札を二枚持ってくれれば、生活に必要なたいていのものは揃う。事実、珠緒との同居で必要なものはほとんどここで買った。

二千円あれば生活の道具は揃い、そして三十万円の収入があるのだ。どうして思い悩む必要があるのだろうか。少なくとも、自分たちは親たちよりもはるかに楽しく幸福に生きている。生きていけると思う。若さということを割り引いてもだ。

「あの人たち、こちらの言うこと、一応聞くふりはするじゃん。だけどさ、無理して聞いてんのすぐにわかんだよな。頭の中ではさ、ちっともわかってないってことすぐわかるよ」

「そんなこと言ったってさ、翔ちゃん、やっぱりお父さんとお母さんのこと好きじゃん。わかるよ」

「ま、ホントのとこ、嫌いじゃないよ。本当に親のこと嫌いになったらアウトでしょ」

「まあね。本当にグレた人、何人も知ってるけど、親子関係悲惨だよ。うちのお母さん、よく言ってる。親と子が仲よく出来ないほどつらいことはない。それって、もう人間の基本なんだってさ。だからさー、私たちの結婚のことで、翔ちゃんちの親子関係が駄目になるようなことはやめろって。時間かかってもいいからちゃんとしろって」

「珠緒のお母さんって、結構いいこと言うよな。会ったことないけど、なんかさ、尊敬しちゃうよなー」

「だってうちのお母さん、やってきたことがハンパじゃないもんね」

母親のことを話し始める時、珠緒の表情はぱっと明るくなる。母の洋子が生きてきた道のりは、もう空でも言えるほどだ。あたかも聖書をめくるように、珠緒は語り始める。

「前にも話したと思うけどさー、私のお母さんの方のおばあちゃんって、那覇の生まれなんだよ。おばあちゃんに戦争の時の話、聞いてみ。可哀想で可哀想で涙が出てくるよ。戦争終わる時、おばあちゃんはまだほんの子どもだったんだけどさ、集団自決させられそうになったんだよ。集団ジケツ、わかる？　みんなで自殺するんだよ。アメリカ軍が攻めてくるから、とにかくその前に死のうって、家族と近所の人が車座に座って、真ん中でひいじいちゃんが兵隊から配られた手榴弾《しゅりゅうだん》を抜いたんだよ。だけどさー、それが不発で、みんな助かって、私もここにいるわけ。沖縄ってさー、どこのうちでもそういうつらい話があんだよ。成人式の時、国際通りでアホなのがアホなこと毎年やってるけど、あのコたちのじいちゃんたちもさ、話したくないようなことをみんな持ってるはず。沖縄はそういうとこなんだよ」

だけどさ、うちの島は助かったんだ。翔ちゃんもいつか島に来ればわかるけどさー、うちの島って海岸がないんだ。ほんと、一メートルもない。全部断崖《だんがい》なんだよ。中学校の時、先生に教わったんだけど、アメリカ軍は、うちの島をどうしても欲しかったんだって。日本本土を攻めるための、飛行機の基地にするのにぴったりだったんだ。だけど、いくら島のまわりをうろうろしてもさ、上陸が出来ないんだ。

あたり前だよね、今だって、私たちが船から降りる時、艀《はしけ》がつけられない。私たち、鳥カゴみたいなコンテナに乗って、クレーンで吊り下げられて降りるんだよ。本当だってば。そいでさー、アメリカ軍は諦めて帰ったから、うちの島は安全だったわけ。沖縄本島は地獄になったんだけど、うちらは大丈夫だったわけ。だからさ、戦後、おばあちゃんの一家は那覇からやってきたわけさ。ひいじいちゃんは、サトウキビ工場に勤めたんだけど、子どもも多かったから貧乏だったみたいだよね。おばあちゃんも同じ工場勤めて、おじいちゃんと結婚して、うちのお母さんが生まれたんだ。だけどまだ貧乏だったんだって。なぜっていうと、おじいちゃんがものすごい酒飲みだったから。

うちの島で酒飲みなんか珍しくも何ともない。みんなウーロン茶飲むみたいに、昼からビール飲むところなんだよ。だけど、アル中で、しょっちゅう意識もわかんなくなるぐらいまで飲むなんて人、やっぱりいない。おじいちゃんは那覇の病院に出たり入ったりして、お母さんはうんと苦労したんだ。

うちのお母さんって、今、四十四歳だけど中学しか出てないよ。島で私らの親の代、大学行った人はいないけど、中学だけの人もいない。お母さんちだけ、特別に貧乏だったわけ。お母さん、島の中学出た後、川崎の電器の部品つくってる工場に働きに行ったんだよ。たいていの人が、那覇の高校行く時に、うちのお母さんだけ川崎に行ったわけ。川崎っていえば、ま、東京のようなもんじゃん。あの頃の島の子どもにとってさー、海外に奉公行くようなもんだったって、お母さん、今も言うよ。

そこでさ、お母さん、工場で働きながら暴走族に入ったんだから、驚いちゃうよね。

今で言うと、レディースっていうやつ？　とにかくうちのお母さん、バイクに夢中になってさ、すぐにリーダーになったんだって。お母さんに言わせるとさ、男の子の後ろに乗っかって、キャーキャー喜んでる女とはわけが違う。あの頃、川崎には本気でバイクをぶっとばす女の子のグループがあったんだ。

うちのお母さん、やる時はとことんやるから、食べるものも食べないで、お給料貯めて、すごくいいバイク買ったんだよ。そしてチョッカイかけてくる、他の男の子のグループなんかと戦って、ちゃんとした組織をつくったんだって。すごいね。

うちのお母さん、今でも言ってる。あの川崎にいた頃、本当に楽しかったって。金曜日の夜にみんなが集まって、揃いのジャンパー着て朝まで走ったらしいよ。

だけどさ、冬の朝にさ、道路が凍ってて、目の前で仲間が横転しちゃったんだ。そしてね、車椅子の生活になったんだって……。その子、身寄りもなくて本当に困ったらしい。

そしたらうちのお母さん、何をしたと思う？　自分がリーダーだからって、責任をとったんだ。すぐ工場をやめてね、実入りのいい仕事についたんだよ。

「島で飲み屋のおばちゃんやるならともかく、私の器量で、都会で水商売に入ったら最下位になるから」

ってさ、お母さんは笑って言うんだけど大変だったみたい。昼間はさ、スーパーのマネキンやってさ、夜はさ、ビルの清掃をしたんだよ。バイクも売ってさ、一日三時間ぐらいしか眠らないで働いたわけ。そして三年それやってさ、ケガした女の子が、なんとか一人でやれるようになったのを見届けてから、島に帰ってきたんだよ。自分の母親だけどさ、性根が据わってるよね。

でもさ、お母さんよく言う。

「こんなにしっかりしてる私だけど、男を見る目だけはなかったかもねー」

だけどうちのお父さんも、今のお父さんもいい人だよ。ま、離婚なんていろんな事情があるから仕方ないって私は思うんだけど、お母さんは嫌なんだって。犬っころみたいに一緒になって、犬っころみたいに別れるのだけはやめろって。それ、どういう意味だろ……。

「結婚したら、絶対に別れちゃいけない、っていうことなんだろ」

翔は言った。

「どっちにしたって、オレはさ、絶対に珠緒と別れるつもりなんかないもん。どんなことがあっても結婚するし、ずうっと一緒にいんだもん……」

「翔ちゃんったら……」

珠緒はしばらく言葉が出ない。手に持った食べかけのドラ焼きが小さく震える。どうしてこの人は、こんなにいろんな言葉をてらいなく口に出せるんだろうか。きっと心がまっすぐだからに違いない。

「ねえ、翔ちゃんってば、どうして私のこと、そんなに好きになってくれるの？」

前につき合った男たちは、誰ひとりとして優しい、はっきりとした愛の言葉を口にしてはくれなかった。何とはなしに、だらだらとつき合い始め、セックスもだらだらと数を重ね、そしてやがて相手が浮気して破局を迎えるというのがいつものパターンだった。

「え、どうしてって……。だってさ、珠緒はすっごく可愛いし、面白いし、性格いいしさ。男だったらみんな好きになるじゃん」

「やだ、翔ちゃんったら、そんな……」

珠緒は幸福のあまりどうしていいのかわからない。照れのために身をよじり、やがて食べかけのドラ焼きを差し出す。

「ありがとねー。これ、お礼」

「サンキュー」

翔はそれを受け取り、何の抵抗もなく齧《かじ》り始めた。白い綺麗な前歯を、珠緒はうっとりと眺める。翔は歯並びもきちんとしている。子どもの頃に、矯正をしていたそうだ。弟たちのひとりの、ひどい乱杭歯《らんぐいば》を思い出す。高校は出ていなくても、翔ちゃんはやっぱり私らとは違うと思った。

「僕がやなのはさー、うちの姉貴みたいな女だよな。子どもの頃から一緒だけど、つくづくやだなーって思うよ。男をメキキすることしか考えてないんだ。うちのお母さんもあれほどひどくないよな。お姉ちゃんってさ、子どもの時からちょっと綺麗とか言われてたんだけど、そん時から男をメキキする訓練してたような気がして仕方ない。だからさ、僕のことなんか、てんで馬鹿にしてろくに口きかないのさ。ま、こっちも仲よくしようとは思わない。あんな女に嫌われたっていいんだ」

第三章　福原家のこと（二）

可奈は不満である。母の由美子が弟の翔の相手の様子を少しも話してくれないのだ。しつこく聞くと、

「とにかく、お話にも何にもなりゃしない」

何かを思い出したのか、呼吸が荒くなる。

「教養がなくて、下品で、もうどうしようもないコよ。私たちとはまるっきり違うのよ」

こういう時、可奈の中に若い女特有の意地悪さがつい顔を出す。困惑と苦悩に満ちた母親を、からかってみたくなるのだ。

「教養がないって言ったって、翔だって高校中退じゃない。言ってみれば中卒よ。世間から見れば、どうしたって〝下流の人々〟っていうことになるのよ」

「可奈ちゃん、何てこと言うのよ……」

母の唇がわなわなと震えている。かなり痛手を与えたようだと、可奈はほんの少し後悔するが、爽快感《そうかい》の方が強い。親のここまでの急所に触れたというのは、子どもとしては楽しいものだ。

「あのね、育ちが違うのよ。育ちが」

由美子は心の中にたまっていたものを、娘に向かって一気に吐き出そうとするかのようだ。

「憶えているでしょ、あなただって翔だって、子どものうちからピアノを習わせた。翔はすぐにやめちゃったけど、とにかく習わせたのよ。だからあの子、男の子だけど、バイエルぐらい弾けるはずよ。子どものためのクラシックコンサートだって行ったし、夏は毎年、劇団四季の子どもミュージカルを見に行ったわよね。二人が小学生の時は、三年続けてハワイ旅行もしたわ。お正月は百人一首をして、家中でテレビの討論番組も見た。パパがよく新聞読んで、世界で何が起こってるか解説もしたじゃないの。翔はね、ちゃんと私立の中学にも合格したのよ。ちゃんとしてればね、ちゃんとしたうちの、ちゃんとした子どもなのよ。あんな女とはね、生まれ育ちも違うのよッ」

「でもさ……」

母の由美子の反応が見たくて、ついここまで言ってしまう。

「今は同じ場所に立ってるんじゃない」

「可奈ちゃん、何てこと言うのよ」

驚いたことに、由美子の目から涙が噴き上がった。

「たまたま、翔ちゃんはさまよってるのよ。どうしてそんなことがわからないの」

「さまよう？」

「そうよ。学校を中退したんで、そのショックと挫折感ですっかりヤケを起こしたのよ。だからたまたま、あっち側にふらふら行っちゃったのよ……」

由美子はテーブルの上のティッシュペーパーを取り出し、涙ごとちんと鼻をかんだ。

「でもね、あの子は、いずれ気がつくはずよ。自分はこんな女とは、まるっきり違う人種だって。私はね、とにかく翔ちゃんに大検を受けさせたい。どんなことをしても受けてもらいたい。そしてね、どんなとこでもいいから大学というところに行ってほしいの。そうしたらあの子の世界も変わるはずよ。まともなちゃんとした女の子が、世の中にはいくらでもいるって。そうすれば、あんな女にひっかかるはずもない」

「でもね」

つい言ってしまう。娘から見て、母の論理は少々おかしいところがあるのだ。

「ママたちの時代とは違うのよ。翔が今から行けるような、三流の大学へ行ってごらんなさい。女子大生なんかそりゃあひどいわよ。ヤンキーみたいなのが、学食にたむろして、ご飯食べながらメイク直してるわよ」

「それでも、大学に行ってるだけマシです」

由美子はきっぱりと言った。

「わずかでも選別されてるはずよ。それなのに翔が連れてきた女ときたら……」

「そんなにひどいの」

初めて同情する気になった。

「私は今まで、あんなコに会ったことないわね。ほら、渋谷へ行って、東急本店に行こうとすると、角のデパートみたいなところに、ほら……」

「109のことね」

「そう、そう。そこの前にいつも、とんでもないミニはいて、とんでもない格好してるコいるじゃないの」

「渋谷ギャルね」

「と言われると、また着てるものもちょっと違うような気がするんだけど」

「何系なの」

「そんな、何系って言われてもわからないわよ。とにかく派手なぺらぺらした安っぽい服着て、あのへんを歩いてる女の子にそっくりなの」

「それで、結婚させるの？」

可奈が質問したとたん、母の形相がさらに険しくなった。

「させるもんですか！」

「だってさ、翔だってもう二十歳なんだし、本人同士がしたいって言ったらどうするの」

「だから、させませんよ」

まるで可奈が、息子の相手であるかのように睨みつける。

「させませんたら、絶対にさせません。もしするって言ったら、翔と親子の縁を切るつもりよ」

「おお、こわ」

可奈は大げさに身をすくめる。

「やだなア、私が就活でいろいろ大変な時に、弟がもめごと起こしてくれちゃうなんて」

「だから、あなたは自分のことをちゃんとしてくれればいいの」

「わかってます」

可奈は唇をとがらせる。そして母親から遠ざかるついでに、居間の小さなミラーで、自分の横顔をちらっと見る。

「カンペキだわ……」

おとといり美容院でカットしてもらったおかげで、ブラウしした後ろのラインが綺麗に流れている。これに女子大生らしい華やかさを出そうと、細い光るピンをさしている。OLとの差は、こうしたちょっとした小物で決まるのだ。

夕方から六本木のレストランで、ちょっとしたパーティーがある。これも大切な就活のひとつだ。今どきヒルズ族などいるのかと聞く人がいるが、いるところにはちゃんといる。生き残った若手のIT社長たちが、毎晩のように遊びに精出しているし、外資の連中とても、本当のエリートたちはしぶとく高給を手にしているのだ。これにドクターたちが加わって、夜な夜なパーティーが開かれているらしいと知っていても、可奈は自分とは縁のないものと思っていた。大学の中でも、もっと派手なグループが参加していると聞いたからだ。

が、偶然その中のひとりに誘われ、パーティーに連れていってもらった。そこで久保田さんに気に入られたらしい。久保田さんというのは、こうしたパーティーを仕切っている大手の広告代理店の男だ。東大大学院を出たという、夜の巷《ちまた》で伝説の人物である。

最初にパーティーに出た時、会費を取らないことが気になった。

可奈が男子学生と合コンをする時はもちろん割り勘だし、若いサラリーマンとの時も、女の子はその半分ぐらいは出すのが普通だったからだ。

「気にしない、気にしない」

連れていってくれた友人が首をふる。

「あのね、ここだけの話、久保田さんは男の人からちゃんとお金を貰ってんのよ。レベルの高いＣ　Ａ《キャビンアテンダント》とか女子大生集めてパーティーするでしょ。するとさ、一回いくらって男の人たちがちゃんとお礼をしてるみたい」

「ふうーん」

嫌な気分がした。なにか自分たちが商品のように扱われているような気がしたからだ。

「あら、別に何も気にすることはないわよ。だってさ、私たち単にご馳走《ちそう》してもらうだけじゃないの。あのね、私の叔母さんは、うちの学校の卒業生だけど、バブルの時ってすごかったっていつも自慢している。うちの女子大行ってて、綺麗なコだったら、そりゃあすごかったって。一緒に食事してあげたり、パーティーに出たりしたら、帰りにタクシー代ってことで封筒渡されて、中には三万円、五万円入ってたんだってさ」

「それって、いつの話なんだろ」

「二十年ぐらい前のことなんじゃない。ま、とにかくそんなこともあったんだからさ、今の私たちなんかおとなしい方よ。それほどいいことも起こるわけじゃないのに、パーティーや合コンに顔出してあげて、まあ、ケナゲよね」

そうは言うものの、彼女は久保田さんが仕切るパーティーというと必ず顔を出す。メンバーの顔ぶれや料理が、抜群にいいからだという。

最初のパーティーで、久保田さんにも紹介してもらった。小柄であるが、均整のとれた体つきをしていてかなりのハンサムだ。いかにも遊んでいる男らしく、真っ黒にゴルフ焼けしている。いくら広告代理店とはいえ、とてもサラリーマンには見えなかった。そして可奈に向かってこう言ったのだ。

「可奈ちゃん合格だよ。これからも遊びに来てね」

男たちは三十代が主で、仕事も遊びも楽しくてたまらない、といった年頃だ。既婚者がかなり混じっているとすぐにわかるのは、結婚指輪を隠さないからだ。二度目の者も結構いるらしい。

こうした男たちとつき合う女子大生も何人かいるらしいが、可奈は決してそんなひとりにはなるまいと思う。妻子ある男の愛人になるのなどまっぴらだ。こういう噂は案外伝わりやすく、いつまでも残る。

五年前に、キー局のアナウンサーに合格した先輩がいるが、今でも、

「かなり遊んでいた」

とみんなは言う。なんでもそこそこ有名な建築家とつき合い、在校中は海外旅行にも連れていってもらったらしい。もちろんやっかみもあるだろうが、その旅行の内容をかなり詳しく知っている者がいるのは、おそらく相手の男が得意がって喋っているせいに違いない。可奈はそんなめにあうのはまっぴらだと思う。が、誘われればパーティーに

出向くのは、ここに集うメンバーの顔ぶれがやはりすごいからだ。若い社長や外資の社員たちに混じって、可奈が入りたいと激しく願う大手商社の男たちも何人かいる。その中のひとり、村松とはすぐにメールアドレスを交わし合う仲になった。いや、連絡し合う仲、と言った方がいいかもしれない。

普通飲み会や合コンとなると、幹事が頃合いを見はからって、

「そろそろ、メルアド交換タイムといきましょ」

と声をかけるものだが、このパーティーの場合は、久保田さんがあらかじめパソコンでうった男女のメールアドレスが配られる。これは女にとっては迷惑な話で、パーティーの次の日は、男たちからのメールへの返事で半日が潰《つぶ》れるほどだ。しかし、ほとんどは適当にいなしておく。男たちは二人きりで会いたい、と持ちかけてくるが、そんなことが出来るわけがない。

村松は四十をひとつか二つ出ているようだ。商社の社内留学組で、スタンフォードのビジネススクールを出ている。もちろん大学は東大だ。その彼が、可奈の就職の相談に親身にのってくれるようになった。

「うちもねえ、今年は女子の採用は控えるみたいだね。そうかといって採らないこともないさ。僕たちの時代だったら、可奈ちゃんみたいなコは、きっと合格だったのにな」

「そうですか」

「そりゃそうだよ。総合職は別として、あの頃商社に入ってくる女性は、社員のお嫁さん要員だもの。だからみんな縁故で、自宅通勤で、可愛いコばっかり。可奈ちゃんの大学なんか、いつも五、六人入ってたよ。この頃はハケンさんばっかりで、社内結婚の話はあんまり聞かないけど、あれも惜しいよね。うちみたいな特殊な仕事をわかってくれてさ、海外に出てもきちんとサポートしてくれる奥さんは、やっぱり元同僚ってのがいいよねえ」

ちらっと聞いたことがある。村松の妻は東大の同級生で、コンサルティング会社に勤めている。だから次の海外勤務に出る時は、たぶん単身赴任になるだろうというのだ。

「もううちも、今年は女子は二十人ぐらいだよねえ」

「二十五人です」

可奈は答えた。

「全くなァ。これじゃ若い連中の元気が今ひとつないのもわかるよ。僕の頃なんか、それこそ毎年百人近く、ピチピチの女の子が入社したんだよ。もう、毎週合コン、焼肉大会に、夏には花火を見る会やってさ、ヘタ同士ゴルフにもしょっちゅう行って楽しかったなァ」

村松は可奈のグラスにワインを注ぐ。ここは銀座の割烹《かっぽう》料理店だ。といってもカウンターに、煮物や和え物の鉢が並び、おばんざい屋の趣がある。

村松はここの常連なので、特別にワインを持ち込めるのだ。彼はカリフォルニアワインが大好物だ。スタンフォードのビジネススクールに通っていた時にやみつきになったそうだ。

「ボルドーとか、ブルゴーニュの高いのしか飲まない、ってエバッてるのがいるけど、ああいうのはイモだよね。ワインなんかさ、うまくてリーズナブルなものがいっぱいあるんだから」

というものの、村松の持ち込むワインは、カリフォルニアで二、三万するものらしい。が、目を見張る可奈に言った。

「こんなものはどうってことない。久保田の大好物のスクリーミング・イーグルっていうカルトワインは、一本六十万ぐらいだよ」

「えー、ワインが一本六十万円するんですか」

「ま、カリフォルニアの中じゃ、すごい値段だよな。でもさ、このあいだ僕がクロちゃんにご馳走してもらったのはさ」

遊び仲間の黒川の名を挙げる。彼の家は代々印刷業を営んでいたのだが、父親の代でICチップの開発にかかわるようになり飛躍的に伸びたそうだ。父子二代にわたるワイン好きで、この家のセラーの凄《すご》さをよくみんな口にするのであるが、可奈は全く意味がわからない。

「八五年のロマネコンティだよ。パーカーが最高点をつけたやつ。このあいだまで、日本じゃ一本二百七十万だったんだって。だけど今は、ユーロが下がったおかげで、百五十万で現地の業者から買えるそうだ。クロちゃん、大喜びでさ、さっそく僕ら集めてご馳走してくれたわけ」

「二百七十万のワインって、車一台買えますよね」

父親が乗ってるシーマというのは、いったい幾らするんだろうかと可奈は考える。

「ちょっとした車一台分を二時間ぐらいで飲んじゃうなんて、すごい話ですよね」

「ま、クロちゃんなんかさ、お金を遣いたくて仕方ない人だからいいんじゃないの」

一度だけ会った黒川を思い出した。中肉中背で優し気な顔をした、これといって特徴のない男である。他のＩＴ社長たちもそうであるが、みんな普通のスーツを着た普通の男たちだ。大金を稼ぎ出している男のすごみやぎらついたところはまるでない。可奈はその感想を口にし、ついでにこんなことを言った。

「あのパーティーに来てる男の人たちの中で、いちばんエグいのは、久保田さんかもしれませんね」

「そう、そう。首にも腕にもチェーンしちゃって、とても堅気の勤め人には見えないよ。クライアントのところにも、あの格好で行くらしいから驚いちゃうよね」

「ふふ、そうなんですか」

久保田さんの噂をしている分には、話はなごやかに進む。彼はみんなに好かれているのだ。

「だけどさ、あいつ見栄っ張りなとこあるんだぜ。東大じゃないくせに、東大って言いふらしてさ」

「えー、だって久保田さんは東大の大学院出てるんでしょ」

「あのね、東大の大学院出てるからって、東大出てるっていうことにはならないよ。あいつはさ、確か大学は早稲田だったんじゃないの」

「そうなんですか」

「日本はさ、最終学歴しか問われないから、最近そういうのって多いんだよね」

村松はフンと鼻を鳴らした。

「大学院入るのなんか、わりと簡単だもん。最近は半分以上が別の大学らしいよ。あのさ、ちゃんと学部出てないと、東大出たことにはなんないの。あ、そうでもないかな、この頃は編入っていう手もあるから。だけどちゃんと東大の入試通ってなきゃ、東大卒じゃないよな」

その話は前にも聞いたことがある。しかし何かというと、すぐに学歴をちらつかせる久保田が、大学院だけだったとは意外だった。

「面白いよー、あいつ。本当の東大卒がさ、駒場の時の話しても、まるっきりついてこられないわけ。それでも調子合わそうとしちゃってるから涙ぐましいよな」

そこまで意地の悪いことを言うなら、どうして久保田とつき合ったりするのだろうかという言葉を、可奈はぐっと呑み込む。今、久保田は弱者で、嘲笑《ちょうしょう》される立場に立っている。そうした人間に同情するというのは、自分も同じ場所までひきずり降ろされるようなものだ。

「ま、あいつといると楽しいしさ。僕は結構感謝してるんだ」

少し自分でも言い過ぎたと思ったのか、村松は急に声のトーンを変えた。

「久保田のおかげで、可奈ちゃんみたいに可愛いコとも知り合えたんだしさ」

「まあ、ありがとうございます」

この二ケ月ぐらいで、こうした男のいなし方は格段に上達した。村松は紳士的な方であるが、隙を見せてはいけない。そうかといって、ぴしゃりと冷たいところを見せると、もう誘ってはもらえない。話を出来るだけそっちの方に持っていかないようにするのは、若い女の知恵というものである。

「ですけど、就職活動してよーくわかりました。世の中って本当に厳しいんですよね。若い女なのはあたり前で、そこからスタートしてくんですから」

「だけどさ、可奈ちゃんは別だよ。僕はさ、顔は可愛いけどアホなコ、山のように見てきたけど、可奈ちゃんは違う。君は頭がいいし、しっかりしている。きっとおうちの躾《しつけ》がよかったんだろうなァ」

村松は体の向きをやや斜めにし、可奈の方を凝視するが、その目はさほど酔っているようには見えなかった。

「ありがとうございます。でもうちなんか、普通のサラリーマンですよ。お嬢さまばかりのうちの学校じゃ珍しい一般人です」

「そこがいいんだよ。女の子は甘やかされずにきちんと育つのがいちばんさ」

一瞬であるが、可奈は母に感謝した。ずっと口うるささには閉口していたが、あれがいい効果を生んでいたのかもしれない。

「あのね、僕が入社した時から目をかけてくれてた東大の先輩が、今、人事部長をしてるんだよ」

「へえー、すごいですね」

「だから、可奈ちゃんのことを話しておくよ。いや、それだけじゃ心もとないからさ、一回会わせるよ」

「え、そんなこと出来るんですか」

「僕から頼めば大丈夫だよ。今の季節、縁故のコたちが、しょっちゅう挨拶に来てるよ。受付でうろうろしてる。可奈ちゃん、コネがないなら自分でちゃんとつくらなくっちゃ」

「よろしくお願いします」

一度説明会に行った村松の会社を思い出す。超高層のインテリジェントビルの中にあり、いきかう男たちのスーツがまず違っていた。そしてIDカードを首からぶらさげ、忙し気に行き来する女たちも、しゃれた服装をしている。「商社レディ」というのは、それだけで華やかな響きを持つ。不況とはいえまだまだ人気は高い。給料は高い水準を保ち、エリートとの結婚が約束されているのだ。

食事を終え、エレベーターに乗った。店は二階にあるのに、あえて村松はエレベーターに乗り込んだのだ。ドアが閉まった瞬間、ぐっと身を寄せてきた。そしてすばやくキスをする。そして早口でささやいた。

「可奈ちゃんのこと、もっと知りたいんだよ。いいだろ。今から二人きりになれるところに行こうよ。ね、ね」

可奈はそう驚かない。想定内のことであった。

まわりの友人たちもよく話していた。

「一緒に食事していて、途中で人事部長なんかを持ち出したらもうアブナいよね」

就職のコネをえさに、ホテルへ誘う男のことは聞いていたけれど、村松もそのひとりかと思うとがっかりだ。後々のことを考え、やんわりと断ったが、不快さはずっとついてまわる。しかし性懲りもなく男たちがそういうことをしているということは、実績があるからに違いない。

しかし村松が、もう少し自分のタイプだったとしても、誘いにはのらなかったような気がする。その第一は、やはり噂が怖いからだ。まわりを見ていても、友人たちは嫉妬《しっと》深く、独得の勘を持っている。不正な、というよりも不自然な就職サクセスストーリーには敏感である。後々何か言われたらたまったものではない。特に可奈のように、外部からこの女子大学に入った学生というのは、

「就職にがつがつしている人」

という偏見を持たれやすいのだ。可奈は口さがない同級生たちの、標的になっている友人のことをあれこれ思い出して心底ぞっとした。久保田さんのパーティーにやってくる男たちは、屈託がない分いかにも口が軽そうではないか。

そして何よりも、可奈は不倫というものが嫌いだった。別に道徳観からではない。これほど割が合わないものはないと思っているからだ。

可奈は二十一歳だ。この三、四年は、将来の伴侶獲得に向けての、過酷なレースが待っているはずである。可奈はキャリア志向ではなかったから、このレースによって将来が決まる。生物として、いちばん美しく魅力的にならなければならなかった。だから肌と髪の手入れをし、笑い方や喋り方も研究を重ね、みんな合コンへと向かう。〝婚活〟などという言葉があるずっと前から、女たちが必死で努力していたことだ。それを不倫

などというまわり道によって、無駄な時間を費やしたくはなかった。

雑誌にも書いてあるし、先輩にも聞いたことがある。不倫は一度したらやめられない。独得の楽しさとときめきがあり、苦しさがまた甘美さを添えるものだという。しかしそれは余裕が出てきた二十代後半のＯＬならともかく、女子大生が踏み入る場所ではない。

とにかく可奈は、すぐ近くまで来ているのである。手を伸ばせば、それはすぐそこにあった。可奈の望む世界である。これほど見聞きし、知識も得たのだから、自分はそこにきっと行けるはずだと可奈は思う。

就職活動が忙しくなるまで、可奈は週に三回、広尾のプレスクールでアルバイトをしていた。小学校どころか、その前の幼稚園を受験する子どもの進学塾である。十五人ほどの子どもに、専任の講師は三人ほどいたから、可奈はリトミック体操のオルガンを弾いたり、時々は遅い子のおむつを取り替えてやる。このアルバイトは、代々、可奈の大学の幼児教育科の学生がやることになっていたのだが、なぜか心理学科の可奈にまわってきた。少々不安がる可奈に、紹介してくれた同級生は言ったものだ。

「大丈夫だってば。幼稚園のお受験塾っていうのは、そんなにピリピリしてないから」

「そうなの」

「そりゃ、そうよ。だいたい親が卒業生かどうかっていうのとコネで決まってるから。それにね、もし幼稚園で駄目でも、次は小学校で合格すればいいと思ってるからわりと親はゆったり構えてるわよ。これがね、小学校のお塾だったら、もうすごいわよー。受験の半年前から、すごい陰謀や噂が飛びかう修羅場になるもの。私ね、あまりのストレスから髪が抜けたり、失語症になっちゃったママを、何人も知ってるわよ」

けれども幼稚園の塾はもっと気楽だと、友人に励まされて始めたアルバイトで、可奈はその世界の住人たちを見ることになる。

その女たちは、可奈が家の近所で見る、保育園や公立幼稚園の母親とはまるで違っていた。朝の早い時間や土曜日でも、ジャージーやフリースを着ている者を見たことはなかった。カジュアルといっても、みんなしゃれたパンツか、そうでなかったらヒールに合わせたデニムを身につけている。手にしているのは、恵まれた主婦の証《あかし》であるエルメスのバーキンだ。髪を綺麗にカールした母親たちは、子どもを塾に預けている間、広尾のカフェでお茶を飲んだり、買い物に出かける。まだ若く美しい女たち。可奈の大学の卒業生が多い。近所からいくら苦情が来ても、平気で車で子どもを送り迎えする、かなり自分勝手な女たちでもある。

可奈はそうした女たちを注意深く観察した。確かに美人が多いが、そうこちらがたじろぐようなレベルではない。洗練という、金と手間をかけた結果だ。

可奈は盲目的なブランド信奉者というわけではないが、上質の服の効果にはなるほどと感心せざるを得ない。Tシャツやニットというシンプルなものほど、その違いが表れる。女たちのよく手入れされた肌は、高価な素材の服によって、丁寧に光が反射されより美しく見えるのだった。

「三十過ぎた女は、着るものでこんなに差が出るんだわ。本当に残酷なくらいだわ」

だからどういう結婚をしたいのかと問われれば、可奈には明確なイメージがある。

「ものすごくいいカシミアのカーディガンをさらっと羽織って、青山の紀ノ国屋インターナショナルで買い物をしている主婦」

そして高級食材を満載にしたカートの傍らには、あたりの私立小学校の制服を着た子どもがいなくてはならない。

それは無謀な、だいそれた願望だろうか。そんなはずはなかった。

プレスクールに子どもを通わせる女たちを見て、自分とどう違うかと可奈は考える。そして何も違いはありはしないと結論を出した。彼女たちはまさしく、可奈の十年後の姿なのだ。

最終的には運というものが左右するとしても、自分はそのコースをきちんと歩いているという実感がある。

まず、口にするほど馬鹿ではないが、容姿には自信があった。共学の大学に通っていたならば、当然ミス・キャンパスに勧誘されていただろうし、上位にも入っただろう。そして誰もが知っている、有名女子大学に通っている。最近こそ偏差値と人気が落ちてきたというものの、お嬢さまの代名詞になっている大学だ。この名前にひかれて、合コンの誘いはひっきりなしにある。

最近可奈は、大学生との合コンを減らし、社会人とのそれを増やしてきた。まわりにもそういう同級生は多い。なぜならこれから大学を卒業し、社会人になる若い男が、妻に高級カーディガンを着せたり、紀ノ国屋インターナショナルに行かせることなど出来るはずはなかったからだ。

自分が望むような結婚生活をすぐに始めたいのならば、同じ世代の男たちはリストからはずしておいた方がよさそうだ。もうじき大学の四年生になるのに、今から大学生との恋愛を始めても仕方ない。

可奈は次につき合うとしたら、二十代後半の社会人と決めていた。それもただのサラリーマンではない。ただのサラリーマンのようでいて、豊かな背景を持った男だ。

久保田さんのパーティーに出入りしていて、可奈にはわかったことがある。ＩＴなどの若手社長はリスクが大き過ぎ、弁護士やドクターたちはプライドが高過ぎる。比較的誠実で感じがよいとされる勤務医たちは、忙しいのでこうしたパーティーには出てきたことがない。やってくるのは、自分でクリニックを持っている男たちで、それも美容整形医が多かった。それまで美容整形医になるドクターというのは、みんな私立の医大を出ていると思っていたのだが、国立出の者が何人もいて可奈は驚いたことがある。防衛医大出身者さえいるのだ。

そしてこの分野のドクターたちはたいてい女性にだらしなかった。まるで医薬品を扱うことによって、性意識をつかさどる脳が壊れてしまったかのようだ。可奈も何人かから誘われた。みんな奥さんはもちろん、レギュラーの愛人がいるにもかかわらずだ。

「あの人たちって、まだ医者っていうのは特別だと思ってるのよ。自分たちは何をしても許されるって考えてんじゃない」

と、可奈のまわりでもドクターたちの評判はよくない。

長い目で見れば、やはり一流企業に勤める青年が結婚相手には最適だ。可奈にはわかったことがある。世の中には働かなくてもいい裕福な家庭はいくらでもあるが、息子たちは年頃になればきちんとした社会人になることを要求される。その種の青年たちが勤めるところといえば、銀行や商社、大手広告代理店だろう。このところの不況で、この配置図は大きく塗り変えられたが、それでも実家がしっかりしていれば、彼らは恵まれたサラリーマンになる。二世帯同居を我慢すれば、その妻も恵まれたスタートが切れるのだ。

多くの若い女性がそうであるように、可奈もまた、自分の母親のように生きたいと思ったことはない。理由はただひとつ。あまり楽しそうに見えなかったからだ。

母の由美子の趣味といえば、月に一度カルチャーセンターの「源氏を読み解く」の講座を受けることと、週に一度か二度、駅前の安いスポーツジムに行くことであろう。ここで出来た何人かの友人と、食事をしたり、旅行に出かける時もあるが、可奈に言わせるとなにやらみじめったらしい行楽であった。人のつてを頼って会社の保養所に泊まったり、割引してくれる旅館を探したりする。

一泊五万円、六万円もする高級旅館や、海外のリゾート地などからはほど遠い旅行だ。

「子どもの時は、ハワイに連れていってやった」

と口にするけれど、それも大層安いパック旅行であったと記憶している。早朝に現地に到着するので、ひと休みする間もなく、すぐにビーチに行かされたものだ。可奈の女子大の同級生には、子どもの頃からビジネスクラス以外には乗ったことがない、という者も何人かいる。

国立の大学を卒業している、自分の家は中どころだ、というのが心のよりどころであろうが、おそらく母は飛行機のビジネスクラスというものに乗ったことがないはずだった。今でこそ父親の海外出張はめっきり減ったし、規定でエコノミーと決められたらしいが、以前はビジネスクラスに乗っていた。が、母は一度もないはずだ。どうしてこんなことにこだわるかというと、以前、格差社会というのが話題になった時、久保田さんがこんなことを言っていたからだ。

「学生の頃なんか、エコノミークラスしか知らないよな。後ろの入り口から入って出る。

飛行機はあの狭い席しかないと思っていた。だけどさ、ビジネスクラスに乗るようになると、前にファーストクラスがあるっていうのを知るんだ。アップグレードでもいいから、あっちに乗りたいと思う。人の意欲ってそういう風にして生まれるんじゃないかな。だけど、一生エコノミーの席しか知らない人間は、この世にビジネスやファーストがあるのを知らない。目に入らない仕組みになってるんだ」

以前、テレビのワイドショーで、こんな数字を見せつけられた。何かの調査によると、今の二十代の四割が、親の水準以上の生活はおくれないという。

「やだー、まさかでしょ」

母の由美子が傍らにいたにもかかわらず、可奈は大きな声をあげた。

「そんなの、絶対にイヤ。私はイヤだもん」

それは両親の人生に対する否定であったのだが、由美子はそうはとらなかったようだ。

「そうよね、可奈ちゃんには頑張ってもらわないと」

むしろ微笑んで言ったものだ。

「ママの時代はね、まだ女には不利だったもの。ママなんか田舎に住んでたから、女の子は短大出て結婚するのがいちばん、って感じだったのよ。せっかく国立の四大出たって、それを生かす職場だってほとんどなかったし……。まあ、可奈ちゃんはいいわよ。頑張れば頑張っただけのことがちゃんと返ってくるんだから。頑張り甲斐《がい》があるわよね」

母は二つの大きな勘違いをしていると、可奈はあらためて思った。そのひとつが、娘がそこそこキャリアをめざしていると思っていること。そして女も努力しさえすれば、必ず成果があるというおとぎ話を、未だに信じていることだ。そんなものは一部の女性誌に出てくる、東大や一橋大学を出たエリートだけに訪れるサクセスストーリーだ。可奈は自分がそのようなタイプではないことを知っていた。今から勉強してもとても無理だろう。

可奈が望んでいることとは、母とは比べものにならないほどの豊かで充実した人生である。それを仕事によって得ようとは思わなかったし、得られるはずもない。出張で国際線のビジネスクラスに乗る女にならなくてもよかった。可奈がなりたいのは、ビジネスクラスで家族旅行に出かける女である。この方がはるかに簡単で実現性があると、可奈は思う。

とにかく就職しなくてはならない。富と将来性を持った青年たちが集まっている職場か、あるいはそういう青年たちが好む職業につかなくてはならないのだ。そのことを考えると、可奈は身震いするような気分になる。本気で思う。

「ママのようになるもんですか」

第四章　宮城家のこと（二）

　三年前に上京する時、珠緒は母から言われたことがある。

「男にモテようとか、お金を儲けようとか思っちゃ駄目さー」

「男にモテようなんて思ってはないけどさ、いや、ちょっとは思ってるけど、まあ、私は自分のほどを、よおく、知ってるからそんなに心配することはないよ」

「そうだね、タマちゃんは頭がいいからね」

「だけどさ、お金を儲けちゃ、どうしていけないのさ」

「あったり前じゃん」

　母の洋子は笑った。

「お金に縁がない人が、お金に近づこうと思うとろくなことがないからね」

「男の人に関しちゃ、まあ、いろいろとわかってるけど、お金に関してさ、そうきめつけなくってもいいんじゃないの」

「そんなもん、すぐにわかるよ。タマちゃんもそうだけど、ま、うちの息子らもお金には一生縁がないと思って間違いはないよねー」

母が確信を持って言うまでもなく、珠緒もそんな気がする。なぜだろう。

「昔からよく言うじゃん。お金を儲ける人はね、運・根・勘っていうのさー」

「ウン・コン・カン?」

「運に根性に、勘っていうことさー。まあ、うちの連中はそんなものはひとつも持ってない。まあ、ちょっとは根性はあるかもしれないけど、お金稼ぐにいちばん大切な運、っていうものには、まあー、縁がないさー」

むしろ楽しそうに言う。

「ま、タマちゃん、自分にはあんまり男とお金が近寄ってこないと思ってな。そうすれば東京でそんな失敗はしないはずだから」

その珠緒に恋人が出来、結婚すると聞いた時、洋子は相手の男のことをあれこれ聞いて言った。

「ま、覇気《はき》のなさそうなニイちゃんだけど、それでいいのかもしれないね。お金を追っかけまわす男よりずっといい」

「貧乏でもいいわけ」

「あんたらのは貧乏なんて言わないよ。本物の貧乏なんてそんなもんじゃない」

洋子は言う。

「私の子どもの時を思えば、インチキの貧乏だけど、ま、いいさ。お金に縁がない者が、お金追っかけて品悪くなるより」

東京に出てきてリサイクルショップに勤めるうち、珠緒は母の言う、

「お金と縁のないくせに、お金を追っかけると品が悪くなる」

人たちを山のように見てきた。

このリサイクルショップは、渋谷という場所柄、水商売の女の子がよくブランド品を持ち込んできた。

店には〝鑑定人〟が二人いて、虫メガネを使い、バッグや財布が偽物でないかはもちろん、傷がついていないかを徹底的に調べる。これはもちろん珠緒に出来るわけがない。店長を手伝って経理をやり、宅配で送られてくる品物の梱包《こんぽう》を解いて仕分け、伝票を書いたりするのが主な仕事である。

顧客たちは何人もいるが、みんな売りに来るだけではない。ウインドウの中に新しい掘り出し物はないかよく覗きにくる。この店は新品のブランド品もよく出るのだ。

中には店の片隅にあるソファセットに座り込み、雑誌をぱらぱらめくったり、世間話をしていく者もいる。他の者は忙しいので、珠緒はお茶を出し、相手をしてやることが

多い。

怜奈《れいな》が自分よりも年上の、二十五歳と聞いた時、珠緒はかなり驚いたものだ。高く盛り上げた髪、エクステンションにより、びっしりと濃く長い影をつくる睫毛、そして花とラメだらけのネイル。怜奈はどこから見ても現役のキャバ嬢で、六本木に勤めているが、すべすべとした肌は綺麗で、どう見ても二十五歳には見えなかった。

「タマちゃんだから言うんだよ。あたし、お店じゃ二十歳っていうことになってるんだからさ」

怜奈は言う。しかし客の中に美容整形医がいて、しっかりと年齢をあてられたそうだ。プロはかすかな皺と皮膚の張りでわかるという。

「僕のクリニックにボトックス打ちにおいで、割安にしてあげるからってさ。あのセンセイ、しっかり商売してんの。ま、あたしもちゃんと行っちゃったけどさァ。アハハ」

あまりにも化粧が濃いので、怜奈が美人なのかどうかよくわからない。が、結構売れっ子なのだと本人は言う。

自分が売れっ子だという証拠に、怜奈がルイ・ヴィトンの財布を九個持ち込んで、珠緒はびっくりさせられたことがある。それも全部、同じ型だ。

「決まってんじゃん。誕生日のプレゼントに、十人のお客におねだりしたわけ」

だから九個持ってこられたのだという。

「バッグ、っていうとさ、引かれちゃうけど、財布だったら、ま、みんな無理してでも買ってくれるじゃん。だからさ、白でこの大きさ、ってちゃんと指定するわけ。そしてさ、一個だけ使えばいいの。ありがとう、大切にするねー、レイナ、うれしい、ほら、見て、よーく似合ってんでしょ、って言えばさ、向こうだって納得してくれて、感じいいじゃん」

怜奈は言う。誕生日はキャバ嬢の、年に一回の稼ぎどきなのだ。店でシャンパンを抜いてもらったり、プレゼントを山積みにしてもらう。

「あたしさ、本当はさ、一月四日生まれなんだけど、お店に入ってからはさー、五月ってことにしてんの。それも連休はずしてさ。だって誕生日が、休み、なんてことになったら困るじゃん」

ともあれ、怜奈はその五月の誕生日のたびに、かなりまとまったお金を手にすることになる。

「レイナちゃん、貯《た》まってんだろ」

珠緒が尋ねると、まさかー、と手をふった。

「髪やネイルにかかるお金、タマちゃん、どのくらいか知ってんの。ホントにやんなっちゃうよ。うちのお店はさ、ワンピース禁止だから、必ずドレス着なきゃいけないしさー」

それでもキャバ嬢にしたら、ちゃんと貯金している方だと怜奈は自慢する。

「ほら、あたし、タマちゃんも知ってるとおり、将来はネイルサロンしたいわけ」

そのためにも、あと二、三年したら店をやめ、ネイルスクールに行きたいと語っていた怜奈が、ぴったりとそのことを言わなくなった。理由はわかっている。恋人が出来たのだ。新しいカレシは、美容師の卵で、まだシャンプーや雑用しかさせてもらっていない。

「あたしの行ってる店でさ、小さいホウキ持って、切った髪の毛まとめてる姿見たらキュンとなって。男とホウキってダメよね」

待ち受け画面にした、怜奈のカレシの写真を見たことがある。怜奈より顔が小さい。顎のところに薄く髭をたくわえピアスをしている。顔だけでなく、体もいかにも細っこそうだ。ヒロ君と怜奈は呼ぶ。

「お互いにさ、年下のカレシ持つとさ、いろいろ苦労するよね」

二十二歳になるという。二十五歳の怜奈より三つ年下だ。

「別にィ、私は苦労なんか何もしてないよ。この頃は料理とか洗濯もしてくれるしさ」

「へえーっ。タマちゃんにさ、何か頼みごととかさー、ねだったりとかしない」

「別にィ。するわけないじゃん。私だって貧しいバイト人生だもん。お金ガバガバ入る、キャバ嬢とは違うよ」

「あ、それって、ワルクチとかヘンケン、って言うんじゃないの」

「いいじゃん。好きでキャバ嬢やってんだから」

二人は笑い合った。生き方もまるで違うが、妙に怜奈とは気が合うのだ。とっくに客と店員、という関係ではなくなっている。

「あのさ、ヒロ君って今の仕事始めたの遅かったしさ、焦ってるわけ。ヒロ君ってさ、ヘアメイクになりたいわけ。わかるぅ、あの人、すっごく才能あるから」

「言っちゃ悪いけど、ヒロ君ってお店じゃ、シャンプーばっかかなんでしょ。それでどうして才能があるってわかるわけ」

「わかるよ。だってさ、時々は私のメイクしてくれるもん」

「えーっ」

まじまじと怜奈の顔を見つめた。過剰なほどのアイメイクのうえ、唇もぬらぬらと濡《ぬ》れている。典型的なキャバ嬢のメイクだ。

どう見ても個人のアーティスティックな嗜《し》好《こう》が入っていると思えないのだが。

「いやーね。休みの時に、私の顔でメイクの練習するわけ。でもね、ヒロ君のメイクってとんでんの。ヌーディーなリップの色とかさ、目はリキッドのアイライン一本とか。このあいだそのままお店入ったら、店長に叱られちゃった。私のメイク、男の人がいちばん嫌いなのなんだって。前衛やりたきゃ、店の外でやれって」

怜奈は遠いところを眺めるような目つきになる。若い娘がよくやる、自分の未来に思いを馳せる時の表情だ。やはりボトックスの効果は絶大だと珠緒は感心する。ふつう二十五歳の女が、高校生のようなこんな顔は出来ないだろう。

「ヒロ君はさ、二、三年後にはロンドンかニューヨークに勉強しに行きたいって言ってんだよ。あたしもさ、そん時はついてくつもりだよ、絶対に」

「ふーん、すごいじゃん」

「そのためにもさ、お金をもっと稼がなきゃいけないんだけどさ」

「そりゃ、そうだよね」

「あーあ、お金、欲しいよねー」

「私だって欲しいよ」

「こっちの方が切実だよ。ヒロ君とあたしの未来がかかってんだから」

などと言っていた怜奈だが、このところぱったり姿を見せなくなった。というよりも、珠緒の働いている時間帯にやってこなくなったのだ。知らないうちに、買い取り商品は置かれている。そのランクがやや上がっていることに珠緒は気づいた。今まで持ち込まれるものは、財布や布製のバッグといった、比較的値段が安いものがほとんどだったのだが、この頃は革製のバッグやアクセサリー類が多い。つい先日は小さいけれどダイヤのついたプチペンダントと聞いて、珠緒は驚いたものだ。

「どうやらあのコ、風俗の方に移ったんじゃないかと思うんだ」

と〝鑑定人〟の山口は言った。

「どうしてそんなことわかるんですか」

「持ち込むものも違ってきたし、ここに来る時間帯も違う。タマちゃんは知らないだろうけど、朝のとんでもない時間にやってきたりするから、すぐにわかるよ」

キャバ嬢と風俗はまるっきり違う。させそうでさせない。プレゼントやご飯はいっぱいご馳走してもらうけど、いかに〝喰い逃げ〟をうまくして、お客にも恨まれないかがキャバ嬢の腕の見せどころと、いつか怜奈は得意気に話していたではないか……。

そういえば母の洋子はこうも言っていた。

「私ら貧乏人なんて、もともと品がないんだからさ、それなのにお金追っかけまわして、もっと下品になることはないさー」

珠緒がこの頃よく話をするのは、スタイリストの水谷だ。珠緒が好きだからといって、渋谷駅の東横のれん街で、ドラ焼きや草団子を買ってきてくれる。珠緒もこのあいだ沖縄に帰った時、サーターアンダギーを土産に渡したところ、大層喜んでくれた。どうやら男のくせに大変な甘党らしい。

「タマちゃんの買ってきてくれたサーターアンダギーはさ、売店で売ってるやつとはまるで違うよ。僕はいっぺんに五個も食べちゃったよ」

と顔をほころばせた。色が白く、やや小太りの体型だ。年は三十代後半だろうか。誰がどう見ても、ホモセクシュアルの男性であった。珠緒は昔からこの手の男に可愛がられることが多い。博多でアルバイトをしていた時は、美容師の男に、さんざんおごってもらったものだ。

「私ら〝ユニオン〟の男はさ、たいていブスは大っ嫌いなんだけど、タマだけは許したるわ」

としょっちゅうひどい毒舌を口にしたが、それも彼にとっては親愛の証だとすぐにわかった。

「知ってる？　美容師にホモが多いのはさ、女の人の髪の毛から女性ホルモンが伝わってきて、それが指から入っちゃうのよ。私のホモはいわば職業病ね」

などとみんなを笑わせていた。ショーパブに勤めてもいいようなあの男に比べると、水谷はずっともの静かだ。スタイリストといっても奇抜な服装をしているわけでもなく、普通のジャケット姿のことがほとんどだ。

何年か前までは、彼は雑誌やＣＭでそこそこ売れていたらしい。人気女優にも信頼を得て、指名で仕事が来ていたのであるが、このところの不況でめっきり減ってしまった。

「肝心の女優さんやタレントさんの仕事がなくなってんのに、私が忙しいってことはありえないもんね」

今、彼は本業以外にタレントやモデルから頼まれて、彼女たちの洋服や靴やアクセサリーをリサイクルショップに持ち込むという仕事をしている。以前はインターネットで売っていたらしいのだが、取りっぱぐれが何回かあり、すっかり嫌になってしまったと彼は言う。

「ネットはおタクが多いから、持ち主をつきとめようとすることもあるのよ」

一度水谷と、渋谷のヤキトリ屋に行ったことがある。やさし気な外見とは違い、彼はとても酒が強い。芋焼酎をぐいぐいとロックであおる。

「僕はさ、本当は東大へ行くはずだったんだ」

「東大にさ、行くはずはないじゃん。中退したっていうならわかるけどさ。行けなかった人に限ってそう言うんだよね」

「だけどさ、途中まではそういうコースだったんだよ」

水谷はある私立高校の名前を口にした。沖縄出身の珠緒にはわからないが、東京の人ならみんな知っている、東大の合格者数で、いつもベスト10に入る有名校だというのだ。

「そこはさ、北関東の山奥にある全寮制なんだよ。高校生をさ、あの山の中に閉じ込めれば勉強するしかないよね」

そうはいっても年頃の男の子たちだ。常に甘酸っぱい思いではち切れそうになる。

「だけどまわりに、女の人なんか一人もいない。僕らの頃は、学校の方針で女性教師も採用しなかったんだ。するとさ、どうなると思う？　給食のおばちゃんとか、掃除のおばちゃんに、みんなラブレターを書くんだよ。結構本気で」

「ええー、そんなのありィ」

なぜか突然、母親の洋子の姿が浮かんだ。島では人気者といわれる母であるが、高校生の中に入るとどうなるのか。ラブレターを貰ったりするんだろうか。高校生と本気の恋をして……。

「まさか」

「いや、本当にみんな出すよ。出さなかったコは、僕みたいに男の子を好きになるのかもしれない」

給食のおばさんに出すラブレターも盛んであったが、男の子の間でもしょっちゅう手紙はやり取りされたという。しかし実は水谷の初恋は中学生の時だったので、その頃の萌芽《ほうが》はすでにあった。

「高校の時が、本当の恋だったかもしれないなあ……」

水谷は自嘲的に焼酎をあおる。男同士でも少年でも、深い愛情のドラマがあったようだ。

「僕はボロボロに傷ついて高校卒業するのやっとだったけど、彼はちゃんと東大、現役合格したんだ」

　それもただの東大じゃない、と水谷は言った。

「東大の理Ⅲ、東大の医学部に現役合格したんだから、普通じゃないね」

「ふーん、すごいね」

　と珠緒は感心してみせたが、それがどれほどすごいことかよくわからない。そもそも生まれてこのかた、東大生というものに会ったことがないし、見たこともなかった。目にするのは、テレビで見る東大出身のタレントだけだ。

　だから理Ⅲといわれても、どれほどすごいのか全くわからない。

「東大入るのはコツがあって、理Ⅰなら二次の五割五分が合ってれば合格するんじゃないかな。だけどね、理Ⅲは違うんだ。センターは九割、二次は六割五分とらなきゃ入れない。理Ⅲに合格する連中っていうのは、頭の出来がふつうの人とは違う。とにかく普通じゃないんだよ」

「ふうーん、すごいね」

　とは答えるものの、どうして人の学歴のことを説明するのに、これほど興奮するのだろうと珠緒は思った。

　昔の恋人だからだろうか、それとも東大というのは、そうした力を持っているのだろうか。

「うちの学校でも、東大の理Ⅲに入るのは、毎年ひとりか二人だよ。それがさ、あいつだったんだよね……」

「へえー、そいで、その人って、今、お医者さんやってんだね」

「そうなんだけど、それが驚きなんだ」

水谷はまた焼酎をゴクンと飲む。何か大きなことを打ち明けるようにだ。

「ほら、よくテレビでも宣伝してる、オオムラ・ビューティクリニックの院長なんだ」

「ええー、あの、芸能人もいっぱいやってるとかいう美容整形だよねー」

「そう。普通、東大の医学部行けば、どこかの大学病院入るか、研究者になるはずなんだけど、あいつは美容整形やってんだよね。東大出て、美容整形やる医者なんかあんまりいないから、大繁盛らしい」

珠緒は院長自ら出てくるテレビのＣＭを思い出した。荒野にひとりの男が立っている。そしてこう叫ぶのだ。

「美しさは不滅だ！」

「あいつは女になんかまるで興味がなかったし、今だってそうだと思う。なのにどうして美容整形やってるのか不思議で仕方ないよ」

「お金じゃないの。美容整形ってものすごく儲かるらしいから」

「ああ、そうだね、この頃はどこも医者不足だっていうのに、美容整形にだけはみんななりたがるらしい。金は儲かるし、定時には帰れるからね。昔は医者のうちで息子が美容整形やる、なんて言ったらみんながっかりしたけど、この頃はそうじゃない。臨床やって、サラリーマンとそう変わらない給料で死ぬほど働かされるなんて馬鹿馬鹿しいってみんな思い始めてきたんだろうな」

「水谷さん、医者のことにやけに詳しいじゃん」

「ああ、僕のうちは代々医者やってたから。今は兄貴が継いでる。本当に儲かんない町医者だけどさ、よく頑張ってると思うよ」

「えへーッ」

「どうしたんだ、やな顔して」

「いや、ちょっとさ、私のカレシのお母さんのこと思い出しちゃって。一回会っただけだけど、ものすごい上から目線なの。あんたとは住む世界が違います、っていう態度がミエミエ。どうしてあんなにエラそうなのって、カレシに聞いたら、お母さん、医者の娘なんだって。私、思っちゃった。どうしてうちが医者の人って、あんな風になるんだろうって。いえ、水谷さんが別にエラソーにしてる、ってわけじゃないよ。だけどさ、ちょっとあのお母さんのこと、思い出しちゃってね」

「そのお母さん、たぶん田舎の人じゃないのかな」

「そう、そう。えーと、岐阜とか栃木とか、どこか、あっちの方だよ」

「田舎行けばさ、医者ってそこでいちばんの名士なんだ。そこの息子や娘は、先生のお子さんっていってみんなから特別な目で見られる。自分が特権階級だって、勘違いすることが多いんだよ」

「水谷さんもそうだったの」

「もちろん。だから今はその落差がすごい。先生のとこの次男は、東京でオカマになって、わけのわからない仕事をしてる、ってまるで犯罪者扱いさ」

「でも、私、水谷さんって好きだよ。私の知ってるオカマさんとかさ、カタカナ職業の人ってわりとツッパってるじゃん。だけど水谷さんは優しいしさァ、なんていうか上品だよ」

「上品はよかったな……」

水谷は笑った。笑うと小皺が寄ってますます優し気に見える。きっとあっちの世界では、こういう人がモテるんだろうなと珠緒は想像する。

「うちのお母さん、いつも言ってるもん。お金に縁がない人が、お金追っかけるから品がなくなるんだって。水谷さんってそういうところがないから好きだよ」

「ひどいなァ、それって僕が貧乏ってことじゃないか」

「だってそんなに稼いでないんじゃないの。スタイリストって儲かんの」

「儲かる人は儲かるけど、僕は儲かってないよ。ただ洋服が大好きだからこういう仕事やってるわけ」

「ふうーん。じゃ、儲かる仕事って何」

「カメラマンも、ヘアメイクも、よっぽど有名にならない限りはそんなに儲かりゃしないよ。雑誌つくってる中で言うなら、やっぱり社員編集者がいちばんだ。大手に勤める編集者の給料ぐらい稼いでるフリーなんか、めったにいないよ。ま、最近は不況でかなりボーナスカットされてるけど、みんな三十代で一千万は軽く貰ってるんじゃないの」

「一千万！」

珠緒は叫んだ。沖縄や博多で、一千万の給料を貰う人間など聞いたことも、見たこともなかった。

「東京ってやっぱりすごいよねー。そんなお給料貰う人いるんだから」

「そんなに驚くことはないさ。ちょっと前だったら、外資の連中で給料一千万なんてのは珍しくなかったからね。年収じゃないよ。月の給料だ」

「嘘だよ、そんなの！　使えるはずないじゃん」

「使えなくったって貰ってたんだよ。だけどその分、差し引かれる税金もすごかったらしいけど」

「そういう話ってすご過ぎて、アタマにきたり、羨しいとかちっとも思わないよ。まるでおとぎ話聞いてるみたいだよ」

二人が注文したポテトサラダが運ばれてきた。三百八十円。それを少しずつ口に運びながら珠緒は尋ねる。

「だったらさ、水谷さんが洋服をコーディネートしてあげてる女優さんって儲かんの」

「女優もCMに出たり、主役張るような人はものすごく儲かるが、僕がつき合うレベルの女優はそんなことない」

「ふうーん、テレビに出てる人は、みんなお金持ちだと思ってたよ」

「そうだなァ、中堅クラスの女優で、二時間ドラマ一本出て、六十万か七十万っていうとこじゃないかな」

「すごいじゃん、いっぺんに六十万稼ぐなんてさ」

「そんなことないさ。二時間ドラマ毎日出られるわけはない。ロケやリハーサル入れて二週間はかかるからね。二本がやっとだろう」

「でも百二十万になるじゃん」

「タマちゃん、女優っていうのは、すごくお金がかかるもんなんだ。洋服だって安物着られないし、電車にも乗れない。付き人に乗用車がいる。知り合いが舞台に出れば、そのたびに花を贈らなきゃいけない。蘭の鉢は三万円か五万円だ。蘭は一本一万円だから、すぐ値段はわかる」

「うへーっ」

「ちょっと前までは、着物のお見立て会なんかでみんなそこそこ稼いでたよ。上得意を集めた販売会で、あーら、奥さま、この結城ぴったりだわ、とか何とか言って、買ってくれた人と一緒に写真撮るわけだ。だけど今は、着物が売れなくてお見立て会もなくなったからみんな困ってる。そこそこ年くってる女優だと、地方の講演会なんか行くけどね」

「ああいう綺麗な人たちも苦労してると思うと、なんかつらいよねー」

「そうさ。結婚してるか、金持ちのスポンサーがいないと、みんなつらいよ。だからさ、僕に洋服やバッグを売ってきてくれって頼むんだよ。彼女たちがまさか自分で売りに来れるわけないもんね」

それにしてもと、水谷はポテトサラダをつつきながら尋ねる。

「タマちゃん、お金のことばっかり聞いてどうしたんだよ。お母さんの言う品の悪い人間にならないようにね」

「私はお金が気がかりじゃないよ。私の愛がかかってるから知りたいんだ」

「タマちゃんのアイ、ねえ……」

水谷は微笑んだ。とても温かな優しい笑いで、これだけで水谷がとても信用出来る人だということがわかる。同性愛者を何人も知っているわけではないが、毒舌を口にするもののみんなまっすぐで他者へのいたわりに充ちていた。いろいろな苦労をしてきたのだろうと珠緒は思う。

「私こう見えてもきちんとしたことが好きなわけ」

「わかるよ」

「バイトしながらずるずる同棲っていうの、私のまわりにもいっぱいいるけど、みんな別れるよね。ちゃんと仕事を持ってる人たちっていうのは、同棲しててもちゃんと結婚する。なんかさ、私、一本筋が通ってないとさ、愛も長持ちしないような気がすんだよね」

「それはタマちゃんの言うことが正しいよ。タマちゃんはやっぱり頭がいい」

水谷は深く頷く。

「若い、っていうことはすべてをラクチンにしてくれる。もし僕が今、二十歳で、好きな相手がいて、毎日暮らせるそこそこの金があればそれで充分だと思っただろうな。だけどさ、人間って誰でも年をとる。今、世間でも問題になってるだろ。三十代、四十代になってのフリーターはつらいんだよ。若い時は出来ても、もう心が耐えられなくなるんだよ。そりゃ、タマちゃんたちだって、今はラブラブだからいいさ。だけどさ、もうじき子どもが出来る」

「子どもだなんて、ヤダッ」

珠緒は照れて水谷の肩を思いきり叩いた。

「そんな、子どもなんて、まだ考えてないよ」

「だけどいずれは出来るさ。そうしたらさ、お父さんがバイト中っていうのは、子どもとしてはどうかなあ。やっぱりちゃんとした仕事に就いてもらいたいって思うんじゃないかな」

「そうだよね」

「カレシのお母さんと同じことを言うかもしれないけど、タマちゃん、今が頑張り時なんだ。タマちゃんたちが、まっとうなちゃんとした家庭を持ちたいと思うんだったら、手に職をつけることだろうな」

「手に職ねえ……」

「そうだよ。いい言葉じゃないか。就職じゃなくってさ、手に職。タマちゃんは簿記の資格持ってんだろ。これは強いよ。きっと近い将来役立つよ。あとはタマちゃんのカレシだ。今からだったらちゃんと修業すれば、一人前の職人になれるかもしれない」

「職人……、大工さんとか……」

「今、建築関係が悪いから、大工さんはかなり厳しいかもしれないなァ。食べ物関係なら喰いっぱぐれがないよ、きっと」

「パティシエか、いいなあ……」

　珠緒の中にひとつの光景が浮かび上がる。白衣にコックの帽子をかぶった翔が、ケーキの上に生クリームを落としている光景だ。そしてその傍らには、エプロンをつけてケーキを売っている珠緒がいる。

「でもダメかも……」

珠緒はため息をついた。

「翔ちゃん、甘いもの興味ないもん」

その日アパートに帰ると、翔はもう帰っていた。漫画喫茶のバイトの早番の日だ。コンビニで買ったカレーライスの容器が、そのまま流しの中に置いてあるのを見つけた。

「翔ちゃん」

珠緒は言った。

「あのさ、コンビニのものってさ、食べ終わったらすぐに捨てた方がいいよ。中身があるうちはどうってことないけどさ、コンビニの食べ終わったのがどっかにあるってさ、それだけでものすごくすさんだ感じするじゃん。景色が一変するぐらいにさ」

「そうだね、わかった」

翔は素直に立ち上がり、プラスチックの容器を不燃ゴミのクズ箱に入れた。ゴミを仕分けることは、一緒に暮らすようになってから珠緒が口うるさく言って憶えさせたことだ。

「今夜は楽しかった?」

「うん、水谷さんがみんなおごってくれてさ。悪かったよ」

遅くなる時は、いつ誰に会ったか必ず報告するようにしていた。別に義務ではないし、翔も決して嫉妬深い男ではない。珠緒が喋るのが好きなのだ。

「水谷さんってさ、ものすごい物識《ものし》りなんだよね。数字もすぐに出てきちゃうしさ、やっぱし、東大へ行こうと思った人は違うね」

珠緒は水谷の通っていた高校の名を口にした。翔はよく知っていると言う。

「うちの学校より十ぐらい偏差値が高いとこだよ。昔はさ、潰れそうな私立だったんだけど、理事長がさ、中高一貫の寄宿制にしたんだ。お金でいい先生いっぱいスカウトしてきて、三年後には東大合格者を出した。有名な話だよ」

「ふうーん、沖縄の田舎者にとっちゃ、信じられないような話だよね。東京の人って、どうしてそんなにがむしゃらになるんだろ」

「東京の人ばっかりじゃないよ。関西だっていろいろあるじゃん。高校三年ですることは全部一年で終わらせてさ、後の二年間は受験の勉強するとこ」

「うへーっ、何かすごい話だね。あ、翔ちゃん、ビール飲む？　今月の分、あと三本あるよ」

節約のため缶ビールを飲むのは、月に五本だけと決めているのだ。二人ともそこそこ飲むが、酔うほどではない。

ビールをちびちび飲みながら、珠緒はひとり言のように問うてみた。

「ねぇ、翔ちゃんってさ、何やってる時が楽しい」

「きまってんじゃん。こんな風に珠緒といる時だよ」

「そんなのわかってるけどさ、自分ひとりの時、何やってるのが楽しい」

「うーん、やっぱさ、ゲームやってる時じゃん。後はさ、DVD見んのそんなに好きじゃないから、ひとりでぼうーっとしてんのも好きだな」

「だけどさ、ゲームデザイナーになりたいとかは思わないでしょ」

「思わないなァ。するのは好きだけど、つくるのは大変そうだもん」

「じゃ、翔ちゃん、子どもの時、何が得意だった。工作とか好きじゃなかった」

「どうしてそんなこと聞くんだよ」

けげんそうな顔で見る。

「ほら、これから翔ちゃんが何かするとして、いったい何が向いてんのかなあーって思ってさ」

「何かしなきゃいけないわけ」

腹立たしいことが起こると、翔の口ぶりは少年のようになっていく。むくれやすい我儘な少年の顔だ。その可愛らしさに、珠緒は一瞬見惚れるが、このままではいけないと心に決める。

「今すぐじゃなくてもいいけどさ、何かを始めてもいいかなあーって思ってさ。もし私か翔ちゃんがちゃんと仕事を始めたら、そっちの親も私たちのこと認めてくれると思うんだ」

「別に認めてくれなくたっていいじゃん」

翔は唇をゆがめた。

「いつも言ってるだろ。うちの母親って本当に変わってんだから。あの人たちに認めてもらおうなんて考えない方がいいよ。絶対に無理。無理なことはしない方がいいってば」

「無理かどうか、やってみなきゃわかんないじゃん。こんな世の中だから、就職なんてめちゃくちゃむずかしいと思うし。だったらさ、喰いっぱぐれのない仕事に、つくしかないよね。そうなるとやっぱり職人じゃん。手に職をつけるってやつ。今すぐじゃなくてもいいからつけようよ、手に、職」

「手に職っていったってさ、そんなに簡単に出来るわけないじゃん」

「そりゃそうだけどさ、自分に何が向いてんのかなあってちょっと考えてさ、それを始めてみんのもいいかなあって。翔ちゃん、結構料理つくるのうまいから、シェフになんのどう。有名になればテレビに出たりしてカッコいいよ」

「バカバカしい。あんな有名シェフになれるのなんか、何万人にひとりだよ」

「だったら、有名になれなくたって、楽しそうなこといっぱいあると思うよ。このあいだテレビを見てたらさ、羽子板つくる職人さん出てきたけど、羽子板って後継者いないんだって。そういうとこに弟子入りするのも、面白いかもしれないね」

「オレ、羽子板って見たことも触ったこともないよ。全然興味ないしさぁ」

翔は次第に不愉快さをあらわにしていく。

「別にィ、今のままでいいじゃん。二人で働いてんだから、そんなにビンボーでもないしさ。オレたちそんなに金使うわけでもないんだから、今のままでも充分やってけるはずだよ」

「それはわかってるけどさ」

珠緒は言い澱む。これ以上翔を不快にさせたくないという気持ちと必死に戦う。

「私たちだっていつか年とるんだし、そん時にバイト生活ってつらくない」

「そんな、年とってからのことなんか考えられないよ」

「でもさ、こう考えてみて、翔ちゃんが五十になった時、マンキツの受付にいるの、やでしょう。いやその前にクビになってるよ」

「だったら別のバイト見つければいいじゃん」

「だけどそん時は、もう肉体労働しかないかもしれないよ。五十になってツルハシ握るのきついかも。それより羽子板つくってた方がずっといいよね。座ってやれるし、いつか名人って言われるかもしれないよ」

「だからさ、僕は羽子板にまるで興味がないわけ」

翔は苛立ちを隠そうとしない。

「今後のことを考えろ、とか、手に職を持てとか、珠緒、うちのお袋とまるっきり同じになってきたじゃん」

これは初めての喧嘩だろう。一緒に暮らし始めて四ケ月、子犬が二匹、じゃれ合うようにして暮らしてきた。二人のアルバイトのお金を合わせれば、アパート代を払いちゃんと食べていける。それどころか、時々は、二人で近くの居酒屋やファミリーレストランで食事をすることが出来る。だから、

「これ以上何を望むのか」

という翔の言い分もわからないではない。

「だけどさァ、私たちもいつまでも二十歳と二十二のままじゃいられないんだよ」

こんな言い方、自分がまるでオバさんになったみたいだ、と思いながら珠緒は止めることが出来ない。

「今すぐじゃなくていいからさ、ちょっと、ほんのちょっとだけ考えてみようよ」

「わかってるよ」

翔はぷいと横を向く。

「そんなのわかってるけどさ、あんまりガツガツ言われると、ちょっとむかつくだけだよ」

「ガツガツなんか言ってないじゃん」

「言ってるよ。将来のこと考えろとかさ、そんなこととっくにわかってるよ。わかってるからイヤな気分になるんだ。そういうこと」

「だけどさ、私たち結婚すんだよ。結婚ってさ、うまく言えないけど、ずっと先のことまで考えることだよね。なんかさあ、将来の見通しまるっきり立たないのにさ、結婚なんか出来るのかなあ、と思ってさ」

「じゃー珠緒は結婚したくないわけ」

「したいさ、あったり前じゃん、絶対にしたいよ」

翔を怒らせないために、このあたりでやめておこうかと一瞬考えたものの、珠緒は続けることにした。やはり今日の水谷との会話が尾をひいているに違いない。

「ちゃんとさ親が認めてくれないままにさ、籍だけ入れたって結婚じゃないような気がする。そんなの結婚じゃないよ。だって……」

そうだ、伝えたかったことが、やっとはっきりとした形になった。

「私、ウエディングドレス着たいんだもん」

「ウエディングドレス！」

「そうだよ。区役所に籍入れるだけなんてさ、ふだん楽しいことといっぱいの芸能人ならいいよ。でも私はイヤだよ。ウエディングドレス着て、みんなに拍手されて前を歩きたい」

「珠緒のウエディングドレスかァ」

翔が顔をほころばせた。現金なほど表情が変わったのだ。

「すっごく可愛いと思うよ。僕も見たいな」

「でしょう！」

「だけど、写真レンタルでいいじゃん。このあいだテレビでやってたよ。ウエディングドレス着て写真撮って、それで終わり、っていうセットがあるんだって」

「翔ちゃん！」

珠緒はつい声を荒らげた。

「私が言ってんのはそんなことじゃないよ。もっと本質見てよ、本質。私はウエディングドレスのコスプレしたいんじゃないの。みんなの拍手でバージンロードを歩きたいわけ。そん時、腕組んでくれるのは、今のお父ちゃんか、本当のお父ちゃんかわかんないけど、とにかくバージンロードを歩きたいの。その時、前の席には翔ちゃんのお父さんやお母さんがいてほしい。それが私の理想ってやつなわけ」

「だから何度も言ってんじゃん。うちの親はうんと見栄っ張りの上に変わってるんだってば。もう一生つき合わなくたっていいって思ってんだから、気にしなくてもいいんだってば」

「バカタレ！　親とつき合わなくて生きていけるわけないじゃん」

いけない、ついバカタレなどと口走ってしまった。だが仕方ない。そんなことは珠緒の育った沖縄では絶対に許されないことだ。先祖の霊と同じぐらいに、今生きている親を大切にする。自分が今ここに存在するのは、ご先祖さまと親のおかげだと、お墓まいりに行くたびに何度聞かされたことだろう。

「あのさ、親なんかいなくたっていいって、無視してさ、結婚なんかうまくいくはずないじゃん。私、リコンは好きじゃないからね。子どもが可哀想じゃん、私も親がリコンしたからさ、自分の子どもをそんなめにあわせたくないよね。うちの島はリコンした人でいっぱいだよ。時々はさ、産む前にリコンしちゃってさ、大きなお腹してコンテナに乗って帰ってくる人いるけど、ああいうの好きじゃないよね。ね、翔ちゃん、今すぐじゃなくていいよ。私たちどっちかが職見つけてさ、あんたのお母さんの鼻あかしてやろうよ。あ、ちょっと意地悪な言い方しちゃったかもね」

その時、ドアをノックする音がした。

「ほら、見なよ」

大げさに肩をすくめて、珠緒は振り返る。

「ここのアパートはさ、喧嘩しちゃダメなんだよ。きっと隣の部屋の大学生だよ。もうちょっと静かにしろって」

はい、ちょっと待ってえと、珠緒は声をあげながらドアに進む。大きく開けたのと、大きな声をあげたのと同時だった。

「リョウタ！」

若い男が立っていた。サーファー風に伸ばした髪とピアスは初めて目にするものであったが、そこにいるのは、まさしく弟の亮太であった。

「あんた、どうしてここにいんのよ」

「へへ、久しぶりイ」

「久しぶりも何もさ、何でここにいるの。あんた、沖縄にいるはずじゃん」

「だから沖縄から来たわけ」

「いつ？」

「今」

「なんで⁉」

「飛行機で」

「バカ、漫才やってるわけじゃないよ。とにかく上がりなよ」

「へへ……。お邪魔します」

Tシャツの上には何も羽織っていない。いかにも南の国から今着いたばかりの服装をしていた。肩にはそう大きくない布のスポーツバッグをかけている。

「こんばんはー」

くぐもった声を出しているのは、若い子独得の照れだろう。亮太は狭いキッチンを抜け、六畳のカーペットの上に座った。缶ビールを手にしたまま翔は、軽く頭を下げる。

「よく話してる、弟の亮太だよ」

「こんばんは！　初めまして」

まるですぐ近所からやってきたような気安さだ。

「そいで、こっちが福原翔ちゃん。翔ちゃんのことはお母さんから聞いてるよね」

「うん、お母ちゃんから写真見せてもらったことがあるけど、実物の方がずっとイケメンじゃん。姉ちゃんのカレシとは思えんさー」

他人からこれほど無遠慮に見られたのは初めてだったが、翔は嫌な気分ではない。沖縄の青年らしい人懐《なつ》こさが伝わってくる。

「ま、ビールでも飲みなよ」

と珠緒は缶ビールを差し出しかけて、あわててひっ込める。

「いけない、あんた、まだ未成年だよね」

「ちょびっとならOK、OK」

「ダメだよ。そんなことをしたら、お母さんに怒られる」

自分で冷蔵庫からウーロン茶を持ってきな、と珠緒は命じた。

「ついでに冷蔵庫のアイスクリーム食べてもいいよ。だけど抹茶はダメ。私が食べるやつだから」

「わかってるってば」

ウーロン茶をぐびぐびと飲み、無心にアイスクリームをなめ始める弟に、珠緒は質問を開始した。

「あんたさ、確かこの四月から、那覇のどっかの会社に勤めんじゃなかったっけ」

「それが潰れたのさー」

「えー、ウソ」

「ウソじゃないさー。卒業式のちょっと前さー。倒産した時、あっちの新聞にも出たんだよ。結構でっかい菓子会社だったからね」

「あそこの菓子、空港でも売ってるじゃん」

「だけどさー、ここんとこヒット商品もなくてさ、うんと経営が苦しかったみたいさー。紫芋のタルトみたいにさ、売れるもんが出てくりゃよかったのにさー。高卒の新卒とるふりして、倒産をごまかそうとしたんじゃないか、今年高校出るコが可哀想だって、結構新聞やテレビにも出たさー。顔モザイクでいいから、話を聞かせてくれって、テレビの人が言ったけど、オレは断ったさー」

「そんなこと自慢してても仕方ないじゃん、それで次の仕事は見つかったわけ」

「今、那覇に仕事なんかないさー」

亮太はアイスクリームの匙《さじ》をくわえながら、悲し気に首を横に振った。

「学校の先生も必死になって、いろいろ探してくれたんだけどさー。沖縄は不景気じゃん。本当に仕事がないんだよ。それでさー、いっそのこと東京出てくれば、なんとかなるって思ったわけ」

「何言ってんだよ。東京だって不景気だよ。百年にいっぺんの不景気さー。あんたのこのこ出てきてどうするつもり。そのうち派遣村に住むワケ？　東京に出てきたからって、どうにかなるわけないよー」

「だけどさー、やっぱり東京は東京さー」

亮太は言う。

「東京ならバイトだっていっぱいあるはずじゃん。時給だってずっと高いさー」

「あんたさ、そういう考え甘いよ。間違ってんだよ」

「だけどさ、姉ちゃんが東京出てく時、同じこと言ったよ。東京なら就職出来なくてもバイトがある。私ひとりぐらい何とかなるってさー」

「私はさー、あんたと違うよ。簿記も出来るしさー、パソコンもうまい。いいバイトがあるから東京に来なよ、って友だちに誘われたのさー。あんたみたいに家出……」

そこで珠緒は非常に重要なことに思いあたったのである。

「あんたさー、これまさか家出じゃないよね。ここに来てんの、お母さん知ってるよねー」

「知ってるさー」

亮太はぷいとふくれる。その様子は子どもの頃からまるで変わっていない。母親が再婚して産んだ、父親違いの弟ということになる。が、幼い頃から珠緒はよくめんどうをみてきた。亮太もそんな姉になつき、下の弟と一緒にいつも後をくっついてきたものだ。

「ちょっとさー、姉ちゃんのとこへ行くって、母ちゃんにメールうっといたもん」

「バカタレー。そういうのが家出っていうんだよ」

急いで携帯で母を呼び出した。ちらっと時計を見る。夜の九時半。ちょうど母の経営している店が盛り上がっている最中だ。

「やっぱり、タマちゃんのとこに行ってたんだねー」

母の声の後ろから、人のざわめきと三線の音が聞こえてくる。時々誰かが持ち込み、みんなが歌い始めるのだ。

「いいさ。一週間ぐらい遊ばせてさー、帰してやってよ」

「そうは言われてもさ、ここは狭いしさ、とても一週間なんていられないさー」

「だったらさー、裕亜《ひろあ》君とこに行かせればいいさー」

裕亜というのは、父親が再婚して出来た弟で、亮太と同い年だ。

「あのうち、何を思ってんだか、偏差値三十五ぐらいの東京の大学進ませたのさー」

珠緒は裕亜の、自分によく似たくりくりとした大きな目を思い出した。母は「裕亜君」か「裕君」と〝君〟づけをするが、珠緒は呼び捨てだ。母親は違うが、血の繋《つな》がる弟という気持ちはいつもある。

「へぇー、ヒロは東京の大学に来てるんだ」

「あんた、知らなかったの」

「うん、メールじゃ受験勉強してることも言わなかったよ」

「そりゃさ、偏差値三十五の大学じゃ、恥ずかしくて言えないだろうさー。昌子さんもこぼしてたよ。勉強嫌いなくせに、どうしても東京行かせてくれって、駄々をこねたらしいさー」

昌子というのは、裕亜の母親だ。母、洋子にとっては、別れた夫の次の妻ということになる。普通なら出来るだけ顔を合わせたくない相手であるが、狭い島ではそうはいかない。子どもが同級生の母親として、親しいつき合いが始まるのだ。幸い、昌子もさっぱりとした気性の女なので洋子とはすぐに仲よくなった。しかし裕亜の進学に関して、洋子はかなり辛辣《しんらつ》だ。

「裕君はさ、確か、今年の卒業生の中でも問題児だったさー。那覇の高校行かせるんだから、よっぽどしっかり親がしつけなきゃダメになる。地元のコと違って、みんなアパート暮らしだからね。同級生がすぐに入りびたってさー、煙草を吸うわ、酒飲むわ、女の子ひっぱりこむわと、やりたい放題さー。昌子さんが言うにはさ、裕君、二度はもうダメかと思ったって。もうこれで中退だと覚悟したんだってさー」

「そうだよね。ヒロのやつ、あの頃よくメールくれたけどさー、彼女が出来てやたらはしゃいでたね」

「そう、そう。その女の子が東京の大学行くもんで、どうしても行きたくなっちゃったんだろうって昌子さんは言うのさー。こういう時、父親がビシッとすればいいのにさー。あの男じゃ、ま、無理だね」

あの男というのは、洋子の別れた夫、珠緒の父親ということになる。

「だけどさ、よく思いたって、すぐに大学に入れたね」

「偏差値三十五のとこだよ。ほら、定員っていうの、入る人が足りなかったのさー。二次募集っていうやつで、四月に入試やったんじゃないの」

どうやら洋子は、片方の息子が大学に入ったことが口惜しいらしい。

「全くさー、金もそんなにあるわけじゃない。本人も勉強が嫌いっていううちでさー、どうして大学に行かせるんだろうね。だって偏差値が三十五だよ」

三十五という数字を何度も繰り返す。

「お母さん、その大学、何てとこ」

「私だって初めて聞く名前だよ。えーと、なんか思い出せないけどさー、相模原っているところにある学校だよ」

「やだ。相模原っていったら神奈川だよ。東京じゃないよ」

「そんなことどっちだっていいよ。神奈川って東京の近くだろ。そうしたら東京さー」

いかにも沖縄県人らしい感想であった。

「とにかく亮太さ、一週間ぐらい東京で遊ばせたら帰せばいいさー。島に帰ってきたら私が何とかする。うちの店を手伝わせてもいいんだからさー」

「だけどさ、お母さん、このアパートなんかすっごく狭いんだよ。とても三人でいられるわけないじゃん」

「だからさ、後は裕君とこに泊まらせりゃいいさー。同じ東京にいるんだから」

「そりゃそうだけど……」

「やだー、東京とこんなに長電話しちゃったよー。じゃーね」

あわただしく電話は切られ、珠緒の耳にツーツーという不快な音だけが残る。母が自分の言いたいことだけ言って、唐突に電話を切るのはいつものことだ。相変わらずだなァと、それでも少し温かい気分になって振り向くと、翔とビールを飲み交わしている亮太がいる。

「あんた、未成年のくせに何してんのよ」

「だってさー、ニイさんが飲め、飲めって言うんだもん」

「ニイさん……」

「だってそうじゃん。姉ちゃんのカレシで結婚するんだったらニイさんじゃん」

「やだ……」

珠緒は一瞬うろたえる。今まで結婚の話をしていても、まるで現実味がなかったが、弟の言葉で急に何かが加わったのだ。

「姉ちゃん、ちょっとの間でいいから置いてくれよ。姉ちゃんとさニイさんがエッチする日はさ、オレ、どっかに泊まるようにするからさー。頼むよ。お願いします」

「バカ、バカ、バカ」

珠緒は亮太の頭を、何度も軽くぶった。

「あんた、余計なこと言うんじゃないよ。私らはね、エッチはめったにしないんだから、子どものくせに気をまわすんじゃないのッ」

これは本当だ。翔が早番の夜は、二人でパソコンゲームをしたり、テレビを見たりしているうちに深夜になる。たいていの場合、そのまま寝てしまう。翔は最近の男の子らしく、そちらの欲望は希薄だった。時たま珠緒はもの足りなく思うこともあるが、翔のことを無理に誘ったりはしない。

翔の前に、珠緒は何人かの男の子とつき合ったが、あの頃は、

「ガッツいていたなぁ」

としみじみと思う。しなくては損とばかりに、お互いの体をむさぼり合った。心とか愛などというものはどこかへ置いて、快楽に一刻も早くたどり着こうとするゲームのようだった。

しかし翔とは違う。寝る時も手をつなぎ合い、優しい言葉をかけ合う。こういうのを、本当に愛されているというんだろう。が、そんなことを弟に言えるわけがなく、だからやたら照れ、そして腹が立つのである。

「あんたってさー、昔からお調子もんなんだからさ。全くさー、東京に家出してくるって、どういう根性してるんだか」

「だからさー、家出じゃないって、何度も言ってるじゃん。オレさ、内定取り消された、すっごくかわいそうな青年なワケ。だからさー、傷を癒やそうとちょっと東京に来たわけさー」

「そうだよ、リョウタ君をそんなに責めちゃ、可哀想だよ」

翔は言い、亮太のグラスにまたビールを充たしてやった。

「二、三日ぐらいなら、ここでもいいじゃん。僕が遅番の時もあるんだからさ」

「いい人じゃん！」

早くも酔ったのか、亮太の言動はいちいち芝居じみてきた。グラスを手に、うっとりと翔を見つめるふりをする。

「優しいしさ、イケメンだし。姉ちゃんのカレシにはもったいないさー」

「バカタレ！」

珠緒は思いきり怒鳴った。

第五章　福原家のこと（三）

四月も終わろうとしているのに、故郷では肌寒い日が続いていた。由美子は実家で、母の満津枝とうどんをすすっている。このあたりは、そばよりもうどんがおいしく、出前をしてくれる店が何軒もあった。昼に「おかめ屋」の天ぷらうどんを食べたいと言い出したのは由美子の方だ。

「東京はさ、だしつゆが濃くって、やっぱりうどんはここに限るわよねー」

「おかめ屋」の天ぷらうどんは、大きな海老《えび》が二本のっているため千二百円もする。田舎にしてはいい値段だ。由美子が当然払うつもりであったが、「いいから、いいから」と満津枝に制されてしまった。

七十三歳の母の経済状態を詳しく知っているわけではないが、ただの年金暮らしとは思えない。二階に住んでいる妹によると、手堅い株をうまく運用しているのではないかということだ。妹一家と二世帯同居しているこの家も、母が建てたものである。勤務医だった父が亡くなった後、母の決断は早かった。家を売り、アパート暮らしをしながら、自活の道を選んだのである。満津枝は今でもよく口にする。

「あのまま、あの家に住んで、お医者さんの未亡人って顔して、お父さんの家に援助してもらってメソメソ暮らしていたら、今の私はなかった」

おそらくあなたたちも大学に行かせてやれなかっただろうと満津枝は言う。

「由美ちゃんが大学行く頃が、実はいちばん苦しかった時だったの。でも私はこう思ったのよね。家なんか、六十でも七十になってからでもいつでも建てられる。でも教育っていうのは違う。十年後、お金が出来たから子どもを大学に行かそうなんてことはあり得ない。だからね、歯を喰いしばって、すべてのことは犠牲にしても、由美ちゃんを大学に行かそうって思ったの」

母の努力の物語は、由美子の誇りである。母は市井《しせい》の人であるが、実体験に基づいたその深い言葉は、どんな学者や評論家にも負けないのではないかと由美子は考える。

二人はしばらく無言でうどんを食べ続ける。海老の天ぷらがふやけていい感じである。やがて剝《は》がれた衣が、小さく分散していき、天かすのような役割を果たす。それをよくだしのきいたつゆと一緒に飲み干す時、由美子は故郷に帰ってきたと実感するのだ。

しばらくうどんをすする音だけが聞こえる。箸を置いて由美子は言った。

「お茶、淹れかえようか」

「そうだね」

カウンターキッチンは、年寄りがひとりで暮らしやすいようにうまく設計されている。リビングを兼ねたダイニングルームはわざと狭くつくっていて、そう動かなくてもことが足りるのだ。あと十年ここで頑張り、その後は施設に行くと満津枝は宣言していた。その際、階上に暮らす妹一家が改築しやすいように間取りも考えられているのだ。桜の木でつくった茶筒を手にした時、母が声をかけてきた。先ほどからタイミングをうかがっていたようだ。

「それでどうなったの」

主語を省略していても何のことかわかる。孫の翔のことを案じているのだ。

「どうもこうもないわよ」

由美子は乱暴に、湯わかしポットから湯をどばどばとつぐ。熱い飛沫《ひまつ》が二、三滴手の甲にこぼれた。

「家を出て、その女の子と暮らしてるわ」

「人聞きの悪いこと。結婚前に一緒に暮らすなんて」

「今じゃ、そんなの普通よ」

由美子は湯呑みをどんと二つ置く。

「私たちの頃なんか、あの人たち同棲してる、なんて陰でこそこそ言ってたけど、今の人たちはあっけらかんとしたもんよ」

「世の中じゃ普通かもしれないけど、自分の孫がそんななんて、ぞっとするよ」

「私もね、そういうだらしないこと嫌いなんだけど、さっさと家を出ちゃったんだから仕方ないでしょ」

「翔は子どもの時は、利発でおとなしくていい子だったんだけどねぇ……」

満津枝は湯呑みを持ち、遠いところを眺める表情になる。母親が過去形で語るのが気にくわない。もうすべて終わった、と言いたいのだろうか。

「あれは小学校三年か四年の時だったかね。ここで夏休みのドリルやってる時、私は聞いたの。おじいちゃんや叔父ちゃんみたいなお医者さんになるかいって」

「翔は何て言ってました」

「考えとく、なんて言ったから笑っちゃったけど。あの時に何とかしとけばね」

「そういうこと言わないでよ」

由美子は母を睨んだ。もう少しで涙がこぼれそうだ。

「うちの人と同じことを言うのね。お母さんまで責めないで頂戴よ。学校やめたのも私のせい。フリーターになったのも私のせい。あんなヘンな女と暮らしてるのも私のせい。みんな私のせいだって言われたら、私はどうしていいのかわからない」

「誰も由美ちゃんを責めてないよ」

満津枝は軽く娘の肩をつついた。由美子を励ましてくれる昔からの癖だ。ああ、イヤだ、四十八歳の私が母親に甘えている、と思いながらも、涙が一滴つっーと落ちていく。

「子どもなんて親の思うようになんかなってくれないもの。私だってそんなことは承知してるよ」

「そんなこと、私にだってわかる。だけど限界ってものがあるわよね。今はもう最悪の事態なの。職にはつかない、最悪の女の子と結婚するって言い出してる」

「まさか、二十歳で結婚はないでしょう」

「いいえ、言い出してるんですよ」

由美子は早口で、手紙に書けなかった今までの経過を話した。特に力を入れたのは、息子の結婚相手になる女の描写である。

「ひと目見たら、お母さん、卒倒すると思うわ。とにかく下品なの。もう信じられないぐらい下品。おまけに不器量なんですよ。いったい、あのコのどこがいいのか、本当にわからない」

「確か沖縄の子だよね」

「親が離婚していて、母親は飲み屋をやっているんですって。これだけで、どういう家のコかわかるでしょう」

不意に少年の日の翔の姿が浮かぶ。ほんの短い間であったが、姉の可奈が通っているピアノ教師のところに翔を行かせたことがある。一度だけは発表会に出た。フラノの半ズボンをはき、蝶ネクタイをした翔の可愛かったこと。細い足にぴったりしたハイソックス、そして黒い革靴。由美子の目には、小さな王子さまに見えた。あんな美しく育ちのいい息子が、どうしてあんな下品な女と結婚しなくてはならないのだろうか。

「ねえ、お母さん、どうしたらいい。今日はそのことで相談しにきたの。もう頼れるのはお母さんだけよ」

「そりゃあ、母親の力だろうね」

満津枝があっさりと言った。

「もう由美ちゃんが、心を込めて説得するしかないよ。それがいちばんんだ」

「お母さん！」

由美子は叫んだ。母親に向かって怒鳴るなどというのは、おそらく初めてのことだ。

「そんな呑気なこと言ってる場合じゃないの。もうあっちは、明日にでも婚姻届け出す勢いなんですよ。説得なんて、さんざん私がしてきましたッ。ありとあらゆる手を使って、学校に戻そうとしたり、大検受けさせようとしたわ。だけどね、あっちは私の言うことなんかまるで聞いてくれないのよ」

妹の妙子である。

満津枝が何か言いかけた時だ。廊下に通じるドアがいきなり開いた。入ってきたのは

「いらっしゃーい」

どこかの帰りらしい。ベージュのジャケットを着ている。

「もうお昼、食べちゃった? 一緒に食べようと思って急いで帰ってきたんだけど」

「今、二人で『おかめ屋』のうどんをとって食べたとこ。あんたが早く帰ってくるのわかってたら、もう一個頼んどくんだったけど。今から電話しようか」

「あ、いい。あそこは一個じゃ持ってきてくれないから……。後でうちで何か食べるからいい」

そう言いながら、ダイニングテーブルの椅子をひき寄せて座る。

「お姉ちゃん、元気だったァ」

「元気よ」

いくら姉妹でも見栄というものがある。中年になり、二人の間に差がついたら当然のことだ。妙子の夫は市民病院に勤める医師で、二人の子どもは地元の国立大学附属の高校と中学に通っている。この田舎町では〝超〟がつくエリート一家だ。由美子は目をこするふりをして涙の跡を確かめた。大丈夫、何もついていない。

「そりゃね……」

「今日、泊まってくんでしょ」

「ううん、夕方帰るわ」

「あ、そう、残念。もし泊まるんだったら、一緒に夕飯食べるつもりだったのに。可奈ちゃん、翔ちゃん、元気？」

痛いところをついてきた。

「翔は相変わらずよ。学校にも行かないでフリーターしてるわよ」

こういう時は卑下することなく、あっさり言うに限る。悩んでいるふりはみせず、明るく嘆いてみせる。これは息子のことを聞かれるごとに、由美子が身につけたテクニックというものだ。

案の定、妙子は他の人たちと全く同じ反応を示す。ふうーんと無関心を装うのだ。

「この頃、やたら多いわね、フリーターになるコ。いろんなとこで聞くわ。そう、そう、可奈ちゃんは来年就職よね」

妙子も娘がいるために、可奈には興味しんしんである。

「この不況だから、いろいろ苦労してるわよ。この四月でついに四年生になったけど、内定なんかまだひとつも貰ってない。本人は就職よりも、結婚相手を見つける方がいいかも、なんて言ってるわ」

「可奈ちゃんは美人だから、結婚相手なんかいくらでもいるわよオ。いいわよねー、これからの人は夢があってさァ」

十八年前、結婚が決まった時に妙子は泣いたものだ。未亡人になった母、満津枝に、長いことつらくあたった伯母は、和解のしるしとして縁談を持ってきた。伯父の医大の同級生の息子、という産婦人科医である。これですべて円満におさまるはずであったが、妙子は長いこと不満を漏らしたものだ。その産婦人科医がかなりの醜男だったからである。短軀《たんく》のうえに太っている。髪が薄くて年よりもずっと老けてみえる。

この私が、どうしてよりによってあんなヘンなのと結婚しなくてはならないの。伯母さんは実は、お母さんと仲直りをするつもりなどまるでない。私を不幸にするために、あんな男を連れてきたのだと、ひどいことを口走ったこともある。

「お姉ちゃんはいいわよ。さっさと東京へ行ってさ、好きな男と恋愛結婚してさ。それなのに私は何なの。あんなブ男とさ、田舎に縛られなきゃならないのよね」

が、歳月は流れ、由美子の夫の健治の髪は抜け、体重は十キロ増えた。外見は妙子の夫とそう変わらない。いや、産科の部長となり、地方の名士である妙子の夫の方が、いい風合いを身につけたと言えるだろう。

今まで由美子は、妹の生活を羨んだことがない。いくら医者といっても、妙子の夫は醜男でまるで魅力がなかったからである。それに住んでいるところは、小さな地方都市だ。贅沢な暮らしや、自由な日々というものに縁がない。医師夫人といってもたかがしれている。ましてや妙子は、開業医の妻ではなく、勤務医の妻だ。たまに東京へ行って買い物をするのがせいぜいだろう。それならば、都会でそこそこのサラリーマンと結婚している方が、ずっと変化にとんだ楽しい生活が出来るはずだ。

が、今は妹がたまらなく羨しい。中年になって妙子の夫の容貌がましになったことも影響しているが、それよりも子どもがきちんと育っていることが、たまらなく羨しいのだ。いや、羨しい、よりももっと粘っこい感情、妬《ねた》ましい、だ。

それなのに由美子は、つい尋ねてしまう。

「拓也君はえらいわよね。今もずっと優等生なんでしょ」

「とんでもない」

妙子はあわてて手をふる。二つ違いの妹は、姉にとても気を遣っているのだ。

「やっぱり附属は、そんなに甘くはないわよねー」

妙子の長男拓也は、国立大学の附属高校に通っている。県下の秀才が集まるところだ。

「一年生の時は、ガクッて下がってどうなることかと思ったわよ」

「でもやっぱり、お父さんの後を継いでお医者さんになるんでしょ」

「まあ、本人はそのつもりだけど、どうなることやら」

「タクちゃんなら、きっと医大に入れるわよ。あの子、子どもの時から頭よかったもん」

「そーんなことない」

妹の大げさな身ぶりは、謙遜によるものではないとすぐにわかった。

「今さ、医大はめったやたらには入れないのよ。この頃は、東大入れるコでも地方の医学部に入るのよ」

「へえー、そうなんだ」

「うちの拓也も、理Ⅱだったら入れるだろう、って担任に言われてるんだけど、やっぱり医大に行きたいっていうの。だから地元の医学部狙ってるんだけど、これが大変なんだから」

いつのまにか子ども自慢となっていくのである。

「あそこの高校はね、いち学年百二十人しかいないのに、親が医者のコは四十人いるのよ、四十人！ 県下の医者の子どもが集まってくるんだから、もう大変よ。みんな医大をめざして頑張ってて、医大に入るのがあたり前、って感じよ。この頃は地元の医学部だって、東京や大阪から受験生いっぱい来るんだから、もう附属のコたちも必死よォ」

いっきに喋った後、妙子は少々姉への配慮が欠けていることに気づいたらしい。

「まあ、子どもなんか、途中でどうなるかわからないから、毎日ひやひやもんよ」

とってつけたように言う。

「あの子にしたって、突然文系にしようかな、なんて言い出して、父親とやり合ったのよ。いっちょ前に、自分の進路は自分で決める。あれこれ言うのは、親の横暴だなんて言ってね。ま、何とか考え直してくれたけど、まあ、あの年頃の男の子は、爆発物抱えてるようなもんだから」

「文系って、何になりたいのよ」

満津枝が問うた。

「弁護士になりたいんですって。あんな無口なコが、向いてるわけないじゃないの。ほんの気まぐれで言ったに決まってるわ」

医者にしても、弁護士にしても、由美子にとっては夢のような話である。全くどうして、これほど妹は子育てをうまくやりおおせたのか。不思議で仕方がない。

妙子は甘ったれで、ひどくぼんやりした子どもであった。母が仕事に行っている間、一緒に宿題をしようと誘っても、ノートを開くまでに時間がかかる。いつまでも人形の髪をいじっていたものだ。

当然のことながら、成績は由美子よりもずっと悪く、卒業したのは地元の女子大である。当時、東京に行かせるほど親の資力も、本人の気力もないが、〝大卒〟という肩書が欲しい女の子が行くところとされていた。近在の農家の娘が多く、女子大でありながらジャージー姿で通う学生がいたほどだ。

地元でのステータスははなはだ低く、由美子の通っていた国立大学では、合コンでの人気は全くなかった。ここの女の子とつき合っていることさえ少々まわりから馬鹿にされた。それならば、県立女子短大の学生の方が、ずっと頭もセンスもいいと言われていたものだ。

そして子育てにおいても、妙子がそれほどよい母親とも思えなかった。由美子のように毎晩読みきかせをすることもなかったし、ＮＨＫのニュースを毎晩母子で見る習慣もなかったはずだ。

由美子が子どもたちのため、毎年夏休みに必ず行かせていた劇団四季のミュージカルも、

「東京に出て行くのがめんどうくさいからいい」

と、断られたことを昨日のように憶えている。それなのに妙子の子どもたち二人は、小学校高学年になると頭角を現し、難関の国立大附属中学に合格したのである。これは妙子ひとりの力とは思えない。

「ダンナの遺伝子がいいんだろうか……」

それならば、由美子の夫とて、早稲田大学理工学部卒という肩書である。妙子の夫に比べて、そうひけを取らないはずだ。いったいい子育てというのは、どういう因子がからみ合い、成功例と不成功例を生み出すのであろうか。由美子は教育評論家の書いた本を何冊も読んだがついにわからなかった。

ある人は言う。

「お父さんとお母さんの仲がよくて、お父さんが一生懸命働いている家に、決しておかしな子どもは育たない」

夫と自分とは、夫婦喧嘩をしている現場を子どもたちに見せないようにした。夫を馬鹿にした発言をしたこともない。そもそも夫の健治はまじめな男で、残業もいとわず働いてそれなりの出世を果たしている。

「早寝、早起き、朝ご飯」

そんなことなら、とっくに実行していた。中学生になった翔には、毎日心をこめて、おいしい弁当をつくっていた。それなのにいったい、どうして妹の子どもたちとこれほどの差がついてしまったのだろうか。

「それじゃ、お姉ちゃん、またね。今度は翔ちゃんか可奈ちゃん連れて、泊まりに来てね」

妹の後ろ姿を眺める。中途半端な丈の野暮ったいスカートだ。身のまわりにあまり構わないのは昔からであった。

「妙子はああ言ってるけど」

玄関のドアが閉まるのを確かめて、満津枝が喋り始める。

「本当は国立の医大、むずかしいんじゃないの。どうやら私立も受けるらしいよ」

「えー、私立の医大っていったら、半端なお金じゃないんでしょう」

確か入学する時に、千万単位の金が必要になるはずだった。

「きっと、私のお金をあてにしてるんじゃないの」

満津枝はこともなげに言う。

「えー、お母さん、そんなに貯めてるの」

由美子は驚きの声をあげる。妹の話では、父の遺したものを手堅く運用していたということであるが、そんなものはたかがしれているだろう。だいいち父親が亡くなったのは、四十年近く前のことである。

「あの頃は、プリティスキニィを一生懸命やっていたからね」

プリティスキニィというのは、満津枝が販売していた補正下着である。

家庭の奥さんたちに小さな集まりを開いてもらい、そこで体がほっそり見えるブラジャーやガードルを売る。思わぬところに才能があり、満津枝はあっという間にゴールデン販売員からダイヤモンド販売員へと昇りつめ、最後は支部長まで務めたのである。

「プリティスキニィはね、今で言うネズミ講だったのよね。下の人が売ってくれればくれるほど、私のところに歩合が入ってくる仕組みだった」

「へえ……」

「今ほど世の中がうるさくなかったから、そりゃあ、えげつないこともしたわよねぇ。

私なんか毎年売り上げ優秀者で、パリや香港に招待されてたけど、売れない人は、自分のノルマ果たすために、そりゃあ大変だった。まぁ、昔の話だけどさ」

　そういえば、数年前になるだろうか、プリティスキニィの女社長をマスコミでよく見たことがある。何かトラブルが起こり、退陣を迫られていたように記憶している。

「あのね、この家を建てたけど、まだ自由になるお金が千六百万円あるのよ」

「すごいねぇ……」

「妙子はもっとあると思ってるらしいけど、預金を全部合わせてもこんなものよ。もちろんプリティスキニィで儲けたお金だけじゃない。あんたたちにアパート暮らしさせても守ろうとした、お父さんのものも入ってる。私はね、これを翔のために使おうと思ってるの」

「千六百万を、翔のために使うって……」

「もちろん、全部っていうわけじゃないわよ。六百万は私のお葬式代に残しておくけど、あとの一千万はそっくり翔にあげようと思ってんのよ」

「ちょっと待って。翔はまだ二十歳よ。一千万なんて大金……」

「大金だからいいの。これだけお金があれば、あの子も人生が変えられるでしょう」

　由美子は母を仰ぎ見る。あの時の顔だ。父が亡くなって二ケ月後、満津枝は高らかに宣言した。

「いつまでもめそめそしていても仕方ない。とにかく引っ越しましょう。この家は私たちには大き過ぎるから、アパートでいいの。そこでまた始めるのよ」

そして高校生の由美子に向かい、

「とにかく大学に行きなさい。学費ならどうにでもなる。今行かないと、由美ちゃんは一生後悔するわよ」

と言い切った日の顔。そう決断を下した時の母の顔だ。あれから歳月は流れ、母は老いて顔には深い皺が刻まれている。が、本質は全く変わっていなかったのだ。

「お母さん……」

「この一千万で、海外に留学するのもいいし、どこか専門学校に行ってもいい。留学しなくたって、しばらく外国でぶらぶらしててもいいわ。あの子はね、きっと今、ヤケを起こしてるのよ。だからぐだらない女の子と時間を潰したりしてるの。ちゃんとお金があって、好きなことが出来るってわかったら、あの子だって考えが変わるはずよ」

「それにしても、大金過ぎるわ……」

「いいの、いいの、こういうものは大金なほど、効果は大きいんだから。いつかあの子に活を入れてあげなきゃと、私、ずっと思ってたの」

「お母さん、ありがとうございます」

由美子の目から熱いものが噴き出す。母はやっぱり自分の味方であった。同じ屋根の下にいる妹一家に、すっかり丸め込まれていると思ったがそんなことはなかった。いつまでも凛々《りり》しく、偉大な母であった。

「翔を近いうちに私のところに寄こしなさい。近いうちがいいわ。もちろんひとりでよ。理由は由美ちゃんの方でうまく言ってよ」

祖母の具合が悪い。もしかしたら入院しなくてはいけないかもしれないと、母からメールが入った。

「あんなに可愛がってくれたおばあちゃんが、病気で、ひと目あなたの顔を見たいと言っています。そのくらいのことは出来るでしょう」

と結ばれていて、相変わらず嫌な感じだと翔は思う。家を出てから、母と電話で話すことはほとんどない。何かあるとメールがくる。アドレスは教えていなかったのであるが、どうやら姉の可奈から聞いたらしい。

「了解。行けたら行く」

とだけ打って送信ボタンを押した。だが気になって仕方ない。

祖母の満津枝のことは、昔から大好きだった。説教がましいことをよく口にするのは、母とそっくりだったが、それがまるで気にならない。母の口から聞くとむっとするような数々の小言は、ワンクッション置いて祖母の口から聞くとおごそかな箴言《しんげん》となるのである。料理も上手で、自分でよくうどんをこねた。小麦粉に水をかけ、丸いお供え餅のようなかたまりをつくったかと思うと、めん棒でひき伸ばし、大きな包丁で切っていく。中に野菜や鶏肉をたっぷりと入れ、大鍋で煮るのだ。幼い頃、翔はこのうどんが大好物だった。

幼い頃は、春休み、夏休みは必ず訪れていたものだが、小学生の高学年からほとんど行かなくなった。三つ年下の従弟《いとこ》が、やたら優等生ぶってみせ、母の由美子がいちいちそれに感嘆していたからである。

あれはいつの夏だったろうか。従弟たち一家と、近くの花火大会に出かけた。すると従弟は途中でこう言ったのだ。

「僕、もう帰るよ、今日やらなきゃいけないドリルがあるのを思い出したから。ちゃんと三ページやっとかないと、すっごく気持ち悪くて眠れないんだ」

なんて嫌味な奴だろうと翔は鼻白んだのであるが、母の由美子は心から感じ入った声を出したものだ。

「すごいわねぇ、タクちゃん、やっぱり将来、お医者さんになろうとするコは違うわ」

あんなところに、二度と遊びに行くものかと思った。最後に訪れたのは、高校に入る前の春休みだ。まだ翔が、いわゆる普通の子どもだった時のことである。

「おばあちゃんのとこに行ってくる」

出かける朝に珠緒に告げた。

「あれ、翔ちゃんのおばあちゃんって、亡くなったんじゃなかったっけ」

「それはお父さんの方だよ。お母さんの方のおばあちゃんは、七十幾つかでまだ元気だよ」

いや、今はちょっと元気じゃないかもと翔はつけ加える。

「どっかさ、体の悪いとこが出て、もしかすると入院しなきゃいけないんだってさ。その前に、ちょっと僕の顔を見たいって言うから行ってくるわ」

「それがいいよ」

珠緒は頷いた。

「私もさ、お母さんの方のおばあちゃんが急に病気になっちゃってさ。まだ元気だろうって思って、ろくにお見舞いにも行かなかったんだ。私が福岡にいる時だよ。そしたら、ぽっくり逝《い》っちゃって、あの時はびっくりしたなあ……」

「やめてくれよ。縁起でもない」

「ごめん、ごめん。余計なこと言っちゃったね。でも翔ちゃんのおばあちゃんなら大丈夫よ。きっといい人なんだろうね」

「ああ、おばあちゃんはいいよ。うちのゴッドマザーだね。うちのお母さんだってさ、おばあちゃんの前に出るとおとなしいもん。よくガミガミ言われてる」

「そりゃ、そうだよ。〝おばぁ〟ぐらいえらいもんはないさ」

珠緒は〝おばぁ〟に、沖縄のイントネーションを込める。

「うちの島もさ、琉球そば屋や、雑貨屋で働いているのはみーんな〝おばぁ〟さー。あいうところの〝おばぁ〟に、みんな頭が上がらない。市長さんだって、よおく怒られてたもん。寝小便《ねしょんべん》してる時からよおく知ってんだから、えらそうな口を叩くんじゃないってさー」

「アハハ」

珠緒のこういうところが、たまらなく好きだと翔は思う。こちらがやや暗い気分になっている時は、明るくこちらをひきたててくれるのだ。スニーカーを履いた後、翔は振り返って言った。

「今度、絶対におばあちゃんのところへ行こう。おばあちゃんなら、珠緒のことをきっと気に入るはずだよ。僕にはわかるよ」

新幹線を乗り換え、四つ目の駅で降りた。それから駅前でバスに乗る。母親と一緒の時はタクシーに乗るが、一人の時はそんなことは考えもしない。

祖母の家に行くのは、五年ぶりになる。祖母に会うのは一年ぶりだ。歌舞伎見物の時に、家に泊まったからである。

その時もうるさいことは何ひとつ言わなかった。ただ、出前の鮨が特上だなんてもったいないと、母の由美子に小言を言っただけだ。

「海老蔵を初めて見たけど、やっぱりいい男だよね。あれじゃもてるはずだよね」

しきりにそのことを口にしていた。

家の前に立つ。二つの表札が出ている。一階は祖母、二階は叔母の一家が暮らしているのだ。

祖母の方のインターフォンを鳴らしながら、叔母には絶対に会うものかと心を決める。会えば根掘り葉掘りいろいろなことを聞かれるに決まっている。国立の附属とかに通っているという従弟とも顔を合わせたくなかった。彼らにとって、不登校の末に学校を中退し、フリーターになった人間というのは珍しくてたまらないのだ。田舎にだって、そういう人間はいくらでもいると思うのだが、とにかく叔母は、翔の動向に興味津々である。それがどうしてわかるかというと、たまに叔母からの電話を、うっかりとってしまったことがあるからだ。母は留守ですと告げると、

「あの、昼間は、翔ちゃん一人で、どうしてるの……」

声を潜めて尋ねられた。

「今日はたまたま家にいるけど、バイトしてますから」

「えー、バイト出来るの。あ、そうなの……」

あの受け答えで、叔母が自分のことをどう考えているかわかるというものだ。

学校を中退した者が、普通に暮らしているはずはない。たとえバイトでも、社会生活がおくれるはずはないときめてかかっているのだ。今日は祖母だけに会って、さっさと帰るつもりであった。だからインターフォンの応答も大きな声を出さない。

「翔です。こんにちは」

「翔ちゃん、いらっしゃい」

玄関のドアが開き、満津枝がにっこりと微笑む。

「遠いところを悪かったわね、さあ、入って頂戴よ」

相変わらず、美容院に行きたてのような髪をしている。生えぎわに赤茶色のメッシュを入れているのも、かえって上品な感じだ。翔は自分の祖母ぐらい身だしなみのいい老女を、めったに見たことがなかった。東京にだってそういないだろう。年をとれば誰だって、小汚くなっていくのに、満津枝は銀色の綺麗な光を放っているようだ。家の中でも、小さなイヤリングやアクセサリーをしているし、この頃は垂るみを隠すため、シフォンのスカーフを首に巻いている。

「うちのおばあちゃんぐらい、すごい人はいないのよ」

幼い時から、母はよく子どもたちに語っていたものだ。

「何不自由ないお医者さんの奥さんだったのに、ある日突然おじいちゃんが亡くなったのよ。でもおばあちゃんは、そんなことに負けなかった。ママと叔母ちゃんをちゃんと大学出してくれたし、それどころか家も建てたのよ。たったひとり、女の力で。そんな立派な人、他にいると思う？　本当にすごい人なのよ」

そのためもあって、翔は祖母の前に出るとかすかに緊張する。が、その緊張感は決して嫌なものではない。きりっとした山の空気に触れるような清冽《せいれつ》感だ。

しかし、祖母は体の具合が悪くて、もうじき入院するのではなかったか。目の前にいる祖母は、ベージュのツインのニットをきちんと着こなし、薄く化粧をしている。翔の知っている元気な祖母の姿である。

「あれ、おばあちゃん、具合悪かったんじゃないの」

「それがね、検査入院するつもりだったんだけど、何でもないことがわかったの。でもせっかく翔ちゃんが来てくれるんだったら、ゆっくりいろいろ話をしてみたいと思ってね」

そういうことだったのかと合点がいった。急に会いたいという言葉に、少々不審を抱いたのはあたっていた。今まで学校を中退しても、就職をしなくても、非難がましいことをいっさい口にしなかった。ゆえに祖母を少し信用し過ぎていたのかもしれない。

「いろいろ小言言われるの嫌だよ」

ぷいと横を向いた。母と結託して何か企《たくら》んでいるに違いない。いよいよ祖母のお出ましというわけか。この祖母の言うことだったら、僕が従うとみんな思っていたのかと、口惜しくさえなってくる。

「いやだ、翔ちゃん、おっかない顔して。まあ、ビールでも飲もうよ」

「ビール……」

「もう二十歳だから飲めるでしょう。おばあちゃんにお相伴してよ。こう見えても、おばあちゃん、結構いける口なんだから」

「まだ三時だよ」

「何言ってんのよ。お酒は陽が高い方がおいしいに決まってるでしょ。あ、よかったらもらいもののワインもあるわよ。といっても、こっちの地ワインって言ってたから、あんまりおいしくないかもしれないけど」

そう言いながらも満津枝は、冷蔵庫の中から缶ビールを二本取り出す。既に用意してあったのか、ナッツやハムにチーズの皿も並べた。野菜の煮物もある。

「さ、翔ちゃん、おばあちゃんと乾杯しようよ」

仕方なく翔は無言で、缶ビールをカチンと合わせる。グラスに注《つ》ぐのかと思ったが、満津枝はぐいと缶のまま飲み干したのである。

「ああ、おいしいね」

ピンクのマニキュアをした中指で唇をぬぐう。

「あんたのお母さんが小さい時、私はまだちゃんとした職も見つからなくて、パートに出てたのよ。結構きつくってね、ああ、もうイヤだ、なんてちょっとヤケっぱちな気持ちになるわけ。でも、こんな顔を子どもたちに見せちゃいけないと思ってね、途中の自動販売機でビールを一本買うの。そして歩きながらぐびってやる。するとさ、元気がわいてきてさ、また、どうにかなるさ、っていう気持ちになるのよねえ」

「ふうーん、おばあちゃんも苦労したんだねえ」

翔はありきたりの感想を口にしようとしてやめた。こんなことを言えば、祖母の苦労話が始まり、人生訓となり、自分への説教となるに決まっている。年寄りの話というのはそういうものだ。一度もそんなめにあったことはないが勘でわかる。生きてきて二十年、人の言葉で心を揺り動かされたことはない。ちゃんと生きていればあたり前の話だ。

「翔ちゃんは映画好き？」

突然満津枝が尋ねた。

「別にィ、好きも何もそんなに見たことないもの。ＤＶＤもあんまり見ないなァ」

「どうして」

「なんか、めんどうくさいもん、わざわざ映画館へ行くの。ＤＶＤも、借りたり、返したりがめんどうだから、あんまり見なくなったかな」

「だけど、映画って面白いじゃないの」

「そうかなァ……」

「おばあちゃんたちの若い頃は、楽しみっていったら映画だったからさ、そりゃあよく見に行ったのよ……」

あ、やっぱり若い頃の話になるかと、翔は予想どおりの展開にややうんざりするが、娯楽に関することなので、もう少しつき合うことにする。

「おばあちゃんさ、これでも女優になろうと思ったことあるのよ」

「えへッ！　マジ⁉」

これには驚いた。翔はまじまじと祖母の顔を見る。母の由美子に似た中高《なかだか》の顔で、確かに昔は美人の類に入っていたに違いない。

「本当よ。新制高校出てしばらくお勤めしてた頃、近所に息子が東宝の助監督していた人がいたの。その人に私の写真を見せたらしい。そうしたらまわりまわって、えらい監督さんが見たらしいわ。そうしたら、スカウトっていうの？　その助監督さんがやってきた。私を第二の〝司葉子〟にしたいって言ったのよ」

「ツカサ……？　知らないなァ」

「品がよくてものすごく綺麗な女優さん。確かいいところのお嬢さんで、行儀見習いでどこかの秘書をしていたのよ。あの頃、大変な人気だったのよ。おばあちゃんはもともと映画が好きだったから、絶対に東京行って女優になろうと思ったわ」

「なればよかったのに」

「そんなにものごと、簡単じゃないわよ」

満津枝は小さなため息をついた。そうするといっきに二十歳ぐらい若返ったように見えた。

「昔の田舎の娘よ。いろんなものにがんじがらめにされてるわよ。そりゃもう、ドラマみたいな話よ。おばあちゃんが高校出た頃はね、もう時代が変わって、女でも大学へ行く人が何人もいたのよ。私も東京の女子大行って、英文科行きたいと思ったって、そんなこと家の人たちが許してくれないわよ、古い考え方の人たちだったから、私の両親っていうのはねぇ」

「ふうーん」

翔は、子どもの頃、祖母の実家へ連れて行ってもらったことを思い出した。土塀が続く大きな家で、戦前はあたり一帯の地主だったらしい。庭にまだ井戸が残っていて、それで水を汲《く》むのが大層珍しかった。仏間には死んだ人たちの写真がずらりと並んでいたが、あの中に祖母の両親がいたのだろう。死んだ人たちの話などふだんは退屈極まりないものであるが、ビールのせいもあるし、祖母の語り口調もあるのか、ちょっと聞いてやってもいいような気がしてきた。

「ちょっとお勧めか習いごととして、そしてすぐにお嫁に行くのが、女にとっていちばん幸せだって、おばあちゃんのお父さんは信じてたからねぇ……。大学行くのも、女優になるのもとんでもない話よ。だからね、おばあちゃんはアメリカ映画が好きになったわけ。女友だちと一緒って嘘ついて、ひとりでも映画館へ入ったわ」

「ひとりじゃ、いけないワケ？」

「いけないわよ。ちゃんとした家の娘が、ひとりで映画館へ入るなんて、不良呼ばわりされたのよ。本当のことだから……」

満津枝は突然、ビールの缶を片手に、ラララーと歌い出した。どこかで聞いた音楽だ。時々、どこかのBGMで聞く。

「これはね、『ムーン・リバー』っていう歌よ。知ってるでしょ、オードリー・ヘップバーン、私の大好きな女優よ。『ローマの休日』もよかったけど、私は『ティファニーで朝食を』の方が好き。髪にタオル巻いて、ヘップバーンがこの歌を歌うの……。ムーン、リーバー、広い河……。私はもう結婚していて、子どももいたけど、この映画見て泣いたわ。ああ、この世には自由な世界があるんだなあ、私にもっと勇気があったなら、そこへ行くことが出来たのにって、胸がしめつけられた……」

そして祖母の視線は、ゆっくりと孫に向けられぴたりと止まった。

「ねえ、翔ちゃん、あなたアメリカに行く気はない？」

「アメリカ⁉」

翔は反射的にその国の名を叫んだ。アメリカという単語と、行きたいか、という問いかけはあまりにも唐突で結びつかない。

「ハワイじゃないアメリカに行く気はないかって、聞いてるのよ」

「そりゃ、一度ぐらいは行ってもいいかなって思うけど……」

「そんなんじゃなくて、向こうで生活する気はないかっていうことよ」

祖母の目が急に光を持ち、自分を射抜くようにこちらを見ている。何か非常に重要な提言をしようとしている人間の目だ、ということぐらい翔にもわかった。

「私はね、アメリカはハワイしか行ったことがないけれど、ニューヨークっていうところは死ぬ前にぜひ行きたいと思ってるの。ロスアンゼルスっていうところも、日本人が多くて住みやすそうね」

祖母が旅行する時、従《つ》いてこい、ということなのか。いや、違うらしい。

「ねえ、翔ちゃん、あなたアメリカで二、三年暮らす気はないのかしら。おばあちゃんが若かったら、絶対にニューヨークに行くわね。ニューヨークはどう？　向こうの学校入ってまず英語を勉強する。何か自分のやりたいものが見つかるまで、ぶらぶらしていたっていいわよ。あそこの街で生活するだけで、ものすごくいろんなものが吸収出来そうよね」

「そうかなあ……」

翔は首をかしげた。

「ニューヨークって、何か興味ないなあ。おっかなそうだもの」

子どもの頃に、九月十一日のあの光景をテレビで見てからというもの、翔はニューヨークにいい印象を持っていない。ある日突然、空から何か降ってきそうである。

「ニューヨークがおっかない、なんて情けないわね。あれ以降何も起こるはずはないでしょう。アメリカのテロ対策ってすごいんだから。国の威信をかけて、あの国務長官はやってるはずなんだから」

「ふうーん」

ニュースを見ない翔には、とにかく興味のないことだ。

「ニューヨークがイヤだったら、パリなんかどうかしらね。翔ちゃんは子どもの頃、絵を描くのが大好きだったじゃない。パリでいろんなものを見てくるのもいいよね」

「ニューヨークとか、パリとか、僕といったいどういう関係があるわけ」

たまりかねて翔は叫んだ。

「一回ぐらいは旅行してもいいけど、住みたいなんて、別に思ったこともないよ」

「あのね、翔ちゃん、これ見てくれる？」

満津枝はダイニングテーブルの引き出しを開け、何やら取り出した。それが預金通帳だということぐらい翔にもわかる。三冊あった。

「開けてみる？」

中を開けた。定期預金だった。数字が並んでいる。一冊目、二冊目は三百万円、三冊めは五百万円とあった。

「おばあちゃんが貯めたお金よ。頑張ってこの家を建てて、またそれだけ貯めたのよ」

「へえー、すごいねえ」

口ではそう言ったものの、祖母がなぜこのようなものを見せるのか、翔には全くわからない。満津枝は言った。

「それ、翔ちゃんが使いなさい」

「えっ？」

「このお金使って、ニューヨークでもパリでも、ソウルでも、好きなところへ行きなさいよ。一千百万……いいえ、一千万円あげるわ。それだけあれば、ニューヨークでもパリでも、三年間は暮らせるでしょう。翔ちゃん、そのお金使って、何かを見つけに行きなさい」

「ちょっと待ってくれよ」

翔はあわてて通帳を閉じた。数字は消えても、この定期預金の通帳は、模様や文字が古めかしく、置かれているだけでただならぬ空気をつくり出しているようだ。

「僕は、ニューヨークなんかで暮らす気、まるっきりない。英語も喋れないし、おっかない。パリも興味ない。絵ハガキ見ればそれで済む。ソウルも寒そうでイヤ。とにかく外国で暮らす気なんてまるでない」

「言葉が喋れなければ、向こうに行って習えばいいじゃないの。昔は遊学といってね、外国でぶらぶらしているだけでも、すごい勉強になったのよ」

「だから僕は、海外行く気も、語学習う気もまるっきりないワケ」

「まあ、翔ちゃん、あんた、ニューヨークでちょっと暮らしてみたいとか、まるっきり思わないわけ？」

「思わない」

「まあ、なんて覇気がないんだろう」

「その、ハキ、って何だよ」

「覇気は覇気よ。意気込みよ。やる気よ。いろんな好奇心よ。人間にとっていちばん大切なものよ、翔ちゃん。あんた、二十歳の男の子だったら、覇気を持ってないはずないでしょ！」

「持ってないよ」

「情けない……」

満津枝は深いため息をついた。

「ねえ、翔ちゃん。おばあちゃんはお葬式代に少し残してもらって、あとは翔ちゃんにそれで満足なの」

あげてもいいと思ってるの。このお金で翔ちゃんが変わってくれたら、おばあちゃんは

「そんなの……」

翔は小さな声でつけ足す。

「そんなの、お節介っていうもんじゃん。どうして僕が変わらなきゃいけないワケ？」

「そんなこと、自分がいちばん承知してるでしょ」

急に満津枝の口調がガラッと変わった。

「まさか、今のままでいいって思ってるわけじゃないでしょう。学校やめて、就職もしないでぶらぶらしてるのもいいわよ。人間、寄り道をすることだってある。人間がね、みんなまっすぐに目的地に行く、なんてはずはないものね。だけどどこかで変わらなきゃね。翔ちゃんは今のままでいられないし、いられるわけもないの。とにかく行動を起こしなさい。そのためにこのお金を使いなさい、って私は言ってるの」

「そういう言い方やめてくれる」

翔は生まれて初めて祖母を睨んだ。

「おばあちゃんまで、そういう言い方をするなんてがっかりだよ。変わるとかさ、行動を起こすとか、人を責めるような言い方やめてよ。そういうのって、いちばんムカつくんだよな」

「ムカつかれたっていいよ。おばあちゃんをとことん憎まれ役にしなさい。ムカついたんだったら、その心をバネにしなさい。翔ちゃん、今の暮らしを変えるのよ。そうしたらこのお金を翔ちゃんにあげる。これ、全部好きなように使っていいのよ」

「まだわかんないかなあ。僕、お金なんかいらないんだよ」

「お金がいらない⁉」

満津枝がつぶやく。

「そんなこと、あるわけないでしょう」

祖母は、意味を確かめるようにもう一度問うた。

「お金、いらない、ですって……」

「いらない。お金のために何かしなきゃならないんだったら、いらない」

「だって、翔ちゃん……」

深く息を吸い込むのがわかった。今度はおそるおそる、という感じで祖母はさらに同じ質問をする。

「お金いらないの……？　一千万円あるのよ。すごい大金よ。二十歳の翔ちゃんだったら、目もくらむようなお金よ。これがあったら、人生変わるのよ。それでもいらないの……？」

「いらないって言ってるじゃん」

翔は不貞腐《ふてくさ》れたように言った。

「あのさ、僕、別に今、お金に困っているわけじゃないし。カノジョとバイトしたお金を合わせれば、二人で三十万ぐらいになるんだ。それだけあれば充分だし、別にいらないよ」

「ねえ、翔ちゃん、よく考えてごらんなさい」

急に優しくなった口調が、母の由美子にそっくりになり、翔は一瞬ぞっとした。

「今は若いから月に三十万っていうのは、とても大金に思えるかもしれない。だけどね、年収にすれば三百万、ギリギリのところよ」

「三百六十万円だよ」

「そんなこと、どうだっていいの。翔ちゃん、ねえ、今はいいけれど、四十、五十になっても年収が三百万円っていうのはどうかしら。想像してごらんなさい」

「別にィ。まるっきりそんな気になれない」

「子どもが出来て、学校にも通わせなきゃならない。ちゃんとしたところにも住まなきゃならない。それで三百万円しかなかったらどうなのかしら」

「子どもなんか別にいらないし、いいところに住もうなんて思わないから、いいよ」

「翔ちゃん、それはおかしいでしょ」

祖母は勝ち誇るように微笑んだ。

「お母さんから聞いたんだけど、翔ちゃん、結婚したいんですって。今、流行《はやり》の同棲じゃなくて、ちゃんと結婚するつもりなんですって。それだけ大人の人が、子どもいらない、将来のことなんか、まるっきり考えられない、なんて、まるで小学生みたいなことを言うのはどういうもんなのかしらね。結婚っていうのは、大人になるっていう宣言ですからね」

ああ、始まったと翔はここに来たことを心の底から後悔した。祖母が母親と違うなど と、どうして思ったりしたのだろう。まるっきり同じだ。こういう風に優し気な声で、ねちねちと理で迫ってくるところまで二人はよく似ている。

「おばあちゃんには関係ないよ」

ついに怒鳴った。

「僕はさ、家にいた頃はいろいろあったけど、今、本当に幸せなんだ。珠緒っていうんだけど、本当にいいコなんだよ。今におばあちゃんにも紹介したい、って思ってる。しっかりしてて頭もいいんだ。それで彼女とも相談して、ちゃんと籍入れようってことにしたんだよ。だけど珠緒はきちんとしてるから、僕の親から賛成貰えないうちは、やっぱり勝手に籍入れちゃいけない、だから二人で頑張っていこう、って話し合ってんだ。まぁ、おばあちゃんから見ればさー、あぶなっかしいかもしれないけど、僕たちはちゃんとやってるつもりなんだ」

「そうだったのね……」

満津枝はため息をついたが、それはいかにもわざとらしかった。

「ねえ、翔ちゃん、珠緒ちゃんって子がそんなに好きなんだったら、男としてもうひと頑張りしなさい。ずうっと年収百五十万の男じゃ情けないでしょ。翔ちゃん、三年間だけ時間をおばあちゃんに頂戴。珠緒ちゃんも、三年間ぐらいは待っていてくれるでしょう」

「三年間……」

「別れろ、なんて言わないから、しばらく離れて暮らすことは出来るでしょう。この一千万円をあげる。さっきの話に戻るけど、ニューヨークで暮らしてもいいし、好きなことを勉強してもいい。とにかく人生を変えるのよ」

「だけど……」

翔は言った。

「僕は人生を変えたい、なんて思わないよ。それがどういうことか見当もつかない。そんなことをするぐらいなら、お金なんかいらない」

「お金、いらないっていうの」

「そうだよ。本当にいらない。一千万円貰っても困るよ。使い道にも困るし、なんか生活が変わるのもイヤだ。本当にいらないよ」

「私のお母さんっていう人は、とてもえらい人だった……。本当に働き者だったの……」

満津枝は目を遠いところにやる。翔は困惑する。どうして突然ひいばあさんのことを喋り出すんだろう。

「朝は陽がのぼる頃に起きて、いつもくるくる体を動かしていた。娘の私は早起きが苦手で、よく寝坊をしていた。するとね、枕元でいつも叱られたわ。寝るのは死んでるのと同じなんだ、あんたはずうっとそこで死んでるのかって。あのね、おばあちゃんから見ると翔ちゃんは死んでるのと同じよ」

〝死〟という言葉の凶々《まがまが》しさに、翔はたじろいだ。

「何の意欲も持たない、将来のことも考えてない。お金もいらないって言う。これじゃまるっきり死んでる人と同じじゃないの。おばあちゃんはびっくりしたわよ。翔ちゃん、まだ二十歳だけど、死んでるのね……」

「ひどいなあ……」

ようやく言った。

「いくら僕のことがわからないからって、死人、なんて言うことないじゃないか」

「だけど、おばあちゃんは本当にびっくりした。あんたのお母さんから話は聞いてたけど、まさかここまでとは思わなかった……」

どうやら満津枝は、一千万円という大金に何ら反応を示さなかった孫の態度に衝撃を受けたようだ。それは満津枝の人生に対する理論を覆すほど大きなものであったらしい。

「お金がないくせに、お金を欲しがらないなんて、いったいどうなっているのかしら……」

乾いた声を出した。

「翔ちゃん、あんた、いったいどんな風になっていくつもりなの。どんな風な大人になるの。いい暮らしもしたくない、お金も欲しくない人間が、いったいどんな風にこれから暮らしていくのか、私はまるっきり見当もつかないわよ」

祖母が萎《な》えていくのがわかったとたん、翔はやっと落ち着きを取り戻した。

「おばあちゃん、そんなに悲しまないでよ」

優しい言葉を口にしようと思う。

「今までお父さんもお母さんも悲しませてきた。おばあちゃんまで悲しむとつらいよ。だけど今に何とかなると思うよ。このお金を必要とする時だってくるかもしれない。僕は死んでなんかいないしさ」

第六章　宮城家のこと（三）

　糸数裕亜は、魚肉ソーセージと卵のチャーハンを炒めている。手慣れたもので、最後の仕上げにフライパンに醬油《しょうゆ》を垂らすのを忘れない。

「出来たよ」

「サンキュー」

　宮城亮太は、読んでいたコミック本を閉じ、テーブルの前に座り直す。よくある八畳ほどのワンルームだ。小学生が使うのかと思われるほど狭いユニットバスが、無理やり、といった感じでドアの横に組み込まれている。キッチンとは名ばかりで、ＩＨヒーターがひとつあるだけだが、裕亜はそこで器用にたいていのものはつくってしまう。

　裕亜に限らず、島の出身の青年たちは料理がうまい。島に高校がないため、那覇を中心に沖縄各地の学校に進学する。まれに母親がついてくることもあるが、ほとんどはアパートにひとり暮らし、自炊をする。そこでみんな料理をおぼえ、弁当も自分でつくるようになるのだ。裕亜はチャーハンの他に、あらかじめサラダも用意していた。レタスもちゃんと水切りをしている。

亮太はウーロン茶をコップに注ぐ。本当はビールぐらい飲みたいところであるが、珠緒からしっかりと釘をさされていた。

「あんたさ、ヒロのとこ行って、酒盛りなんかしたら許さないよ。東京はね、沖縄と違って、未成年の飲酒はうるさいからね。もし飲んだりしたら、私が警察に通報してやるさー」

珠緒は裕亜のことをヒロと呼ぶ。両親が離婚した後、父親が再婚して出来た弟だ。同じ年に、母洋子も再婚して男の子を産んだ。珠緒には同い年の二人の弟がいるわけである。近くで一緒に遊んだ珠緒には何の屈託もないが、母の洋子はやはり遠慮があるのだろう。亮太がしばらく裕亜のところに行くと告げた時も、

「裕君に迷惑かけちゃ駄目だよ。あんたのようなプーと違って、あっちはちゃんとした大学生なんだからさー」

と言ったものだった。とんでもない、と亮太は思う。あっちの方がよっぽどワルであった。那覇の裕亜のアパートは、同級生のたまり場となり、後半は恋人がいりびたっていた。裕亜が大学に入ったのも、この恋人のためだ。

その裕亜の恋人と、亮太は那覇で何回か会ったことがある。実果という名前で、裕亜はミカリンと呼んでいた。高校生だったが髪を茶色に染め、ややヤンキーがかっていた。八重歯が目立ち、歯並びが悪いのが気にかかるが、まあ、可愛い方かもしれない。東京の大学に進むほど勉強が好きなようにも見えなかった。なんでも美容師をしている母親が、娘を東京の大学に行かせたがっていたということだ。

「そうはいってもさ、偏差値四十五ぐらいの、誰でも入れる女子大さー」

そんなことを言う裕亜も、偏差値が四十に届かないぐらいの大学である。名前を言ってもたいていの人が知らないそうだ。

「東京の大学行けば、楽しくってモテると思ってたけど、あれは間違いだったさー」

裕亜は嘆く。東京に来てつくづくわかった。ちゃんと名の通った大学に行っていない学生は、ものすごく差別される。家庭教師のアルバイトはないし、合コンにも呼んでもらえないのだ。

「先輩の中には、大学名を嘘ついて、合コンに入り込む、っていうのがいるけど、そんなことしてまで合コンなんかしなくっていいさー」

「そりゃ、そうだ」

裕亜もいろいろ大変なんだなと、亮太は思う。しかし何もわざわざ大学へなど行くことはなかったのだ。なまじ進学したばかりに、大学のヒエラルキーの中にすっぽり組み込まれてしまった。自分のように最初から大学へ行かないと決めておけば、いっそさっぱりするのに……。

「そいで、亮太、バイト、どうすんだよー」

「うーん、横浜の居酒屋にしようかなあって考えたんだけど。時給が安いしさ、終電に間に合わない時もあるって聞くと引くさー。まさかタクシーで帰れないじゃん。ここから横浜まで結構あるしさー」

「そうさー、アパート借りられるぐらいは貰わなきゃ困るよな」

「えっ、もうちょっと置いてくれよ」

「わかってるけどさ、早くしろよな。週末はいつもミカリンが泊まりにくることになってんのに、お前が来てから駄目じゃん」

お姉ちゃんもそうだが、どうしてみんな東京へくると、異性とくっつきたがるんだろうかと亮太は思う。進学や就職で上京したはずなのに、いつの間にか誰かと暮らしている。暮らさないまでも、週末べったり一緒にいる仲になる。沖縄人の特徴だろうか。

珠緒は言う。

「一人でいるより二人でいる方がずっと便利で、お金もかからないさー。そんなことより何より、私と翔ちゃんは運命の出会いだったからね」

パソコンのオンラインゲームで知り合ったのが、運命の出会いかどうかはわからないが、珠緒はあの細っこい男の子に夢中だ。近い将来、必ず結婚すると息まいている。

翔は確かに優しい青年だ。自分の働いている漫画喫茶は、しょっちゅう従業員が入れ替わっている。当分の間、あそこでアルバイトをしたらどうかと声をかけてくれた。しかし亮太は、歌舞伎町というところが苦手だった。那覇の国際通りだって似たようなものだろうと知らない人は言うが、まるで違う。歌舞伎町には、地の底から湧いてくるような卑猥《ひわい》で巨大なエネルギーがあり、それが亮太を怯えさせる。ただ目立つことだけを考えている看板の赤と青の配色、その前にたむろしている濃い化粧の少女たち。髪を高く盛り上げ、目のまわりが夜光虫のように光っている。彼女たちはくっくっと笑いながら、誰かを待っているようだ。

ふつうに歩いていれば、別に何も怖いことはないよと、案内してくれた翔は言ったが、亮太はうまく人の波に乗っていけない自分に気づいた。緊張が歩き方に出るのだろうか、歩幅が小さくペタペタと歩いているのだ。視線もあちこちに飛んでしまう。これではいっぺんに田舎者と見抜かれてしまうに違いない。

母の洋子からこんな注意を受けていたことを思い出す。

「近寄ってくる人に気をつけるさー。お金がないあんたに近寄ってくるのはさー、悪いことの片棒かつがせようとするか、オカマ掘ろうとするかのどっちかに決まってるんだからさー」

母ちゃん、それっていくら何でも下品じゃん、と反論すると、

「いやー、東京は何が起きるかわかんない。あっち方面も用心するんだよ」

この日から頻繁にメールが入ってくるようになった。

「東京でバイトが見つからないんなら、早く島に帰っておいで。しばらくは店の手伝いをしてくれればいいから」

が、それは最終の選択でいいような気がする。たった千三百人しか住んでいない島に帰るのは、もう少し人に疲れてからでいい。亮太は、まだ人に疲れてもいなかったし、飽きてもいなかった。

よく沖縄の友人たちは、

「東京は人が多くて、ものすごく疲れる」

と言うけれども、亮太はそんな風に感じたことはない。渋谷のスクランブル交差点の駅側に立っている、やがて信号が変わって、四つの方向から人が一斉に歩きだす。あの時、いつも競技に参加していくような高揚感がある。まだ歩くのはうまくないし、大層緊張している。けれども人の波の中に入っていくのは、決して嫌いではなかった。まだこの気持ちがある限りは、沖縄へ帰りたくないと思う。

亮太はこの頃、東京をよく歩く。犬のようにあちこちを嗅《か》ぎわけ、苦手なところとそうでないところを確かめているのだ。歌舞伎町がどうしても好きになれなかったのは、

来る前からいろいろな情報を詰め込み過ぎていたからかもしれない。

特に高校の先輩から聞いた話は強烈であった。歌舞伎町を少し四谷の方に行ったところに、ホモセクシュアルな男たちが集まる小さな街がある。小さなバーやスナックで働くのはほとんどが男たちで、そういう習性を持っている。夜になると大学生とおぼしき若い男たちもやってきて、所在なさげに道路に立っているという。合コンの流れではない。相手を探してここにやってくるのだ。那覇にもこうしたところはあるけれど、まずスケールが違う。この街に入り込んだら、もう普通の男には戻れないのだ……。

しかしその街がいったいどんなところか興味を持ち、興味を持った自分に対し、亮太は不安になってくる。

「もしかして、その気《け》があったらどうしよう……」

島出身の高校生には珍しく、とても晩生だった亮太を、姉の珠緒はよくからかったものだ。

「リョウタって、本当は女に興味ないんだよ」

決して女の子に興味がないわけではない。亮太は姉が想像しているよりも、はるかに女の子にモテた。島から出てきて、那覇の高校に入るやいなやすぐに恋人が出来、夏休み前には初体験を済ませたほどだ。その後も二人の女の子とつき合っている。最後に恋人となった同級生の女の子などは、亮太が東京に行くのを不安がり、

「ちゃんと約束をしてほしい」

と迫ったほどである。

が、亮太はどうしても裕亜のような気持ちにはなれなかった。裕亜は高校時代の恋人を追って東京の大学に進学し、将来はきっと結婚するのだと息まいている。まわりを見渡しても、そういうカップルばかりだ。だいたいにおいて沖縄の若者は早婚であるが、島の出身者に特にその傾向が強い。

ほとんどが高校時代つき合った同級生と、二十代のはじめのうちに結婚する。みんなはこれを「純情」の証のように言うが、本当にそうだろうかと亮太は思う。なぜなら子どもを二人つくったぐらいの時点で、これまた多くの夫婦が離婚するからだ。

結局みんな早い時点で、生まれ故郷に縛られ過ぎているのだと亮太は思う。他の世界を知って、他の世界の女の子と結ばれることに臆病《おくびょう》になっている。自分はまだこわごわと東京の土地に触れているけれども、いつかここでその人と出会うような気がして仕方なかった。

が、亮太はこのロマンティックな思いを決して姉に喋ったりはしない。

「何を気取ったこと言ってんのよ」

と笑われるのがおちだからだ。

珠緒は自分と翔とのことを、まるでドラマのように考えている節がある。決して言わないけれど、両親に反対されているのも、悲劇の主人公のようでちょっと気に入っているような気がして仕方ない。それなのに珠緒は、肉親のロマンスは一笑に付すのである。弟たちには決してそのようなことが起きないと、はなから決めているようだ。もう一人の弟裕亜の恋も珠緒にかかると片なしだ。

「やだねぇ、モテないから、そんな風にひとりの女の子にしがみつくのさー。そのうちきっと捨てられるさー」

その裕亜の恋人、ミカリンに面白い街に連れていってもらったのは、亮太が東京に来て半月後のことだ。

横浜で乗り替え、京急鶴見という駅で降りた。角を曲がると川が流れている。橋を渡ると結構広い商店街だ。道の両脇は南米のレストランや雑貨店ばかりだ。ブラジルやペルーのレストランだということは、亮太でもすぐにわかる。サッカーの試合でよく見る国旗が飾ってあるからだ。道をゆくのも褐色の肌の人々が多い。

「なんでここ、南米の人ばっかなの」

傍らのミカリンに尋ねた。

「わかんないけど、二十年ぐらい前からこうらしいよ。ラテン・タウンっていうんだって」

もうすっかり東京弁に慣れたミカリンは答える。ショートのジーンズに、よだれかけを長くしたようなヒラヒラのブラウスを着ている。服の趣味は相変わらず少しヤンキーがかっているが、気のせいか少し綺麗になったようだ。裕亜が言うには、いくら偏差値四十五といっても、女子大だから結構合コンの誘いがかかる。そこでミカリンはかなり人気を博しているというのだ。今に自分は捨てられるのではないかと、裕亜は弱気なことを口にすることがある。だから今日のように、ミカリンが一緒なのが嬉しくてたまらない。

「オレさ、ブラジル料理って食べたことないからさー、お昼ここにしようかな」

と発言し、ミカリンに怒られた。

「何言ってんのよ。今日の目的は違うでしょ」

やがて角を曲がった。懐かしいにおいが漂ってくる。魚を煮るにおい、ソーキそばのにおい……。

「なんだ、これ」

亮太は叫んだ。

「まるっきり沖縄じゃん」

道の両脇に、沖縄料理店が軒を連ねている。「おきなわ物産」という看板も見える。店の前に商品をどっさり籠《かご》に入れて並べるのも沖縄式だ。もっと驚いたことには、さんぴん茶やゴーヤドリンクなどが買える自動販売機も置かれているではないか。

「びっくりしたでしょッ」

ミカリンが笑いかける。歯並びはやはり悪いままだが、確かに可愛くなった。

「私もさー、最初ここに来た時はたまげたさー。まるで那覇にいるみたいさー。連れてきてくれたのはヤマトンチュさー。沖縄マニアだって」

ミカリンは一軒の居酒屋にずんずんと入っていった。

「私の友だちが、バイトしてるとこココ」

テーブルは半分ぐらい埋まっていた。昼は定食もやっているらしく、ゴーヤチャンプルーをお菜《かず》に、食事をしている人が目につく。

「ミカちゃん」

Tシャツにエプロンを締めた女の子が近づいてきた。ミカリンよりずっと小柄で、化粧っ気もないのでまるで中学生のように見えた。

「伊藤絵里ちゃん。大学の同級生なんだ」

ミカリンが紹介すると、絵里という名の少女はにっこりと微笑んだ。

「よろしくね。夜の方がメニュー多いけど、言ってくれればたいていのものがあるよ。島らっきょうも、グルクンの唐揚げもおいしいよ」

「じゃ、オレ、ソーキそばと島らっきょう」

裕亜がまず声をあげた。沖縄名産のクセの強い島らっきょうが、大好物なのだ。しかし東京で見たこともなかったし、物産展で見つけたとしても大層高い。

「オレ、このゴーヤチャンプルーの定食」

「私は、やっぱりソーキかな。それとグルクン、みんなで食べよ」

絵里は次々とオーダーをメモしていく。

「冷たいさんぴん茶、サービスでつけとくね」

「サンキュー」

絵里の後ろ姿を目で追いながらミカリンが言った。

「エリちゃんってさ、浪人してるからひとつ上なの。東京生まれなんだけど、すっごい沖縄マニアさー。高校の時なんか、竹富の民宿に、一ヶ月住み込みでバイトしてたんだってさ」

「へぇー」

「今でもね、バイトしたお金で沖縄へ行くんだって。この店でバイト募集の貼り紙見つけた時は、しめた、って思ったたって言ってたよ」

亮太はあたりを見わたす。店には沖縄の観光や歌手のコンサートなど、たくさんのポスターが貼られている。正面のテーブルには小さなシーサーが置かれていて、カラオケのＤＶＤが山と積まれていた。貼ってあるステッカーを見ていると、沖縄の民謡がほとんどらしい。島のスナックそのままだ。

「ここ、いいな。ここで働きたいなー」

亮太は思わずつぶやいた。

「こういうとこで働きたいっていうのはさ、リョウ君、ホームシックにかかったんじゃない」

とミカリン。

「せっかく東京に来たんだからさ、こんなリトル・オキナワで働くことないじゃん」

「だけどさ、ここ、なんかいいじゃん」

単に懐かしい、というだけではない。隣はラテン・アメリカの店がひしめいていて、ところどころこちらにも〝飛び地〟している。現に店でチャンプルーの定食を食べている客の中にも、あちらの人とおぼしき男たちがいる。リトルでもまがいものでもない、不思議なオキナワ。遠い南の国のエネルギーとオキナワの南の力とが、こんな横浜のはずれで合わさって、むんむんした熱気を放っているのだ。

「なんか、ここ、楽しそうさー。どうせバイトするなら、新宿とか横浜の真ん中じゃなくて、こういうところでしたいな」

三人はさんぴん茶で一時間近くねばり、店が暇になったところをみはからって、絵里にいろいろと尋ねた。

「バイトねぇ……」

絵里は首をかしげる。

「この頃、どこも不況らしくって、母国に帰るブラジルの人って多いんだよ。こっちのオキナワの方もさ、前はもっといろんなところから来てくれたみたいだけど、前に比べるとずっと淋《さび》しくなったってさ。それでもさ、夜はすごくにぎやかだよ。でも、バイトを募集してるとこね……。今、そう聞かれてもね」

もう少し待ってくれれば、きっと情報を集めることが出来るからと絵里は約束してくれた。

三人は駅に向かって歩き出す。

「エリちゃんっていい人じゃん」

と裕亜がやや大人びた口調で感想を漏らす。

「沖縄マニアってさー、今まであんまり好きじゃなかったさー。よく島にも来たよね。自然が素晴らしいとか、沖縄最高、とか言ってパチパチ写真撮ってく連中」

「じゃ、自分が住んでみろって言うんだ」

「だけど石垣は本当に住まれちゃって、みんな困ってるみたいだよね。石垣の友だちが言ってたけどさ、この頃は本土から、若い人がいっぱい来るけど、みんなものすごくビンボーらしいよ。一泊二千円とか三千円のとこ泊まって、サーフィンやってんだけど、すぐにみんなお金なくなってさ、バイト探してうろうろしてるみたい。本当のお金持ちがさ、観光にやって来てくれてもさ、そういう人たちがメインストリートにたむろしてるからさ、すっごく目ざわりみたいだよ。海岸のいいとこにも、安いホテルがやたら建ってるってさ」

とミカリンは見てきたように言う。那覇生まれの彼女は、パッカーと言われる人種にあまり好意を持っていない。いい人もいるけれど、喰いっぱぐれたからって沖縄に来てほしくないと前にも言っていたことがある。なんでも彼女の祖父が持っていた古いアパートに、パッカーが住みついて大変な騒動になったことがあるらしい。

「じいちゃん、よく言ってるよ。外国みたいにさ、沖縄来る人もちゃんと制限してほしいってさ。年収いくら以上、預金もあって、定職持ってる人って決めるべきだってさー」

「それじゃ、オレたち、沖縄に帰れないじゃん」

亮太が言って三人はどっと笑った。この機に亮太は念を押す。

「なあ、ヒロ、バイト見つかるまでさ、もうちょっと置いてくれよ」

「仕方ないさー」

「ミカリンも頼むよ」

「どうして私に聞くのよ」

「だってさ、ヒロがいつも言ってるさー。お前が来てるから、ミカリンと週末にエッチ出来ないって」

「もう、ヤダ」

ミカリンは本気で裕亜をぶった。

「そんなことばっかり考えて、もうサイテー」

「だって本当じゃん、お前は学校の寮に住んでるしさー、オレんとこで会うしかないさー」

「門限あるとこなんか、もうじき出てやるもん」

ミカリンは肩をそびやかした。茶色がかった髪が風に揺れて、この女、結構強気だと亮太は眺める。他の大学の男の子にもモテるらしいという裕亜の言葉を思い出した。女は女というだけで、どうしてこれほどえらそうにするのか、どうして特権を与えられるのかと亮太は感心してしまう。


二日後にミカリンから電話があった。

「エリちゃんがさ、リョウ君のためにバイト見つけてくれたよ」

リトル・オキナワの中の居酒屋で、夕方の五時から十二時まで開いている店だ。が、終電に間に合うように帰ってもいいと言う。時給は八百七十円から始めて、少しずつ上がっていく。賄《まかな》いつきで、従業員たちは暇な時間をみはからって、かわるがわる食べることになっている、などということを絵里は携帯でざっと話したという。

「居酒屋のバイトってさ、やってる友だち多いけど結構きついみたいさー。客のゲロ吐いたの片づけるのもさ、バイトがやるみたいさー」

と裕亜は言う。偏差値四十以下の大学だと、家庭教師の口などまずかからない。中には土木作業に行く同級生もいるという。

「聞いた話だけどさー、東大とか医学部行ってる連中ってさ、家庭教師一時間、五千円もらえるらしいよ」

「ゲ、マジかよ」

「そいでさー、ものすごくいい夕飯つくらしいよ。これって差別だよな。学生をこんなに差別することないじゃん」

「仕方ないよ。やっぱり東大入った人間とさ、ヒロの大学入る人間とじゃさ、頭の出来も、努力した量も違うさー。差別されても仕方ないじゃん」

「ま、そりゃそうかもしれないけど、あんまし露骨なことやられるとさ、腹が立つわけさー。どうせ社会に出ればさー、うんと差別されんだからさー、せめて学生のうちはさ、みんな同じようにしてほしいよな。そいでさ、リョウ、このバイト、やんの」

「オレ、別にやってもいいさー。時々さ、母ちゃんの店手伝ってたから、客のゲロ片づけんのもやったことあるし。もっともさー、うちの店でゲロ吐くような人、いないけどさー」

「そお、そお、そんな酒に弱い人なんか見たことないさー」

「だけどさ、おととしまで港整備の工事やってたじゃん。工事に来てた人ってさ、わりと酒の飲み方知らないさー。単身で来てるから淋しいらしくってやたら飲む。そいでゲロする。母ちゃんさ、行儀が悪いって怒ってたな」

「お前んちの母ちゃんなら、怒るだろうな」

二人はやはり故郷が恋しくなってきたのである。

リトル・オキナワの居酒屋「ハイサイ」は、このあたりでは老舗らしい。毎晩夕方になると常連客でほぼ席が埋まる。その誰もが、沖縄の訛《なま》りがあることに亮太は驚いた。

「いったいどっから、こんなにたくさんのウチナンチュがやってくるさー」

経営者の弟で、一緒に働いている強一さんが言う。

「みんな近くに住んでんよ。鶴見ってさ、昔はもっと工場がいっぱいあったんだよな。戦争前かららしいよ。それで昔っから、沖縄の人たちがいっぱいやってきて、このあたりに住みついたってわけ」

強一さんのお父さんも、戦後すぐにここにやってきて小さな屋台を引いた。それが始まりだという。

「この街は怖い人たちもからんでなくていいとこだったんだけどさー、この不況でどうなるかな。閉めるとこも出てきて、心配なんだよな」

しかし「ハイサイ」は、夜になっても客が途切れることがない。週に二回は沖縄民謡のライブもあり、最後は指笛がとんで踊り出す人もいる。

母の店を手伝っていたこともあり、手際がよいと亮太はすぐに重宝がられるようになった。

「深夜手当はずむからさ、閉店までいてよ」

と店の主人からも言われ、亮太は中古のバイクを買った。これで通勤すれば、もう終電を気にすることもない。亮太の他にアルバイトの従業員は四人いる。強一さんが言うには、とても入れ替わりが早いそうだ。

「この頃の若い奴らは、金がない、ないって言うくせに、文句ばっかり垂れるんだよな。うちに来るとさ、すぐに体がきつい、夜遅いのはイヤ、酔っぱらいにからまれた、とか言ってやめちゃうんだよな。一年以上働いてくれてんのは、山下さんとタマちゃんぐらいだよな」

山下さんというのは五十歳ぐらいの男の人だ。会社を解雇されたが、まだ子どもが小さいので、どんなことをしても働き続けなければいけないと言う。

「根性が違うよ」

と強一さん。そしてタマちゃんという、姉と同じ呼び名を持つ若い女は、中国人だ。

言葉に独得のアクセントがある。

「タマちゃんはさ……」

強一さんは言う。

「あの若さで、もう子どもがいるんだよ」

「へえー、マジですか」

「中国はえらい景気だけど、みんながみんな金持ち、ってわけじゃない。農村行くと、やっぱり貧乏人が多いらしい。タマちゃんはさ、三年前に山形のどっか田舎の方にお嫁に来たんだよ。ほら、嫁不足のとこへ来る、中国人花嫁だったんだ」

「話には聞いてたけど、本当にいるんですねえ……」

亮太はタマちゃんの抜けるような白い肌を思い出す。ほとんど化粧っ気はなく、ピンク色の口紅だけ塗っている。髪をポニーテールにしているから、女子高校生みたいだ。それも昔の、ドラマや映画でだけ見る女子高生。清純、というよりも〝幼さ〟や〝固さ〟、という印象の方が強い。そのタマちゃんが人妻だった。しかも子どもまでいるというのは驚きだ。

「中国人の女の人って、若く見えますよね」

「本当に若いんじゃないかな。まだ二十三ぐらいだよ」

「じゃ、二十歳の時にお嫁に来たんですか」

「そう、そう。それでさ、相手は四十二歳っていうからあんまりだよなあ。オレとそう変わらないじゃん」

強一さんは、すっかり薄くなった頭を指さす。顔や体つきは若々しいのに、頭は半分まで後退している。強一さんはこの若ハゲをよくジョークの種にしているのだ。

「憧れの日本に来られると思って、最初は喜んでたらしいよ。お見合いパーティーで会った時は、ダンナもいい人だったらしい。だけどさ、実際日本行ったら、すごい田舎で、しかも舅《しゅうと》、姑は同居。ダンナはいい年してマザコンで、お母さんの言いなりだったんだってさ」

「なんか、ドラマみたいですね」

「本当だねー。それですぐに男の子が生まれたらしいけど、その頃からもう我慢の限界に来ちゃったんだってさ。もうダンナや姑の顔見ただけで、鳥肌立ったらしいよ」

「タマちゃん、そんなこと言ってるんですか」

「あとは俺の想像だけどさ、二十歳や二十一の女の子がさ、好きでもない中年男とど田舎で暮らすなんて、地獄みたいだったはずだよ」

強一さんの口にした「地獄」という言葉に、亮太はびくんと反応した。年よりもずっと若く見えるタマちゃん。くるくるとよく働いてお客さんの評判もいい。あまり喋らないけれど、笑う時はちょっと出っ歯気味の歯を出して笑う。そのタマちゃんが地獄を見たというのか。

「いやあ、地獄っていうのはあんなもんじゃないかも。一応結納金たっぷり貰って、納得ずくでお嫁に来たんだからね。もっと可哀想な中国の女の子、いっぱいいるよ。あのさ、ここからもうちょっと車で行ったとこにスナックがあるんだけど、あそこは中国から連れてきたホステスばっかりで、みんな売春してるっていう噂だもん」

「バイシュン！」

亮太にとって刺激の強い言葉が次々と続く。

「ソープよりも安くって、いい子がいるっていう人もいるけど、オレはなんかやだよな。中には騙《だま》されて連れてこられた女の子だっているかもしれないしな」

「そうですよね……」

那覇の高校に通っている時、亮太は友だち四人で有名な売春地帯に行ったことがある。そこはもはや観光名所といってもいいぐらい人が溢れている。小さな店がずっと続いていて、店先には女が座っているか立っている。彼女たちを上から紫色やピンク色のあかりが妖《あや》しく照らしているのだが、彼女たちは自ら声をかけたりはしない。じっとそこにいるだけだ。若く綺麗な女ばかりで、ミニスカートから伸びた脚もすらりとしている。

まるで縁日のように男たちが歩いているが、たいていはひやかしの客ばかりだ。まるで昭和三十年代、まるでアメリカ占領時代のような雰囲気を楽しんでいるのだろう。し

かし壁のところどころには、

「撮影禁止」

というプレートが貼られていて、ここが観光気分で来るところではないことを示している。

狭い界隈《かいわい》なので、三十分もあればぐるっと二往復することが出来る。ジーンズ姿の亮太たちは結局、勇気も金もないまま歩きまわり、

「好みいないさー」

「イマひとつだなー」

などと大人ぶった口を叩いて、その町を後にした。それが唯一、売春にかかわる思い出である。

「タマちゃん、よかったスよね……」

亮太は正直な感想を漏らした。

「いろいろ苦労して、こんなとこで働いてるけど、一応まっとうな道たどってて。その、騙されて、バイシュンとかさせられなくてよかったスよね」

「〝こんなとこ〟は、よかったけどさ」

強一さんは苦笑いした。

「タマちゃんはさ、最初は隣のラテン・アメリカの方で働いてたんだけど、こっちの方

に移ってきたんだよ。やっぱりサンバやサッカーよりも、オキナワの方が合ったんじゃないかな。ほら、中国とオキナワっていうのは親戚《しんせき》みたいなもんだから」

「なるほどねぇ……」

強一さんとの会話があってから、亮太は今までよりも注意深くタマちゃんを眺めるようになった。子どもがいるなどというのは、本当に信じられない。中国の人の特徴かもしれないが、肉のついていない細いきゃしゃな体つきだ。生ビールを五杯運んだりしていると、肘《ひじ》の骨が出た腕が今にも折れそうだ。

時々たちの悪い客がいて、何気なくタマちゃんのお尻を触ったりすると、キッと振り向いて睨みつけたりする。その様子も高校生のようだ。

ある日、賄いの時間が一緒になった。厨房《ちゅうぼう》が手早くつくってくれる、卵と豚肉の炒めものに、ゴーヤの味噌《みそ》汁、丼飯を手早く口に運んだ。

「タマちゃん、中国料理っておいしいんだろ」

「そーでもないよ」

とタマちゃんは、気がなさそうに答えた。

「おいしいとこはおいしいし、おいしくないとこはおいしくないよ」

「そりゃ、そうだけど……」

亮太は味噌汁をちゅっとすする。近くで栽培しているゴーヤは、やはり沖縄のものとかおりが違う。沖縄のゴーヤは、もっと青くさいにおいがつんと鼻にくる。

「私の育ったとこは、山奥だから、魚なんかめったに食べないね。豚もご馳走であんまり食べないよ」

「ふーん」

「日本来てびっくりした。中華料理のお店行くとすごいご馳走。中国の普通の人、めったに食べないね。私も食べたことないよ」

「じゃ、今度行こうよ。僕がおごるよ」

自分の発した言葉に、亮太は驚く。なんだ、なんだ、これって、タマちゃんをデイトに誘ってるってことじゃないか。

もうこうなったら勢いというものだ。ちゃんと約束を取りつけようと亮太は決心した。

「あのさ、来週の日曜日、横浜の中華街行こうよ。オレもさ、行ったことないからさ、行こうよ。あそこでご飯、おごるよ」

「ハイサイ」は日曜日が定休である。最近まで営業していたのであるが、夜の客がぐっと減ることから毎日曜定休としたのだ。

「駄目だねー」

とタマちゃんは、あまり表情を動かさずに答えた。

「私、日曜日は洗車屋さんで働いてるよ」

「ふうーん」

思いのほかがっかりしている自分に亮太は気づいた。もののはずみではなく、どうやら本当にタマちゃんと中華街に行きたかったのだ。

「でも、夕方に終わるよ」

「えっ」

「洗車の仕事、六時に終わるよ。遅くなってもいいなら、中華街行ってもいいよ」

「行く、行く、行く」

亮太はカウンターの中にいる人たちに聞こえないように、声を潜めた。

「後で連絡するからさ、タマちゃんのケイタイ、教えてよ」

「私、ケイタイ、持ってないよ」

タマちゃんは、相変わらず淡々とした様子で言う。

「パスポートも住民票も、保険証もみんな置いてきた。だから私、ケイタイつくれない」

「わかったよ。じゃ、こうしよう」

亮太はすばやく割り箸を一膳抜き取り、箸袋の紙に、自分のケイタイ番号を記した。

「じゃ、土曜日の夜、ここに電話して。店終わってから、うんと遅くなってもいいからさ」

タマちゃんは黙って頷く。その頷き方がとても可愛らしかった。

「リョウちゃん、三番テーブルのオーダーお願いね」

カウンターの中から、強一さんの奥さんの声がとぶ。ぐずぐず賄いを食べていられるのが嫌なのだ。が、ハイと亮太は威勢よく立ち上がった。


日曜日、タマちゃんとのデイト代に、亮太は借金をすることにした。もちろん裕亜からだ。

「中古バイク買う時、足りないからって一万円貸したばっかじゃん」

「オレはさ、お前みたいな優雅な仕送り学生と違うさー。ちゃんと給料出たら、その日に返すからさ、な、五千円でいいからさー」

「オレだって月末は苦しいさー。残高見るたんびに、びくびくしてるもん」

と言いつつも、裕亜はコンビニのATMから五千円引き出し、それを亮太に渡した。

「母ちゃんにさ、リョウにせびられる分、上乗せしてくれって頼むさー」

「おお、そうしてくれよ。うちら親子はさ、お前んちの母ちゃんに、父親略奪されて不幸になったんだからさー」

「よく言うよ。お前なんか、母ちゃんが再婚して出来たクチじゃん。うちの母ちゃんは関係ねえだろ」

同い年の兄弟は笑い合った。父親と母親が離婚して、それぞれ新しい伴侶《はんりょ》との間に出来た子どもだ。だから血は繋がっていない。しかし島の保育園、小学校、中学校とずっと同じクラスで、「リョウ」「ヒロ」と言い合って暮らしてきた。実のところを言えば、裕亜の母は、亮太の母からいろいろ頼まれているらしい。

「もしリョウちゃんが困っているようなら、助けてやりな」

と時々メールが入る。毎月仕送り額が上乗せされている分は、亮太の母親から出ているのであるが、それはまだ二人は知らない。もったいぶって、裕亜は五枚の千円札を渡す。

「なけなしの金、貸すんだから、ちゃんとすることとするさー。今夜は帰ってこなくっていいからさ」

「バカ、そんなんじゃないってば」

相手は自分より年上で、しかも子どもまでいるといったら、さぞかし裕亜は驚くことであろう。

裕亜は、高校時代の恋人を追っかけて東京に出てきた。純情と言えないことはないけれど、結局は冒険心がないのだと、亮太はこれに関しては、内心では少々見下しているところがある。

それが証拠には、裕亜の恋人ミカリンの心は、かなり外に向けられているではないか。

みんなで鶴見に遊びに行って以来、裕亜はミカリンと二度ぐらいしか会っていないようだ。詳しいことは話してくれないが、どうも他の大学との合コンに精出しているらしい。

裕亜は言う。他校の大学生とつき合う場合、偏差値が似ている学校のことが多い。神奈川の場合、東京よりもはっきりしているそうだ。国立の学生は、有名私大の藤沢校の学生とつき合う。偏差値四十ぐらいの大学は、やはり四十ぐらいの女子大とカップルになることが多い。

とはいうものの、女子学生の通っている大学の偏差値は低くても、顔やスタイル、もろもろの条件でぐっと偏差値の高い大学の学生とつき合うことはよくあることだ。しかしこの逆はあり得ない。偏差値の低い大学に通う男子学生が、偏差値の高い大学の女子学生とつき合うことは考えられないそうだ。合コンも行われることはまずないだろう。どうもミカリンは、有名大学の学生とつき合いたいという野心を持ったようなのである。このあいだも裕亜を見下したような言葉遣いをしていた。

「女ってさ、女だっていうことだけでエバるんだよなァ」

という裕亜のつぶやきは、そんなところに原因があるのだろう。

が、今日の亮太はそんなことには構ってはいられなかった。五千円を大切にクリップでとめる。あと自分でＡＴＭから引き出した三千円がある。このくらいあれば、中華街でちょっとしたものは食べられるはずだ。

約束の六時半ぴったりに、タマちゃんは地下鉄の改札口に現れた。チェックのシャツに、ジーンズという服装は、いつも「ハイサイ」に来る時と同じだ。バイト帰りだから仕方ないのかもしれない。

「忙しかったんじゃない。来てくれてサンキュー」

「どうせ夕飯食べるから」

駅の階段を上がると、中華街のネオンが見える。日曜日とあって、かなりの人出だ。豚マンを頬ばりながら歩いている若者が何人かいる。

「タマちゃん、お腹空いてる？　どこに入ろうか」

「どこでもいい。空いてるとこ」

タマちゃんの口調はいつもそっけない。

どこに入ろうかなと、亮太はあたりを見渡す。行列が出来ている店もあったが、長く待つのは好きではない。料理の写真がウインドウにべたべた飾ってある店は、あまりうまそうではなかった。

結局店構えの立派な有名店に決めたのは、「納涼サービスディナー　三千円」というポスターを見つけたからだ。二つの料理の皿に、麵《めん》かチャーハンが選べてデザートもついている。

店は案外空いていて、二人はエレベーターで二階に通された。ウエイトレスがメニューを渡しながら尋ねる。

「お飲み物、なんになさいますか」

「水でいいです」

と亮太が言ったすぐ後で、タマちゃんが「生ビール」と声を出した。

「飲んでいいかな」

「もちろんだよ」

もうタマちゃんは、お酒も飲める年齢なのだ、と気づいた。それよりも心配なのが支払いのことだ。二人で三千円かける二、それに税金、サービス料がつく、ぐらいのことしか考えていなかった。ビールまでは想定外だ。三千円のコースはやめにするしかない。

「オレ、そんなに腹へってないから、タンメンぐらいでいいや。あ、冷やし中華もあるからそれにしようかな」

「私もそれでいいよ」

「じゃ、二人で何か一品とろうか。マーボー豆腐か、酢豚とかさ」

「それより私は青菜の炒めたものがいいな」

「じゃ、それにする」

やっと頼むものが決まった。タマちゃんはすぐに運ばれてきた生ビールを、とてもおいしそうにぐっぐっと飲む。化粧っ気のないタマちゃんなのに、そのとたん、頬から目にかけてうっすらと朱がさした。舌がちろっと伸びて、上唇についた泡を静かに拭《ぬぐ》う。

亮太はしばらくそれに目を奪われていた。やっとぎこちなく喋り出す。

「タマちゃん、お酒強いんだね」

「強くはないけど、ちょっとだけ飲む。楽しい時だけね」

じゃ、今は楽しいんだと、亮太は嬉しさがこみあげてきた。

「ねえ、タマちゃんの、本当の名前、何て言うの」

「どうして、私の名前なんか知りたいの」

タマちゃんは心外だ、という風にこちらを見上げる。中国の女の人には、よっぽどのことがない限り、本名を聞いてはいけないのかと亮太は思ったほどだ。

「あのさ、うちの姉ちゃん、珠緒っていってさ、みんなからタマちゃん、タマちゃんって呼ばれてんだ。だからさ、オレ、いつも姉ちゃんといるみたいな気分になっちゃうんだよね」

「ああ、そういうこと」

タマちゃんは、亮太に紙、持ってる、と尋ね、持っていないと答えると、バッグの中から手帳を取り出した。一枚破り、それに「玉蕾」と書いた。とても綺麗な字だ。

「タマ……、ツボミ？」

「日本人は、ギョクライって言うんだけど、中国の発音だとね……」

タマちゃんは唇をすぼめながら、少し横に開く。薄くピンク色の口紅を塗った唇が、微妙に動くさまを、亮太はうっとりと眺めた。そして美しい発音で彼女は自分の名を告げた。

「ユーレイ……」

「幽霊……」

「違う、ユはウに近いユだよ」

亮太は真似てみたが、どうやっても〝幽霊〟になってしまう。

「じゃ、やっぱりタマちゃんでいいや。姉ちゃん、思い出すけどさ」

「お姉ちゃんか……いいね」

ひとりっ子政策は中国の田舎まで浸透していて、タマちゃんにはきょうだいがいないと言う。調子にのった亮太は、母親の違う者を入れて七人きょうだいがいること。そのうちのひとりとは同い年だということを言ってタマちゃんを笑わせる。

「今度さ、その裕亜って弟にも会わせるよ。日曜日にまたご飯食べよう」

「うーん、むずかしいね。来月から、日曜日の夜も働こうと思ってるからね」

「そんなに働いてどうするの」

「早くお金ためたいね。すごく急いでるよ」

「それって、子どもを引き取りたいから」

思わず言ってしまった。

「強一さんだね。あの人、本当にお喋りだね。勤める時、私が話したこと、面白おかしく、いろんな人に喋ってるよね」

タマちゃんは顔をしかめた。

しかしそう腹は立てなかったらしい。次の日、亮太を見るとニコッと笑顔になった。とはいうものの、タマちゃんの態度が変わるわけではなかった。相変わらず、愛想めいたことひとつ言わず、淡々と働いている。

それでも時々亮太に合わせて賄いをとることがあった。話しかけるのはもっぱら亮太の方だ。

「日曜の夜って、何のバイトしてるの」

「洗車屋。受付、夜の部だね」

「じゃ、休みの日が一日もなくて疲れるじゃん」

「仕方ないよ。お金貯めなきゃね、子ども引き取れないもの」

初めて子どものことを口にした。

「やっぱり、子どもと暮らしたいんだね」

「あたり前だよ。子どもぐらい大切なものはないものね」

亮太がねだると写真を見せてくれた。三輪車に乗っている男の子と、かがみ込んで笑っているタマちゃんがいる。男の子はあまりタマちゃんに似ていない。太い眉《まゆ》と大きなくりくりとした目だ。たぶん父親の顔がこんな風なのだろう。

「可愛い子だね」

「ありがとう。実物も本当に可愛いよ」

タマちゃんが嬉しそうに微笑んだ。そんな風な母親の顔はまぶしい。

「早く一緒に暮らせるといいね」

「むずかしいねえ、きっと」

〝むずかしい〞は、完全に中国のアクセントであった。

「男の子、あっちもとっても大切にしてる。姑に言われたよ。あんたが別れたいっていうのは構わないけど、絶対に子どもは渡さない。うちの跡取りだからってね。日本も中国も、跡取りの男の子は本当に大切。だからあっちも必死だよね」

「ふうーん、じゃあ、裁判か何かやるんだね」

「サイバン？　そんなこと、私、しないよ。いつか盗むだけ。いいえ、私のものだから盗むんじゃない。奪い返すね」

タマちゃんはすらりと、過激な言葉を口にする。まるで意味が本当にわかっていないかのようにだ。

「姑が一人の時に、私、行くよ。そして殴ってもいいから奪い返すね。本当にやるよ」

その計画を実行する時は、俺も協力するよ！　亮太は心の中で誓った。

ある日の夕方、テーブルがやっと埋まり出した頃、タマちゃんがいきなり厨房の中に飛び込んできた。真っ青な顔をしている。何か告げようとしているのであるが、うまく言葉が出てこないようだ。

「タマちゃん、どうした」

フライパンを握っていた強一さんが尋ねる。

「私、いない。いないいって言って……」

そう言ったかと思うと、タマちゃんはいきなりカウンターの中に入ると、身をかがめた。その動きの素早さに、オーダーを告げに来た亮太はあっけにとられる。まるで穴の中に身を隠す小動物のようだ。そうしているうちに、店の中で何か争う声が聞こえ始めた。

「何だ、いったい。何なんだよ」

強一さんは火を止めて、紅型《びんがた》模様の暖簾《のれん》の向こう側をのぞいた。アルバイトの山下さんの声がする。

「ちょっと、お客さん、勝手に奥に行くの、やめてくださいよ」

強一さんが後ずさりする。大股で中に入ってきたのが、大男だったからだ。百八十センチはあるのではなかろうか。陽に灼けた中年男だ。いかつい体つきにはまるで似合わない、くりくりとした大きな二重瞼《ふたえまぶた》の目をしている。それを見た時、

「あっ、タマちゃんのダンナだ」

と亮太はすぐにわかった。以前見せてもらった写真の男の子と、まるで同じ目をしていたからだ。

「おい、女房を出してもらおうか」

男は怒鳴った。怒鳴っているのだが、そう迫力はない。それはおそらく男の東北の訛りのせいだろう。ハマの荒っぽい言葉を聞いている者にとっては、その発音はむしろ優し気にさえ聞こえる。

「中国人の女だ。ここで働いているのはわかってる。早く出してくれ」

こういう場合、強一さんの方がはるかに場慣れしていた。お客さん、困りますよと、意味ありげに男の肩に手を置いた。

「客商売のとこに来て、そんな大きな声出さないでくださいよ。うちはアルバイトは何人もいるし、人の出入りも多い。中国人も何人もいますよ。ゆっくり話を聞きますから、席に戻ってください」

強一はそう言いながら、亮太に目くばせした。

亮太はタマちゃんを裏口から連れ出した。エプロンをつけたままのタマちゃんは、し

ばらく放心したように、積んであるビールの箱にもたれた。

「どうして、ここ、わかったんだろう……」

「今の男の人、タマちゃんのダンナさんなの」

小さく頷く。

「本当にイヤで、イヤで、パスポートも、子どもも置いて逃げてきた。それなのに、見つかっちゃうなんて……」

「強一さんがうまく言ってくれたから、あの人、もう来ないと思うよ」

「そんなことない……。もうしつこいよォ。蛇みたいにしつこい。私、家に連れ戻されるよ」

「そんなにイヤだったらさ、離婚すればいいじゃないか。うちのお袋だって若い時に離婚してるよ」

それから叔母ちゃんに年上の従姉、近所の誰それ……。生まれた島で離婚した者をあげていけば、それこそ十本の指ですぐ足りなくなるほどだ。

「そうだよ、離婚すればいいんだよ。それでさ、タマちゃんはすっきりさっぱりすればいいじゃん」

「そんなわけにはいかないよ」

タマちゃんは唇をゆがめた。

「こっちに来る時、お見合いの費用とか、結納金とかいっぱい出してもらった。別れるならああいうのを返せ、って言うに決まってる」

「ひどいじゃん。そんなの人権侵害だよ」

人権侵害などという言葉を初めて使った。今までふざけて、仲間同士でよく「ジンケンシンガイ！」などと叫んだことがあるが、今発したものとは重みがまるで違う。

「タマちゃん、どうする？　オレ、アパートまで送っていこうか。もしかすると待ち伏せしてるかもしれないよ」

タマちゃんはそれには答えず歩き始めた。亮太はあとを追う。タマちゃんのアパートは店から歩いて十分ほどのところにある木造アパートだ。「ハイサイ」が以前、従業員用に借り入れていたのだが、風呂もなく、トイレも共同という環境では、アルバイト学生でも住みたがらない。今ではタマちゃんひとりだけになっている。亮太はタマちゃんを別の建物の陰にしばらく立たせ、まわりを確かめた。あの大男はどこにもいない。

「タマちゃん、早く入りなよ」

ガラスの引き戸を開けながら、タマちゃんはぽつりと言う。

「あの、私、しばらくお店、休むかもしれない」

「そうだね。それがいいね。もし見つかったりしたら大変だもんね」

しばらく沈黙があった。その時、亮太は大きな恐怖に襲われた。もしかするとタマちゃんは、このままどこかへ行ってしまうのではないだろうか。夫から逃れようと、このまま姿を消してしまいそうな気がする。

古びたアパートの暗がりの中に立つタマちゃんは、本当にきゃしゃではかない存在に見えた。明日姿を消しても、何の不思議もないほどに、弱々しい愛らしいタマちゃん……。

「ちょっと待ってて」

亮太はポケットをまさぐる。財布を持たないので、ポケットの中には小銭とクリップでとめた紙幣がある。おととい給料日だったので、五千円札一枚と、千円札が二枚二つ折りにされている。

「タマちゃん、これ、持ってて」

ありったけの紙幣を握らせる。

「あのさ、しばらくアパートにいなよ。外に出ないようにして。人がいないのを確かめて、コンビニで何か買ってくればいいじゃん。オレ、これからお金、もっと持ってくるからさ。ホント。オレ、弟と一緒に住んでるし、姉ちゃんも近くにいるから、金なんかいらないんだよ。だからさ、タマちゃんのために持ってくるからさ」

何か言いかけるタマちゃんを見ないようにして、亮太は全力で走る。角のところで止まった。

タマちゃんがいなくなってしまうかもしれないという恐怖は去り、その代わり息も苦しいほどの高揚感が亮太を支配している。

「よし、やるぞ」

ポケットから携帯を出し、メールをする。那覇にいる同級生だ。高校生の頃から金まわりがよく、ヤバいバイトをしているという評判だった。彼に向かって文字を打つ。

「東京で大ピンチ。なんかいいバイト教えてくれ」

すぐに返事が来た。

「そんなの簡単。〝裏バイト〟で検索してみな。いっぱいあるよ。ガンバレ!」

第七章　福原家のこと（四）

アパートの小さなキッチンで、珠緒は炒めものをしている。つくっているのはゴーヤと豆腐のチャンプルーだ。この頃東京でもチャンプルーを出すところが多いが、ゴーヤのアクを取り過ぎだと珠緒は思う。ゴーヤは青くさいところがいいのに、東京では薄く切って塩に長くさらす。あれだと苦味と一緒に水分もすべて抜けてしまうのではないだろうか。そして何よりも豆腐が違う。沖縄の豆腐は指をはじき返しそうなほど硬いので、最後につぶして炒めていってもくたくたにならない。

昨日、母の洋子が宅配便で沖縄豆腐を送ってくれた。一個は百数十円のはずだから、航空運賃の方がはるかに高くついたはずだ。しかしおかげで、沖縄で食べていたものにかなり近いチャンプルーが出来上がった。

「ほら、リョウタ、食べな」

久しぶりに遊びにやってきた亮太の前に皿を置く。心なしか亮太は少し痩せたような気がする。聞くと店が休みの日も、アルバイトをしているという。

「いったい何のバイトさー」

「洗車の受付のバイトさー。日曜日だけ。友だちの代わりに頼まれてやってるさー」

「ハイサイ」は、お盆の間三日間だけ休みを取る。それでやっと亮太も姉のところへやってくることが出来たという。

「休みが一日もないなんて無理さー。そこまでしなきゃ生活出来ないって、何か間違ってると思うよ」

珠緒は姉らしく訓戒をたれた。亮太はものも言わず、チャンプルーを食べ始める。「ハイサイ」でもチャンプルーは人気メニューだが、やはり東京風になっている。苦い味の残るチャンプルーは、ふる里を思い出させた。少しきつめの味加減も、母の味そのものだ。

「ホント、私、マジに言ってんだよ。リョウタ、東京でキチキチの生活してて、上にいくことは絶対にないよ。苦しくなるばっかさー。冬に派遣村行くか、その前にホームレスになるしかないよ。東京はさー、のりしろっていうのがないんだからさー」

そんなこと、わかってるよと言いながら、亮太はコンコンと咳をし、チャンプルーにむせそうになった。

「あれ、リョウちゃん、風邪ひいてんの」

テレビを見ながら、そうめんをすすっていた翔がこちらに目をやる。

「夏風邪ってなかなか治んないみたいだね」

「そうなんだ。おとというっかり冷房つけて寝ちゃったら、なんかだるくて咳が出ちゃって」

「バカタレ」

珠緒は叫んだ。

「オキナワ人は、東京来てよくそれやるさー。東京だと冷房つけっぱなしにするんだよね。沖縄じゃ用心してタイマーかけるくせにさー。全くどうすんのよ。貧乏のうえに病気ときたら、目もあてられないほどヒサンだよ」

「オーバーだな。たかが風邪じゃん。すぐに治るさー」

と言いながら、さらに咳をする亮太に対し、翔の方がはるかに優しかった。箸を置いて尋ねる。

「リョウちゃん、ちゃんと病院行ったの」

「行かないよ。だって、オレ、保険証、沖縄に置いてあるから」

「だったら、すぐにお母さんに言って送ってもらいなよ」

と珠緒。

「やだよ。だっておっかないもん。オレ、一応、家出ってことで沖縄出てきたんだよ。お母ちゃんに電話して、保険証送ってくれ、なんて言えるわけないさー」

「だったら全額自己負担か、あとは我慢するかだね」

「いいよ。我慢するよ」

「そんなこと言わないで、病院行ってきなよ。僕の保険証貸すからさ」

翔が意外なことを言い出した。

「僕の保険証持ってけばいいじゃん。受付でいろいろ確かめるわけもないしさ。リョウちゃんと僕、年もそんなに違わないんだもん、どうってことないよ。福原翔ってことで診察受ければそれで済む話だよ」

「何てこと言うのよ。そういうのっていけないことじゃん」

「そりゃ、いいことじゃないけど、リョウちゃん、このままだと医者行けないよ。たかが保険証貸すだけじゃん」

「保険証を人に貸すなんてさ、よくないよ。そういうのって、詐欺罪になるんじゃない」

リサイクルショップに勤める珠緒は、そのことの意味を知っている。時々盗品を調べに警察がやってくることがあるが、店長は帳簿を見せて対応した。高価な品を売りに来た者たちは、きちんと免許証かパスポート、保険証の番号を控えているのだ。

「大げさだなあー、詐欺だなんてさ」

翔がむっとした顔になる。めったにないことであるが、翔が腹を立てた時というのは、かなり険悪な空気が漂う。綺麗な顔をしているだけに、冷たく見据えられると相手は何も言えなくなってしまう。いつもは言いたいことをばんばん口にする珠緒であるが、こうなると翔が勝利をおさめるのだ。

「人が親切に言ってるのに、何もそこまで言うことはないじゃん」

「まあね……」

リョウちゃん、ほらと、翔は財布の中から保険証のカードをつまみ上げた。

「沖縄でさ、リョウちゃんのお母さんはさ、ちゃんと保険料払い続けてるはずだから同じことじゃん」

亮太は珠緒と翔の顔をかわるがわる眺めた。どちらかというと姉の方に分があるのはわかっていたが、翔の好意を無駄にしたくはなかった。

会った時からわかっていたが、翔は、

「東京のいいうちの人」

なのだ。誰に教わったわけではないが、亮太はこういう人間に対しての対処法を心得ていた。東京のいいうちの人は、とにかくプライドが高い。どんなことで機嫌を悪くするか予想がたたない。だから東京のいいうちの人が何かしてくれたら、有り難がって受け取ればいいのだ。そうしたらすべてが丸く収まる。

「駄目だよ、姉ちゃん……」

亮太は心の中でつぶやく。詐欺だ、なんて言っちゃ絶対にダメだ。このイケメンのカレシを怒らせるだけだってば。

「翔ちゃん、サンキュー、うちの近くによさそうなクリニックあるからさ、これ使ってさっそく行ってくるよ。助かるよ」

そうして病院には行かない。翔の顔を立て、姉の気持ちも無駄にしない、いちばんいいやり方だ。

微熱が足取りをおぼつかなくさせている。亮太にもそのくらいはわかる。山手線のホームに立っていると、ホームに落ちたらどうしよう、という不安にふとおちいる。今、このまま死にたくないと思う。もし転落死したらどうなるのだろうか。沖縄から出てきたばかりのアルバイト青年が死亡、ということになるはずだ。なんかその書かれ方は、みじめったらしいなあと、亮太は苦笑いした。

東京でキチキチに生きてると、もう上に行くことはない下に落ちていくだけだと、珠緒は言ったけれど、あれは本当かもしれない。それではいったいどこで生きていけば、上に行くことが出来るんだろうか。亮太は別に上に行きたくなんかない。よくチェーン展開で大成功した飲食店や家具屋の社長がテレビで喋っている。

「人の倍働いて努力してきました」

　とてもお金持ちだが、羨しいと感じたことはなかった。亮太が望んでいるのは、もっとささやかなことだ。おととい夕マちゃんに二万円渡したらびっくりした顔をしていた。

「どうしてこんなことするの」

　そんなのあたり前じゃないか、と亮太は答えた。

「タマちゃんは今、働けなくて困ってる。だから僕が助けてあげるのはあたり前じゃん」

　そう言った時の自分はカッコよかったと思う。通販で大儲けした化粧品会社の社長が、

「成功っていうのはイメージなんです。そしてイメージを固めて形にするのは知性なんですよ」

　と言う時よりも、ずっとカッコよかったはずだ……。

　電車は案外空いていたので、亮太は座ることが出来た。うつらうつらしているうちに新宿駅に着いた。東口への階段を上がる時がちょっとつらかった。やはり熱のせいだろう。家電量販店の前で四時。亮太がその男と会うのは二回目だ。「裏バイト」で検索し、「誰でも手軽に出来ます!!」というアルバイトにアクセスしたところ、荒川企画というところからメールがきた。新しく契約をして、いちばん値段の安い携帯を手に入れてくれというのが、仕事の内容であった。約束どおり新しい携帯を手に東口で待っていたら、

男が現れて引き替えに一万円をくれた。とてもらくなバイトであった。

「今日さ、ａｕでつくってきてよ」

男は二十六、七といったところだろうか。亮太と同じようにＴシャツにジーンズというでたちだ。格別変わっているようには見えない。新宿や渋谷にいくらでも歩いている普通の若者だ。しかし左手に三本、太い指輪をしていた。裕亜がつけているようなロック系のものではない。六角形のごっつい形をした大ぶりのものだ。ひとつの指輪は貴石がついていた。

「一時間後にここにいる。また一式持ってきてくれたら、一万円払うから」

「あのう……」

亮太は尋ねる。

「もう一個つくって持ってきたら、やっぱり一万円もらえるんですか」

「ドコモはさ、五本までひけるけど、ａｕは二本までだよォ」

男はへんに、ねっとりと語尾を伸ばす。そしてそのたびに、前髪を払うのだ。するど大きな指輪がキラリと光った。まるでそれを見てもらいたいがために、髪を払うようだ。

「いえ、つくるつもりはないけど、ちょっと聞いただけ」

「ふうーん。そのつもりがないことを、いちいち口にしない方がいいね」

男は何か勘にさわったのか、突然がらりと口調を変えた。

「違う名義のを、もう一本持ってきたら、一万円あげてもいいけど」

「それは無理です」

「そりゃそうだけど、一万円余計に欲しいんだったら、本当に出来ないかどうか考えてみろや」

最後の〝や〟に、おかしなアクセントがあった。

男から聞かされているのは二点だけだ。

この携帯は違法なことに使うのではない。この頃、ヤミ金融からいろいろ借りて、金を返さない人たちが大勢いる。そういう人たちは金融業者に携帯を取り上げられるのだが、仕事で使わないわけにはいかない。こうした不運な人たちのために、携帯を売るビジネスが成立するのだと彼は言った。

「ま、本当は持っちゃいけない人たちに、携帯売るわけだから、こっそりやるわけ。警察は大丈夫だけど、うるさい筋の人がいるから」

それからさ、と男は続けた。

「何度も言うようにさ、請求はそっちの方に行かないようにするから」

「本当スね……」

「そうさー。もしあっちが払えなくなってもさ、最初の月は請求が来るけど、次にもう一回出して、それでもやっぱり来なかったらNTTとかソフトバンクは諦めるわけ。それで使えなくしちゃうわけだけどさ、別に二ケ月使えりゃいいじゃん。知らない他人がちょびっとだけ使う携帯だよ。渡しちゃえばまるっきり関係ない。早く通話止めてもらった方がさ、そっちだっていいでしょー」

「そうですね」

何やらおかしな論理であるが、男の粘っこい口調は妙な説得力があった。とにかく携帯を契約し、手に入れるだけで一万円が手に入るのだ。その後、どう使われるとしても、もう知ったことではない。もし使っている人がちゃんと料金を払ってくれなかったら、ドコモかａｕが〝自動的に〟携帯を停止してくれる。あちらの大きな力で裁いてくれるのだ。そう思うと、亮太の心はずっと楽になる。

亮太は男から一枚の地図を渡された。通路を渡り、歌舞伎町の真ん中にあるその代理店が、「とてもゆるい」と言うのだ。

「ま、おタクの場合、何の問題もないと思うよ」

歌舞伎町に向かって歩きながら、翔がこの近くの漫画喫茶でアルバイトをしていることを思い出した。後で寄ってみようか。いや、今日は遅番と言っていたから、まだ家を出ていないだろう。その時、翔から借りた保険証の厚みをポケットの中で感じた。今までは、自分の免許証で携帯をつくっていたが、同じことが保険証でも出来るのだ。それならば、福原翔になりすませば、あと一本の携帯をつくることが可能だ。いや、そんなことはしてはいけない。好意で貸してくれたものだ。それに保険証にもうひとつ、何か公共料金の領収証のようなものが要ったかもしれない……。が、「とてもゆるい」代理店だと男は言った。

ためしにやってみよう。もし駄目だったらそれでいい。もしつくったとしても、翔には迷惑がかからないはずだ。亮太は入り口に立つ女に声をかける。

「あの保険証だけで携帯つくれますか」

娘の可奈にやっと内定が来て、由美子はどれほどホッとしたことだろう。しかしメーカーなのが可奈は気に入らない。知名度がないのは、もっと意に染まないのだ。

「今どき一部上場に入れるだけでも、有り難く思え」

と、珍しく夫の健治が口をはさんだ。

「こういう不景気な時には、ものをつくっている優良メーカーがいちばんんだ」

機械ネジをつくっている会社で、本社は人形町にある。

「人形町に通勤なんて、なんかカナしくない？」

可奈は不貞腐れている。この会社から内定が出る少し前、可奈は商社の二次を落ちてしまった。その商社は青山にあり、かねてから女子大生の人気ランキングで、いつもべスト3に入るところだ。

「商社は今年、宝くじなみだって。だけどね、コネがあれば何とかなるのよ。うちのクラスの内藤さんなんてさ、コネがあるばっかりに、らくらく内定だもん」

その内藤というクラスメイトは、幼稚園からのエスカレーター組で、よく話を聞けば、祖父は航空業界の大立物といわれ、長く会長を務めた人物であった。

「私だってさ、コネがあればさ、商社レディになれたのにさ……。あーあ、人形町OLなんて地味過ぎるう……」

が、可奈はめげない。まだ試験が終わっていない企業は幾つかあるのだ。給料がいいに越したことはないが、自宅通勤の者にはそう関係ない。それよりも中に、エリートと呼ばれる魅力的な青年がたくさんいることが肝心だ。もしいない場合は、外部に求めなくてはならないので、世間で名が通っている企業の方がいい。この点、商社は外でも価値が高いので、本当にがっかりだ……。

などという本音を、可奈は母親に漏らさないものの、この頃家にいることが多い。先輩からのアドバイスで、就活時には、出来るだけおとなしくうちにいるようにと言われたのだ。今どき信用調査会社を使う企業などあまり聞かないが、それでも身を慎むに越したことはない。

電話が鳴った。揚げものをしている母に替わって可奈がとる。五秒後、茫然《ぼうぜん》とした表情に変わった。

「お父さんから……。翔のことで、警察から電話があったんですって……」

「もし、もし、何ですって」

娘からひったくるように受話器を奪った。

「何なのよ、いったい何なの。翔が何をしたんですって！」

「お前、翔に保険証、渡してるか」

それには答えずいきなり健治が尋ねた。

「翔の保険証……そんなの憶えていないけど、一枚ずつカードになってるから、自分のは持ってるんじゃないの」

「あいつは、俺の扶養家族になってるから、カードには俺の会社の電話と住所が入ってる。さっき警察から電話があった。デリバリー嬢の組織が摘発されて、いろいろ調べてるそうだ。お客と連絡を取るのに携帯が使われてるが、それが翔の名義なんだ」

「その、デリバリーって何なんですか」

「ホテルや部屋に女を配達するんだ。売春の手の込んだやつだ」

「売春……」

全く意味がわからない。発音するのさえ汚らわしいそれと、息子とがどう結びつくのだろう。

「大丈夫。翔がまさかそんなグループとかかわっているわけはない。相手は暴力団だ。警察もそれはわかってる。ただめんどうなのは、その携帯が翔の名義だってことだ」

「それ、あのコの携帯ってこと。いったいどういうことなのッ。あのコ、携帯はひとつしか持ってないはずよ。先週もメールして届いてたわよッ」

思わずヒステリックな声になる。混乱していて全くわけがわからない。売春、暴力団という凶々しい言葉が、夫の口から飛び出してこようとは思わなかった。

「だから、翔の保険証を使って新しい携帯がつくられたんだ。それが売られたんだよ。こういうの、〝飛ばし携帯〟って言われて、この頃、学生なんかがアルバイト気分でよくやるそうだ。れっきとした犯罪なのに、まるっきりわかっていないって言ってた」

少しずつ事態が読めてきた。どうやら翔は自分でもよくわからぬまま、犯罪の片棒を担いだのだ。

「私、すぐ連絡取りますから」

由美子は叫んだ。

「すぐ話がわかるようにしますから。ねえ、警察に逮捕なんかさせないで頂戴！　まさか、そんなことしないわよねッ」

「それで、あなたのお母さんの知り合いの警視庁の人に、いろいろ聞いたわけね」

由美子は冷ややかに言った。福原家のリビングルームである。由美子の横には、翔が座り、そして向かい合って珠緒と亮太が座っている。テーブルの上には、島の名物であるラー油と黒砂糖の詰め合わせがあった。せめてものおわびにと、母親が送ってきたものだ。が、由美子はそれにいっさい触れようともしない。大きな箱は、不快さやこだわりの証のように、そこに置かれたままだ。

「はい。その人は、うちの母が川崎にいたときの知り合いなので、とてもよくしてくれました。ちゃんとやるようにって言われて、携帯はすぐに解約して、電話料を払いました。何に使われてたのか、二つ合わせて二十七万円になってたけど、それは親が払ってくれました」

「それで、そっちは解決したわけね」

「はい、一応……」

「だけどね、こっちはそうはいかないのよ」

由美子は唇をゆがめた。珠緒とその弟に会ったら、ああも言おう、こうも言おう、と考えていたので、すらすらと言葉が出てくる。

「うちの方はちゃんと弁護士さんをお願いしたけど、保険証を誰かに勝手に使われた、なんていうこと、本当に信用してくれるんだろうかって心配してたのよ。そうかといって、保険証を貸していたことがわかれば、詐欺罪の片棒をかついだことになるの。これはね、あなたたちが考えていることより、ずっと重要なことなのよ。そちらは、お金で済んだかもしれないけど、こちらは違うの。あのね、私たちは社会的信用っていうものがあるの」

そうだ。この娘によく言いきかせなくてはならない。あなたたちがおそらく一生かかっても手に入れられないもの。それは社会から受ける信用と尊敬というものだ。今回はそれが大きく損なわれたのだ。

「あのね、うちの主人はちゃんとした会社にお勤めしていて、それなりの地位も得ています。今回、総務に電話がかかってきて、おたくの息子さんのことで、警察から電話があった、って言われたら、もうどうなると思う。主人の立場はガタガタよね。あのね、言ってもわからないかもしれないけど、ちゃんとした社会人の世界っていうのは、そうした小さなことから崩れていくものなのよ。だからね、こちらの被害はもうはかり知れないわ」

本当のことを言えば、弁護士など頼んではいなかった。翔のところへ刑事がやってきてあれこれ聞かれたが、それきりだ。勝手に誰かに保険証を使われた、という話をどこまで信じたかわからない。が、翔にとって運がよかったのは、保険証で携帯がつくられた日、ほぼ一日勤務していたことがタイムカードで証明されたことだ。

が、こんなことを珠緒と亮太に話すつもりはまるでなかった。翔にも本当のことは話していない。警察がしつこく調べなかったのは、両親が手配してくれた弁護士のおかげだと、翔は信じているようである。これは由美子にとって非常に都合がいい。もしかすると、翔とあの娘とを、別れさせるきっかけになるかもしれないとさえ考えている。

「ねえ、宮城さん、今度のことでよくわかってくれたんじゃないかしら。翔はたまたまあなたの近くにいたかもしれない。だけどね、やっぱり住む世界が違うのよ。翔はね、まっとうな、本当に普通の世界で生きてきた子なの。あなたたちとは違うの」

「それって、どういうことですか」

意外なことに、それまで黙ってただ頭を下げていた亮太が、急に顔をあげた。唇がきゅっと結ばれ、鼻の穴で二、三度呼吸した。

「オレは確かにいけないことをしたけれども、姉ちゃんは何も知らなかったんです。だから、あなたたち、っていうのはおかしいっス」

「あのね、姉ちゃんじゃなくて、こういう時は〝姉〟って言った方がいいと思うわ。あなたの年なら、常識でしょう。あのね、言いたいことはわかるけれど、やっぱり私からは、あなたたちはひとくくりに見えるのよ。同じお父さん、お母さんから生まれて、同じ家に育って、同じようにしつけられた人たちですものね」

「あの、父親は、違いますけど」

と亮太。

「ああ、そうだったわね」

由美子は言い、自分のその口調が実に意地悪いことに気づいた。が、仕方ない。目の前の姉弟を傷つけたとしても、自分の息子を守らなくてはならなかった。この機を逃しては、もう翔の心をこちらに向けさせることは出来ないだろう。制裁と決断は、一気にしようと決めた。

「翔がね、保険証をあなたに貸した、って打ち明けてくれた時は、びっくりしたわ。何てことをしたんだろう、って思ったわよ。でも翔は、風邪でつらそうなあなたに同情したんでしょう。親切でやったことよね。それなのに、あなたはそういう親切を踏みにじった。犯罪に手を染めて、息子を巻き込んだのよ」

「そんな言い方しなくたっていいじゃん」

ついに翔が叫んだ。あの事件以来、亮太にずっとよそよそしい態度をとっていたが、やはり母親の言い方はあんまりだと思ったのだろう。

「言い出したのは僕の方だしさ、リョウちゃんは、結局病院には行かなかったんだ。あの時さ、なんとなく保険証を受け取らなきゃいけない雰囲気になったんだよ。だからそれで……」

「だったらすぐ返せばよかったの。それをこの人は、携帯つくるのに使ったのよ」

由美子は〝この人〟と冷たく言いはなった。

「そういう、人の親切を平気で踏みにじる、っていうことが、ちゃんとした育ちじゃないっていう証拠なの。普通にちゃんとした家庭に育った人は、絶対にそんなことはしません。人の心の大切さを、親からきちんと教えられている人たちはね」

「あのう……」

亮太が口を開く。もう鼻で息をしていない。

「それって、オレたちが普通に育っていないっていうことですか。ちゃんとした家庭に育っていないってことですか」

「そう、はっきりとは言ってませんよ」

「言ってるじゃないっスか」

亮太は大きな声をあげ、やめな、と珠緒は腕をひっぱった。しかし、いつもの「バカタレ！」は出ない。

「うちは両親はちゃんと働いていて、仲がいいです。オレたちきょうだいは、不良になったのもいないし、みんなすっごく仲よしです。姉ちゃん、いや姉も僕もちゃんと那覇の高校行かせてもらいました。仕送りも無理してもちゃんと送ってくれました。大学だって姉や僕が望めば、行かせてくれたと思います。これでもヘンですか」

「ヘンじゃないかもしれないけど、うちとは違うのよ」

由美子は目の前にいる姉弟と、傍らにいる息子を眺める。顔のつくり、体のつくりがまるで違う。誰が見てもひと目でわかることではないか。そして外見よりも、息子と姉弟とをはっきり区別しているものがある。それは品というものだ。学校を中退しても、歌舞伎町で働いていても、翔には姿全体に品というものが漂っている。

人間の品位。それは昨日今日につくれるものではない。親の教養や、その家が代々培ったものによって、ようやく子どもたちの中にかもし出されるものなのだ。犯罪に走らず仲よく生きてきた、などという最低ラインの家庭では、到底手にすることが出来ない。それをどうしてこの姉弟に教えてやることが出来るだろうか。

悪い人間にはなりたくないと由美子は思うし、厳しい言葉は出来たら口にしたくない。が、かなりはっきりとものを言わなくては、この鈍感そうな姉弟には伝わらないに違いないと心を決める。

「この際だからはっきり言いますけど、最初翔が、珠緒さんを連れてきた時、この人は、到底〝うちの人〟にはなれないと思ったわ。まず育った家庭環境が違うから。これってとても大切なことなの。あまりにもかけ離れた環境に育った人たちが一緒に暮らしても、うまくいくはずはないわ。これはお互いに不幸なことよね」

「私と翔ちゃんって、そんなに違うんでしょうか」

今度は珠緒が発言した。

「違いますとも。そんなこと、あなただってわかってるでしょう」

「あの、違ってるっていけないことですか。何とかっていう詩人も言ってたけど、みんな違って、みんないいって……」

「馬鹿馬鹿しい」

由美子は叫んだ。この娘は私をからかっているのだろうか。

「あのね、悪い方に違う人たちに、どうして私たちが合わさなくてはいけないの。育ちが悪い人たちと一緒になれば、こちらも下の方にひきずり落とされます。今度のことがいい例じゃないの」

「育ちが悪いって、私たちのことですか」

「そういうことです」

言いたくはなかったが、ここまで言わせたのはこの女なのだと由美子は珠緒を睨んだ。

「じゃ、教えてくださいよ」

珠緒が一字、一字、区切るように低い声で問うてくる。亮太と翔は思わず顔を見合わせた。珠緒がつい先ほどまでおとなしかったのは、じっと怒りを堪えていたからだ。が、次第にそれがぱっくりと割れてきたらしい。珠緒がこれほどの怒りを見せるのは初めてなので、亮太さえ、姉がどう反応するのか予想も出来ない。小さな爆発は今までに何度も見ている。が、今回はどうやら違うらしい。どろりと暗いものが割れ目から流れ出ている。

「私たちが育ちが悪いって、さっきからおっしゃってるけど、じゃ、なんでここのうちはそんなにいいんですか。ここのおうちはそんなにすごいおうちなんですか」

「そんなにすごいうちではありません」

由美子は、この何ケ月か、ずっと言いたかったさまざまなことをひと息に喋る。ずっと目の前のこの女に言いきかせたかったことだ。

「うちは、主人も私も大学を出ています。主人は早稲田を出て一流企業に勤めるちゃんとしたサラリーマンです。私はまだ女が短大行くのがほとんどの時に、四年制の国立を出ていますから、教養あるちゃんとした家だと、誰にも言えるわ。そしてね、私の実家は医者だったんです。父親の兄も、私の妹の主人も医者をしています。言ってはナンですけれども、沖縄のどっかの島で、飲み屋をしているあなたの家と違うんですよ」

「それじゃ……」

珠緒は青ざめた顔になっている。姉ちゃん、まずいよ、と亮太は怖くなってくる。まさか、このおばさんを殴るんじゃないだろうな……。

「それじゃ、医者ってそんなにえらいんですか。医者の娘、っていうだけで、そんなにいばれるんですか」

「いばってはいませんが、私はね、医者の娘として、誇り高くきちんと生きるように育てられたわ。地方で医者の家の子どもって、そういうことですからね」

「そんなに、医者ってえらいんですね」

「そうだと私は思いますよ」

「じゃ、私も医者になります」

　珠緒は言った。

「医者の娘っていうことで、そんなにえらいんなら、私が医者になりますよ」

「医者！」

　そこに居合わせた人々は、いっせいに叫んだ。そして一瞬黙る。みんな今、珠緒の発した言葉を解しようと反芻《はんすう》したのだ。そしていちばん先に反応したのは亮太であった。

「それって、どういうこと」

「だから私が、医者になるっていうこと」

　再び沈黙があった。どうしてもわからぬ謎を解こうとするかのように、みな視線を宙に浮かせる。そして、今度は翔が質問を口にした。

「それって、珠緒が、医者になるっていうこと？」

「そう！」

「何を、夢みたいなことを言ってるの」

　由美子が叫んだ。

「何を言い出すかと思ったら、馬鹿馬鹿しい。あのね、医者になるには、まず、医大に入らなきゃならないのよ。そんなことがあなたに出来るわけがないでしょ。本当に、こんな時に、つまんない冗談はやめなさいよ」

「冗談だって、どうして決めつけるんですか」

珠緒の顔は元に戻っている。さっきまで怒りのために青ざめていた顔が、穏やかになっている。まるで「医者」という言葉を体内から吐き出したために、すっきりとしたかのようだ。

「医者になる人だって、みんな普通の人でしょ。だったら私に出来ないことないと思うんだけど」

「普通の人であるもんですか。それは違うわ」

由美子も、やっと平常な声が出た。このとんでもない馬鹿な娘に、きちんと言いきかせなくてはと思う。

「あのね、医大に入るっていうのは、それだけで大変なことなの。並はずれた能力を持った人たちが、死にものぐるいで勉強してやっと入れるのよ。高校卒業しただけのあなたが、どうして入れるのよ。常識で考えてもわかるでしょう」

「でも医大に入る人も、高校出てるわけでしょ。条件は同じじゃないかなぁ」

「何言ってんのか、意味がわからないわ」

由美子は悲し気に首を横にふった。

「あのね、医者になる人たちは、もう子どもの時から決まってるの。おうちが医者か、ものすごく頭がいい人たち。選ばれた人たちなの。だからあなたになれるはずないでしょ」

「医大に入るって、そんなに大変なんですか」

「あたり前でしょう」

由美子は口を思いきりゆがめ、〝苦笑〟ということをする。どうやったら、自分が途方もないことを口にしていると、この娘にわからせることが出来るのだろうか。

下品で、何の教養もない家に育った娘。

おそらく優秀なＤＮＡは何ひとつ持っていないはずだ。それなのにどうして「医者」などという言葉を口にするのか。

「まず、あなたなら、百年かかっても無理でしょうね」

「そうかなあ……」

珠緒は由美子の顔を見つめる。その顔が微笑んでいることに気づいた。いったいなぜ笑っているのか。こちらが馬鹿にして笑うのはわかる。なぜ、この娘は楽し気になるのか。

「私、前にテレビで見たことがありますよオ。普通のＯＬが、働きながら医大に入ったっていうやつ」

「あのね、その人はもともと優秀だったんです。一流大学の別の学部を出ていたはずよ」

「いいえ、私と同じ高卒でした」

珠緒はのんびりと答える。亮太は気づいた。このゆったりとした様子と、奇妙な笑いは、珠緒が怒りの頂点を越え、別のところへ行っているからだ。怒りの先にある白々とした余裕。だからっていって「医者」はないよなぁ……。

「あの、約束してくれますか。私が医大に入ったとしたら、さっきの言葉、取り消してくださいい」

「何て言ったかしら」

「私たちは育ちが悪い、まっとうなうちに育ってないってことです」

「それはね、今の場合仕方ないでしょ。うちの息子を犯罪に巻き込んだんですから」

「それはさっきから謝ってます。私、ただ約束をしてほしいんです」

珠緒の中に、若き日の母親の姿が浮かぶ。母の洋子は、川崎でのレディース時代のことを詳しく娘に話したことはない。けれども珠緒にはわかる。母親は自分の誇りと名誉を賭けて、死の危険さえあるレースをしたことがあるに違いない。自分も同じことをするのだ。名誉と誇りと、そしてもうひとつ手に入れたいもののために。

「そしたら、翔ちゃんとのことも認めてもらいますから」

第八章　宮城家のこと（四）

「私、どうしてあんなことを口走ったのかわからない。だけどさ、そのことは、私、ずっと前から考えていたような気もするさー」

渋谷のいつもの居酒屋である。ここは珍しい芋焼酎を置いてあるばかりでなく、料理はどれもワンコイン、五百円をうたっている。いつ行っても満員で、しばらく並んだ末に、珠緒はやっと大きなテーブルの隅に、二つの席を確保することが出来た。

隣にいるのは翔ではない。珠緒の勤めるリサイクルショップに、しょっちゅう洋服を持ち込む水谷である。彼はスタイリストをしているが、モデルやタレントから頼まれて服や靴を売るぐらいだから、たいして売れてはいないだろう。が、それを隠そうとしないところが水谷のいいところだ。ゲイの男特有の、頭のよさと、それをうまくつつみ込む優しさが珠緒は好きだ。

「あっちのお母さんにさ、ボロクソに言われているうちに、私、思ったさー。このままだったら、私、翔ちゃんと別れることにもなるしさー、それより何より私のことが嫌いになるだろうってさ。それって怖いよ。人間、自分のことが嫌いになったらおしまいじゃん」

「そうだよ、そのとおりだよ」

水谷は大きく頷く。そうすると顎の下の薄い髭も、賛同するかのように一緒に揺れるのだ。

「だけど、医者になるっていうのは、いいアイデアかもしれない。医大に入るのは確かにむずかしいが、世間の人が考えているよりも簡単だ」

「本当⁉」

「この不景気だから、いったんサラリーマンになった人間が、勉強して医大に入るケースは結構多いみたいだよ。タマちゃんならきっと出来るよ」

「嬉しいよ、水谷さん」

珠緒は自分のグラスを、水谷のグラスに合わせた。

「翔ちゃんもさ、呆れてる。絶対に出来ないと思ってるさー。だけどさ、私、なんだかやれそうな気がしてきたんだ。だってさ、私がこんなに燃えて、何かになりたいって思ったの初めてさー。今までやってて失敗したならともかく、初めてのことじゃん。今までやったことがないぐらい一生懸命にやれば、何か出来るような気がするのさー」

「僕はさ、タマちゃんのそういうところ、本当に好きだよ。タマちゃんは本当にいいよ。タマちゃんは頭もいいし、気っぷがいい。それより何よりさ、人にとって、何がいちばん大切か、ってことがちゃんとわかる人だ」

「そうかなあ……」

　珠緒は照れて、芋焼酎をちゅっとすする。

「タマちゃんはさ、自分が考えているよりも、ずっとたいした人間だと思うよ。あんなヘナチョコニイちゃんにはもったいない」

「あれ、ヘナチョコニイちゃんって、私のカレシのこと」

「そう」

「水谷さんさ、会ったこともないのに、どうしてそんなことわかるのさ」

「今までの話聞いてて、充分にわかるよ。お母さんの前でさ、もっとちゃんとタマちゃんと弟を庇ってあげなきゃいけなかったんだ」

「それはさ、うちのバカ弟がいけないさー。あいつが悪いことしたんだから仕方ないさー」

「だけどさ、僕に言わせればすべてが中途半端だよ、そのニイちゃん。家出したり、反抗したりしてるみたいで、ちゃんとシッポは家庭や母親に繋がってる。まあ、よくあるパターンだな」

「そうかなァ」

「まあ、いい。これでタマちゃんは発奮して、医者になろうと思ったんだろ。いいきっかけさ。僕はタマちゃんの味方だ。タマちゃんのことを応援するよ」

「うーん」

酔いがまわってきたので、珠緒はつい本音を口にしてしまう。

「水谷さんに応援してもらってもさァ……。気持ちは嬉しいけど、それで医者になれるってわけでもないしさ」

「そりゃ、そうだ」

水谷は機嫌よく大きな声で笑った。水谷は珠緒といるといつもよく笑う。それは珠緒が、本当に面白くて魅力があるからだという。

「その正直なとこも、タマちゃんのいいとこさ。あのさ、前に話さなかったっけ。僕の昔の恋人が、今、美容整形のクリニックをやっているんだ。東大の医学部を出て、美容整形なんてひどい話じゃないか。国民の税金を二億使って医者になって、金儲け専門になったんだ。罪ほろぼしに、彼に協力してもらうんだよ」

水谷が口にした〝罪ほろぼし〟というのは別の意味もあるのだ。そしてこちらの方がずっと大きいことを珠緒は知っている。

水谷は少年の頃、中高一貫校に通っていた。常に東大合格率ベスト10に入る進学校だ。ここでは、山奥の寄宿舎に生徒を隔離し、きっちりとしたカリキュラムで彼らの偏差値を上げていく。

といっても年頃の少年たちだ。数少ない女性である給食のおばさんや、掃除のパート係に本気で恋してラブレターを送ったりする。そしてそう少なくない何人かは、同性愛に走るのだ。

水谷はそこでつらく深い恋をしたという。現場を見られ、相手の少年と悩みに悩んで、心中寸前までいったというからすごい話だ。しかし直前で彼は裏切った。水谷は傷心のあまり進学どころではなかったが、彼は違った。東大の医学部へ進み、普通に結婚した、というのを以前水谷から聞いたことがある。

どうやらこの男と、水谷とは、時々連絡を取っているらしい。恨んだり脅したり、する関係ではないようだが、すっぱり切れてはいないようだ。このあたりがゲイの男たちの不思議さであるが、水谷はこの男との関係を、珠緒のために使おうと決心したようだ。

「まかせておきなよ。この男はね、現役で東大の理Ⅲに入った男なんだ。理Ⅲってわかる？　あのね、東大の法学部出た連中って、ものすごく威張ってるよね。今はそんなことないらしいけど、経済学部出た人のこともさ、ふん、っていう感じで一段低く見てたんだよ。だけどさ、そういう彼らも、東大医学部出てる人の前ではシッポ巻くよ。もう普通じゃ合格しないとわかってるから。だからさ、彼ならタマちゃんをきっとどこかの医学部入れてくれるさ。医学部入るハウツー知ってるし、金を腐るほど持ってる。そうだよ、彼に頼もう」

水谷はケイタイを取り出した。そのしぐさが妙に女っぽくて、珠緒は何やら不気味な気分になってくる。

「いいよ……、無理しなくて。そんな……」

「いいのッ。この男のために私は運命を狂わされたの。このくらいしてくれて当然なのよ」

水谷は赤く酔った目で珠緒を睨んだ。

四日後、珠緒と水谷は青山のビルの一室にいる。青山通りから少し入ったところにあるこのビルは、まだ建って新しい。壁一面がガラスになっていて、そこから晩夏の街が見渡せる。白いバラがどっさり生けられたガラスの器も、お茶を運んできてくれた看護師のピンクの制服も、どれも新しく上等で、ピカピカ輝いている。応接用のソファは、

「カッシーナよ。ものすごく高いはず」

と水谷は言った。ここはどうやら院長室らしい。ソファセットのすぐ横に大きなデスクがあり、その傍らにホワイトボードがあった。スケジュールが書かれている上に、さらにメモ用紙が貼られている。へぇーと思わず珠緒は目が釘づけになった。そこには珠

緒もよく知っている芸能人の名前が書かれていたからだ。

「○○○さま、至急電話くださいとのこと」

「△△△さま、四時にまた電話します」

ねぇ、ねぇ、あれを見てと珠緒は水谷の肩をつついた。

「○○○ってさ、やっぱり整形してるんだね。私、急に目が大きくなったからおかしいと思ったんだ。わっ、やっぱり」

「そりゃ、してるでしょう」

水谷はつまらなそうに言った。

「整形してなくたって、ヒアルロン酸ぐらいは打ってるよ。それにしてもさ、不用心だね。誰が来るかわかんないこんな場所に、よくわかるように、はっきり大きな字で有名人の名前書いとくなんて」

珠緒が頭の中で、○○○の人形のような大きな瞳を反芻していると、音もなくドアが開いた。

「いやぁー、お待たせ」

入ってきたのが、ここの院長の大村だということはすぐにわかった。オオムラ・ビューティクリニックの広告は、よく女性誌に出ている上に、院長自らの写真も大きく載っているからだ。

「あなたの美しさを、私がつくります」

というキャッチフレーズと共に、白衣の男が威厳を保ちつつにっこりと微笑んでいる。

それが大村だ。

「やあ、久しぶり」

「元気してた？」

男二人の視線が確かにからみ合ったと珠緒は感じた。

スタイリストの水谷は、ファッションに凝り、チェーンなどもしていることもあって、ゲイと言われればなるほどと誰もが思うだろう。その種の男性の証である、撫《な》で肩も持っている。

が、大村はがっしりとした体型で背も高い。眉も太く、よく通る大きな声をしていた。いかにも男盛り、働き盛りという感じで、この男がかつて水谷の恋人だったとは、にわかには信じられない。しかし水谷は言ったことがある。

「かつて僕はゲイだった、なんてことはあり得ない」

煙草を吸っていた、不良をしていた、というのとは全くわけが違う。生まれついての人間の個性といおうか宿命が、時間がたったからといって変わるわけはないのだ。いくら仕事で成功しても、結婚をしても、体と心の奥にそうした火はいつも燃えている。それを隠すことなど不可能なのだと。

「彼はね、いつも若い男がいるんだよ」

と水谷は悲し気な遠い目になった。

「でもね、僕とのことも絶対に忘れてるわけじゃないと思う。本当に純粋に愛し合ったなんていう経験、彼にしても、僕にしても、もうあれっきりだと思うからね」

日頃の珠緒だったら、こうした不可解な関係に絶対に巻き込まれたくはないと思う。それに考えてみれば、昔恋人だったことを楯に、何か力を貸せと要求するのは、かなり図々しい話である。

が、あの日ためらう珠緒に、水谷は怒鳴ったものである。

「あんた、何、気取ってんのよ。あんた、医者になるなんて、とんでもないこと言い出したってさ、何の力もないじゃないの。コネもないし、お金もない。あんたさ、日本に幾つ医大があって、そのうち国立が幾つか、なんてことも知らないんでしょう。バカね、本当に大馬鹿よ、あんた。でも言ったことの責任はとりなさいよ。それで私が協力してやんのよ。今、頼れるのは私だけなのよ。あんた、本当にわかってんの」

酔ってすっかりおネエ言葉になった水谷を、店中の人が見ていた。

その水谷が珠緒をうながす。珠緒は立ち上がった。

「はじめまして。宮城珠緒っていいます」

「大村です。よろしく」

「名刺あげて、名刺」

水谷はややぞんざいに命じた。渡された名刺には、役職がいくつか書かれていた。美容整形関係の団体の理事や、あまり有名でない大学の客員教授といった肩書だ。

「電話で話をしたのが、このコだよ。どうしても医大に入りたいっていうコ」

「ふうーん」

大村はどさりという感じでソファに座った。脚を広げ、浅く座るからどうしても上向きになる。少々肉がつき始めた下腹が強調され、急に尊大さがにじみ出た。

「無理なんじゃないかなァ……」

「それを何とかして、って頼んでるんだよ」

「あのさ、お前だってさ、あの学校通ってたんだから、医大進むのどれだけ大変か知ってるだろ。死ぬほど頑張って勉強して、そこらの地方の国立に入るのがやっとだ。まさか、そのお嬢さん、私立に入るわけじゃないだろ」

「あたり前だよ。そんな金があるわけないじゃないか」

「じゃ、本当に無理だ」

ひとり大きく頷いた。

「そのお嬢さんのことを詳しく聞いたわけじゃないけど、高校を出て働いていた人だろ。もう二十二っていうじゃないか。そういう人がこれから、現役の学生に混じって国立の医大を受けようなんて、そんなこと絶対無理だよ」

「それがわかってて、頼んでるんじゃないか」

水谷が大村を睨む。不可解なことであるが、水谷はこの院長に対して大層強気なのである。あまり知りたくもないことであるが、過去によほどどろどろしたドラマがあったに違いない。

「あんたが勉強教えてやるのは無理としても、このコをどこかの予備校に入れてやってくれよ。東京にはいっぱいあるじゃないか。医者のアホ息子やバカ娘を、一年か二年でなんとか医大に合格させる予備校。そのくらいのことをするの、今のあんたには簡単だろう。金なんか腐るほど儲けただろうさ」

「何かさ、お前、美容整形に対して、ものすごい偏見を持っていないか」

と大村は、そう動揺する様子もない。

「ひと昔前と違って、この業界だってものすごい価格破壊が始まってるんだ。このあいだまで三十万円だったボトックスが、今は二万円まで下がってる。こっちだって、価格は落とさなくちゃならない。この青山だって、潰れるクリニックがぽつぽつ出始めてるんだから」

「そんなの信じられないぜ。不景気だってお前のところは派手な広告、いろいろやってるじゃないか。儲かってないなんて言わせないさ。今まで貯め込んでるものもあるだろう」

「とんでもない。人を守銭奴《しゆせんど》みたいに言うなよ。美容整形は、広告がんがん打たなきゃやってけないんだよ。一流の女性誌は未だに強気で、料金をそんなに下げやしない。今は、業界で儲かってるとこなんて、包茎専門のとこだけ。エロ雑誌に広告載っけるとこだけ」

二人の男は激しくやり合っているようであるが、どこか甘い空気が伝わってくるのだ。二人の過去を聞いているせいか、珠緒にはいつしか痴話喧嘩に聞こえてくるのである。

「あのう……」

おずおずと口をはさんだ。

「ものすごく図々しいお願いだってことはよく知ってます。でも私も水谷さんも、ここしか入り口知らないんです。お金はもちろんお返しするつもりです。死ぬ気になって勉強して、医者になって、必ずお返しします。ですから、その予備校の学費を貸してくれないでしょうか……。ね、こういうことだよね」

水谷に同意を求めると、

「別に借りることはないの。この男はあぶく銭稼いでるんだから、スポンサーになってもらえばいいんだってば」

といきりたった。

「あのさ、宮城さんだよね……」

「はい、そうです」

「宮城さん、簡単に予備校のお金、っていうけど、医学部専門の予備校、いくらかかるか知ってんの。確かにあるよ。生徒をブースに閉じ込めて、朝から晩まで徹底的に個人授業する予備校。医者の子どものための予備校。あのね、あそこは年に、六、七百万かかるの」

「えー、年に学費が七百万円ですか⁉」

「そういうこと」

「七百万円！　マジで……」

「そうだよ」

「無理だァ……」

珠緒はがっくりと肩を落とした。水谷はこう言ったものである。大村はいくらでも金を持っている。そして自分の言うことは何でも聞いてくれるはずだ。彼に頼んで、どうやったら医大に入れるかを聞くのだ。そしてそのための学費を出してもらうといい。自分だけが知っている秘密であるが、大村は何年か前、俳優志望という若い男に入れ揚げていた。その男は性悪で、高級マンションを借りてもらったばかりでなく、相当の金を大村にたかったのだ。最後はロンドンへ留学するとかで、千万単位の手切れ金を要求されたが、あの男に遣った金を考えれば、タマちゃんの学費ぐらいはどうということはない。いいから僕に任せておけ、という彼の言葉に反して、珠緒はもとよりそんなことは考えていなかった。ただどうやったら医大に入れるのか、その方法を聞き、出来たら、出来たらでいいが、その受験勉強の際の学費を借りられたらと目論んでいたのである。が、七百万と聞いて、力が抜けてしまった。年に七百万円。一年で合格するようなことはまずあり得ないから、二年だと千四百万円、三年だと二千百万円。そんな大金は見たことも聞いたこともない。医大に入れなかったら、どうやって返したらいいのだろう。やはり翔の母親が言ったとおり、

「医者になろうっていう人は、最初から選ばれた人」

なのだろうか。が、ここで引き退がるわけにはいかなかった。自分はまだ入り口の扉を叩いてもいない。いま大村が口にしたのは、いちばん金のかかる特進コースというやつだろうと、珠緒はいくらか心を落ちつかせた。

「あのう、私、独学でやってみます」

「独学ねえ……」

大村はうっすらと笑う。翔の母親とよく似た笑いだ。自分はこういう笑いをする人間たちに負けまいと、医大受験を決意したのではないだろうかと、珠緒は息を整える。

「あのね、医大入ろうとするのに独学なんか絶対に無理だよ。そうでなくても君は、ハ

ンディだらけなんだから。でもね、本当にやる気があるなら、ひとつだけ道はあるよ」

大村は立ち上がり、本棚に向かった。そして緑色の大きな封筒を取り出す。それをどさりと珠緒の前に置いた。

「これ、通信教育の申し込み書と案内だ」

「通信教育だって」

声を上げた水谷の方に、大村は顔を向ける。

「そうだよ。島田のことを憶えているか。一級下で、吹奏楽部にいた奴」

「ああ、いつもヘタなトランペット吹いてた奴だな」

「あいつはあの頃から変わってたけど、やっぱり本当に変わってるんだ。現役で東大の理Ⅰに入ったんだけどすぐにやめて、次の年に北大の医学部に入り直した」

「へぇーっ」

「それでどこかの大学病院勤めてたはずなんだけど、医者は性に合わないってわかったらしい。今、自分で哲青塾っていうのをつくって、大学入試の通信教育をやってる。これが、地方の普通の高校生をばんばん東大に入れるっていうんで、いまマスコミでも話題になっているらしい」

「ふうーん、そんなにはしっこいような奴にも見えなかったけどな」

「それで、その通信教育には、医学部特別コースっていうのもある。お前がこのコを連れてくるっていうんで、島田に電話をしておいた。あいつが言うには、高卒だろうと、中卒だろうと、自分のやり方でやれば、絶対に医学部に入れるっていうえらい自信だ。要は本人のやる気次第っていうことらしい。まあ、あたり前のことだけどな。それで宮城さん……」

大村は今度は珠緒の方を見る。こちらを面白がってはいるが、馬鹿にした様子はすっかり消えている。案外いい人かもしれないと珠緒は思った。

「宮城さん、君って根性があるかな」

「あると思います」

迷うことなく珠緒は答えた。

「子どもの頃から、ねちっこいって親にも言われてました。それに今度のことは……」

芝居がかっていると思われようと仕方ない。本当のことだ。これしか他に言いようがない。

「私の名誉と愛がかかってます。だから、私、絶対に諦めることはないと思います」

「な、言ったとおりだろ。面白いコだろ」

水谷が言い、二人の男は小さく声をたてて笑い始めた。

二日後、珠緒は代々木の駅前にある、小さなビルに向かった。なんとここは「哲青ビル」という自社ビルだ。一階、二階は進学教室、三階、四階は事務所になっているらしい。あの後ネットで調べたところ、島田直樹が経営する哲青塾は、通信教育だけでなく、進学教室、家庭教師派遣と多岐にわたっているのだ。それだけではない。島田は五十冊以上の著書を書いている。珠緒は知らなかったが、その中の『勉強は要領、受験はテク』という本は、七十万部以上売れた大ベストセラーで、最近の高校生はみんな読んでいるようだ。

島に帰った弟の亮太に聞いたところ、

「ああ、知ってる。クラスでも勉強する奴はみんな持ってた」

ということである。あの〝飛ばし携帯〟事件の後、亮太は島に帰り母の居酒屋を手伝っている。これは母違いの弟の裕亜からの情報であるが、事件の原因となった中国人女性は、あれから行方不明になったらしい。

「まあ、あれでよかったさー。あの年上のネエちゃんに、リョウタがもっと本気になったりしたら、話がゴチャゴチャしたさー。あっちはダンナや子どももいるんだしさー」

と大人びた口をきく。

珠緒は、モノレールの浜松町まで送っていった時の亮太の顔を思い出す。羽田までの切符を買って振り向くと、いつになく真剣な顔の弟がいた。

「姉ちゃん、本気か」

と聞く。

「ああ、本気さー」

と答えると、下唇を嚙《か》みしめて何度も頷いた。

「姉ちゃんならきっと出来るさー。姉ちゃん、頭よかったもんな。な、きっと医大受かって、あのババアをギャフンって言わせてくれよ。あのババア、オレたちをまるで虫ケラみたいに見るじゃん。お前ら、そんなにエラいのかって感じさー」

ババアなんて言うもんじゃないさ、とたしなめようとしてやはりやめた。今さら弟相手に綺麗ごとを言っても仕方ないと思ったからだ。

「オレさ、母ちゃんに言ってさ、姉ちゃんに仕送りしてもらうようにするさー。オレの貰う日給から送ってもいい。姉ちゃんはさ、オレんちの星なんだから、マジに頑張ってくれよな」

まだ下校時間には早いと思ったのだが、ビルの一階に、制服姿の中学生の姿がちらほらと見える。これもネットのプロフィールによると、大学受験専門の進学教室とは別に、ここには島田塾というものがある。選び抜いた中学生四十人を、島田自らが指導する。東大、京大の進学率がほぼ九八パーセントと書いてあったが、四十人のうち、一人が不合格ということだろうか。

女の子も混じっているが、どの子もきちんと髪を結び、いかにも聡明そうな顔つきだ。

故郷の島でこんな賢気《さかしげ》な子どもを見たことはない。珠緒には全くわからないが、彼らの制服についている桜やペンと剣というマークは、きっと秀才の証であるに違いない。

珠緒の中に、由美子の言葉がまるで呪縛のように甦る。

「医者になろうとする人は、子どもの頃から選ばれた人なのよ」

それはこういう子どもたちなのだろうか。友だちに出会い、嬉し気に話しかけるが、彼らの手にしているのは漫画でも、ゲーム攻略本でもない。表紙から参考書とわかる。女の子の何人かは文庫本だ。

おじけづく心と戦うようにして、珠緒は彼らの横をすり抜け、エレベーターに乗る。三階の事務所へ、島田を訪ねるように言われていたからだ。

扉が開くと、思いの外広い空間と、大勢の人間が目に入った。みな忙し気に電話をかけたり、パソコンに向かっている。壁にはいささか季節はずれともいえるものが貼られていた。大学合格者一覧表だ。東大、京大、上智、といった大学名の下に、名前とバラの花が飾られている。中でも「東大理Ⅲ合格」という貼り紙はひときわ大きい。そして「ボーナス十万円支給！」という文字が躍っている。これは合格させた家庭教師が貰えるものなのだろうかと、珠緒はしばらく見入る。大学受験というものをしなかった珠緒にとって、すべてが初めて目にするものであった。必死で勉強をさせる場所が、これほど雑然として騒がしい場所だとは考えたこともなかった。

コピーをとっていた女が、珠緒に気づき、けげんそうな表情で見た。

「あの、宮城と申しますが、島田先生、いらっしゃいますか」

「四階の応接室にどうぞ」

と女は言った。

小さなビルにはよくあることではあるが、あまり使われていない最上階のエレベーターの前は、物置きのようになっていた。教材やコピー用紙のダンボールの箱が、かなりの高さまで積まれている。その隙間から、「塾長室」と書かれた磨《す》りガラスのドアが見えた。

ノックすると、「どうぞ」という声があり、珠緒は中に入る。この部屋も雑然としていて、机や本棚から資料や雑誌がはみ出している。若者がひとりいて、積んである雑誌を紐で縛っているところだった。たぶんアルバイトか教師のひとりなのだろう。

「あの、島田先生は……」

「僕ですけど」

どう見ても二十代にしか見えなかった。小柄で少年のような体つきをしている。顔のわりには大きな眼鏡をかけているのが、まるでアニメに出てくる少年のようだ。本の「著者近影」の顔と、まるでイメージが違っていた。

「大村さんから話を聞いてたよ。どうぞ、かけて」

島田もデスクに近いソファに腰かけた。ジャケットにフラノのパンツといういでたちは、とても質のいいものだということがひと目でわかる。おそらくブランドものだろうが、よくこのサイズがあったものだと、珠緒はまるで違うことをちらりと考えた。

「宮城珠緒と申します。よろしくお願いします」

珠緒はいったん頭を下げ、顔を上げた。すると相手も自分を観察していることがわかった。それも着ているものの品定めではない。珠緒の奥深いものを見抜こうとしているような目が、眼鏡の奥で光っている。

「はい、わかりました。えーと、宮城さんは沖縄の出身なんだよね。どこの高校」

「はい、県立の首里南高校です」

「首里南高校ね。確かあそこは偏差値が六十二ぐらい。県立としてはまあまあのとこ。今年は六人、琉球大学に入ってるね。それから九大にもひとりだ」

珠緒はしばらく言葉が出てこない。どうして沖縄のいち高校のデータが、寸時に出てくるんだろう。

「このくらいのことがパッと言えなきゃ、進学塾なんかやっていられないよ……。なんて実はね、大村さんから沖縄の出身と聞いて、このあたりの高校かなって、見当をつけておいたんだ」

「それにしても、すごいっす……」

やはり中退とはいえ、東大に入った人は、自分とは違う頭の構造をしているものだろうかと、珠緒は島田の顔を、しげしげと見つめる。はっきりとした違いはないような気がするが、額が普通よりも広い。そういえば大村もそうだった。

考えてみると、沖縄にいた時はもちろん、上京した後でも、東大に行っていた人に会ったことはなかった。そんな人は、遠い別の世界にいる人だと思っていた。ところが、この一週間のうちに二人に会っている。珠緒はどうやら、自分がまるで違う世界に近づいているらしいと感じる。

「宮城さんは、医大に入りたいんだって」

「はい。無理かもしれないですけど、やるだけやってみたいんです」

「あのね、最初から、無理かもしれない、なんて言っちゃ駄目」

島田は急に、中年男のような動作で、顔の前で手をふる。

「あのね、人間はやる気になったら、たいていのことはかなう。あのさ、僕の本、読んでくれたかな」

「はい。『勉強は要領、受験はテク』を読みました」

「その中で、僕は繰り返し言ってるでしょ。頭が悪いんじゃない、やり方が悪いんだって。ここの塾がさ、すっごい評価受けてるの、なぜだかわかる？　そのやり方を教えてあげるからなんだ。他のどこでも教えない、受験にいちばん大切なやり方をね。宮城さん、うちはね、結構君みたいな人、いるんだよ」

「えっ、本当ですか」

「うん。若い時にドロップアウトしてね、高校を中退したり、中学だけで終わっちゃった人」

「私、別に、ドロップアウトしてませんけど」

「そうだけど、高校の時に受験勉強しなかったっていうのは、かなりハンディだよね」

「そうですね……」

「あのさ、僕はね、いろんな本や講演でいつも言ってる。今さ、若いコが平気で学校やめてバイトで暮らしてるでしょ」

珠緒は頷く。翔のことを思い出した。

「あのね、月に二十万のバイトのコは、生涯賃金が七千万だよ。だけどちゃんとした大学を出て、ちゃんとした企業に勤めたら、生涯賃金は三億だ。人生で二億の差がつく。それでもバイト人生選びますか？」

たぶん翔ならば、バイトだけの人生にするに違いない、と珠緒は思った。

それが表情に出ているわけはないと思うが、島田はさらに言葉を続ける。

「僕はね、誤解してる人が多いけど、学歴崇拝論者なんかじゃない。一流大学に行くことだけが、人生の目的だなんて、生徒たちに教えたことなんか一度もないよ。一流大学に入ることなんか、手段のひとつに過ぎない」

「手段、ですか」

「そう、手段だよ。あのさ、いい学校出ている者と、出ていない者との、いちばん大きな差は、いったい何だと思う」

「わっかんないです」

「選択肢の多さ！」

島田は怒鳴るように断言した。おそらく何百回、何千回と同じことを生徒に向かって叫んでいるのだ。

「いい大学を出れば、それだけ職業の選択肢が増えるんだ。いろんな可能性が増えるっていうことなんだよ。ねえ、将来、バイトの生活しか選べない人生に比べて、ずっと素晴らしいことだと思わないか」

「そうですね」

考えてみると、博多の専門学校を出た頃、正規採用で雇ってくれるところはほとんどなく、誘われるままに東京でバイトをする道を選んだ。が、それを、みじめだとも不運だとも思ったことは一度もない。なぜなら、まわりの友人もたいていそんなコースをたどっていたからだ。他の道のことなど、知る以前に、意識したことさえなかったような気がする。そんな珠緒の心を察したのか、島田はさらに畳みかけるように喋る。

「僕がさ、朝のワイドショーにコメンテーターで出た時のことだ。クズ鉄拾いから苦労して這い上がってきた弁護士に、アホな評論家がキレイゴト言ったんだ。クズ鉄拾いも、弁護士もどちらも立派な仕事だ。職業に貴賤《きせん》はないとかさ……。そしたらさすが弁護士は迫力あったねえ。俺は実際にクズ鉄拾いしたから言うが、クズ鉄拾いは誰でも出来る。弁護士は誰にもは出来ない。わかったか、って。僕はいつも生徒にこの話をするのさ」

「つまり、バイトしか出来ない人と、バイトも出来る人っていうのは、まるで違うってことですね」

「そういうことだよ。宮城さんはね、今、努力して人生の選択肢をひとつ増やそうとしている。うちの学校としても、全面的に応援してあげたいと思うよ」

「本当ですか」

なんだ、まわりくどく教訓を垂れなくても、そのことをもっと早く言ってくれればいいのにと珠緒は思った。

「でも、その選択肢っていうのは、特別に細くて、むずかしいものだ。でも宮城さんは、本当にやる気あるね」

「はい、もちろんです。でも……」

「でも……」

「ちょっと不安はあるんです。私、すごくやる気はあるんだけど、ものすごくだいそれたことを考えているんじゃないかって」

「大丈夫」

島田は大きく頷いた。

「僕の言うとおりにすれば、二年間で医大に合格させてあげる」

「えっ、二年間でですか」

「そうだよ。普通あんまり出来ない医者の子どもを私立に入れるのに、僕は一年貰ってるんだ。偏差値五十ぐらいの子どもでも、ちゃんと入れるよ。だけど君の場合は、国立だから二年だ」

ちょっとこれを見てごらんと、島田はホワイトボードの上に、一枚の地図を拡げた。それは日本地図だが、ところどころ☆印と○印、そして△印が記されている。

「これが、全国の医学部医学科のある学校だ」

「へえー」

やっぱり少ない。東北のあたりは、たった、六つの記号しかなかった。

「今日本に、医学部のある大学は八十だ。そのうち私立は二十九校だが、これははずすんだね」

「絶対に無理です。そんなお金絶対に無理」

「じゃ、残りの五十一校だ。この国公立の中から、君の入れる可能性をいろいろ考えてみた」

島田は九州の右下を指さした。

「ここだ。宮崎大学医学部」

「えー！　宮崎大学！」

「そう、このあいだまで、君の出身地の琉球大学医学部がいちばん入りやすいって言われていた。だけど今はここ。宮崎大だ」

「あの、どうして宮崎大なんですか」

「ここはね、前期と後期、二回チャンスがある。それから、面接があるというのも、君みたいな人にはすごくプラスになると思うよ。だってそうだろ。高校生に、医学部への思い語らせたって、たいした違いがあるわけじゃない。だけど君は違う。言いたいことがいっぱいあるだろ」

「別にイ、そんなでもないですヨ……」

恋人の母親に結婚を反対されたばかりか、数々の屈辱の言葉を浴びせられた。その怒りと意地から医者になることを決意した、などというストーリーが、果たして試験官に受けるものであろうか。

「いいの、いいの。これからの二年間でさ、君にはすごいドラマが生まれるはずだから。一度さ、下に落ちていった者が、もう一度這い上がろうとするんだから、こりゃあ、す

ご い感動ドラマだよ」

えっ、自分は下に落ちていたのだろうかと、珠緒は驚愕《きょうがく》する。普通に暮らし、普通に生きてきたつもりであるが、この人たちから見れば、大学にも行かないバイトの暮らしというものは、下に落ちた、ということなのだろうか……。なんとか珠緒は気を取り直した。

「それにね、この二、三年、地方の国立医学部っていうのはさ、志願者が少なくなっているんだ。あ、もちろん旧帝大は別だけどね。宮城さんに勧めてる宮崎大はさ、今年、前年比六十三パーセントだ。なのに国は医学部の定員を増やしてる。これってさ、すごいよ。今まで考えられないぐらいのチャンスなのさ」

「へえー、どうして、そんなことになったんですか」

「やっぱり、東京のコはさ、地方に行きたくないんだよ。うちの生徒見てても、東京の私立と地方の国立受かったら、百パーセント東京の私立へ行くね。学費がぐっと違ってもね」

「何でですかね」

「理由は二つあるよ。私立がここんとこ、大幅な値下げをしてるんだ。それともうひとつはさ、東京で医学部受験するようなコは、たいてい医者か金持ちの子どもだ。大切にちやほや育てられてる。そういうコは、地方の大学へ入って、ひとりで医学部のつらい勉強をしたくない。親もふびんだと思って行かせたがらない。まあ、甘いっていえば甘いよなァ」

「私立の医大って、お金がかかるんでしょうね」

「そうだね。だいたい初年度に払う平均は、八百五十万ぐらいだね。だいたい六年間で、三千四百万かかるはずだ」

「うへーっ」

「私立の場合はさ、名門ほど安いんだから面白いよね。いちばん人気がある慶応医学部はさ、えーと、初年度、三百七十万ぐらいだったんじゃないかな。千五百万ぐらいのところいっぱいあるから、考えられないような安さだ。もし、宮城さんが慶応の医学部行きたいんだったら、あそこは奨学金も充実してるし、バイトもいっぱいあるから私立でも何とかなるだろう。しかし入るのは絶対に無理だ。とんでもない偏差値と志望者だからね」

「はっきり言いますね」

「ああ、僕は不可能なことは言ったりしないよ。宮城さんの受かる可能性がある医学部はただひとつ。ここ、ここなんだよ」

　島田は、手のひらで日本地図を叩いた。その下には、九州の宮崎がある。

「僕も頑張るから、宮城さんも頑張ろうよ。今日、さっそくスタートテストを渡すよ。

そこで君の学力と、得意科目、不得意科目がわかる。僕たちの方針も決まるわけだよ」

「あのー、私がそこでとんでもないバカだってわかったら、どうするつもりなんですか」

「大丈夫。僕たちはプロなんだよ。あの偏差値の高校を出て、社会に出て四年たっている人の学力はちゃんと把握している。ちゃんと君に合う勉強から始めていくから大丈夫だ。どう。ちょっとは自信出てきた」

「自信はまだ出ていないけど、やる気は出てきました」

「そりゃ、いい」

島田は笑った。笑うと本当に高校生のようになる。

「たぶん、受かっても地方の国立行くのはいやだ、なんて言うような、都会のアマちゃんたちには負けないと思います」

「そりゃあ、いい」

「それから、ここの学費、どのくらいかかるんでしょうか。私、今日、ATMでお金おろしてきましたから払えます」

「うちは高くないよ。まず月に五万円のコースをやってもらいます。それと二年間分の受講料は大村さんがもう払い込んでくれてるよ。電話も何度もかかってきて、君をよろしく、だってさ」

ビルを出たところで、珠緒は携帯を取り出した。このあいだ教えてもらった大村の番号にかける。

「あの、宮城です。今、お話ししてもいいですか」

「いいよ。今、オペが終わったとこだ」

「今、島田先生のところに行ってきたところです」

「そう。あいつ変わってるだろ。年齢不詳のアニメに出てくるようなおっさん……」

珠緒と全く同じ感想を口にした。

「それで、島田先生がめんどうをみてくれることになりました。二年頑張れば、何とかなるんじゃないかってことでした」

「あいつ、僕にもそう言ってたな。とにかく二年くれ。二年くれればどうにかなるって」

「それで、とにかく二年間の通信教育を申し込んできたんですが、そのお金を大村さんが払ってくれたって……」

「正確に言えば、まだ払ってないけど、請求書がうちにくることになっている」

「私、きっとお返ししますから。たとえ医大に入れなくっても、このお金、一生働いてきっと返します」

「いいよ、いいよ、気にしないで。僕からのカンパだと思ってくれればいいからさ」

「でも、そんなわけにはいきません。きっとお返しします」

「それよりさ、タマちゃん、医者になってお金入ったら、僕のところへ来てよ」

「えっ」

「タマちゃんさ、目は大きくて可愛いのに、鼻がちょっとね。小鼻をちょっと削って高さを出したら、ガラッと変わるよ。その時にさ、少し顎も出したら、かなりの美人になると思うよ。サービスしてあげるから、きっと来なよね」

「はい、考えときます」

と珠緒は電話を切った。かなりむっとして何かひと言口にしようと思ったが、あれはもしかすると大村独得の励まし方だったのかもしれない。

「医者になってお金が入ったら」

と大村が言ったからだ。いずれにしても、彼の援助なしでは通信教育は受けられなかったのだ。財布の中には十二万円という金がある。さっきATMでおろしたものだ。ずっとバイトをしてためていた金と、母親からの五万円だ。弟が迷惑をかけたからと、送ってくれたものだ。

母からはこんなメールが来た。

「リョウからも頼まれてるし、本当に入り用ならば月々のお金送るよ。遠慮しないでちゃんと言いな」

しかし、最後はこんな風にしめくくられている。

「だけど、人間、いくら頑張ったって出来ないことがあるよ。夢を持つのはいいけど、途中でやっぱり駄目だと思ったら早めに言いな。誰もタマちゃんを責めたり、笑ったりしないよ」

これがおおかたの意見なのだろうなと珠緒は思った。身内さえも珠緒が医大に入れるとは考えていないに違いない。しかしあの島田という男は言ったのだ。

「二年くれれば何とかする」

そして大村は、二年間分の学費を払ってくれた。彼らが面白がっているのか、期待しているのかよくわからない。たぶん半分ずつだろう。しかしとりあえず学費は何とかなった。あとは生活費をどうするかだ。バイトをしながら医大に入れるとは珠緒も考えていないが、翔の時給だけで二人が暮らせるはずはなかった。そうかといって、島にいる母親から送金をしてもらうことなど出来ない。島と東京とではお金の価値が違うのだ。

東京では、一万円を何も考えずに使う人たちがたくさんいるが、島で一万円は大金だ。あの居酒屋で、母が島中の酔っぱらいを一手に引き受けながら、どんなに苦労して一万円を稼ぐかは、たやすく想像出来た。そんな母から五万円もらうのも気がひける。

だが、まあ、何とかなるだろうと珠緒は心を決めた。まだ起こっていないことに、くよくよと悩むのはつまらないことだ。とにかく目の前のことを、ひとつひとつクリアしていく。誰に教わったわけではないが、いつも珠緒はそうしてきた。とりあえず母からの五万円は、これから始めることのために有意義に使うつもりだ。

珠緒は定期で行けるところまで行き、その先の駅で乗り越し料金を払って降りた。郊外の大きな街だ。ここは駅ビルの隣に、売り場面積の広さを誇るホームセンターがあるのだ。珠緒は、カーテンとレール、小さな机と椅子を買った。四万円でお釣りが来た。カーテンとレールだけを持ち、机は送ってもらうことにする。レールは長くて、袋からはみ出す。電車の中に立つ珠緒は、弓を持つ戦士のようだ。

休みの日、珠緒は自分でレールを取り付け、六畳とキッチンの間にカーテンをつけた。冷蔵庫を動かし、その横の野菜や缶詰を入れておいたラックをはずしたら、なんとか小さな机を置く隙間が出来た。もう動きまわることは困難だが仕方ない。

「今日から、ここを私の勉強部屋にするからね」

翔に宣言した。

「悪いけどさ、私がここにいる時は、声をかけないで。それからさ、テレビとかゲームはヘッドホンにして」

「マジかよ……」

翔の目の中には、驚きとは違う、もっと白々としたものが浮かぶ。それは恐怖というものかもしれない。

「そうだよ、マジだよ」

「あれ、あの場限りのことだと思ってたよ。医者になるなんて言ったってさ、もう何年も前に高校を卒業した、珠緒に出来るわけないじゃん」

「それが出来るらしいよオー」

　珠緒は、カーテンの開け閉めを確かめながら、ひとり言のようにつぶやく。出来るなら、ここで言い争いをしたくないのだ。売り場の中でも、いちばん安い生地を買ったので、カーテン地は、赤と黄色の花模様だ。それはあまりにも唐突で、この部屋にふとわき起こった珠緒の決意のようでもあった。

「私、いろいろ調べたんだ。知り合いの人にさ、カリスマ塾の先生みたいな人を紹介された。その人がさ、みっちり二年間やってくれれば、何とかなるらしいよ」

「そんなの、あるわけないじゃん」

　と翔が声をあげる。

「そんなの、あるわけないよ。たった二年間で医大入れるなんてさ」

「だからさ、勉強するわけ」

「あのさ、医者になるって、そんなに簡単じゃないよ。オレ、おばあちゃんにさ、よく大人になったら医者になれ、おじいちゃんみたいになれ、って言われてさ、それでイヤになったことあるんだ。従弟はさ、もう何年も会ってないけど、小学校の頃から医者の跡取りだって、すごく勉強させられてたよ。医者ってさ、ああいう従弟みたいな奴がなるんだよ。珠緒が二年勉強してなれるもんじゃないよ」

「へえー、翔ちゃんって、お母さんとまるっきり同じこと言うね」

「あのさ、お袋のことは悪いと思ってる。珠緒や亮太君に、あんなにひどいこと言うことないよ。でもあの人さ、〝飛ばし携帯〟のことで、警察から電話があったりして、頭がカーッとしちゃったんだよ。だけどさ、そうだからって、珠緒が医者になるなんて、とっぴょうしもないこと言い出すのは、別の問題じゃん、関係ないじゃん」

「関係大ありだよ。あのさ、ここで喧嘩したくないから、私の考えてること、短く言うね。もう何度か言ったと思ってるけど、翔ちゃん、いつも本気にしてなかったから、まるっきり耳に入らなかったみたいだね」

カーテンと机を見て、翔は初めて珠緒の本気を悟ったに違いない。

「あのさ、翔ちゃんのお母さんの言葉にさ、正直ムカついたよ。どうしてこんなことまで言われなきゃいけないのかと思った。だけどさ、同時にさ、このままじゃマズいって考えたよ。もし翔ちゃんと結婚してもさ、私、ずうっとバカにされるんだろうなって」

「それでもいいじゃん。うちになんか近づかなきゃいいじゃん」

「そうはいかないさ。それにさ、何だかんだ言っても、翔ちゃんは、うちのことや、お母さんのこと好きだもん」

「そんなことないよ。好きじゃないから、家を出たんじゃん」

「違うよ。お母さんの期待に応えられない自分がつらくって、家を出たんじゃん」

翔と珠緒は向かい合い、互いの目を探るように見る。こんなことは初めてだ。翔は珠緒の言葉を理解しようと、珠緒は翔をどこまで怒らせていいものかと、様子を窺《うかが》っているのだ。

「あのさ、出来るか出来ないかわかんないけどさ、とにかく私、やってみたいワケ。最初はさ、翔ちゃんのお母さんへの意地かな、って思ってたんだけど、それだけじゃないって、わかってきた」

「何だよ、それ」

「何かさ、やってみたくってさ、挑戦してみたくってさ、体がうずうずしてきたワケ。あのさ、私、この年になるまで、死ぬほど頑張ったことないワケ。翔ちゃんと結婚出来たらそれでいい、って思ってたんだけど、どうもそうじゃないらしいんだ。とにかく私やるつもり。だからそれをわかってほしいんだよ」

「そんなに頑張るって言ったってさあ、何も無理することないじゃん。今までだってさ、結構楽しく、うまくやってきたんだもん」

「そりゃあ、そうかもしれないけどさ……」

珠緒はそこで言葉を呑み込んだ。自分の中でもよく整理出来ていないことを、どう説明したらいいのかわからないのだ。自己啓発本など、目にしたこともない。テレビで誰かが説教がましいことを言い始めたら、すぐにチャンネルを替えた。それなのに今、自分が口にしようとしているのは、そういったものと似ているかもしれないのだ。とても恥ずかしい。まさか自分が、そんな感情を手に入れるとは思ってもみなかった。けれどもやはりそれを翔に告げなければならなかった。もしかすると、その言葉が、自分と翔とをいくらか隔ててしまうとしてもだ。

「あのさ、だけど、もっと楽しくうまくやってけるかもしれないじゃん。そっちの先ってさ、私たち一度も見たことがないよ。だったらさ、一生に一度ぐらいは、頑張ってあっちの方に行ってもいいかもしれないじゃん」

「だけどさ、もう遅いよね。二十歳過ぎてんだし」

「そんなことないよ」

大きな声が出た。

「今まで私、自分のこと、もう二十二歳だ、って思ってたけど、この一ケ月ぐらいで考え方変わった。まだ二十二歳じゃん、ってはっきり思うようになったんだ。いろんな人に会ってね。〝もう〟と〝まだ〟じゃ、すごく違うじゃん。なんかさ、頑張る、っていうのはさ、自分の寿命を延ばしていくような感じがするんだよね」

「ふうーん」

翔は祖母に以前言われた言葉を思い出した。

「二十歳だけど、もうあんたは死んでる」

と言われたのだ。あれは今の言葉とどこか繋がっているような気がする。

「とにかく頑張ればいいじゃん」

そんな言葉がするりと出た。そう思ったのは事実だが、めんどうくささも二割ぐらい混じっている。翔も珠緒と同様、ここでとことん議論などしたくない。また出来やしない。

「応援出来るところは応援するしさー」

「翔ちゃん、嬉しい！」

体ごとどーんと珠緒は抱きつく。

「こんなに頑張るのも、翔ちゃんのお嫁さんになりたいからだよ。本当だよ」

第九章　福原家のこと（五）

六本木ミッドタウンで、軽いランチをとったあと、可奈は公園を抜けてオフィスまで戻る。

明日から七月になるというのに、陽ざしはもう真夏のように強く、黄金色の矢印が腕をさすようだ。が、それが買ったばかりの、セオリーの白パンツを輝かせる結果となっていることに可奈は気づく。

朝、もう一度髪を濡らし、念入りにブロウした髪はふんわりと肩のへんで揺れている。黒い麻のジャケットの下で、これまた左右に揺れているものは、恵まれたＯＬの証のようなＩＤカードである。

このあたりで若く綺麗な女など全く珍しくもないが、それでも可奈の高揚した気分は目立つものを発しているのだろう。時々視線を送ってくる男たちがいる。

「ああ……、なんか、幸せ」

毎朝おしゃれをして会社に出かけ、時々はミッドタウンで昼ご飯を食べる。そして男たちの視線を浴びながら、この素敵な街を歩くのだ。人形町だったらこうはいかなかったであろう。

今年のはじめから、可奈は内定を貰っていた企業を蹴って、派遣会社に登録することに決めた。

「一部上場のちゃんとしたとこじゃないか。お前みたいな甘ったれた人間は、一回ああいうきちんとした職場で、修業させてもらった方がいいんだ」

と父の健治は言ったけれど、なんて古くさい考えなんだろうかと可奈は鼻白んだものだ。内定が決まっていた会社は、確かに堅実なところで、この不景気でも業績はわずかながら伸びている。が、機械ネジを扱うその会社は人形町にあり、毎朝甘酒横丁を通って行かなくてはならない。それよりも可奈が我慢出来なかったのは、女性社員の制服である。紺色のベストとスカートという制服は、昭和五十年代から変わっていないというのだ。

「今の世の中、正社員になれるだけでも有り難く思いなさい」

と父は言ったが、正社員というものが、それほど魅力的なものであろうか。

「こんなダサい格好させられて、給料だってそう高くはないし、いろいろ引かれるばっかりじゃん」

「そうよ、福原さんの言うとおりよ。お父さんのおっしゃることは、もう大昔の価値観よね」

研修中に親しくなった、派遣会社のインストラクターは言ったものである。

「マスコミがね、製造派遣も、うちみたいな高度な派遣も一緒くたにして、ハケン、ハケン、ハケンっていうシステムが悪いって言ってるけど、全く冗談じゃないわよ。つまんないところの正社員になるよりも、好きなところの派遣になりたい、っていうのは、もう自然な流れなんだから」

ここの派遣会社は、そう大きくはないが、その分、研修や教育がいきとどいていて、派遣員の質がいいことで定評がある。大手よりもずっとめんどうをみてくれるからと、女子大の先輩が紹介してくれたのだ。

「福原さんは確か、商社が第一志望だったのよね」

「そうです。ですけど二次で落ちました。去年商社は、まるで宝くじあてるみたいなもんだって」

「そうよね、でもね、うちは商社や広告代理店にすごく強いのよ。正社員でダメだった一流企業に、派遣として入れるのよ。しかもね、うちの女性は、職場で認められてね、三、四ケ月したら正社員になる例がすごく多いの」

「本当ですか」

「そうよ。毎年うちから人を送ってる○○製鉄はね」

日本を代表する大企業の名を挙げた。

「四人が四人とも正社員になって、しかも社内で結婚したのよ。うちの社長は四回、披露宴に出席して、うちがどれほど御社に貢献してるかってスピーチしたの」

それこそ可奈の望むものであった。正社員として地味なところに行くよりも、派遣として華やかな職場に行った方が、はるかに賢い道である。

「福原さんは新卒だし、派遣会社でこういうことを言っちゃいけないんだけど、確かに美人だから強いわよ。行きたいところに行けるわよ」

可奈は商社の名をいくつか挙げたのであるが、そこはあまり勧められないと彼女は言う。

「商社の正社員の女性っていうのは、そりゃあプライドが高いからねぇ。福原さんみたいな若い綺麗な人が、派遣で行ったりすると、いろいろイヤなめにあうわよ」

「えー、そうなんですか」

「そうよォ、一時期、商社で派遣の女性がどっと増えたり、派遣の女性ばっかりになった時は、本当に大変だったのよ。私もよく悩みを聞いたわ。派遣の女性は、結婚相手めあてにこの会社に来たって、正社員の女性たちはもの凄い敵愾心《てきがいしん》を持つみたいね」

可奈はどきりとする。世の中の女というのは、どうしてみんな同じようなことを考えるのだろうか。そして、どうしてたやすく見透かされるのだろうか。

「これもよく聞く話だけど、独身男性が、派遣の女性と結婚したりしたら、社内から総スカン、っていうわよね。まぁ、商社の女性は、コネが多いし、いいとこのお嬢さんもいるから強気よね。私ね、福原さんには、IT企業をお勧めするわ」

「えー、ITですか。この頃は落ち目って聞いてますけど」

「そんなことはないわよ。伸びてるところは伸びてるわ。若い社員のほとんどが派遣、っていうところがあるから、働きやすいわよね。創業当初から、うちと取引のある企業も幾つもあって、何人もの女性が行っていますよ」

ということで紹介されたところが、ソーシャルネットワーキングサービス、新しいコミュニティをつくる会社だ。三十八歳の社長は、大手のIT企業から独立し、あっという間に社員二百人の企業に育てたのだ。六本木のミッドタウンの近くのビルに、三《スリー》フロアを借りているが、近々引っ越すかもしれない。ミッドタウンの中にオフィスを構える予定があると聞いて、可奈はとび上がって喜んだ。

「ミッドタウンのオフィス！」

六本木ヒルズも大層人気があったが、今はミッドタウンの方が華やかなイメージがある。そうなったら、もっと洋服を買わなくてはならない。

広報のアシスタントという職について、時給は千五百円。派遣といえどもそこから保険がさし引かれるので、可奈の毎月の給料は二十二万から二十三万円程度だ。しかし自宅から通う可奈は、ほとんどを小遣いにしている。

勤め出した頃、母の由美子は三万円でもいいから、食費として家に入れるようにと言ったものだ。しかし、

「派遣だもん」

のひと言ではねつけた。

「明日はどうなるかわからないし、毎月、決まった額を家に入れるなんて絶対に無理」

「だって、正社員を蹴って派遣になったのはあなたでしょう」

「だってさ、考えてもみてよ。いくら正社員だからって、ダサい制服着せられるところだったのよ。まわり見たって、若い男の人なんかいないと思うわ、たぶんね。ママはさ、私が一生お嫁にいかないで、地味なOLになってもいいワケ」

由美子は返事に詰まる。ジムやカルチャーセンターで、年上の友人たちから聞かされる愚痴は、決まって息子や娘が結婚しないということなのだ。特に娘の場合は身につまされる。

「四十過ぎた娘に、家でゴロゴロされてる身にもなって頂戴。福原さん、私はもう孫は諦めたの。本当に私は、娘の育て方を間違えたわね」

そんな話を聞かされるたび、うちの娘は大丈夫だろうかと、由美子は自分に問うてきた。自立や生き甲斐ある仕事、などということははなから考えていない。収入のある男と結婚し、安逸な生活を手に入れてから、自分の好きな道を探す、というのを人生の目標にしている娘。上昇志向が強く、自分の若さが通用するうちにと、いろいろ策略を立てている娘。これが自分の考えていた理想の娘だったろうか。違うような気もするのであるが、反論する言葉も持てないのが現実だ。ただ気がつくと、由美子は知らず知らずのうちに、可奈に手を貸している。

「女性が少ない分、着てるものがすっごく注目されるのよ。ね、新しいバッグ欲しい。社会人っぽいちゃんとしたやつ」

と言われれば、財布の中から小遣いを渡したりしている。可奈は、卒業してからますます綺麗になったと、よく近所の人からも言われるが、それは自慢であった。

「私がいちばんいけてる時期に、うんとおしゃれして、髪も爪もピカピカにしなきゃ。だってこの時期、いい男をつかまえなきゃならないんだもの」

可奈の無言のメッセージに、心のどこかで同調しているのかもしれない。

広報部といっても社員は三人だけで、アシスタントは可奈ひとりだ。男たちは誰もが若いが二人は結婚していた。残るひとりは、眼鏡、小太り、といった典型的な〝オタク〟タイプだ。

可奈はもとより、この会社の男たちを、結婚の候補者とは考えていない。以前ならともかく、ＩＴ企業の給料は、世間で言われているほどではなかった。莫大《ばくだい》な収入を得ているのは、この会社の創業者である社長だけだ、ということは勤め出せばすぐにわかる。可奈の仕事は、ホームページやプレスリリースの作成を手伝ったり、マスコミからの取材の対応をしたりと、そうむずかしいことはない。ここの社長は、

「次世代のＩＴ産業の旗手」

として、雑誌に出ることが最近増えているのだ。彼も表に出るのが好きらしく、最近はテレビのコメンテーターもしている。二番目の、ハーフの美しい妻と共に女性誌のグラビアに出ることもある。

そのため、出入りしているマスコミの人間も多い。その中の何人かから、時々食事の誘いを受けるが、可奈はまっぴらだと思う。学生時代、合コンに時々マスコミの男たちが紛れ込んでくることがあった。大手の代理店に勤めている男たちよりも、もっと人慣れしている連中だ。雑誌の編集者やテレビ局のディレクターだった。

「あの人たちって、結婚してるくせにさ、平気で合コンに来るって、本当に図々しいんだから」

同級生のひとりは言ったものだ。

「ああいうのと、つき合うとろくなことはないわよ。話は面白いし、遊び慣れてるんだ

けどさ、どうせ不倫の相手にされるぐらいなんだから。私の知ってるテレビ局のプロデューサーなんてさ、五十のオヤジのくせして、僕には二十代と三十代の〝セフレ〟がいるんだ、なんて威張ってんのよ」

〝セフレ〟というのは、「セックス・フレンド」の略であるが、可奈たちの年代だとまず使うことはない。

「それにさ、独身のマスコミの男と結婚したって、どうせ浮気されるんだから。あの人たちってさ、浮気なんて、うがいするのと同じぐらいの感覚なんだから」

嫌な思い出があるのか、彼女は口をきわめて罵《ののし》ったのである。

「それにさ、出版社もこの頃本が売れないから、どこも大変みたい。誰でも知ってる大手のとこだって、赤字出している世の中なんだものねぇ」

可奈と同じように、大学二年生の頃から合コンに精出していた彼女は、大変な事情通であった。東京中のあらゆる職種の男たちのことに詳しい。どうやら、マスコミ関係の男とつき合っていたことがあるのではないかと、まわりの者たちは推理している。

「そこへいくと、やっぱり外資の証券とか金融は強いわよねぇ」

「えー、だって、例のショックの後は、外資の人たちって、次々とクビになってたじゃない。あんなの、いっときの夢だった、っていろんなとこが書きたてたじゃないの」

「あのさ、会社の景気が悪くなって、落伍していく人って、所詮それだけの人なんじゃないの。本当のエリートたちって、ちゃんと生き残ってるもの。私の知ってる、東大法学部卒の人は、転職するたびに、ものすごい好条件で迎えられてるわ。外資の人たちが、みんなしょげてると思ったら大間違いで、一億のお給料貰ってる人は、今でもちゃんと貰ってるのよ。やっぱり東大を出てる人って、本当に強いと思う」

そんな話をしていた折も折、久保田から電話がかかってきた。東大大学院卒で、広告代理店に勤めている男だ。よく可奈たちを誘っては、合コンを開いていた。可愛い女の子たちを募って、男たちから金をとっているのだと陰口をきく者は多いが、可奈は久保田が嫌いではない。軽いことは軽いが、女の子たちに対しての気配りが、実にゆきとどいていたからだ。

だからケイタイの表示に、久保田の名前を見た時、可奈はすっかり嬉しくなった。

「お久しぶり、元気してた？」

「よォ、ご無沙汰《ぶさた》。どう、可奈ちゃん、勤め楽しい？　なんでも、〝第二のミクシィ〟って言われる、すごいＩＴ企業に勤めてるんだって」

「派遣よ、派遣。それより久保田さん、私が女子大生じゃなくなったら、すっかり誘ってくれなくなったわね」

「悪い、悪い。こっちも忙しくて。それより今週の金曜日あいてる？　外資の連中が集まるんだけど、顔出してくれたら嬉しいなァ」

六本木のスターバックスで、久保田と待ち合わせをした。一階では落ち着かないので、二階に上がり、可奈はうんざりした気分になった。

コーヒー一杯でねばることの出来る喫茶店というものは、街からすごい勢いで消えていて、ここ六本木では探し出すのがほぼ困難だ。その分、みんなスタバに集中している。二階の席は、パソコンを打つ客、居眠りをして時間を潰す客で、ほぼ満席だ。かろうじてトイレの横に、二人分座るスペースがあった。

いつものように、時間きっかりに久保田がやってきた。手にはシャンパンが入ったエノテカの紙袋があった。

「可奈ちゃん、久しぶりだねぇ」

「本当。ずっとご無沙汰だったわ。もう女子大生じゃない私になんか、お呼びがかからないんだわ、ってひがんでたんだから」

「ご冗談。きっと社会人になって忙しいだろうって遠慮してたんだ」

「本当かしら」

「そうだよォ。可奈ちゃん、また一段と綺麗になっちゃってさ。もう会社でモテモテで、大変でしょ」

今日の可奈は、ピンク色のワンピースに、ハート型のネックレスを垂らしている。どこから見ても「合コンスタイル」であるが、友人が来られなくなり、女の子は可奈ひとりなのだ。張り切るのは当然のことであった。

「そんなことないってば。ゼーンゼンそんなことなし。ＩＴ企業で、お金持っててカッコいいのは、創業者の社長だけって、この頃やっとわかってきた。だからみんな、すぐに独立したがるのね」

「アハハ、そうかもね」

久保田はいつもおかしそうに笑う。そういうところはとても律儀であった。他の女の子の発する、そう面白くないような言葉にも、いつも声をたてて笑うのだ。それが彼のやり方だとわかっていても、可奈はいつも嬉しくなる。容姿だけでなく、気のきいたセンスある女の子だと、頭の中まで誉められているような気がするからだ。

「今日はさ、合コンっていっても、自分ちのパーティーだからさ、ま、適当な時間に帰ってよ。もちろんゆっくりしてってくれたら、みんな喜ぶけど」

二人は坂を下って、東洋英和の方に向かう。国際文化会館もあるこのあたりは、邸宅跡地に立つ、豪壮な低層マンションばかりだ。

「ねえ、今日パーティー開く人って、こんなすごいとこに住んでるの」

「ヨーロッパ系の証券って、この頃また元気取り戻してるんだよね。それにさ、外資の奴らって、給料がすごいじゃん。だからあらかじめさ、税金対策で、給料から家賃引いてもらってんだよ。みんな、すごいとこに住んでるよ。三十代でも、五、六十万の家賃なんて普通なんじゃないの」

「へぇーっ、だからみんな、六本木や麻布に住んでたのね。すごい給料もらってるから、ああいうとこに住むんだと思ってたけど」

久保田はイタリアンレストランの前に立ち、ここだとひとり頷く。傍らから入るエントランスなのだ。インターフォンで呼び出し、エレベーターに乗った。三階に着く。右に進むと、ワイシャツ姿の男が、ドアを半分開けて待っていてくれた。

「遅かったね。どうしたかと思ったよ」

「いやあ、ごめん、ごめん。僕の仕事がちょっとあってさ、待ち合わせを七時にしたから」

「こっちのお嬢さんだけでも、先に来てもらえばよかったのに」

いかにもネクタイをはずしたばかり、といった感じの、ワイシャツのはだけた胸から首に迫って薄い胸毛がのぞいている。そのわりには頭髪は淋し気だった。三十四、五と可奈は見当をつける。たぶんこの部屋の主で、高崎という男であろう。父親の仕事の関係で、ずっと海外で過ごし、日本に戻ってからもアメリカンスクールに通っていた。そこからアメリカ東部の大学に進んだエリート、というのは久保田の説明であったが、目の前の男は冴えない容姿の、やや老けた男だ。ワイシャツ姿にグレイのズボンといういでたちのせいか、田舎の公務員に見える。

「こちら高崎俊輔さん。えーと、それから……」

「トニー」

少々酔っているらしく高崎は叫んだ。

「シュンスケっていうのは言いづらいらしく、あっちではトニーで通してました」

「こちらは、福原可奈さん」

「はじめまして。お邪魔します」

「久保田が、ピカイチの、すごく綺麗な女の子を誘うからって、僕たちすごく楽しみにしていたんですよ。さあ、どうぞ。狭いところですけれど」

狭いなどということはまるでなかった。三十畳ほどの広いリビングルームには、外国製とひと目でわかる大きなソファセットが置かれ、そこに二人の男が座っていた。どちらも中肉中背の、これといって特徴のない男たちだ。テーブルの上には、ワインや、下のレストランから運んでもらったらしい料理が並んでいた。

「やあ、いらっしゃい」

「男ばっかりですいませんね」

男たちは如才なく、可奈のために席を空けてくれた。

「福原可奈と申します。はじめまして」

「川口です」

「西渕です」

男たちは名刺をくれた。川口の方は有名なアメリカの証券会社の名前があり、西渕の方はあまり聞いたことのない、長ったらしい会社の名が記されていた。

可奈の名刺には、企業の名と広報部とだけある。もちろん派遣とはひとことも書いていないし、可奈も口にしない。

勤め始めてわかったことがある。世の中の人たちは「派遣」と聞くと、少々軽んじる傾向がある。これほど派遣社員が増え、企業の形態自体が変わってきているというのに、人は「正社員」が好きなのだ。特に男性は。

「へえー、あそこに勤めてるの。すごく伸びてますね。おたくの社長、この頃よくマスコミにも出てくるし」

西渕はＩＴ産業に詳しいらしく、可奈の勤める会社について、あたりさわりのないコメントを幾つかする。

「可奈ちゃんはこのとおり可愛くていいコだから、僕たちの仲間うちでもすごく人気があったんだ」

「そんなことはないですってばー」

「本当だよ。だからさ、僕は可奈ちゃん、本当はアナウンサーなんかぴったりだと思ってたんだけどねぇ」

女性ひとりということもあり、今夜の久保田は可奈のことを大層持ち上げてくれる。

「僕ね、フジテレビのアナウンサーと、大学の同級生なんですよ。ほら、朝のあの番組に出てる」

川口がぼそっと口をはさんだ。そのアナウンサーは、才色兼備の東大卒で知られている。そうか、この男は東大卒かと、可奈の中の点数がいっきに上がった。

それからしばらくは、〝同級生ネタ〟ということになった。

南半球の国に本店がある銀行に勤める西渕は、慶応卒業で同じゼミに、有名政治家の息子がいたという。

「へえー、ハンサムですか」

「うん、お父さんとは似ても似つかない顔だよ。政治家の奥さんって、たいてい美人だから、お母さんに似ると、結構いいんじゃないの。そりゃ、コイズミさんちの息子たちほどイケメンじゃないけど」

それにさと、西渕はグラスにじゃぶじゃぶと赤のワインを注ぐ。みんなかなり酒に強い。

「でもさ彼ってさ、慶応っていっても、ニューヨーク慶応だからさ、やっぱり本当の慶大生ってわけじゃなかったし……」

ああーねと可奈もあいづちをうった。慶応ニューヨーク校は、高校の分校になるが、卒業生はほぼ全員慶応大学に入学出来る。授業料と経費は大変な額になるが、このコースをめざして、日本から子どもを進学させる親は結構いるのだ。

「なんだかさ、この頃、大学入試に、やたら抜け道、多くないか」

と川口が言う。

「なんか僕は、AO入試っていうのはどうかと思うな。この頃数がどんどん増えてるけど、本当にいい学生が入ってるのかな。自分の売り込みがうまい子が、早々に合格決めてせっせと受験勉強している同級生尻目に、秋から遊びまわってる」

「うちの従弟が、公立から受験して大学入ったら、まわりはみんなAOと推薦でびっくりしていたなあ」

大学入試の話題となると、みんながやたら張り切り出した。

「それにしてもさ、AOとか帰国子女とか、推薦の奴らとさ、ちゃんと受験で入った奴とを区別してほしいよな。レベル低いのが、混じってるよな。AOと推薦は問題だって言いながらさ、学校も文科省もちっとも動きゃしない。それにさ、このところ大学院だけ高め狙う学歴ロンダリングも増えてるしさァ」

こんな言葉を、久保田さんはどんな気持ちで聞いているのだろうかと可奈は、なにやら心配になってきた。

エリートといわれる人たちは、その中でまた厳密に区分けを始める。

出来るならば、メッキのない本物のエリートで、しかも他人のことをあれこれ言わない大らかな男はいないものかと、可奈はいつも考えている。

ワインの瓶が四本空になった頃、そう盛り上がらないままお開きということになった。このまま二次会に流れるかと思ったのだが、川口も西渕もマンションを出るやいなや、タクシーをとめて乗り込む。まだ九時を少しまわったぐらいだ。

「外資は朝が早いからね。特にディーラーはさ」

久保田さんが言う。

「もうあっちのマーケットは開いてるからさ、たいてい七時前には会社行ってるね。早い人は六時には行ってるんじゃない」

「だったら遊ぶ時間がないじゃないの。いくらお金貰っていても」

「だから彼らはさ、短い時間にいいワインをがんがん飲む。狙った女の子はすぐに口説く。株屋の習性さ」

「ふぅーん」

「この頃さ、外資の連中とつき合ってわかったんだけどさ、彼らって、本当に美人が好きだね」

「あら、男の人だったらみんな好きなんじゃないの」

「いや、それがね、可愛けりゃ、とりあえずいいっていう感じ。後、びっくりしたんだけど、彼ら、受付嬢と結婚する例が、すごく多いんだよな」

「受付嬢ねぇ……」

派遣会社で職種の希望を言う時、受付ははなから頭になかった。企業の華といわれる仕事だが、容姿の問われ方はかなり露骨だ。可奈のまわりでも「受付嬢と結婚した」男には、かすかに揶揄《やゆ》するニュアンスがついてまわる。本当に美人が好きなのだ、という感情が混じるのだ。

「今日は、いまひとつだったかなァ」

と久保田さんが、どことなく機嫌をとるように尋ねた。

「そんなことないわ。ここのところ、お地味なOLやってたから、久々にエリートいっぱい見たって感じだし」

「あのさ、外資っていってもいろいろだから。今日の連中はさ、ちょっと固すぎるけど、話も面白くて、気がきいてるのもいっぱいいるからさ。また誘うよ」

「お願いします」

「本当だよ。可奈ちゃんレベルのコは、なかなかいないからさ。来てくれるだけで、みんな大喜びするし」

律儀な彼は、最後まで可奈を喜ばせることを忘れない。これからもうひとつパーティーに顔を出す、という久保田と交差点のところで別れ、可奈は地下鉄の駅へと向かう。

からであった。

交差点を渡ったところで、メールの着信音が鳴った。見るとさっき会ったばかりの高崎からであった。

「今夜は何のおもてなしもせず、失礼しました。これにこりずにまたいらしてくださいね。うちはよく、友人が集まってワインを飲みますので」

慣例に従い、三人の男とメールアドレスを交換したのであるが、いちばん先に連絡を寄こしたのが、地味な彼だったのは意外であった。

これといって強い印象も残さず、全く魅力も感じなかった男であるが、可奈はすぐさま返事を打つ。

「とても楽しいひととき、ありがとうございました。知らない世界のお話を聞けて、とても楽しかったです。また何かありましたら、お誘いください」

興味を持てなかったとしても、その水脈は断ってはいけない。その男性のまわりには、多くの条件を兼ね備えた男性が必ずいるはずなのだから。

可奈はさきほどまでいた高崎のマンションを思い出す。素敵な部屋であった。東京の一等地にありながら、広いリビングの他に、あと二部屋あるらしい。キッチンも最新のものだ。可奈はそこに主婦として立つ自分を想像する。が、傍らにいる男は、もう少し見栄えのする方がいい。川口ならまだ好みだと、可奈は人形遊びのように、中の人物を入れ替えていく。

木曜日の午後、満津枝は庭に出てガラス瓶を干しているところであった。もう強くなった陽ざしが、さまざまな形のガラス瓶を殺菌消毒してくれるはずだ。これをもう一度熱湯につけて、満津枝のジャムづくりは始まる。今回はミカンだが、苺に桃、ブルーベリーと、春から始まる満津枝のジャムは果物の甘みが生きていると大層評判がいい。

出来上がると「ＭＩＴＵＥジャム工房」という愛らしいシールを貼る。これは二世帯同居している孫が、パソコンでつくってくれたものだ。シールを貼ったジャムの瓶を、満津枝は東京に住む別の孫に送る。同居している孫と違い、この子は学校の勉強はあまり出来ないが、とても優しい。私にはわかる。だからつまらない女にひっかかったりするのだと、ため息をつきかけ、満津枝は思わず大声をあげた。今、思い出している最中の当人が、そこに立っているではないか。

「翔ちゃん、いったい、どうしたのよッ」

「今日、バイトが休みだから。いいー？」

「もちろんよ。さあ、入りなさいよ」

翔はいつものようにジャンパーにジーパンといういでたちだ。それがおしゃれなのかよくわからないが、ジーパンにはところどころ穴が空いている。が、手足が長いので、とても格好よく見える。見かけからいえば、同居の孫とは比べものにならないほどだと満津枝はかねがね思っている。この容姿で、まともな学歴さえついてくれば、どんな人生もかなうだろうと、満津枝は口惜しくてならない。が、それはもう済んだことだ。老後のためにたくわえておいた預金通帳を差し出し、これでやり直しなさいと言った時、孫はきっぱりと断ったのだ。

「海外にも行きたくない。学校にも入りたくない。今のままですごく満足しているから」

ああ、世にも恐ろしいことを聞いた。自分と血を分けた者が、これほど無気力であることに絶望しない者はいないだろう。が、あれから一年以上たって、満津枝はやっと気を取り直したところだ。

あれが今どきの若い者の生き方なのだろう。それならば手を差し延べることなどすまい。無念といえば無念であるが、たったひとつの救いは、この孫の行く末を見ないで自分は死んでいくことだ。それにしても、孫はいったい何のためにここに来たのか。

「翔ちゃん、よく来たね。お腹は空いていないの」

満津枝は翔を、いそいそと招き入れお茶をいれ、柿をむいた。何度か失望している孫であるが、やはりこの子は可愛い。男の子を持たなかったせいで、初めての男の孫が生まれた時は、大喜びしたものだ。形のいい鼻と唇が、死んだ夫に似ていて、頭のいい子どもになるに違いないと確信を持った。今でもそれを、完全に捨てることが出来ない。

二十歳になったら変わるかもしれない、という期待はなくなったけれども、もしかすると三十歳になると、俄然やる気を出すかもしれないではないか。この子は単に〝晩熟《おくて》〟なのだ。つまらない女の子ではなく、人生をよく知った人間が近くにいて、噛んで含めるようにいろいろなことを教えてくれたら、この子はきっと変わる。私にはわかると、満津枝はいつも自分の胸につぶやくのである。

『おかめ屋』のうどんでもとってあげようか。今の時間ならすぐに持ってきてくれるよ。翔ちゃんの大好きな天ぷらうどん」

このあたりはうどんの名産地で、出前でもかなりの味のものが食べられる。子どもの頃から翔は、近くの店の天ぷらうどんが大好物で、遊びにやってきた時は必ず注文したものだ。

「いいよ、そんなにお腹が空いてないからさ」

「だって、ちょっと前までは、ご飯のすぐ後でもうどん、うどんって言ったじゃないの。あなた、ちゃんと食べてるの。おばあちゃんから見たら、ちょっと痩せ過ぎだよ。どうせ、毎日、カップ麺とか、菓子パンとか、そういうものを食べてるんじゃないの。ああいう栄養のないものばっかり食べてるから、今の若い人って、ひょろっと背は高いけど、なんか元気がないのよね」

翔は黙っている。「うるさいなァ」で始まるいつもの反撃を予想していた満津枝は、少々拍子抜けの気分だ。今日の翔は、大人過ぎる。

「あのさァ……」

彼は言った。

「お金貸してくんないかな、お金。五百万ぐらい」

「五百万ぐらいって、翔ちゃん……」

満津枝は口をあんぐり開ける。借金を申し込みにくる翔など、全く想定外であった。

「翔ちゃんが、まさか、私のところへお金借りにくるなんて、びっくりだよ。それも五百万なんて大金」

「だって仕方ないじゃん。入り用なんだからさ」

翔はふくれる。その曲がった唇は少年のおもかげを充分に残していて、五百万という金とどうしても結びつかない。

「ほら、おばあちゃん、前に言ったじゃないか。今、一千万円あるから、それで海外にでも行けってさ。一千万なんていらない。その半分の五百万でいいから、貸して欲しいんだけど」

「五百万でいい、なんて言いぐさはないだろう」

満津枝は怒鳴った。

「私が一生懸命働いて、寝たきりになった時の用心と、お葬式代に貯めてたお金なんだよ。五百万っていったら、すごい大金だよ」

「だけど、お願いだよ。どうしても貸してほしいんだ」

「まさか、あの女の子のためじゃないだろうね」

「そう」

「馬鹿馬鹿しい」

満津枝は笑い出した。孫の真剣な顔つきさえおかしい。無知ということは、なんと怖いもの知らずなのだろう。全くこの子は何も知らないのだ。

「お母さんから聞いてるよ。何でも医大をめざして勉強する、って言い出したんだって。高校卒業して何年もたった人に、そんなことが出来るはずがないじゃないの。もし、そのために使う、なんて言うんならお断りだね。私はね、そんなホラ話のために、ムダ金を使う気はしないよ。振り込め詐欺にひっかかるようなもんじゃないか」

「珠緒は一生懸命なんだよ」

そう、そう、タマオ、という名前だったと満津枝は思い出した。翔は知らないだろうが、四十年前に飼っていたブチの雑種の猫が、タマオという名前であった。ネズミをつかまえない役立たずのうえに、オートバイにはねられて死んでしまった。本当に間抜けな猫であった。人間のタマオの方も、たいしたことはないらしい。下品で不器量な娘よ、と由美子は言ったものだ。

「あなたのお母さんも同じことを言ったと思うけれどね……」

満津枝は語り出す。語らずにはいられない。

「お医者さんになるなんて、並たいていのことじゃないの。階上《うえ》のタクちゃんだって、中学の時から一生懸命勉強して、ようやく国立の附属高校に入って、そこでも頑張って、やっと医学部に入れるかどうか——っていうものなのよ。それなのに……」

注意深く言葉を選び出した。

「沖縄の離島で育った、普通の子なんでしょ。大学にも行かなかったんでしょ。それなのに、どうして医学部に入れるのよ」

「だけど、珠緒はすごいやる気なんだよ。バイトしながら、勉強始めたんだけど、毎日大変なんだよ。課題こなすのに朝までかかって、ふらふらしながらバイト行ってる。五百万あればさ、二年間、ううん、三年間、珠緒をちゃんと勉強させてやれると思うんだ」

「うーん、それはちょっと無理なんじゃないかなー」

本当は〝冗談じゃないよ！〟と一喝したいところであるが、満津枝は優しい、幼児に言いきかせるような口調になる。こちらの方が効果的だと判断したからだ。

「その珠緒さんって、高校を出てからかなりたっているんでしょう。それだったら無理よねー。今さらやったって、どうしようもないんじゃないの」

「それ、おかしいじゃん」

翔は祖母を見据える。こちらがたじろぐぐらいまっすぐな視線だ。今まで、この孫がこれほどはっきり、人の目を見たことがあるだろうか。

「おばあちゃん、いつも僕に言ってるじゃないか。このあいだも言ったよ。一千万、くれる、くれない、っていう時にさ。人生はいつでもやり直しがきくって。今からだって充分に間に合うって。だから頑張りなさいって、確かに言ったよ」

「うっ……、それはね」

「それなのに、珠緒のことは、今さらやったってどうしようもない、って言うの、おかしいじゃないか」

「それはね……」

やっと態勢を立て直した。

「その子と翔ちゃんは、モトが違うの。あなたはそういう育ちで、そうなるべき人なの」

「そうなるべき人、ってどういうことなんだよ」

「だってね、翔ちゃんの死んだおじいちゃんは、みんなからとても尊敬された優秀なお医者さんだったのよ。翔ちゃんのお母さんだって、子どもの頃から優等生でね、地元《ここ》の国立大学を出ているのよ。お父さんだって、早稲田の理工じゃないの。世の中には遺伝子っていうものがあるの。だからおばあちゃんは、いつも翔ちゃんのこと、口惜しがってるのよ。もうちょっと変わってくれればいいのに、やり直してくれればいいのにって。言っちゃナンだけど、そこいらでバイトしていた、おネエちゃんとは一緒になりません」

「おばあちゃんも、お母さんと同じことを言うんだね」

翔は蔑みとも哀しみともとれるような微笑を浮かべる。それが完全に大人の男の表情であることに、満津枝は驚く。そして少々怯《ひる》んだのである。

「お母さんはどこまで話したかわからないけど、珠緒が医学部行こうって決心したのは、お母さんの言葉なんだよ。ちょっとトラブルがあったんだけど、それにしてもひどかった。あんたなんか育ちが悪い、うちの子どもとは世界が違う、なんて言ったのさ。それで珠緒はキレたんだ。でもさ、珠緒のえらいとこは、キレ方が普通じゃなかった。そんなにおばさんがエラそうにしてるのは、医者の娘だからっていうなら、私も医者になりますからって、タンカをきっちゃったんだ。それで勉強を始めた。僕もさ、ちょっと無理かなあ、やめたーって言えばいいのに、って思って見てたけど、珠緒は本当に頑張ってんだ」

「そりゃあ、見上げたもんだわねー」

皮肉やからかいに聞こえないように、注意深く発音した。

「僕だけのバイトでやってけないかなあって、いろいろ考えたんだけど、通信教育のお金もかかるし、そのうち先生と一対一の勉強も始まるみたいなんだ。それでおばあちゃんに、お願いにきたんだ。海外に行けっていうのは、僕のためを思ってだろ。だったら僕のために、お金を貸してくれるよね」

「その代わり、条件があるけれどね」

満津枝の中にひらめいたことがある。

「五百万、貸してあげてもいいわよ。でもね、これはおばあちゃんにとって、本当に大切なお金なんだからね。あんたたちの思いつきで、どこかに消えちゃ、たまんないわね」

「あんたたち、って、珠緒は何も知らないよ」

「だけど、その女の子のために使うお金なんでしょ。あのね、おばあちゃんは、本当に心配でたまらないから、ひとつ交換条件を出したいの」

「何だよォ……」

「もしね、その女の子が医大に落ちたら、お金は戻らないわよね」

「それはさ、オレがさ、ずっとバイトして返すよ。絶対……」

「馬鹿おっしゃい！」

初めて大きな声が出た。

「あんたみたいなフリーターが、いったい何年働いたら、五百万なんて大金返せると思ってるのよッ」

「何十年かかっても、返すからいいじゃん……」

「あのね、私をいくつだと思ってるの。それからね、翔ちゃんみたいな生活、四十過ぎて出来るわけないでしょう。だから、こうして頂戴。もしそのコが二年かけても、医大に入れなかったら、お金は返してくれなくてもいい。そのかわり、翔ちゃん、あなたが勉強して、大学に行って頂戴」

「ええー、ウッソだろー」

「今はね、大検ってものがあって、ちゃんとやり直しが出来るようになってるの。翔ちゃんは、ちゃんといい中学に入ったじゃないの。もうね、勉強する基礎は出来てるのよ」

「ヤダよ……。だって……」

「だってもへったくれもないでしょう！」

再び声を出す。それはもう恫喝《どうかつ》といってもいいものであった。

「このあいだは私が悪かったわ。お金あげるから外国行ってきなさいなんて、あなたを甘やかした。だからこんなになめられたのね。いい、五百万円なんてね、めったやたらに出来るもんじゃないのよ。おばあちゃんはね、お医者さんの奥さんでちやほやされてたのが、いきなりアパート暮らしになって、それでパンツ売って必死で貯めたのよ。お金ってそういうもんなのよッ。あんたもね、だから借金する時は、自分の人生差し出す覚悟しな」

そのあと、祖母と翔とは、いろいろ細かいとりきめをした。満津枝は五百万をいちどきに振り込むことは出来ないという。

「これだけテレビや新聞で騒いでるっていうのにね、私みたいな年寄りがころっと騙されるんだよ。ほら、振り込め詐欺っていうやつ。だからね、銀行で確か十万円以上は振り込めなくなったのさ。なんか別の方法もあるらしいけど、手続きがめんどうくさいんだよ」

ということで、二回に分けて月に二十万、翔の通帳に振り込むことになった。

「だけどオレ、通帳なんて持ってないよ」

「そんなはずないよ。翔ちゃんが小学校に入った時、私がお祝いに三万円入った通帳を送ったよ。これにお年玉も貯めていきなさいって……」

「そういえば、子どもの頃、正月にお母さんと一緒に、銀行に行ったかもしれないな。受付の人に、えらいわね、とか言われてティッシュ、貰った憶えがある」

「そうだよ、きっとそれだよ」

「でもそんなもの、お母さんが持ってるよ。オレ、ここ何年も見たことがないよ」

「じゃ、銀行に行って新しい通帳つくりなさい」

「でも確か、印鑑とか、身分証明になるものいるんだよね。オレ、そんなもん持ってないよ」

「そんな……」

満津枝は絶句した。

「あんた……」

いつのまにか、あなたが、あんたに変わっている。

「あんた、運転免許、持ってないの？　いくら学校やめたからって、ああいうの、ふつうは取りに行くんじゃないのッ」

「そうかな。バイトの友だちに聞いても、みんな持ってないよ。だって車なんかいらないじゃん。車庫あるとこ見つけるの大変だしさ、ちょっと歩けば地下鉄だよ。車なんかめんどうくさいじゃん。お金もかかるしさ」

「だけどさ、若い男の子だったら、女の子乗っけて、どこかドライブ行きたい、なんて思わないの」

「全然、別に」

「世の中、景気が悪くなるわけだよねぇ……」

満津枝はため息をついた。

「翔ちゃんみたいな若い男の子が、車を欲しがらないなんて、そりゃあ、お金がまわっていかないはずだワ」

ひとり言のように続けた。

「ちょっと前まで、みんなが欲しがるものがいっぱいあって、それでみんなが一生懸命働いて、世の中うまくいったんだけど。もう、何だかよくわからないよ」

「オレはさ、なんか、がむしゃらにバイトして、車買おうなんて気持ちが、まるっきりわからないよ」

「ま、いいよ。仕方ないよ。そういう時代になったらしいんだから。それで、まあ、その女の子の勉強はうまくいってんのかい」

「まず最初にスタートテストっていうのがあって、かなり落ち込んでたけど、次の日から気を取り直して頑張ってるよ。なんか、沖縄に電話して、弟たちの使ってた教科書を送ってもらってたみたいだよ」

「おや、おや、本当にやる気なんだね」

「だって、カノジョ、頑張り屋だもの」

翔は自分のことのように胸を張った。

「オレだったら、バイトして帰ってきて、もう一回高校の教科書を見るなんてことはしないよ。だけどさ、本当にちゃんとやるんだ。もう一回、最初の一ページから問題をといてる」

「ふうーん……」

しかし、そんなレベルから始めて、本当に医学部に合格することなど出来るのだろうか。満津枝はかなり疑問に思いながらも、その珠緒とかいう娘の努力は、少し認めてやろうかと考え始める。

「翔ちゃんは、そういうのを見ていて、どう思うの。自分も一緒にやる気出して何か頑張ろう、とか思わないの」

「別にィ。オレは珠緒みたいなこと出来ないんじゃない。なんかさ、オレとはメンタリティが違うもの。でもさ、そういう珠緒を励ましてやりたい、って本気で思うんだ。そういうのも、〝やる気〟って言うんじゃないの」

「違うね」

と満津枝。

「人のやること見て、励ますなんて、マラソンの沿道で旗ふってるだけの人だよ。自分で走らなきゃ、何の価値もない。だけどもうじき、あんたにも走ってもらうかもしれない。わかってるだろうね、二年後、その娘が駄目なら、あんたが勉強するんだよ」

第十章　ちょっとtoんで宮城家のこと

珠緒は先ほどから、担任講師の通信欄を読み返している。奥脇という講師とは会ったことがない。しかし島田に言わせると、

「東大の大学院に行っている、いちばん優秀なのを、タマちゃんの担当にしたからね」

ということであった。

この奥脇から、最初にこんな手紙をもらった。それは返されたスタートテストと一緒に入っていたものだ。

「珠緒さん、はじめまして。このたび、珠緒さんの担任をさせていただく奥脇です。これから珠緒さんの志望校合格に向けて一緒に頑張っていきたいと思いますので、よろしくお願いします」

という書き出しがあり、そのあとこんな風に続く。

「まず一念発起されて医学部を目指されるとのことですが、大変素晴らしいと思います。しかし珠緒さんのために正直に言わせてもらいますと、お仕事をしながら医学部に合格するというのは容易なことではありません」

という箇所で、やはりそうかと、珠緒は肩を落としたものだ。

「しかし、受験において努力して不可能なことは何もありません」

と奥脇は励ましてくれる。

「勉強についてですが、私たちは珠緒さんの現状レベルに合わせてカリキュラムを組んでいくので心配はありません。スタートテストの結果を見る限り、やはりブランクがあるため忘れている内容が多いようです。特に数学はかなりの努力を要します。高校の基礎の内容を確認するところから、まず始めましょう。簡単と思う部分もあるかもしれませんが、基礎を甘く見てはいけません。基礎がきちんと身についていないうちに、むやみに難しい問題に手を出すのは意味のないことです。基礎がきちんと身についているからこそ、難しい問題を解くことで思考力や応用力が養われるのです。特に宮崎大医学部のように標準レベルの問題を確実に解くことを要求される入試では、基礎を確実に身につけることが必要不可欠です。まだ時間はあるといっても、最低でも三～四時間、理想的には五～六時間の勉強時間は確保しないと、今後は厳しくなりますよ」

この最初に受け取った通信欄は、ところどころマーカーを引いて、机の前に貼ってある。

珠緒は今、因数分解をしている。

「$6x^2+11xy+4y^2$」

これはまずyを取り除いて考えていくのだ。

「$6x^2+11x+4$」を、

「$(3x+4)$ $(2x+1)$」にし、最後にyをつけ加えていく。

奥脇はこう言っている。

「まずは五分間考える。この時、必ず手は動かしてください。そしてどうにも解けない時は、解説を見てすべて書き写します。そして暗記していくのです」

奥脇から買うように言われた参考書は、教科書レベルのものを徹底的に学ぶもので、今のところ最良のものだという。簡単だからといって、馬鹿にせず一冊マスターすると、かなりのレベルアップが期待出来ると奥脇は断言する。

というわけで、珠緒はここに出ている問題を毎日四ページずつ解くことにしている。問題は確かにむずかしくない。普通の成績で高校を卒業した者なら、難なく解くことが出来るだろう。因数分解は高校一年生ぐらいで習うものである。

入試勉強を始めてから、ずっとこんな風だ。

「まず基礎から。今の珠緒さんに必要なことは、基礎学力をしっかりとつけることです」

と奥脇は言うけれど、少々不安になってくるのも本当だ。

こんな教科書のおさらいをしていて、本当に医学部に入ることなど出来るのだろうか。

幸いなことに、珠緒の英語のスタートテストはわりとよかったらしい。奥脇からは、

「長文訳を毎日二つずつ解くように」

という課題が出ていたが、これもそうむずかしくないものばかりで物足りない。

本当にこんなことばかりで大丈夫なのか。母の洋子からはしょっちゅうメールがくる。

「タマちゃんの好きな、サーターアンダギーと沖縄豆腐を送ったよ。タマちゃんは昔から頭がよかった。そんなことは、お母さんはちゃんと知ってる。だから無理しなくてもいいんだよ。体がいちばんだからね」

実の母親が、自分のことを認めてくれるのはあたり前だ。しかし珠緒が認めさせ、屈伏させたいのは、他の人間の母親なのである。「ああ、申し訳ないことをした」と、彼女に言ってもらいたいのだ。

その時、「トントン」という声がした。カーテンで遮っているので、ノックは声を出すしかない。

「珠緒、コーヒーを淹れるよ」

「サンキュー」

翔は今まで、音を消してテレビゲームをしていたのだ。最近珠緒が机に向かっている間は、かなり気を遣ってくれるようになった。バイトの夜のローテーションを増やし、朝まで漫画喫茶のフロントに立つことも多い。おかげですれ違うことばかりだ。だから二人が一緒にいる夜は、短い時間でもお茶を飲み、お喋りをする。

「なんだかさ、私たちまったりして、老夫婦みたいじゃん」

と珠緒が笑ったことがある。それまでは二人がすることといったら、テレビゲームばかりだった。どちらもむきになる性質《たち》だったから、気づくと明け方になっていたことも一度や二度ではない。それが今は、とりとめもない会話をかわしながら、お茶を飲み菓子をつまむ。二人とも、たまのつき合い以外は、ほとんどアルコールを飲まないので、菓子は大好物だ。その日は、翔がデパートの地下から芋きんつばを買ってきた。こんなことは珍しい。菓子好きといっても、デパートで売っている高級品などには縁がなく、二人が買ってくるのはたいていコンビニのものだ。

「すっごいじゃん、これ。甘さが上品っていうやつですか。高かったんじゃない」

「そうでもないよ。いいじゃん、たまにはさァ」

翔は何か言いたげにもじもじしている。音を出しテレビに切り替えた画面からは、お笑い芸人たちが、時々どっと笑い声を立てる。誰かが何か喋っている。声の質がまるで他の者たちと違っていて、珠緒はあれっと目を上げる。

「この人、局のアナウンサーじゃん」

「そうだよ」

「あれ、このあいだまで、タレントの、ほら、顔の大きい人が司会してたじゃん。この人の立ってたとこでさ」

「この頃さ、どのテレビ局も不景気で大変だから、ギャラの高い大物はおろしちゃうんだって。店にあった週刊誌で読んだけど」

「ふうーん、テレビに出てる人も大変なんだね」

「テレビに出てるような人まで大変なんだからさ、オレたちが大変なのも、あたり前かも」

「悪いと思ってるよ。私がさ、バイトの時間、短くしたもんね。ぐっと収入減になっちゃってさ、もう本当に大変さー。私、苦学生って、こういうことかって、初めてわかったよ」

「だけどさ、ジャーン、これ見てみ」

翔がさっきから不自然な姿勢でいたのは、後ろ手で何かを持っていたためだ。

「もうさ、珠緒はバイトしなくてもいいよ。勉強だけしてればいいんだから」

それは一冊の通帳だ。お預かり金というところに十万円という数字が二回並んでいた。

「これ、何よ」

「ま、言ってみれば珠緒の奨学金だね」

「待って。何、これ、木下満津枝って書いてあるじゃん。これ、誰よ」

「オレのおばあちゃんだよ」

「おばあちゃんの預金通帳、どうして翔ちゃんが持ってんのよッ。まさか」

「違うってば。オレのために作ってくれた」

翔は簡単に経過を話した。といっても、最後の条件のところは話さない。もし珠緒が入試に失敗したら、自分が大検を受ける、という条件を出されたことだ。よくわからないが、それを告げることは、珠緒をひどく侮辱しているような気がした。しかしそれにもかかわらず、話の途中で珠緒は頬をふくらませた。

「それって、違うと思うよ」

「何がさ」

「だっておかしいじゃん。翔ちゃんのおばあちゃんがさ、私にお金を貸してくれるなんてさ」

「だから、オレが一生懸命頼んだんだもん」

「だけど、翔ちゃんのおばあちゃんはさ、あのお母さんのお母さんってわけでしょ。どう考えたっておかしいじゃん。私に味方してくれるなんてさ」

「だから感動したんだよ」

「何によ」

「珠緒が本当にやる気出してるとことさ、その、オレたちの愛の深さに心をうたれたんじゃん？」

笑って誤魔化そうとしたがうまくいかなかった。

「絶対にヘン。おかしい。どうしてすごい大金、私に貸してくれるのさ。私とおばあちゃん、会ったこともないんだよ」

「だからさ、オレが一生懸命頼んだわけ。珠緒が本当に必死でやってるんだけど、バイトと勉強の両立は、もう大変。課題をやると、寝るのは一日に三時間ぐらいになっちゃって目の下にクマつくってるって」

「悪かったね」

「でも、本当じゃん。今朝も鏡の前で言ってたじゃん」

翔は珠緒の目の下を軽くつつく。確かにうっすらと黒い翳《かげ》が出来ている。

「だけどさー、ちっとも痩せないのは不思議だよね」

「あたり前じゃん。珠緒、眠けざましに、いつもせんべいやクッキー、ボリボリ食べてるじゃん」

「だって口動かしてないと、本当に眠いんだもん……。それはそうとさ、私の目の下のクマぐらいで、おたくのおばあちゃんが感動してくれるとは到底思えないんだけど」

「そんなことないよ。うちのおばあちゃん、お袋とは全然違う。すっごく優しい性格だもの」

これはもちろん嘘だ。母の由美子が尊敬してやまない祖母は、強烈な個性の持ち主である。そのバイタリティで、二人の娘を大学に行かせ、家まで建てた。プライドの高さというのも半端ではない。

が、案外、珠緒と気が合うのではないかと翔は思っている。大らかさやユーモアの素質というのは、母にはないものだ。母の由美子は、これがないために、ただの〝見栄っ張り〟になっているのではないかと翔は感じている。

「あのお母さんを産んで育てた人でしょ、そんなにいい人かなァ……」

珠緒は疑わしそうに翔を見た。

「本当だよ。だってこのこと、お袋には絶対に内緒にしてくれるって、ちゃんと約束してくれたんだもの。このお金はもともと遺産として僕にくれようとしてたもんなんだって。だからさ、別にいいわけさ」

「だけど、それにしてもさ、本当にいいのかなあ……」

珠緒は通帳をじっと見つめる。沖縄の母にずっと言われていたことがあった。

「お金の話は、気をつけても気をつけ過ぎるっていうことはないよ。必ず裏があるものなんだよ」

「あのさ、もし、私が医学部に入れなかったら、このお金、どうやって返せばいいの」

ごく当然のことを珠緒は尋ねる。

「勉強始める前はさ、人間、やる気になれば何でも出来るって、本当に思ってたんだけどさ、今、私、高校一年の教科書やってんだよ。これで間に合うかとか、本当にこれでいいんだろうかって思うとさ、やっぱり自信失《な》くすじゃん」

「やる前からさ、落ちることなんか考えることないじゃん。そういうネガティブ思考っていうのが運勢を悪くするって、このあいだテレビでも言ってたよ」

「でもさ、マジな話、落ちたら、このお金どうするのよ。それにさ、もしお医者になれたとして、最初は研修医で、ものすごくお給料も少ないみたいだよ。少しずつ返すにしたって、その頃、翔ちゃんのおばあちゃん、生きてるかな」

「もし駄目でも、心配することはないよ。そのままオレへの遺産ってことになるんだからさ」

「そういうのって、よくないと思うよ」

珠緒はきっと翔を睨みつける。そうすると目の下のクマはますます濃くなるようだ。

「相手が死んだら、なしくずしに借金はパー。それを期待してるなんてさ、おばあちゃんに失礼じゃん！　翔ちゃんをうんと可愛がってくれてた人なんでしょう！」

「もしも、もしもの話だってば」

珠緒の見幕があまりにもすごいので、翔はつい本当のことを漏らしてしまう。

「あのさ、オレがおばあちゃんにちゃんと約束してるから大丈夫だってば。オレがお金を返すからって」

「えー、そんなこと、出来るわけないじゃん」

大声をあげる。

「えーと、五百万なんて大金、翔ちゃんのバイトの給料から払おうとしたら、いったい何年かかると思ってるのよ。その頃には、本当におばあちゃん、死んじゃうよッ」

「だから、オレがさ、ダイ……」

大検と言いそうになり、あわてて呑み込む。このいちばん大切なことを告げたら、珠緒が傷つきそうだ。

「オレ、新宿でホストして返すから。それなら返せる」

「えー、翔ちゃん、ホストだって！」

言った本人が驚いた。いったいどうしてそんなことを思いついたのだろうか。バイトのコたちと話していた時に、誰かが、

「福原さんぐらいだったら、いざとなれば、ホストでもやってけるよ」

とふざけて言ったことを憶えていたに違いない。しかしそのことが、ずっと長いこと、翔の中に滞り、小さな灯をともしていたことは確かだ。かつて若い女が、いざとなった

ら水商売で食べていける、という気持ちを最後の希望とも自信とも抱いて生きていったように、翔はホストという仕事があることを忘れてはいなかったのである。

「翔ちゃん、それ、マジで言ってるワケ」

「いや、もしも、もしもの話だってば。この頃さ、よくホストのことドラマでやってるけど、裏にまわると結構大変そうだもんな」

「そうだよ。翔ちゃんがいくらイケメンでもさ、無愛想だし、人見知りするしさ。あんまり喋らないしさ。女の人の機嫌とるのなんて絶対にムリだってば」

「そうかな。でも、やれって言われればやれるかも。金持ちのおばさんに可愛がられたりして……」

「やめて、やめてーッ」

珠緒は悲鳴をあげる。

「翔ちゃんがホストなんて絶対にイヤ。それも私の借金のためにそうなるのなんてさ、私はあのお母さんに顔向け出来ないさー。翔ちゃんをホストにするぐらいなら、私がソープに身を落とす！」

「えー、珠緒がソープ⁉」

ぷっと吹き出した。翔はそういう風俗に行ったことはないが、新宿で働いていれば、どういうところか見当はつく。

「看板見るとさ、みんな細っこいコばっかりだよ。ちょっとタイプが違うと思うな」

「何言ってんの。世の中、デブ専っていうのもいるんだからさ。私なんかさー、街歩いてるとさ、結構声かけられるんだからね」

珠緒がぷんとふくれた顔をし、翔はまた笑い、こんなことを言う。

「あのさー、こんな店があるといいかもね。パソコンゲームしてると、隣に、すごく綺麗な女の子とか、カッコいいコが座ってさ、いろいろ話したり、対戦してくれるワケ。ホステスとかホストじゃなくって、純粋なゲーム仲間」

こんな風になごやかな夜は、久しぶりだった。

第十一章　ちょっととんで福原家のこと

可奈は鋏《はさみ》を持ち、デスクの前に座っている。最先端のＩＴ企業にいながら、広報という場所はやたら手作業が多いところだ。毎日封筒を切ったり、閉じたりする。こうして社長が出ている雑誌の記事を切り抜くのもそのひとつだ。

ＩＴの次世代のリーダーといわれる彼は、最近マスコミの露出がとても多い。四十代のなかなかの男っぷりに加え、気のきいたことを言うからいろいろ重宝されているようだ。この年代の男には珍しく、大物の財界人にも接触していて、そのせいでビジネス雑誌で対談することも多い。

が、可奈が切り抜いているのは、社長の記事ではない。この頃、社長の妻の方も、女性雑誌を中心に大人気なのだ。彼女は昔、モデルをしていたらしい。といっても人気雑誌の表紙を飾るカリスマモデルとはほど遠い、チラシやカタログ専門のモデルだ。それが今では、一流女性雑誌のグラビアを飾るほどに出世している。ハーフ独得の美貌が、金をかけて見る間に磨かれてきたのだ。

今ではセンスがよくて、服の着こなしが素晴らしいというので、いろいろな雑誌からひっぱりだこだ。私物も公開していて、こちらもとても評判がいい。

おそらく知恵者がついていると思うのだが、大金持ちの妻という立場を誇示するような高級ブランドは避け、愛らしい小物や、普通のＯＬでも買える値段のジーンズが出てくる。

その記事によると、読者からの要望が多いため、近々彼女は、代官山にセレクトショップをオープンさせるというのだ。

「子どもも小学校に入り、手がかからなくなったので、そろそろ自分の第二の人生をスタートさせたいと思いました」

いかにも女性雑誌が好みそうな内容だと可奈は鼻白みながら、同時に羨望をおさえることが出来ない。

経済力のある男と結ばれ、ゆっくりと余裕のある子育てを楽しんだ後、夫の後楯《うしろだて》で面白そうな仕事を始める。これこそ可奈の考える理想の結婚生活であった。この会社にもいるが、髪をふり乱して、育児と仕事を両立させようとする女がいる。あんな生活はまっぴらだった。

ある朝、地下鉄の駅から歩き始めた可奈は、見憶《みおぼ》えのある女の後ろ姿を見つけた。隣のセクションにいる、三十代の女だった。可奈の印象に残っているのは、彼女がいつも身のまわりにかまわないからだ。広告を取る営業の仕事をしていながら、髪はいつも乱れているし、化粧もいつも投げやりだ。その日も、可奈は少々寝グセのついた後ろ髪で、すぐに彼女とわかった。が、問題はそんなことではない。スーツのスカートのジッパーが、半分近くまで下がり、ベージュの下着が見えているではないか。可奈は心臓が止まるかと思うほど驚いた。この格好で電車に乗っていたとは……。

「吉川さん……」

小走りで追いついて後ろに立った。そしてまわりの人たちに気づかれぬように素早く、ジッパーを上げた。

「ここ、開いてました。失礼かと思いましたけど」

「まあ、ありがとう」

吉川は一瞬顔をパッと赤らめたが、すぐに元の表情に戻った。こんなことでいちいち動揺してはいけないと、自分に言いきかせているように唇をひき締める。

「朝、自転車に乗った時に開いたんだわ」

一緒に歩きながら言った。

「えっ、自転車に乗るんですか」

「そうなの。子どもはダンナが保育園に連れてってくれることになってるんだけど、朝ご飯を食べさせなきゃならないでしょ。いつもギリギリ、だから、パッパッと化粧して、必死でママチャリこいで駅まで行くのよ。これがね、もう坂道でかなりきついのよ。きっと鬼みたいな顔で、ペダルこいでるんでしょうね。ジッパーも開くかも」

「あの、フレックス使わないんですか」

「前は使ってたんだけど、そうすると保育園にお迎えに行けないのよ」

「そうなんですか。大変ですねぇ」

「福原さんだって、結婚したらそうなるってば。もうこんなに綺麗にしてられないわよー。もう自分のことなんか、二の次、三の次になるんだから」

そう言って笑う吉川の顔には、シミともソバカスともつかない茶色の斑点がいくつも浮かんでいて、〝そうなる〟という言葉は呪いのように可奈には響いた。

こんなみじめったらしい結婚生活なら、しない方がマシだと可奈は思う。

吉川という女は、確か早稲田を出ていて、同級生と結婚したと聞いたことがある。可奈の知っている限り、同級生と結ばれた女というのは、すぐに〝女〟を怠けるようだ。若い時からの仲で、お互いを知り抜いているという安心感からか、身のまわりをぞんざいにしている女のなんと多いことだろう。

吉川はえらの張った貧相な顔つきをしている。化粧を上手にすれば、今風の中性的な雰囲気をかもし出すかもしれないが、彼女はいつもファンデーションが浮き、口紅がきちんと塗られていた例《ためし》がない。早稲田に進んだぐらいだから、勉強も出来ただろう。常に目標を定め、前向きに生きてきたに違いない。その努力の結果が、半分に開いたジッパーというのは、あまりにもみじめ過ぎる。

可奈は絶対にこんなコースを歩かないつもりだ。だからその時々で、きちんと軌道修正してきた。

たとえば受験の際、もう少し頑張ればもっと上の大学を狙えたかもしれない。が、高校三年生の可奈は、その時にわかっていた。なまじの大学へ進むよりも、たとえ偏差値は低くても、お嬢さま学校と呼ばれる女子大に進んだ方が、はるかに得をする。こうした大学に通っていて、ちょっと美人だったら、いくらでもクラブや合コンの誘いがくる。そして寄ってくる中から、いちばん条件がよく、将来性のある男を選べばいいのだ。

吉川のように、早稲田を出たとしても、せいぜいあんな暮らししか出来ない。必死でママチャリを走らせる生活など、もとより可奈の好みではなかった。女が全力を出しても限界がある。自分が努力するよりも稼ぎも未来も上等の男を夫にした方が、はるかに効率がいいというものだ。

「急いでるので、ちょっとお先に」

可奈は女から離れ、早足で歩き始めた。せっかく親切にしてやったのに、

「今に私みたいになるわよ」

と吉川が言った言葉が、カンにさわったのだ。

冗談じゃないわと、可奈はつぶやく。

その日の午後、携帯に見知らぬ男からのメールがあった。「高崎」という名前をなかなか思い出せない。やがて半月ほど前、久保田さんに連れられて行った、六本木の高級マンションの主だとわかった。四人の中ではいちばん地味な、印象に残らない男であったが、帰り際に、ちゃんとメールアドレスを聞いてきたのを憶えている。

「突然ですが、今日の夜空いてますか。仲間と飲むことになりました。来てくれたら嬉しいけど」

高崎に何の興味も持てなかったが、ここで切り捨てるのは得策ではない。エリートの男の背後には、何十人というエリートの男たちがいる。最初につまみ上げた納豆の粒が、不味《まず》そうだからといって、箸を置く人間がいるだろうか。とりあえず、そのひと粒をつまみ上げれば、ずるずるとたくさんの豆がついてくるはずだ。

「そんなに遅くならなければＯＫです」

と返信したら、一分もたたないうちに、

「福原さんのオフィスから、歩いて五分ぐらいですよ。ミッドタウンのすぐ近くだから」

というメールが来た。

五時に勤務が終わった後、可奈はトイレへ行き、鏡で化粧を念入りに直した。今日は何の予定もなかったから、シャツブラウスに、紺色のジャケットという学生のようないでたちである。ジャケットは、着まわしが出来るようにと、ブランド品ではないが、かなり上質のものを買っておいたので、本当によかった。派遣の給料の大半を、可奈は洋服代に使っていたが、これ以外に母親は内緒で、時々小遣いをくれる。家に食費も入れないでと、よく文句を言うが、

「若い嫁入り前の女は、うんと自分に投資しなければならない」

という娘の考え方に、密《ひそ》かに同調してくれているに違いないと可奈は思う。

ひととおり化粧は終わったものの、約束の時間は六時半だ。可奈は少し早いが、ミッドタウンに行き、小さなアクセサリーでも買おうかなと考える。自分の今日の服装をチェックしたところ、胸元がやや淋しい。朝、髪のブロウに手まどったので、チェーンをしてくる時間がなかったのだ。六本木通りのコンビニのＡＴＭで二万円を引き出した。このくらいの準備をしなくては、心のはずみというものが出ない。

ミッドタウンの中には、ジュエリーショップがある。可奈が時々のぞくのは、若い女でも買えるような、一万円台の商品を並べた店だ。値段は高くないが、愛らしいデザインのものが多く、よく女性雑誌にも商品が掲載されている。

ウインドウの中から、可奈は金細工の、小さなバラの形をしたチェーンを選んだ。値段を見ると、二万二千円で、予算をオーバーしたが仕方ない。ATMでおろした金に、自分の財布の中から千円札を足した。

そしてふと考える。

「まさか、今日、ワリカンなんてみみっちいことはないでしょうね」

飲み会といっても、形態はその時々で、学生時代は女性側からもしっかりと取られるケースが何回かあった。といっても、女性の払う金額は、ぐっと少なくしてくれるのが常である。久保田さんたち大人の男たちと遊ぶ時は、さすがにこちらが払うことはない。しかし相手が社会人だと思って安心していると、終わり頃に、幹事役の誰かが、

「すいませーん、今夜の分、徴収しまーす。女性陣もご協力ください」

と言ったりすることがあるので油断は出来ない。もしもの時のために、もう一万円ぐらいおろしておこうかと可奈は考える。

そしてショップを出てから、レストランエリアの方に向かった。このあたりで、ATMの機械を見たような気がしたからだ。が、かなり歩いたが見あたらない。仕方ないので、エスカレーターで一階まで降りてみる。一階は広場になっていて、有名なパティシエの店やレストランが軒を連ねているため、かなりの人が出ていた。待ち合わせ顔に立っている人も多い。が、ATMはどこにもなかった。

向こうから、もの慣れた風に歩いてくる青年がいる。たぶんこのミッドタウンに勤めている者だろうと、可奈は見当をつけた。

「あの、この近くに、ATMはないでしょうか」

「僕もあまりここに来たことがないから、わからないなァ」

青年はすまなそうに答えた。

「でも、すぐそこ、通りを出たところに銀行がありましたよ」

確かに銀行はあった。そこでお金をおろし、しばらくふらふらしてから約束の場所に向かった。ミッドタウンの近くに、最近出来たばかりの、かなり大きなビルがある。その前で高崎が待っていてくれた。

このあいだは上着を脱いでいたのでわからなかったが、とてもいいスーツを着ている。衿《えり》と全体の形がしゃれていて、ひと目で外国製のものだとわかる。こうして見ると、いかにも高給取りの外資の男という風情だ。

「今日は急に呼び出しちゃってごめんね」

「いいえ、何も用事がなかったし、ここは会社から歩いてすぐだし……」

学生時代は、もう少しもったいぶったことを口にしたものであるが、最近は正直に言う。社会人となった女は、価値が下がった分、素直にならなくてはいけなかった。

「今夜は男が四人……、あ、女もひとりだけいるけど、これは男みたいなもんだから気にしないで」

彼は物慣れた様子で、エレベーターの三階のボタンを押した。降りた右手に、どうということもないビストロ風の店があった。カウンターに半分ほどの客がいる。高崎はその奥へずんずん進む。個室でもあるのかと思ったら、彼はカードキーを取り出した。ワインセラーの陰に、目立たない木の扉があり、彼はそれを開ける。その先に、また三つほどのドアがあった。彼は再びカードキーを使い、いちばん右のドアを開けた。

そこには驚くほど広い空間が拡がっていた。正面にカラオケの大きなモニターがあり、革張りのソファセットとテーブルが置かれている。既に二人の若い男と、女がひとりいて、ビールを飲んでいる。

「これは友人の――」

と高崎は男二人を紹介したが、まるで自分を引き立てるために呼んだかと思われるほど印象の薄い男たちだった。

「こっちは、深谷夏子っていって、僕のジム仲間。東大出て今はシンクタンクに勤めてるんだ」

夏子はよろしく、と微笑をかえしてきたが、それは決して温かいものではなかった。

こういう女の冷ややかな態度には慣れている。東大や医大の、外部の学生も入れるサークルに、ちょっと顔を出そうものなら、こうした内部の女にはじかれそうになる。

「あんたたちの目的はわかってるわよ」

いつもそんな目をして、可奈たち外の大学の女を見る。

まずいことに、その後の高崎の紹介がよくなかった。

「こちらは福原可奈さん。ＩＴの会社にハケンで行ってるんだ」

夏子という女が、フフンとかすかに頷いた。やっぱりね……と、その形のよい薄い唇は語っているようだ。ハケンよね、やっぱりハケンだと思ったわ。仕事とか生き甲斐なんてものから遠いところにいる。腰かけ的に、ちょっと聞こえのいいところに勤めて、合コンに精出す。典型的なハケンちゃんが、今日来たわけね……。

「おたくの社長に会ったことありますよ」

と、夏子は口角を上げたままで言った。

「私の上司と結構親しいみたいで、一度食事をご一緒したわ。テレビや雑誌で見るままの面白い方よね」

「そうですか。私は下っ端ですから、遠くで見るだけですが」

可奈は、毎朝出勤してくる社長の姿を思い出す。彼は今や運転手付きの車に乗る身の上なのだ。ＩＴ業界第二世代の旗手として、いろいろな媒体から引っぱりだこになっている。夏子の年齢ははっきりわからないが、三十を少し過ぎたところだろう。こういう種類の女たちは、どうということもなく、よその企業のトップたちとご飯を食べたりしているのだ。

「可奈ちゃん、何飲む」

高崎が気を遣うように尋ねた。

「あ……、ビールをいただきます」

「みんなも、ビール追加でいいよな」

「私、白ワインにしようかな。さっきカーブちらっと見たら、結構種類が揃ってた。カリフォルニアの安いのでいいからさ、一本とってみんなで飲まない」

「そうしようか」

いつのまにか、可奈のビールはうやむやになってしまった。

高崎は手元にあるベルを押す。すると黒服の男が現れ、注文を聞いて出ていった。

「このお店、変わってますね」

「会員制だよ。金持ってる五人か六人がさ、人に知られないで、酒飲んだり、歌えるようにって、この店つくったんだ。僕はさ、たまたまその中の一人知ってて、会員にしてもらって、カードキーを貰ったんだ」

ほらっと見せる。

「だけどさ、贅沢な話だよな。自分たちの隠れ家をつくるためにさ、六本木の一等地にこんな空間つくっちゃうんだから。表のビストロだってさ、なんか名目上といおうか、ここに料理運ぶためにやらせてるみたいで、赤字でもいいらしいよ」

「ふうーん、やっぱりあるところにはあるんですねぇ……」

可奈は少々年寄りめいたため息をついた。どんな職種かよくわからないが、おそらくベンチャー系の企業の男たちであろう。貧乏な男には関心も興味もないが、あまりにも大金を持っている男というのも、可奈の視野には入ってこない。久保田さんのパーティーで、何人かと知り合ったが、いくら誘われても外で会おうとは思わなかった。彼らが若い自分に、敬意をはらってくれるとは思わない。家庭持ちの男の遊び相手になるなどまっぴらだった。可奈のまわりでも何人かはいる。飲食店のチェーン化に成功した男の、愛人となっている女子大生を知っている。こういう女は、みなから徹底的に軽蔑された。バブルの頃には、よくある話だったらしいが、今ではお金にここまで固執する女は珍しい。富というのは、もっとさりげなく、合法的に手に入れなくてはいけないのだ。

金持ちの愛人になった噂というのは、あとあとまでついてまわり、彼女の人生に影響するだろう。可奈たちの世界は案外狭いので、結婚相手の耳に入ることもある。そんなことよりも、金を稼ぐ若い男と結婚した方が、はるかに優雅というものである。

料理と白ワインが運ばれ、男たちと夏子の話は、今度の選挙で衆議院議員になった友人たちの話になった。

「奥さんがすごく嫌がってたらしいけど、大丈夫かな」

「あの人は、そもそもプライドが異常に高いんだから、あのおネエちゃんたちと、新人議員ってことでいっしょくたにされて、我慢が出来るのかしらね」

自然と可奈はとり残される形となった。男たちは可奈を無視するわけでもないが、そうかといって話にひき込むのもうまくはなかったのである。曖昧《あいまい》に微笑みながら、ワインを飲むのも、なかなか骨が折れる。その時ドアが開いた。入ってきたのは、先ほどATMの場所を聞いた青年だった。

「あらっ」

「あれっ」

二人は同時に叫んだ。

「なーんだ、知ってるの」

と高崎が問う。

「いいえ、さっきATMがどこにあるか聞いたの」

「ミッドタウンの一階で、せっぱ詰まった顔して、あっちから歩いてきたんだよね」

「失礼。だってミッドタウンに勤めている感じだったんですもの」

「いや、僕だって、ミッドタウンなんかあまり来たことないから、どんなとこかなーって思って見てたんですよ」

今までひとり取り残されていたような可奈は、彼の出現で救われたような気分になる。

「こちら、僕と前に同じとこに勤めてた、北沢玲一。だけどさ、お前、何でこんなに遅くなったワケ」

「いや、ミッドタウンの中でさ、変わった時計売ってるところがあって、ちょっと見てたらさ、つい時間かかっちゃってさ」

「相変わらずだよな。時計おタク。まあ、工学部出身だから仕方ないけどさ……。あ、こちらは福原可奈ちゃん。今年から働いてるんだけど、三月まではあそこの女子大生……」

と高崎は嬉し気に名前を言い、可奈はまだ自分の通っていた女子大が、男たちには魅力あるものなのだと再確認する。

北沢は可奈に名刺をくれた。アメリカの投資銀行の名前が書いてある。

「可奈ちゃん、こいつはオレたちの中の、儲け頭なんだよ。年収ったら、ボーナス入れて億はいくんじゃない」

「いかない、いかない」

北沢はあわてて手を振ったが、そのしぐさが、本当に照れているように見えた。本当は得意でたまらない時に、人はもっとゆっくりと手を動かすものだ。

「サブプライム、どうにかこうにか乗り越えて、みんなゼイゼイ言ってるとこだよ。そのくらい、お前だって知ってるだろ」

「だけど、不死身の北沢君だったらまたやるんじゃない」

そうしている間に、料理と酒が運ばれてきた。男たちはみな酒が強く、白ワインを一本飲み干すと、今度は赤になった。グラスを手にしながらも、彼らはブラックベリーを離さない。

ブラックベリーというものを初めて見たのは、久保田さんが主催するパーティーであった。お酒を飲んだり、どうということもないジョークに笑い合ったりしていても、「ちょっと失礼」と言って、これを取り出す人が何人かいた。

最初は何と大きな携帯だと思ったのだが、これを使ってメールやインターネットで、世界の情報を知るらしい。ニューヨーク、北京、ロンドン、シンガポールのマーケットの様子が、刻々と伝わってくるのだ。あんなものをしょっちゅう見ていて、よく他のことに集中出来るものだと感心したが、外資の男に言わせると、

「もう体の一部のようになっている」

ということであった。

その日も、男たちは何分かおきに、黒く平べったい器械を取り出しては、せわしなく親指を動かしていく。可奈の隣に座っている北沢も、さりげなくさっきからブラックベリーに目をやっている。

「いつも、それ、見てるんですか」

「そうだね。やっぱり僕たちの商売には欠かせないものね」

「でも、そんな風にいつもいつも数字を見ていて、つらくないのかしら。だって数字に一喜一憂してるわけでしょ」

「まあ、それがつらかったら、こういう仕事してないけど。だけど僕たち、一回か二回は胃潰瘍《いかいよう》になって、一人前って感じかな……」

「まあ……」

多少演技も入っているが、可奈は大きく目を見開いて傍らにいる男を見る。決してハンサムというのではないが、切れ長の目ととがった顎とがバランスがとれている。いかにも怜悧《れいり》な印象であるが、髪が寝起きのように多少乱れているのが小さな男の子のようだ。

「わりとカワイイかも……」

他の男たちのように、すれていないのも好ましい。なぜならば、先ほどから男たちが喋っているのが、キャバクラの話題だったからである。

「こいつってさ、最近キャバクラ嬢とつき合ってんだぜ。もー、信じられないな」

ひとりが言うと、当人はむきになって反論した。

「あー、そういうのって、ものすごい偏見じゃないか。今どきのキャバクラ嬢はさ、ものすごい高学歴なんだから」

「そうかなあ……。キャバクラ嬢が偏差値高いかなあ……」

「それはさ、行ったことのない者の偏見だってば」

と彼はむきになって言う。

「あのさ、歌舞伎町は知らないけど、六本木や銀座の高級店行くとさ、慶応、早稲田、上智の子がいっぱいだよ。あれならさ、合コン行くのとそんなに変わりないよー」

「やーねー。バッカみたい」

と夏子が口をはさんだ。

「普通の合コンだったらさ、女の子と会うために何万なんてかかるう？　根本的に違うじゃないの」

「だけどさー、女の子がメチャ可愛いんだよなあ……」

「悪かったわね。普通のだと、こんなのしか来なくって」

夏子がふくれて、男たちはどっと笑った。

「だけどさ、そんなに可愛いのかよ」

「ああ、可愛い、可愛い。あのさ、ロアビルの角曲がってちょっと行ったとこのビルにさ、最近オープンした店あってさ、そこはさ……」

「ちょっと待て。いま番号入れるから」

などというやりとりを、北沢がおっとりと楽しそうに見ているのはよい感じであった。

「あの、北沢さんは、キャバクラ行ったことあるんですか」

一応探りを入れる。

「ええ、何度か誘われて行ったことはありますよ」

「へえー、どうでしたか」

「確かにみんな可愛くって、細っこいんですよ。冬でもドレス着てるんだけど、肩や腕なんか可哀想になるくらい細い。だけどね、僕の何度か行った店では、十五分ごとに女の子が席を立つんです。気に入ったコは指名出来るんですけど、みんな化粧も髪も同じだから、最後には区別がつかなくなるんですね」

「ふっふっ……」

「楽しいことは楽しいんだけど、結局彼みたいに仲良くなることもなかったなあ。それ以来あんまり行ってない」

「そうなんだ……。あの話は変わるけど、北沢さん、関西の方ですか」

「あっ、わかりますか。僕は三重で生まれて大学は京都だったんで、関西訛りが抜けないんです」

これで京都大学出身だと見当がついた。

どの男も酒が強く、早いピッチでワインの瓶を四本空ける。そして十時前には、帰ろうということになった。

勘定書きが来たが、これは男四人で割るからということで、それぞれがカードを出す。二枚がゴールド、二枚がプラチナカードであった。北沢は金色の方である。

「ごちそうさま」

「ごちそうさまでした」

夏子と可奈は、それがマナーの頭を軽く下げる。最近女性からも徴収する合コンが増えるばかりだが、やはり男たちだけで割ってくれた方が清々《すがすが》しい気がする。

しかし一人が、

「夏《なつ》ちゃんからは貰わないわけ？　夏ちゃんは、ボーナスだってオレの倍ぐらい貰ってるじゃん」

と冗談とも本気ともつかない言葉を投げてきた。

「何言ってんのよ。私はね、女だから、これから結婚資金貯めなきゃいけないのよ。もうこれからは貯金に励むつもりなの」

夏子は大まじめに答え、男たちはフッフッと笑い声を漏らした。

「まさかなあ。その年で結婚なんてもう考えてるはずないだろ」

「その年、ってどういうこと。あなたたちとほとんど同い年ですけど」

「ま、オレたちはその気になればいつでも出来るけど、夏ちゃんはむずかしいんじゃないのォ」

「それ、どういうことよ」

「いや、いや、夏ちゃんを口説こうなんて、そんなおっかないこと、する男いるのかなあと思って」

「あ、いいんですか、そんなことおっしゃって。昨年のクリスマスの時、かなり本気で抱きついてきたの、どなたかしら」

「いや、いや、クリスマスに男いないなんて淋しいだろうと思って、つい……」

こんな会話が、可奈にはまぶしい。未だかつて、男にこれほどずけずけものを言ったことがない。男以上に稼いで、キャリアを積み、自信があるからこそ出来るのだろう。いずれにしても夏子は、自分とは対極のところにいる。

帰りぎわ、携帯をくっつけ合い、男たちと赤外線でメルアドと番号を交換したが、夏子は近寄ってもこなかった。おそらくもう二度と会うこともないと、あちらも判断したのだ。

その夜から次の日にかけて、男たちからのメールが次々と届いた。

「昨夜はとても楽しかったですね。またやりましょう」

「今度はぜひ食事に行きませんか」

適当に返事を打ちながら、可奈は本命のメールがなかなか来ないことにいらついていた。あそこには四人の男がいたが、外見といい、性格といい、最高点をつけたのは北沢である。

外資のディーラーをしていて、年に億近い給与を取るらしい。しかしそれによって鼻もちならない様子はなかった。清涼な、と言ってもいいほど初々しいところがあった。

そして北沢が京都大学卒、というところも可奈は気に入った。関東の女が、京大卒の男に会うことは案外少ない。東大卒の男はいくらでもいるが、京大卒の男は、なかなかお目にかかることはなかったのだ。

東大卒の男は、確率的にも尊大な男が多い。へきえきするほど自信たっぷりで、勘違いをしている。そうでなかったら変人だ。エリートと呼ばれる男たちの中には、到底我慢出来ぬほど嫌な性格の男がいて、可奈は将来こういう人間の妻になるのは、いったいどんな女なのだろうかと、思いをはせることもある。男の年収や学歴のためにすべて目をつぶるのだろうか。そんなことが本当に出来るのだろうかと、自分に問いかけることがある。

可奈は三流大学を出た男や、収入の低い男などに何の価値も見出せなかった。世の中に選ばれたひと握りの男がいるのだったら、そういう男に選ばれようと、学生時代から心を尽くしてきた。しかしそういう可奈でも、やはり耐えられない男というのはいる。

そしてそういう男たちは、かなりのパーセンテージで東大を出ているのだ。東大を出て、性格のいい男たちも大勢いるであろうが、それは可奈よりもはるかに優れた女たちのために用意されたものだろう。自分のところにはまわってこないに違いない。

しかし京大卒の男、という選択もあったのだと、可奈は少々嬉しくなる。あちらの方がずっと〝掘り出し物〟がありそうだ。けれども北沢からのメールは、まだ来ないのである。こんなことはめったにないことだ。

可奈は携帯を手にとる。アドレスを交換していたから、北沢にすぐメールを打つことは出来る。しかし女の方から連絡をするというのは、それまでのポリシーに反することであった。

魅力ある女であるほど、自分の方から動いてはいけないのだ。合コンやパーティーで、男たちとアドレスを交わす。すると、その夜から次の朝にかけて、次々とメールが届く女の方は、よく吟味してその中から、そうそっけなくもない、脈があるようなないような、とにかく気をもたせるような返事をすればいいのだ。

ところがどうしたことだろう。北沢からのメールは来ない。可奈は仕方なく、こちらからメールをすることにした。

「昨夜はとても楽しかったです。ふつうのビルの中に、あんな店があるなんてちょっとびっくりしました」

世慣れていないことを、ここで少々アピールしてみせる。

「皆さんお忙しそうでしたけれども、またお目にかかる機会があれば嬉しいです」

本当は「あなた」にしたいところであるが〝引かれない〟ためにも、ここは複数にしていく。絵文字はチューリップをひとつだけ入れる。キラキラ光るデコレーションいっぱいのメールを送ってくる女友だちがいるが、あれはあまり頭がよさそうに見えない。最初のメールは、あたりさわりのない、平凡なものにしておくというのは鉄則だ。そして「送信」のボタンを押す時、可奈は一瞬不機嫌になる。自分の方から、ついに行動を起こしてしまったではないか。

しかし間髪を入れず、という早さで、メール受信の合図が来た。北沢からである。

「こちらこそとても楽しかったですね。ぜひお会いしたいです。すぐに空いてる日を調べてメールします」

そうこなくっちゃと、可奈は頷いた。

自分でも気づいていることであるが、大学を卒業してから、また一段と綺麗になったといろんな人たちに言われる。可奈は今「市場《しじよう》に出ている」という緊張と心構えをひしひしと感じているのだ。もう学生の頃のような甘えは許されない。外見を磨き上げ、思慮深い内面を持ち、この二、三年で勝負を決めるのだ。自分の一生を託す男を見つけるレースにかけられる時間はそう長くないのである。

第十二章　また宮城家のこと

担当講師の奥脇は、先日の通信欄にこんなことを書いてきた。

「珠緒さん、数学がまるっきり進まないと嘆いていたけれども、ブランクがあるのだからあたり前です。いいですか、今度からこうしてください。このあいだお預けした問題集、わからなかったら、どんどん答えを見てください。解こうと思うから、いらいらするし、焦ってしまうんです。とにかく答えを見る、そして大事なことは、式を全部丁寧に書き出していってください。そうすれば勘がつかめていきますよ。いいですね」

「奥脇先生、いつもアドバイスありがとうございます。数学のことは、予想していたのでそうがっかりもしていません。それよりも私が焦っているのは英語です。高校時代は結構得意だったのに、長文になるともうおじけづいてしまいます。先生はとにかく英語構文を暗記しなさいと言いますが、私の場合、キーワードとなる英単語の意味がわからないので困ってしまいます。たとえばこのあいだは、『appear to～』という言葉のニュアンスがわからず、まるっきり手がつけられませんでした……」

ここまで書いて、珠緒は鉛筆を置いた。まだ解答して送らなくてはいけないプリントが何枚かあるのだが、通信欄を書いたところで力が萎えてしまったのである。

珠緒は机にうつぶして、声を出さない欠伸《あくび》をした。気を遣っているのは、ここが図書館だからである。勉強部屋がキッチンで、しかも冷蔵庫の横の小さな机では集中することが出来ず、珠緒は図書館に通うようになった。バスに乗って三つ目の所であるが、出来るだけ歩くようにしている。翔から指摘されるまでもなく、運動不足から珠緒はますます膨らんできたからだ。

しかしダイエット、というのはもはや頭の中に生まれてこない。次々と出される課題を解き、送る。これでもう珠緒は息もたえだえになっている。バイトをしている時は、少しは気分転換ということもあったのだが、今はもう何もない。楽しみといえば、図書館のロビーにある新聞、雑誌コーナーで、女性誌をぱらぱらとめくるだけだ。ファッションページには興味がないが、よく料理や食べ歩きの記事が出ていて、珠緒はそれを見るのが好きだった。

毎朝九時の開館を待ち、珠緒は中に入る。窓際のテーブルのいちばん端が、もう定位置のようになっている。カウンターにいる司書の人とも、毎朝目礼し合う仲だ。珠緒と同じような常連さんは何人かいて、「公認会計士」や「国家公務員」などといった参考書を読んでいる。

しかしもっと人が多いのは、一階の新聞、雑誌のコーナーだ。ひと目で定年退職したとわかる年配の男性が、朝からここに来ては、半日新聞を読んだり、週刊誌をめくったりしている。おかげで珠緒は、なかなか新聞が手に出来ないほどだ。

奥脇から言われたことがある。

「新聞は必ず毎日読むように。何もコラムが出題されるからじゃないよ。面接の時に、世の中の流れがまるっきりわからないのって困るでしょう。何よりも新聞を読むと、文章の組み立て方っていうのが身についてくるからね」

それなのに暇そうなおじさんたちは、一度手にした新聞を、なかなか手放そうとしない。今朝の新聞をしっかり握ったまま、ソファでうたたねをするおじさんは何人かいて、そうでなくても受験勉強で苛立っている珠緒は、時々蹴りを入れたくなるぐらいだ。

しかしひとりだけ、とても優しいおじさんがいる。一段落ついた珠緒が、新聞を読もうとラックに近づくと、「はい」と言って自分の持っているものを手渡してくれるのだ。

六十歳ぐらいであろうか。そのおじさんは、他の人とはあきらかに違う。質のよさそうなカーディガンを着て、銀色の髪を綺麗に撫でつけている。英字新聞を読んでいるのを見たこともある。

昼どきになると、珠緒は一応席を確保して外に出る。もっと暖かい頃は、残りものをタッパーに入れて持っていき、外のベンチで食べたりもしたが、寒くなった今では、ワンブロック離れたところにある「ドトール」へ行く。ここのサンドイッチは安いが、なかなかおいしい。サンドイッチだけでは足りない時は、もう一個アンパンを食べることもある。

ある日、催しものの帰りらしく、店は同じような年頃の主婦に占拠されていた。トレイを持つ珠緒を、手招きする人がいる。

「よかったら、こちらへどうぞ」

しぐさで、目の前の席を指しているのは、毎日図書館で会うあのおじさんであった。

向かい合って座って、二人はなんとはなしに微笑み合った。

「こんにちはー。私、宮城珠緒です」

「広瀬です。毎朝会いますね」

「本当ですね。ほとんど毎朝です」

「お嬢さんは、何かの資格試験を受けるのかな」

お嬢さん、という言葉に珠緒の顔がほころぶ。なんていい人だろう。バイト先でも初対面の多くの人は、「ちょっと」とか「おネエちゃん」である。お嬢さんという綺麗な言葉の響きは、この広瀬という紳士には非常にふさわしかった。

「いえ、その、資格試験っていうわけじゃなくって、あの、大学に行きたいなあと思って……」

医学部を受ける、などということはやはり恥ずかしくて、とても初対面の人間には言えなかった。

「ほう……、頑張りますねぇ」

「だけど、高校出てからもう随分たっているんで、いろいろ大変なんスよ」

「そんなことないでしょう。卒業して二年ぐらいですか」

「ヤダァ、そんなァ……」

照れた珠緒は、思いきり広瀬の肩を叩き、目の前のコーヒーが揺れて少しこぼれた。

「あ、すいません」

「いえ、大丈夫」

ハンカチを持ち歩かない珠緒は、紙ナプキンをもらってそれで拭いた。

「だけどえらいですね、大学の受験をもう一回しようなんて」

「もう一回もなにも。私、大学に行こうなんて考えたの初めてなんです」

「それじゃ、ますますえらいよ。大学なんていうのは、高校の流れでそう深く考えることなく受験するものですからね。よほど意志を強く持たなきゃ出来ることじゃない」

眼鏡の奥の目が優し気に頷いた。どうして今頃になって大学に行こうと思ったのか、などと詮索《せんさく》しないのも感じがよい。それから珠緒は、毎日広瀬と「ドトール」で待ち合わせをするようになった。

「このあいだ、センター出願っていうのをしました」

アンパンを頬ばりながら、珠緒は言った。

「あれって書き込むだけで、ものすごくキンチョーしたっスよ」

「それじゃ、タマちゃんは国立を受けるの」

広瀬はもう二回めから、珠緒のことをタマちゃんと呼ぶ。

「いえ、いえ、あの、私の場合はリハーサルっていうのかなー、センター試験がいったいどういうもんか、いっぺん経験しとくようにって。私の本番はさ来年です。そうじゃなきゃ、とってもじゃないけど受からない」

「そうかぁ、センター試験か。僕たちの頃はそんなものはなくって、一期とか二期なんてものがあったなあ……」

「ふうーん。広瀬さんって、どこの大学出てるんスか」

「僕？　かなり昔だけど、一橋大学っていうところ」

「ヒトツバシ……。　ふうーん」

沖縄出身で、受験というものをしてこなかった珠緒は、一橋大学がどれほどの有名校かいまひとつ理解していない。とにかく東京は大学が多過ぎるのだ。私立も山のようにあり、それらがひとつひとつ偏差値や人気によって、順位がついているらしいのだが、あれこれ言われても、頭が混乱してくる。

セイジョーというところは、お坊ちゃん学校だとみんなは言うが、ジョーチとどっちがむずかしいんだろう。少し前の総理大臣の出身校なので、セイケイというところを初めて耳にしたが、あそこはどのくらい有名校なのだろうか……。

「あの、ヒトツバシって、入るの大変なんスか」

思わず質問して、あわててこうつけ加えた。

「すいません、私、沖縄の離島出身なんで、東京の大学のこと、よくわかんないスよ」

「別に、大学がむずかしいかどうかなんて、知らなくたっていいんだよ。たいしたことじゃないから」

「でも教えてくださいよ。私、そういう常識がまるでなくって、この頃、コンプレックスなんです。ホントに！」

「そうか、受験生だものね。それじゃ、ひとつだけ教えてあげる。僕が受験した年、東大は受験を取りやめた。あの頃学生運動っていうのがすごかったからね。そして僕は一橋を受けた、っていうとわかってもらえるかな」

「うへーっ、じゃあ、ヒトツバシっていうのは、東大と同じぐらいむずかしいんだ！」

「少なくとも当時はそう言われてたな。僕の同級生は、よく『東大の入試中止の年の一橋です』って言ってたからねぇ」

「なんか、イヤらしいネ」

「そうだね。くだらないよね」

「でも、広瀬さんは、やっぱり東大行きたかった？　だってさ、そん時、東大がちゃんと入試やってくれてたら、たぶん入ってたわけでしょ」

「さあ、どうだろうなぁ……」

広瀬はコーヒーカップを手に、かすかに微笑んだ。遠い記憶をたどろうとする時、人はよくこういう表情をする。

「タマちゃんはうんと南、沖縄の島で生まれたけど、僕はね、とても寒い富山っていうところで生まれたんだよ」

富山、いったいどこにあったっけと、珠緒は頭の中で、すばやく日本地図を拡げる。そうだ、鉤《かぎ》の手の形になっている石川の右下の方にあったんだっけ。確かチューリップが有名なところだ。

「富山のうんと山奥だよ。僕の親父はね、旧制中学の教師をしていたんだけど、戦争から帰ってきて、これからは教育だって実感したんだろうなぁ、うんと勉強させられた。二つ違いの僕の兄はね、現役で東大の法学部に入ったんだよ」

「わあー、すごい。東大の法学部かァ。私さ、自慢じゃないけど、東大出た人に初めて会ったのはこのあいだのことだよ。お医者さんとか、その同級生。私の担当の奥脇先生はさ、東大の大学院行ってるらしいけど、通信欄だけでまだ会ったことないしさ」

「僕の生まれた村でもね、東大入ったのは、兄が初めてだったんだ。兄が東京へ行く日は大変だったよ。駅に幟《のぼり》を立てて、みなが見送りに来た。村長が、『広瀬研一郎君、万歳』って叫んだもんね。だから僕も、兄に続いて東大入ろうって思ったんじゃないかな」

「ふうーん、そのお兄さん、それでどうしたの。すっごくえらい人になったんでしょ」

「厚生省に入って、まああのとこまではいったんだけど、五年前に癌で死んだよ」

「ごめんなさい。悪いこと、聞いちゃったね」

「そんなことないさ。僕ぐらいの年になれば、兄弟が亡くなるのは珍しいことじゃないもの」

珠緒の中に、不思議なほどはっきりと、ある光景が浮かんだ。チューリップがいっぱい咲いている野原の真ん中に、ぽつんと小さな駅がある。

蒸気機関車が止まり、それに乗り込む一人の少年がいる。幟がいっぱい立ち、割烹着《かっぽうぎ》を着たおばさんや、羽織姿のおじさんがいる。おじさんが叫ぶ。

「広瀬君の武運長久を祈って、万歳！」

少年の胸には斜めに白いたすきがかかっている……。いけない、前にテレビで見た、戦争ドラマと重なっているのだ。

「それでもね、兄はいい時代に官僚になって、バリバリ仕事が出来たからいいんじゃないかな」

「あの、広瀬さんもそうだったわけ？」

つい尋ねてしまった。東大と同じぐらいむずかしいヒトツバシ大学を出た人が、どうして朝から図書館で時間潰しをし、二百五十円のコーヒーを大切そうにすすっているのだろうか。

「僕か……、そうだねえ。まあまあだったんじゃないかな」

広瀬はゆっくりと自分のことを話し始めた。大学を出た後、とある商社に入った。昭和の時代、会社は急成長を遂げ、広瀬もいくつかの世界の都市に向かった。パリにもニューヨークにも住んだし、まだソ連と呼ばれた鼻毛が凍る国にも、単身赴任ではあったがアフリカにも滞在したことがある。

「それで定年になったんだね」

「そうだね。もっと正確に言うとね、早めに退職して、関連会社の役員になることが決まっていた。僕もまだまだ働くつもりだったしね。だけどね、まあ、何て言おうか、権力争いがあってね、僕ははずされてしまった、っていうことかな。家族も、僕があまりいくじがないから呆れてしまって、あまり口もきかない。僕もね、このあいだまで、就職口を世話してもらおうと、昔の仲間や後輩のところをいろいろ訪ねていったんだけど、急に空しくなっちゃってね。多少貧乏しても、迷惑がられる人のところへ行って頭下げるよりもさ、こうして図書館でぼんやりしてた方がいいな、って思うんだよ」

「なんかさァ、それって空しいよね」

珠緒は鼻をぐすんと言わせる。広瀬が淡々とした口調で語った短い物語は、とてもせつない。どうしてだろう。チューリップ畑の中の駅（珠緒はそう思い込んでいる）から、村中の人々の期待を一身に背負い、東京へ旅立った少年ももう死んでしまった。そして残された弟も、せっかくヒトツバシという、東大と匹敵する大学を出たものの、不運な日々をおくっているようだ。

「せっかくいい大学出たのに、なんかつまんないよね。結局はさ、人って年寄りになって、いつかは死ぬんだよね。そう考えるとさー、東大とかヒトツバシ出てもさ、いつか人って、同じとこへ行くんだよねー」

「あれ、あれ、タマちゃん、結構きついこと言うね。なんかさ、言葉は違うけど、うちの家内みたいな感じだよ」

広瀬は苦笑いする。しかし決して不愉快そうではない。珠緒の反応を面白がっているのだ。

「だけど、僕はそうは思わないよ。絶対にさ」

「あれー、そうなの」

「だってそうだろ、タマちゃん。人間はさ、急に二十歳から、六十歳になるわけじゃない。その四十年間でさ、いろんなことを経験するんだ。僕はね、世界中いろんなところへ行ってさ、楽しい経験をいっぱいした。うんとうまいものを食べたし、酒もいっぱい飲んだ。あのね、どうせみじめな老後が待ってるんだったら、何をしても同じだね、なんていうのはさ、まるっきり違うと思うよ」

「そうかー、そうだよね」

「そうだよ。この頃さ、タマちゃんみたいな若い人たちがさ、どうせ、人間いきつくとこは同じ、みたいなことを考えてるだろ。あれって嫌だね。僕はさ、思い出に生きるつもりはないけどさ、四十年はうんと楽しんだ。年とってからのことなんか考えなくてもいいんだ。二十代からの四十年のことを考えて人間って若い時に頑張るんだよ……。いや、なんか説教くさいこと言っちゃったね。せっかくのタマちゃんのコーヒーブレイクなのにさ」

「ううん、私、こういう話聞くの、すごく好きだよ。今までまるっきり聞いたことなかったからさ、すっごく勉強になるよ」

「じゃ、お節介ついでに、もうひとついいかな。これからジャパンタイムズの記事、二人でちょっと読んでみないか。結構面白いよ」

「珠緒さん、こんにちは。寒くなってきましたね。年が明けるといよいよセンター入試が始まります。珠緒さんの本番は、さ来年ということになりますが、今度のセンターも本気で頑張ってください。

さて英語長文が読めなくて悩んでいるとのことですが、珠緒さんの場合語彙《ごい》力が欠けていることが大きな原因です。一般に大学入試で必要な英単語の数は、派生語も含めて三千から四千と言われていますが、全部を憶える必要はありません。最低限の一千〜一千五百をしっかり憶えることが実践的です。具体的には今取り組んでいる『単語集１９００』のＳＥＣＴＩＯＮ１の『常に試験に出る基本単語８００語』とＳＥＣＴＩＯＮ２の七百語、あわせて一千五百単語をしっかり憶えてください。英単語は読むだけでは駄目です。ノートに書き、発音しながら記憶してください。

また英語長文は、単語だけ憶えていても読めません。入試レベルだと複雑な文構造になります。まずはＳＶＯＣ（何が主語で、何が動詞で、何が目的語か）が、見抜けなくてはなりません。基本構文は暗記の他に道はありませんよ。たとえば、このあいだの試験で、珠緒さんは、〈前置詞＋関係詞〉の用法が特に出来ていませんでしたよね。たとえばHe found a place in which he can learn English の英文を例に考えると、この in which は He found a place という文と、He can learn English という文を繋ぐ働きをしています。thatにはこの〈前置詞＋関係詞〉の働きはないので注意しましょう」

このあいだのテストで、英語は惨憺《さんたん》たるものであったが、数学は確実に点数が上がっていった。これは不思議だった。高校時代、珠緒は数学よりも、英語の方がはるかに得意だったからだ。

しかし奥脇の指導どおり数をこなし解くための鍵となる公式を丸暗記していったところ、ある日から、ぱっと目の前が明るくなったのだ。こんな感覚は初めてであった。とてつもなく長い方程式の因数分解でも、しばらく見つめていると、数字が浮き上がってくる。まず整理しなくてはいけない数字だけが、こう姿を変えたいと訴えてくるようだ。この頃はテレビを見ていても、拍手の音が方程式や二次関数に聞こえてくる。パチパチパチ、は(x−1)の三乗、これに声がかぶさってくると、a(x−p)2+qとなっていく。

「なんかさー、不思議なことって起こるんだよね」

ある日翔に言った。

「私さ、高校の時、勉強嫌い、ってわけじゃなかったけどさ、別に好き、っていうわけでもなかったさー。大学行くつもりもなかったから、そこそこの成績とってればいいと思ってた。だけどさ、勉強ってさ、うんと頑張ってやるとさ、ある日何か扉が開くんだよね。私、数学のことじゃ、びっくりしたよ。突然にわかるんだよ。何だ、こういうことなのかってずしんとくるんだ」

「すごいじゃん。オレにはまるっきりわかんない世界だけどさ」

「ま、私なんか扉をやっとひとつ開けただけだけどさ、きっとさ、東大行く人とか、学者になる人って、扉をいくつも、いくつも開けていくんだろうね」

「ふうーん、扉ねぇ……」

「だけど、英語の方はさー、扉が閉まったままだよね。もうさ、単語を暗記する力なんかさ、高校生に較べたらがっくり落ちてるさー」

だけどね、と珠緒は広瀬の話をした。

「この頃さ、コーヒー飲む時に英語の新聞を持ってきてくれんだよ。時事問題っていうやつ？　あれをさ、ちょっとずつ訳してくれるんだ。構文のとこなんかマーカーひいてくれちゃって、すっごく優しいんだ」

「ふうーん、まさか、エロ親父じゃないよな」

翔が不快そうに眉をひそめたので、珠緒は笑い出す。

「まさかァ。すごくいいおじさんだよ。私がさ、英語が苦手って言ったから、教えてくれようとしてるんじゃない。そのおじさんってさ、このあいだまで商社マンだったんだって。ニューヨークとかシカゴに長く住んでたって言ってたさー。英語の発音もうまいよー」

「ふうーん、そうかぁ……」

翔はしばらく目をしばたかせ、やがてぽつりと言う。

「前から思ってたんだけど、珠緒って、いつもまわりに誰か現れるよな。ほら、最初はお客さんでゲイの人が、なんとか医大に合格させてやろうとしてくれたんだよな」

「そう、そう。それで昔の恋人の、美容整形してるお医者さんを紹介してくれたんだよ」

「それでそのお医者さんが、〝受験のカリスマ〟を紹介してくれたんだよな」

「それだけじゃないよ。二年間の通信教育のお金も振り込んでくれたさー。うちのお母さんさ、東京は悪い人が多いから気をつけろ、って言ったけど、そんなことなかったさー。私って運がいいんだよね。親切な人ばっかに会うよ」

「それは違うよ。珠緒がそうさせるんだよ。このコのためには何かしてやりたい、って思うところが珠緒にはあるんだ。オレ、この頃そんな気がするな」

「ええ、私ってすごいじゃん！」

だけどと、珠緒はつけ加える。

「前はさ、こんなにみんなが親切にしてくれたかっていうと、違うような気もするな。やっぱりさ、私が医学部受けるって、とんでもないことを考えついてから、まわりがちょっと変わったような気がするんだよね。人ってさ、一生懸命やってる人にはさ、何か手を貸してやりたくなるんじゃないかな。バイトだけをやってた時って、こんなじゃなかったような気がする……あ、そうだよ」

突然大きな声をあげる。

「親切にしてくれた人の中で、翔ちゃんのおばあちゃんのこと忘れてた。私がさ、朝から夕方まで、ずうっと図書館で勉強出来るのも、翔ちゃんのおばあちゃんのおかげじゃん。私、いっぺんさ、お礼を言いに行かなきゃいけないと思ってるんだ」

「別に、それはいいんじゃないかな……」

「駄目さ。毎月お金を送ってくれる人にさ、ちゃんとお礼を言わないいなんて失礼じゃん」

「いいよ。いいよ。そんなに気になるんだったら、手紙でも書いてくれればいいから」

「私、書いたじゃん。憶えてないワケ」

そうだった、と翔は思い出す。珠緒の字はあまりうまくない。思いきり丸文字のうえ自己流のはね方をする。漢字は間違っていないものの、書き順が出鱈目《でたらめ》なので、時々おかしな形をしていることがある。

「まあ、まあ、手紙を見ればお里が知れるっていうけど……」

という、祖母の呆れた顔がたやすく想像出来た。当然返事はなかった。

祖母が珠緒への親切心から、金を貸してくれたわけではない。ある取引があったのであるが、それは当分秘密にしておこうと翔は決心している。

「来月はさ、いよいよセンター試験じゃん。私、受験っていうのは生まれて初めてだからさー、結構ドキドキもんだよ」

「あれ、珠緒、高校受験したはずだよ」

「私たちさー、離島の子ってさ、特別枠があって推薦でたいていのとこに行けたさー。私ん時は面接だけでOKでさー。島に生まれてよかったところは何ですか、って聞かれて、三線弾いて民謡歌ったら大受けで入ったようなもんだよ。翔ちゃんはさ、中学受験したんだよね。あの頃はかなりやる気だったわけだよね」

「そんなやる気、ってわけでもなかったけどさー。まあ、なんていうか、中学受験ってやるもんだと思ってたんだよな」

当時のことを思い出すと、あの少年が自分だったとは信じられないような気分になる。とにかく親に対して従順な男の子だった。

「このあたりの公立なんかに行ったら、大変なことになるわよ。万引きなんて平気でするようなコばっかりなんだから。翔ちゃんみたいなコは、入ったらいじめられるに決まってる」

という母の言葉を素直に信じて、小学校五年生の時に家からバスで三つ目の塾に通うようになった。そこは成績別に四つに編成され、翔はまずブルークラスに入れられた。最下位の組である。御三家を狙うような子どもたちは、成績がトップであることを示すレッド組のクラスに入り、学習内容も進み方もまるで違う。

そうかといって、最下位のクラスに入れられた子どもたちが、劣等感を持つかというとそういうこともなく、講師の巧みな言葉に励まされる。

「君たちは初めて受験勉強をするんだから、このクラスであたり前なんだよ。まず基礎を一生懸命にやって、それから次のイエロークラスに進もうね」

そういうものかと思い、頑張って塾の宿題もきちんとこなしていったら、三ケ月後のテストでは成績も上がり、すぐにイエロークラスへと進んだ。

「翔ちゃんならやれると思ってた。ね、競争もこんな風にすると面白いでしょう」

と母の由美子は言い、毎日夕食の弁当を届けてくれたものだ。温かいものを食べさせようとジャー式の弁当箱である。

由美子だけではない。毎晩七時過ぎになると、母親が乗った自転車が、学習塾に向かって集まってくる。子どもたちの弁当を運ぶためだ。

もちろん、コンビニで買ったパンやお握りを食べる生徒は何人もいる。しかし由美子は、そんなことをさせる母親を、心の底から軽蔑していたものだ。

「子どもが頑張ってるのに、それに協力出来ない母親って、いったい何を考えているのかしら」

翔は週に三回のコースをとっていたが、六年生の二学期からは、毎日四時間の「直前必勝コース」というのを選択した。その結果、由美子の弁当運びは、土日もない毎日のこととなった。雨の日も、雪がちらついた日も、コートにマフラーを巻きつけて、由美子はペダルを漕《こ》いできたものである。

母の吐く息の白さを、なぜかはっきりと思い出すことが出来る。期待に応えなくてはいけないという息苦しい気分。あれは確かに重圧というものだったろう。けれども、同時にいつも母親のしていた橙《だいだい》色のマフラーの色も憶えている。夜目にも鮮やかな暖かな色が、母の愛情のようにも、希望を導いてくれるあかりのようにも見え、この色に縋《すが》っていけば大丈夫と信じていた十二歳の頃。

その甲斐あって、第一志望の難関校には落ちたものの、そこそこの偏差値の中高一貫校には合格した。上位三十名に入っていれば、早慶には入学出来るクラスの学校だ。由美子は喜んでくれたものの、同時にこうつけ加えた。

「でも、これからが勝負よ。あと六年後に翔ちゃんの人生が決まる時が来るのよ。これからもママと一緒に頑張りましょうね」

えー、これから六年間も同じことをするのかと、体中の力が抜けていくような気がしたものだ。

「それで中学入ってもさ、何かさ、しぶしぶずっと勉強やらされてた、って感じだよな。それで高校入った時には、もう気持ちが続かなくなった、ってとこかな。珠緒みたいにさ、なんか扉が開いた、なんていうの、オレはきっと一度も感じることはないよな」

「翔ちゃんも、やってみれば」

口に出した後で、珠緒はしまったと思う。これはたぶん言ってはいけないことなのだ。翔は学ぶことに対して、屈折した道を辿ってきたのだ。そのために不登校から退学、という事態になってしまった。

いったんはエリートをめざしていた者が、挫折すると、その反発も大きいに違いない。今、翔の心の中には、学ぶことに対して拒否と疑問の心しかないはずだった。

その点、珠緒はまっさらだった。大学受験を考えたこともなかったし、進学する気持ちがだいいちなかった。学ぶことは高校時代で終わる義務、という思いしか持たなかったが、多少は負けず嫌いなところが幸いした。

島から本島の高校に進学する子どもは、たいてい二とおりに分かれる。ひとり暮らしをするため、すぐに自堕落になってしまう子どもと、親の負担が大きい分頑張ろうというタイプだ。珠緒は後者の方だったろう。まだ小さい弟や妹がいるのに、毎月の仕送りは大変だと考えると、アパートに友人を泊めて、お酒や煙草を楽しむ気にはなれない。アパートでひとり暮らしをしていても、ちゃんと勉強をしていたから、成績は中の上ぐらいだったろう。けれどもそこに、何のポリシーもテクニックもなかった。

けれど今はどうだろう。ほんのちょっとしたコツと勉強法を教えてもらっただけなの

に、苦手科目だった数学が、急にわかるようになったのだ。それはまさに、「扉が開いた」感触だ。けれども、だからといって、

「勉強って面白いかも。翔ちゃんも一緒にやろうよ」

と言うのは、翔に対してひどく失礼なことになるような気がする。うまく言えないけれども、翔はまだ二十一歳だが、人生を諦念《ていねん》しているようなところがある。おそらく将来のことを考えたこともないのに違いない。

もし尋ねたとしても、

「そんな先のことを考えても仕方ないよ」

とたぶん言うだろう。しかし翔は珠緒のことを応援してくれているのだ。自分の母親への怒りと意地から、医者になろう、などとんでもないことを考えている珠緒をこう讃えたことさえある。

「オレさ、あのお袋のさ、ちゃんとした大学出てない者は人間じゃない、ような言い方、ものすごくムカついてたんだよな。だから珠緒がああ言ってくれた時はスカッとしたよ。ああ、こんな風にお袋をこらしめるやり方もあったんだってびっくりしたんだ」

「奥脇先生、勉強のことについて書く通信欄に、こんなことを書いてごめんなさい。で

も、何でもいいから、書いてきて、という先生の言葉に甘えて、すごく個人的なことを書かせてもらいます。

今まで言わなかったけど、私は今、男の人と一緒に暮らしています。将来はきっとこの人と結婚するつもりなのですが、この頃ちょっと悩んでいるんです。今、私はバイトをやめ、図書館で朝の九時から五時まで勉強しています。その後、ご飯を食べてもう一度机に向かってまた勉強やって寝ます。一日中勉強漬けの生活は初めてで、かなりつらいですが、奥脇先生のおかげでわかることもいっぱいあって、どんどん進んでいくと、ちょっと楽しいこともあって、まあ頑張ってます。

だけどカレシと話が合わなくなったような気がするのが、ちょっとコワいんです。カレシは東京の中高一貫校を中退して、まあ、プーをやってます。私のことをすごく応援してくれて、頑張れよ、って言ってくれるんだけど、勉強の話はぜーんぜん興味もないし、聞きたくもないようです。だけど私は一日中、勉強ばっかりしてるから、他に話題なんてないですよネ。

たまにカレシとつき合って、ゲームをやりますが、前はすごく面白かったんだけど、今はこの時間もったいないなあ、もっと勉強したいなあ、なんて思ってしまうし、こういうことを思う私って、すっごくイヤだなあと悩みます。

受験の時に恋愛のことで悩むなんてどうよ、と思いますが、私の場合そもそも、カレシと結婚したいために医学部行きたいなんて、考えが不純なんですよね。でもカレシのことは大好きで、このことが私の原動力なんですが……。あ、先生だったら、こんなことで悩むより課題をやりなさい、って言いますよね。

いまEは『単語集1900』半分マスター、Mは『わかるわかる問題集ⅢC』を三分の一クリアしました。だけど生物と化学は、さらっと教科書をさらっただけです。

奥脇先生は生物と化学は、最後の九ケ月あれば完成させると言っていますが、初めてのセンター試験、いくら試しといっても、こんなもんでいいんでしょうか。十何点、なんていうと淋しいと思うんですが……。

寒くなってきましたが、先生もインフルエンザには気をつけて。センターが終わったら一度会えるんですよね」

「珠緒さん、こんにちは。東京もだいぶ冬らしい気候になってきましたが、風邪をひいたりしていませんか。インフルエンザには、くれぐれも気をつけてくださいね。

それでは珠緒さんの質問に答えていきたいと思います。まずは彼氏さんとの関係について。『受験に恋愛は禁物』という人がいますが、僕は必ずしもそうではないと思います。意志を強く持てば、恋愛と勉強の両立は充分に可能だと思います。

（珠緒さんや彼氏さんを直《じか》に見ているわけではないので、ここからは参考程度に聞いてください）

ただしこのままでは、二人の関係や珠緒さんの受験がうまくいかない可能性もあるかもしれません。彼氏さんは、珠緒さんの受験を応援してくれているとのことですが、過去の経験から勉強に対して多少の抵抗感というか、嫌悪感といったものがあるかもしれません。そうであれば、珠緒さんが勉強していたり、あるいは勉強の話をしたりすることは、あまり嬉しいことではないかもしれませんね。さらには、珠緒さんがこの調子で勉強していって成績も良くなり、医学部合格も見えてくるということになると、自分に対して劣等感を持つ可能性もあります。そうすると、珠緒さんとの関係にも、珠緒さんの受験にも、少なからず悪影響が出てしまうと思います。

これを解決するためには、彼氏さんの勉強への抵抗感、嫌悪感を減らすことが最良の道です。そしてこれが出来るのは、おそらく珠緒さんだけだと思います。

珠緒さんも感じているように、知らないことを知る、解けなかった問題が解けるようになるというのは本当に楽しいことです。彼氏さんも、珠緒さんの話の中で『へぇー、そうなんだ』と、わずかでも興味を抱く内容があるかもしれません。そういったところから、彼氏さんの勉強への抵抗感の壁を崩していければ理想的ですね。

次にセンター試験についてアドバイスしたいと思います。珠緒さんにとって初めてのセンター受験となりますが、今回は合格点を取ることが目的ではなく、現状の実力やこれまでの勉強の成果を知ること。そしてセンター試験の雰囲気、ひいては大学入試の雰囲気を体験することが目的となります。

『十点しか取れなくて大丈夫か？』と心配しているようですが、全く気にする必要はありません。

今回は本番ではないといっても、もちろん試験である以上、真剣に取り組んでほしいですし、良い点数が取れるに越したことはありません。ですが勉強していなかったり、つけ焼刃の勉強で、点数が取れるほどセンター試験は甘くありません。ですから勉強が進んでいない化学や生物については、点数が取れなくても気にする必要はありません。しかし、勉強がある程度進んでいる数学や英語については、これまでの理解度を測るために、ある程度の点数を取ってくださいね。

といっても、初めてのセンター試験受験で、多くの受験生に囲まれたり、本番の独得の雰囲気にプレッシャーを感じ、緊張してしまって思うようにいかないことも往々にしてあると思います。ただ珠緒さんには、今年受験することでさ来年の本番に向けてより一層努力していってくれればと思います。

最後に、受講中に講師と生徒が会うことは、当塾の規則で禁止されています。すいません。ただし毎年三月に合格者と講師スタッフが、一堂に会する合格祝賀会が開催されます。そこで珠緒さんに会えるのを楽しみにしています。

それではくれぐれも風邪に気をつけて」

奥脇からの通信欄を、珠緒は何度も読み直した。

「これが出来るのは、珠緒さんだけ」

という言葉がやたらひっかかる。勉強の話をして、しかも翔に抵抗感や嫌悪感を与えないようにする、こんなことが、本当に出来るのだろうか。

このところ、珠緒の話題といえば、もっぱら図書館で会う広瀬さんのことが多い。

「広瀬さんってさ、娘が二人いるらしいよ。どっちも三十過ぎてても結婚しないんだって。それですごく困ってるんだって」

「ふうーん、そんなの別に珍しくないじゃん」

「そうだけどさ、私、ケイタイの写真見せてもらったけど、二人ともすっごい美人だよ。なんかさ、勉強も出来たみたいだね。一人はどっかの大学の講師になってるって言ってたよ」

「だけどさ、そういうのってカッコいいじゃん。うちの姉ちゃんみたいにさ、いつも男の品定めばっかかして、そのためにおしゃれして合コン行ってるってサイテーだよな。それでひっかかる男が結構いるから驚くよな」

「あのさ、会ったことないけど、翔ちゃんのお姉ちゃんって、美人なんでしょ」

「まあ、そこそこはいけてんじゃないの。高校生の時にさ、スカウトされたのが自慢だしさ……。だけど、まあ、あのレベルなら、ちょっと化粧頑張れば、誰だってなれるんじゃないのかなぁ」

「そんなことないさ。たぶんきっと美人なんだと思うよ。だったら仕方ないよねー」

「何がだよ」

「生まれつき綺麗な人ってさ、やっぱり、そういう生き方しちゃうんじゃないのォ。自分は特別なんだから、やっぱりそういう男の人と結婚するのがあたり前だってさー」

「姉貴が何考えてるか、なんてよくわかんないなぁ。だけどそこまで図々しいこと思ってんのかな」

「思ってるさ。私なんかさ、最初から考えたことないけどさ。お母さんからも、ずーっと言われてたもん。男は分相応を選べとか、とにかく自分で働かないとみじめになるよーとかさ。だけどさ、働くっていっても、どういうことをしたらいいのかよくわからなかったよ。まあ、手に職つけようと思って簿記の学校行ってたけど、まさか自分がさー、医者になろうとするなんて、思ってもみなかったさー。ねえ、翔ちゃんは、私が本当にお医者さんになれると思ってる」

「うーん……」

「はっきり言っていいよ」

「正直言うとさ、最初はまるっきりムリだと思ってたけど、この頃、ひょっとすると、本当になれるかもしれないって思ってる」

「ねえ、翔ちゃん！」

珠緒はいきなり翔に抱きついた。鼻の先でセーターをこするように顔を寄せる。

「翔ちゃん、私のこと捨てないでねッ」

「そんなの、あったり前じゃん」

「私がこんなに頑張ってんのもさー、翔ちゃんと結婚したいからだよー。本当だよ。だから私が、もし医学部入ってもさー、私のこと捨てたらイヤだからね」

「わかってるってば」

珠緒はがばっと顔を上げる。

「ねえ、今日、久しぶりにエッチしようよ」

「いいよ、いいよ」

翔は微笑んだ。

「珠緒は疲れてんだからさ。オレたち、そんなことしなくたってさ、わかってるんだから」

第十三章　また福原家のこと

クリスマスイブは、勝負の時ではない、と可奈は考える。それは総括の時なのだ。その年、どんな男と恋愛し、どこまでお互いの気持ちを盛り上げていったかを、確認するためにこの夜はあるのだ。

ボーナスが出ない派遣社員だからといって、母親に小遣いをねだり、それでワンピースを買った。このところの不景気で、バーゲンの日にちはどんどん早くなり、おまけに割り引き率もすごい。愛らしいベルトがついた灰色のワンピースは、早々と半額になっていたのだ。

冬にノースリーブを着るというのは、若く綺麗な女の特権である。可奈はさらにこのワンピースをひきたたせるため、美容院でブロウしてもらった。イブの日とあって、いきつけの青山のサロンは客がひっきりなしだ。予約していったのに随分待たされたうえ、いつもよりも時間が短かった。しかし担当の男性美容師は、こんな風に可奈に話しかける。

「今日、イブのデイトだよねー」

「まあ、そういうこと」

「じゃさ、ちょっと盛ってみようよ」

「えー、あんまりハデにしないで」

「大丈夫、大丈夫。絶対にキャバ嬢みたいにはしないからさ」

そうして珍しくカーラーを使い、コームを使って後頭部に逆毛を立てた。そうして盛り上げると、髪はぐっと華やかに女らしくなる。

「これ、すごくいいかも」

「ね、いいでしょ。だけど今夜どこ行くの。いいよなあ、イブにデイトなんて。こっちはもう二十年間ぐらい、そんなことしたことないよ。たいていぐったりして、店のコたちとビール飲みに行くぐらい」

可奈はふふと笑う。今夜はミシュランで三ツ星をもらったフレンチレストランに行くことになっているのだ。この店は予約が取れないことで有名で、まず電話が通じない。いつもお話し中なのだ。可奈のまわりでも、このレストランに行った者はほとんどいなかった。

しかし北沢は、可奈のために、この店をイブの夜に予約してくれたのだ。先輩に急な仕事が入りキャンセルになった席を譲ってくれたというのだが、いずれにしても彼の実力はそれだけでわかる。

イブの夜、レストランは満席であった。特別のノエルメニューは、一人前二万八千円する。いいワインを頼めば、二人で十万円はくだらないだろう。けれども店は北沢や可奈と同世代の、若い男と女でいっぱいだ。いったい彼らは何をしているのか。よくわからない。ただ言えることは、世の中はどれほど景気が悪いか、貧しい人が増えているかをニュースが伝えていても、確かに富を得ている層はあるという事実だ。

自分はといえば、イレギュラーの立場だろうと可奈は思う。恋人、あるいは知り合いの男たちがいるから、こうした店に出入り出来るのだ。それではレギュラーになるというのはどういうことなのか。もちろん妻になるということだ。店にふさわしい服装をし、顧客として店の者たちに扱われる。ものおじすることなく、慣れた風に女友だちとテーブルを囲み、そして最後に夫名義の家族カードを取り出すのだ。

「これでお願いね」

自分に果たしてそんな日が訪れるのだろうか。ともかくもイブの夜というのは、男も女もあらたまった気分になるはずだ。そして幸運ならばこの夜に誓いというものが行われるはずであった。とにかく慎重にことを運ばなければならない。

「本当に素敵なお店ね」

可奈は無作法ゆえでなく、無邪気な好奇心のため、という風にあたりを見わたす。

「よく雑誌に出ていたけれど、来るのは初めてだわ。インテリアもお花も素敵……。イブの夜にここに来られるなんて夢みたいだわ」

「先輩から聞いたんだけど、バブルの頃ってさ、こういう店って、イブの夜は時間制で二回転してたらしいよ。そしてね、一部の終わりの時間が近づくと、壁ぎわに座ってた女の子たちが、いっせいにプレゼントの包みを開けるんだってさ。あれはすごい見ものだったよなァ、って今でもよく言ってるよ」

「ふうーん。ねぇ、どうしてあの頃の人って、そういうおかしなことしてたのかしらねえ。女の人たちって、一緒くたにされて怒らなかったのかしら。私、不思議で仕方ないわ」

「一緒くたにされても、お金を使ってくれれば嬉しいって、そういう時代だったんじゃない」

食事の後は、ごく自然の流れで、北沢の部屋へ行く。そこは白金のプラチナ通りから少し入ったところに建つ高級マンションだ。１ＬＤＫということになるが、外国人仕様なのでリビングルームがとにかく広い。最新のシステムキッチンに、ひとが一人住めそうなほどのウォークインクローゼットがある。

初めてここに来た時、リビングルームや寝室に置かれたモニターに驚いたものだ。各国の情報や数字が流れてくるのだ。

「僕みたいな仕事していたら、みんなこれをうちに置いてあるよ」

と北沢はこともなげに言ったけれど、初めてそういうことになった夜、寝室のモニターは切ってくれた。

それからもう六回、この部屋に来ている。だからコーヒーメーカーのありかもわかる。コーヒーカップは、形が揃っていないものが三つ。キッチンの棚にはあとは皿が数枚あるだけだが、それはこの部屋に女が出入りしていない証だと、可奈は見当をつける。これだけの場を与えられれば、たいていの女は張り切って食器や小物を揃え、あちこちに置こうとするに違いない。

これまた安っぽいトレイに、コーヒーカップを二つのせ、ソファのところへ持っていくと、北沢は、アイポッドをいじっている最中であった。

「なんかさァ、操作ミスでさ、ダウンロードしたはずのが消えちゃったんだよな」

「また？　レイちゃんは、仕事のパソコン以外のメカはまるっきり弱いんだから……。今度私が入れといてあげるわ」

「サンキュー。だけど明日の朝聞こうと思って、楽しみにしてたのになあ」

彼は近くのジムで、毎朝三十分間ランニングマシーンに乗る。その時に好きな曲をたっぷり詰めたアイポッドは必需品なのだ。

「あ、それから、これ」

北沢はブルガリのマークがついたPCケースをごそごそ言わせ、中から小さな包みを取り出した。その包み紙と大きさから、可奈は瞬時にそれが何かわかった。ブランドものファッションリングだ！

「はい、これ、クリスマスプレゼント」

「わあ、本当。うれしい！」

たぶん何かあるだろうと思っていたが、リングとは思っていなかった。交際三ケ月にしてはかなり重たいアイテムである。

北沢はまじめな男である。ベッドを何回か共にして、その思いはますます強くなっている。ファッションリングといってもランクはいろいろあり、上は本物の宝石を使ったエンゲージリングのようなものもあるのだ。

もしかして、北沢は今夜こう言うのではないだろうか。

「結婚を考えて、つき合ってくれないか」

まだ出会ったことはないけれど、そういう男もいるらしい。深い仲になる前に、結婚を申し込む男だ。結婚を前提にしなければ、若い女とセックスをするなど、不誠実このうえない、と思っているのである。ちゃんと段取りをつけなければ気がすまない男というのは、退屈なものだけれど結婚相手には向いているかもしれない。

北沢もこのタイプの男だろうと、可奈は白いリボンを丁寧に解きながら考える。今まで金持ちの男や、収入の多い男と何人も出会ったが、みんなよく喋る。自分をアピールし、そのエネルギーを他の女にも向ける男たちだ。そしていつしか可奈は寡黙で誠実で、そして高収入、という男を求めていた。北沢はぴったりの男だ……。

やっとリボンが解けた。小さな四角い箱。これを開けたとたん、可奈の人生は変わるかもしれない。

が、箱の中にあったのは、愛らしい形の花のピンブローチであった。

「リングじゃないの……」

思わず口にしてしまった。

「えっ？」

「箱で、リングだと思っちゃったの」

「ごめん、ごめん。だってサイズ知らないし、一緒に買いに行く時間もないしさ……」

「でも、リングが欲しかったの……」

落胆のあまり涙が出てきた。北沢はといえば、驚きと困惑とで、口をぽかんと開けている。

「まだつき合ったばっかりだから、リングなんか貰えないってわかってた。だけど初めてのクリスマスだし、この箱見たら、もしかしてって思ったの。高いのじゃなくてもよかった。リングが欲しかったのよ……」

「ごめん、ごめん。僕がまぎらわしい箱にしたのが悪かったんだね」

北沢は可奈の肩を抱いてひき寄せる。その時、彼は今までの男とまるで違うと直感した。

「そうじゃないの。図々しくリングだと思った私がいけないの……」

涙はいくらでも出てくる。この男には涙が有効だとわかったし、そして泣き続けることは大層気持ちよかった。

「ごめんね、レイちゃんにいやな思いさせて。リング貰おうなんて、とんでもないよね……」

「あのさ、可奈ちゃん」

北沢は息を整えている。

「僕さ、可奈ちゃんのこと大好きだし、これからもつき合ってほしいと思ってるんだけど、あの、すぐに結婚っていうのはむずかしいかなあと……」

「私、そんなこと言ってないわ」

可奈はきっとして答える。何、これ？　先まわりされているってワケ？

「私だってまだ学校出たばっかりだし、結婚なんて考えてないもん」

「わかってる、わかってるってば」

北沢はなだめるように、優しく可奈の肩を叩いた。

「僕の問題なんだってば。僕のうち、両親が離婚してるし、なんていうか、家庭を持つってことまるっきり自信がないんだよね。自分にそんなこと出来ないって、昔から思ってるんだ。それなのに可奈ちゃんに悪いかなあって、この頃考えちゃってさ」

「そんなの、関係ない」

可奈は北沢の腕をしっかりつかみ、彼の顔を下からしっかりと見つめる。都合いいことに、涙はまた湧いてきた。

「あのね、私、レイちゃんのこと本当に好きなの。今まで会った男の人の中でいちばん好き。だから結婚なんかしてくれなくてもいい。そばにいられるだけでいいの。本当よ。本当なんだってば」

「可奈ちゃん！」

北沢は可奈に激しく口づけし、そのままソファに押し倒す。そしてワンピースのジッパーを荒々しく下げた。

そういうことがある時は、その前にシャワーを浴び、きちんとベッドの上で行う、いつもの北沢とは別人のようだ。それが証拠には大切な手順を忘れているが、まあ、いいかと可奈は目を閉じる。

「お母さん、お元気ですか。

そろそろそちらでも、梅が満開になる頃でしょうね。

私が電話やメールではなく、こういう手紙を書く時は、あらたまったことや言いづらいことが多いのですが、今回もやはりちょっと言いにくいことです。が、そんなに悪いことではありません。

実は可奈が結婚することになったのです。それならば喜ばしいことなのですが、まあ手ばなしで喜べないのは、妊娠していて、今三ケ月になったところです。今では少しも珍しくないということですが、やはりみっともいいことではありません。ひとり娘ですので、親としてはきちんと披露宴をあげさせ、ウエディングドレス姿もお母さんに見ていただきたかったのですが、それもむずかしいことになりました。

相手のご両親の方も離婚しているので、披露宴はせず、入籍だけ近々すませるそうです。あちらは北沢さんといって、外資の銀行に勤めている人です。私もよくわからないのですが、株で何十億というお金を動かす仕事だそうです。お母さんは『株屋さんかい』と眉をひそめるかもしれませんが、最近のこういう人たちは一流大学を出て、とんでもない給料をとるエリートのようですね。

お母さんもご存知のとおり、可奈は昔からとても見栄っ張りで、お金持ちに憧れるところがありました。いつも上の方、上の方ばかり見ていて、親の私から見ていてもうんざりとしたほどです。しかし今となってみると、自分の理想を貫いたわけですから、これはこれで認めてやるべきことかもしれません。

なんでも白金のとても豪華なマンションに住むとかで、今からとても浮かれています。あちらの方が何でも持っているそうなので、結婚資金にと思っていたお金を持たせるつもりです。お母さんも、今年の暮れにはひ孫の顔が見られるかもしれませんね。

まあ可奈の方はひと安心として、相変わらず何をやっているかわからないのが翔の方です。前にも話したとおり、一緒に暮らしている女が、医学部に入るとか、とんでもないことを言い出して、今は仕事もしていないようです。もう翔のことは考えまいとしているのですが、家事も全部やっているそうで哀れでなりません。全くとんでもない娘です」

生後六ケ月の息子をベビーカーに乗せ、可奈は表通りを歩いている。

プラチナストリート……。名前どおりに素敵な通りだ。両側の木々は若葉をつけ、優しげな淡い陰をつくっている。しゃれたブティックやレストランが点在しているが、表参道で見かけるような若い人はいない。あくまでも大人の街なのだ。

このあたりの高級マンションに住む女たちは「白金マダム」とよばれるが、可奈も二十三歳にしてその名称を得たことになる。

仲間の中でいちばん早い結婚で、そしてたぶんいちばん羨しがられる結婚になった。

「あの人、大学一年から婚活してたもん」

「できちゃった婚なんて、あの人らしい」

などと陰口を叩かれているのは知っている。が、しかしそんな陰口は、彼女たちがどれほど嫉妬しているかという証のものだろう。

このあいだは子どもを連れて、初めて青山の紀ノ国屋へ買物へ行った。夫が子どもを抱いていてくれたので、ゆったりとした気分で店内をまわることが出来た。

ここには何でもある。最高級のチーズに生ハム、ワイン。名前も使い方もよくわからない輸入品の香辛料やレトルト食品。野菜は、色も形も選び抜かれたようなものが、丁寧に並べられている。当然値段は高い。どれも驚くような値段だ。が、それを気にすることなく、次々と品物を籠に入れていく暮らしが、可奈の夢みていた結婚だった。

今、それは予定よりもずっと早く実現した。可奈は白いブラウスにデニムという格好をしているが、この店の客にふさわしく、それにヒールのある靴と、薄手の上等のカーディガンを合わせている。自分でも少々気恥ずかしくなるほど、わかりやすい幸福だ。

ただひとつ気になるのは、北沢が思っていたよりもずっと吝嗇だということである。

「僕は確かにすごくいいサラリー貰ってるけど、税金がものすごいんだよ。税金を引かれたら、景気がよかった頃のテレビ局ぐらいの額だと思うよ」

そんなことをくどくどと説明され、可奈は少々腹が立った。彼は誤解しているようだが、自分は決して浪費家ではない。収入のある男と結婚したいと願っていたが、それは格別の贅沢をしたいからではなかった。

金を持った男と結婚したからといって、洋服やアクセサリーを買いまくり、海外旅行に出かけるような、自分はそんな育ちの悪い人間ではない。質素に暮らせと言われれば、そのようにするだろう。しかし金がなくて質素に暮らすのと、金はあるけれども質素にしている、というのとではまるで意味が違うはずだ。

たぶん自分は、品よく、ほどほど質素に出来る。若くして高収入を得る男の妻として、とてもうまくふるまってみせる。可奈はそうしたことを主張したかったのであるが、その前に、夫となり、以前よりは強気に出る北沢がこう言ったのだ。

「可奈ちゃんも知っていると思うけど、僕たちの仕事ってせいぜいが四十五までだ。それ以上は体力も気力も続かないんだよ」

「わかってるわ」

だからこそ外資で株を扱う者たちは、信じられないほど高額な給与を手にするのだ。

「僕もいずれは何かファンドをやるつもりだけど、その前に投資物件を買ってうまく給料をまわしてくつもりなんだよ。だからこのうちのお金はすべて僕にまかせてほしい。

たぶんいろいろ複雑過ぎて、とても可奈ちゃんにはわからないと思うよ」

ということで、月々の生活費を現金で渡してくれることになった。それは可奈が予想していたよりもやや多いが、友人から嫉まれるほどではない。

家賃は会社から出ているので、そう使うことはないだろうと北沢は言うが、金持ちのエリアというのは、住むだけで金がかかる。近くのスーパーの値段も、クリーニング代も、可奈の実家のあるところよりもずっと高い。

そして何よりも、ひとり息子の航一には、いろいろと金がかかった。広尾の駅の近くまで行くと、可愛らしいベビー用品の店が何軒もあり、見るたびについ買ってしまう。今押しているベビーカーも、輸入品専門の店のものだ。

あと一年もたったら幼児教室へ行かせなくてはならないだろう。もちろん小学校受験をさせるつもりだ。自分は高校までずっと公立だったため、どれほど肩身の狭い思いをしただろう。

頭も器量も自分よりもずっと下のくせに、小学校から女子大の附属に通っていた同級生に、見下された態度をとられたことがある。他校の男子学生に大変人気のあるあの女子大のゴルフ部は、小学校、あるいは中学校からのエスカレーター組しか入れない、というのが不文律であった。〝外部の人〟というのは問題外なのだ。

自分の子どもには、絶対にあんな思いをさせないと、可奈は息子をぐっと抱き締める。

赤ん坊の体からは、幼い生き物独得の、甘ったるいようなサナギのようなにおいがする。

私立の附属もいいけれど、男の子だったら中学受験をさせ、将来東大へ行くようなコースもいいだろう。それにしても小学校は、そこいらの公立ではなく、名前のとおったところに行かせたい……。などという話をすると、北沢は不機嫌になる。

「こんな赤ん坊の時に、進学の話をしても仕方ない」というしごくもっともな理由だ。

そして彼の子どもに対する態度は微妙である。可愛がることは可愛がるのであるが、〝おっかなびっくり〟という感はまぬがれない。父親になったばかりの男というものは、こんなものだろうと思っていたのであるが、ある日、

「女の子ならよかったのに……」

とぽつんと言った。

「女の子ならただ可愛がるだけでいいと思うんだけど、男の子はさ、どうしていいのかわかんないよ。ほら、僕は、親父にキャッチボールしてもらったとか、動物園に連れていってもらった、とかいう記憶がまるでないからさ」

北沢の両親は早くに離婚していて、薬剤師をしている母親の手ひとつで育てられたのだ。

「そうか、そうだったよね」

可奈は胸がいっぱいになる。たいして自慢出来るような家族ではないが、自分のうち

はとにかく四人揃っていた。弟があんな風になるまでは、家族団欒《だんらん》というものも確かにあったはずだ。

「でも、お父さんがいなくなってもさ、レイちゃんは今みたいになっててえらいよ。京大出てさ、すごい仕事に就いてるんだもの立派よ。もっと自信持っててていいわよ。うちの弟みたいにちゃんと両親揃ってても、学校中退して、プーになってるサイテーの人っているもの。ちょっと頭のおかしい女の子の言いなりになってるのよ。信じられないわ」

第十四章　そしてまた宮城家のこと

「奥脇先生、こんにちは。

　だんだん暑くなってきましたね。聞いてください、この私が三キロ痩せたんですよ。今までどんなダイエットをやっても、まるっきり変化がなかった私が、何もしなくてもこの二ケ月で三キロ痩せてしまいました。

　やっぱりセンター試験の結果がショックだったんですね。生物や化学がどうしようもないことはわかってたけれども、あんなに勉強してた数学があんな結果で、本当に涙が出てきそうでした。救いといえば、英語が案外よかったことでしょうか。長文を読むカンが、ちょっとついてきたような気がします。

　それでセンター試験の時、通知が来てうちの近くの女子大に行ったんですけど、まわりを見ても、私よりずっと若い高校生ばっかりです。中にはちょっと年くった人もいるけど、せいぜいが、一年か二年の浪人ですよね。それなのに私ときたら、もう二十歳をとっくに過ぎてんですよ。答案用紙を配られている最中、私、なんかものすごく間違ったことしてるのかなァ、と思っちゃいました。だって、みんなより、四つも五つも年が上なんですよ。どんなに頑張ったって、現役の高校生にかなうはずないと思ったら、とてもみじめな気持ちになってしまったんです。

今、生物の暗記をやってますが、頭にうまく入ってこないような気がして焦っています。図書館の開く時間に行って、朝から晩まで勉強してると、なんだかぼーっとしてきて、現実の世界に生きていないような気がするんです。ご飯を食べるのも、お風呂に入るのも、なんか本当のことじゃないみたい。前に相談したカレシのことも、もう、どうでもいいか、っていう感じ。とにかく今の私は、入試のことしか考えられません。本当に頭がちょっとヘンになるぐらい勉強してます。それなのに、もし落ちたらどうしようかって、夜寝てるとそのことばっかり考えて眠れなくなるんです。

先生にだけ言うけど、私、もし入試ダメだったら、カレシと別れようと思ってるんです。詳しい事情はご存知ないと思いますが、私はカレシのお母さんの前で、

『絶対に受かって、もうあんたをエバらせない』

というタンカを切ったんです。仕方ないです」

「あれーっ！」

突然珠緒が大きな声を上げた。

「どうしたんだよ、珠緒ってば」

翔は急いで揺り動かす。さっきまで軽いいびきをかいて、心地よさそうに寝ていたはずなのに、夜中に声をたてたのだ。悪い夢でも見ていたのだろうか。珠緒がうなされたのは初めてのことだ。

狭い部屋なのでベッドは二つ置けない。独り暮らしの時に珠緒が使っていたシングルベッドの下に、翔はマットレスを敷いて寝ていたのだが、いつのまにか逆になった。珠緒の方が遅く寝ることが多くなったからだ。翔はベッドから降り、珠緒の枕元に座る。闇の中でも、珠緒が目を見開いているのがわかる。

「なんかさー、夢を見てたよー」

「大学の夢だろ」

「そうなんだよ。私さ、どっかの大学の庭に立ってたら紙が貼り出されててさー、その中に私の番号がないわけ。ああ、やっぱり落ちたんだーって思ったらさ、何か泣けちゃう夢さー」

「バカだなぁ……」

翔は珠緒の頬をさすった。本人も言っているとおり、そこから肉が少々そがれているのがわかる。

「翔ちゃん、わかったさー、入試勉強って最高のダイエットさー」

などと笑っていたのは一ケ月前のことで、この頃の珠緒はそんな冗談も口にしない。

先日の、大手の予備校が行った模試があまりよくなかったのだ。

生物と化学と世界史は、まだ勉強を始めて半年しか過ぎていない。

「この三つはどうにかなる。それよりも配点の高い英語と数学でとにかく稼ぐのだ」

という奥脇の言葉どおり「セレクト70英語構文」という参考書の一テーマを毎日音読し、暗記した後はノートに写す。そしてまた憶えているかとチェックするという繰り返しを毎日続けた。

「もし憶えられなかったものは、カードにしてトイレの中でも見るように」

という彼の指示に従い、眠りにつく直前まで布団の中に持ち込んでいる。しかし今回、英語の点数が思っていたよりも伸びなかったのだ。

「奥脇先生が、宮崎大医学部のことを話してくれたさー。センター試験で八割とれないと合格は無理なんだよー。八割だよ、信じられる？　ほとんどミスは出来ないじゃん。もう私、絶対に無理だなァって思っちゃうよ……。無理なんだよ、最初から無理なんだよね……」

珠緒は闇の中で、深く短いため息をついた。

「珠緒、もうやめなよ」

翔は叫んだ。

「そんなにつらいんなら、やめていいよ。そうだよ、やめな。明日からまた元に戻ればいいよ」

「駄目だよ、それは駄目」

珠緒はすごい勢いで、がばっとはね起きた。その勢いで翔を睨むように見つめた。

「私ひとりだったら、とっくにやめたかもしれない。だけどね、すごくみんなが私のためにやってくれたんだよ。ここに来るまでさ、みんなが知り合いや、昔の恋人に頼んでくれたさー」

「そんなの、みんな面白半分かもしれないじゃん。そんなの本気にしなくたっていい。無責任な親切のためにさ、死ぬほど苦しまなくたっていいんだよ」

「駄目、駄目だよ。あのさ、私、よくわかんないけど、世の中でたぶん百パーセント純粋な親切なんてないじゃん。みんなどっか、えらそうなとこや面白がってるところが混ざってると思うよ。でもそれでもいい。親切にしてくれたのは本当だもん。私、それをパーにすることは出来ないさー。それにさ」

珠緒は、そうだよ、と頷いた。

「バイトしないで勉強だけするようにってさー、翔ちゃんのおばあちゃんが、ものすごい大金を貸してくれたんだよね。おばあちゃんの気持ちをないがしろにするなんて、そんなこと出来ないさー」

「大丈夫だよ。あれはさ……」

ついうっかりと、大切なことを口にしてしまった。

「ちゃんと約束してるから大丈夫だよ。もし珠緒が合格しなかったら、僕が心を入れ直してちゃんと大検受けることにしてる。どんなとこでもいいから大学に入ってみんなを安心させてやるってことが条件なんだから平気なんだよ」

「何よ、それ、何よ」

ちょっとォと、珠緒は翔のパジャマの胸ぐらをつかんだ。その尋常ではない力の込め方に、翔はやっとことの重大さを悟った。

「だから……、おばあちゃんだって、老後のための大切なお金だから、ちゃんとしてくれって……」

「だから⁉」

「おばあちゃんにとってさ、僕のことがいちばん心配なんだよ。だからもし珠緒が入試に失敗したら、僕が今度はチャレンジしろって。それが条件だったんだよ。でも、そんなに怒ることないじゃん……。せっかくお金を貸してくれたんだから」

「怒るさー」

珠緒の大声が、闇の中でさらに響く。

「私、翔ちゃんのおばあちゃんに本当感謝してたんだよ。あんなイヤなお母さんを産んだ人にしちゃ、なんていい人なんだろうと思ってた。それって、違ってたんだよね。翔ちゃんのおばあちゃんはさ、私なんか受かりっこないと思ってる。それで落ちると思ってるからお金貸したんだよ。そうすれば翔ちゃんも、まともになって大学生になるわけじゃん。翔ちゃんの方がさ、ずーっとずーっと大事なわけだけど、やり方が汚いじゃん。やっぱりあのお母さんの母親だけあるさー」

「それってさ、ちょっと言い過ぎだと思うよ」

今度は翔の声がとがってくる。

「おばあちゃんは、本当に好意で貸してくれたんだよ。だけどさ、それにちょっと条件つけただけだよ」

「その条件がイヤらしいんだよ」

「だけどさ、お金なんてそんなにやすやすと貸してくれるもんじゃないんだから、おばあちゃんが、孫の僕にさ、何か言うのは普通だと思うよ」

「あのさ、翔ちゃんは気づかないかもしれないけど、今の話から、どうせあの娘なんかが医学部受かるはずはない。うまくいくはずはない、もう結果は見えてる、っていう態度がミエミエじゃん」

「だとしたら、そういう人たち見返せばいいじゃん」

「あのさ、私が口惜しくて悲しいのはさ、翔ちゃんもそういう人たちに加担してたってことさー。ひどいよ、きっと受かるよ、バカにするなよ、ってどうして言ってくれなかったの」

「そんなさ、バカにするな、なんて怒るよりもさ、お金を借りた方がずっといいじゃん」

「違うよ。プライドの問題だよ」

闇の中で、珠緒の鼻息が少しずつ荒くなっていく。何かを抑えようと、大きく呼吸をしているのだ。

「そういうのって、ものすごく私のプライドを傷つけてるさー。私って、翔ちゃんにさ、大検受けさせるための道具に使われてるみたいだよ」

「そんなカリカリしなくたっていいじゃん」

「するよ」

「あのさ、この頃の珠緒おかしいよ。勉強ばっかりしてるからおかしくなるのはわかるけどさ、やたら怒りっぽくなってるし、プライドなんて言い始めるしさ。プライドなんて言葉、珠緒には全然似合わないよ」

「そうかな。じゃ、プライドの似合う人って、どういう人よ」

「そんなさ、わかんないけどさ、とにかく似合わないワケ」

「私だって自分がこんな言葉使おうとは思ってもみなかったけど仕方ないじゃん。一生懸命何かやるとさ、やっぱりプライドっていうもんは自然と生まれてくるさー」

「あのさ、こんなこと言いたくないけどさ……」

翔はためらいがちに口を開く。窓の下の方が明るくなっていった。もうじき夜が明けるのだろう。

「何か珠緒って、変わっちゃったよ」

「そりゃあたり前じゃん。変わんなきゃ、受験勉強なんか出来ないさー」

「でもさ、オレさ、ガツガツしてる女って苦手なんだ」

「ヘッ」

「昔からそうだよ。やたら張り切る女の子ってどうにも駄目なんだよな。ほら、会った頃の珠緒ってさ、面白くって、可愛くって、一緒にいるとすげえ楽しかった」

「それって何よ。もう翔ちゃんは私のこと、嫌いになったっていうこと」

「そうは言ってないよ。だけど、あんまりガツガツしないでほしいって思ってるだけ」

「だけどさ、これってさ、私、翔ちゃんのために頑張ってんだよ」

「それって、もう違ってると思うな」

翔は言った。

「珠緒はもう、自分のために頑張ってるよ」

「そりゃさ、自分のためにやってるとこはあるよ。だけどさ、それは半分。半分っこは翔ちゃんのため、翔ちゃんとちゃんと結婚したいからさー」

「ううん、もう一・九ぐらいだと思うよ」

「一・九って、一割が翔ちゃん？」

「そう」

「そんなことないさー。一割が翔ちゃんなんてさー」

「そうだよ、きっと」

「じゃ、翔ちゃんは、もう私のこと好きじゃないんだね、もう別れるって言うんだね」

「だからさ、そんなこと言ってないじゃん」

「あのさ、私、どうすればいいワケ？　私、相当バカにされてさ、あんたのうちの人たちにさ、医学部なんか無理だってはなからバカにされてさー、それで翔ちゃんにはさ、ガツガツする女は嫌いだって言われてさー、私、どうすればいいワケ？」

「だからさ、別に嫌いになったわけじゃないよ」

「言ってるじゃん」

「そういう風に責めないでくれよ。オレだってさ、どうしていいのかわかんないんだから。珠緒に合格してもらいたいって本気で思ってるし、そのためには応援するよ。だけどさ、あんまり変わられるのもイヤだしさ」

「そんなの勝手じゃん」

「そうだよ。だから困ってんじゃん。人の心ってどうしようもないもんな……」

二人は向き合ってしばらく黙る。やがて通りの方から、新聞配達のオートバイの音が聞こえ始めた。翔が本当に途方にくれている様子が手にとるようにわかる。だから珠緒はもうこれ以上、怒ることが出来ないのだ。

「あのさ、私たち、入試まで別々に暮らした方がいいかも」

「えっ、マジかよ」

「でも翔ちゃんは他に行くとこないよね」

「そうだよ。オレ、家に帰るなんて絶対にイヤだよ。オレ、あのうち、本当にイヤなんだ」

「わかるよ、あのお母さんじゃさぁ……」

「ま、あの人がああなったのもさ、オレのせいもあるからあんまり悪く言いたくないけど」

「じゃ、翔ちゃん、どこ行くのよ」

「行くとこなんかない」

「ちょっとめんどうみてくれる友だちっていないワケ」

「いるワケないじゃん。オレ、高校途中でやめてるし、話しするっていえばバイト友だちぐらいだよ。あいつらメチャ貧乏だし」

「だったらさ、私がここを出てくしかないけど、私、ヤダよ。だってこの部屋借りてんの私じゃん」

「じゃ、やっぱり一緒に住むしかないよ。それにさ、オレ、この頃ちょっと引くことあるけど、やっぱり珠緒のことアイしてるしさ」

「なんかそれって、アヤシイ」

「えー、何だよ、それ」

「翔ちゃん、行くとこないから、そんなこと言ってるんじゃない？」

「オマエさー、本当にそう思ってるワケ？」

翔は姿勢を立て直した。もう明るくなった部屋の中で、彼の唇がきゅっと結ばれているのがわかる。

「オレのこと、そんな風に卑怯な男だと思ってるワケ？　オレ、行くとこないからって、好きでもない女と暮らすようなひどい人間じゃないよ」

「ごめん、ごめん。でもさ、私、おばあちゃんのこと、本当に頭にきてるんだよね。なんだかさっきよりも、今の方がむかむかしてくるよ。今に見てなーっていう感じになってきた。だからもっとガツガツしてくると思うよ」

「僕のせいだよね」

翔は〝オレ〟を〝僕〟に切り替え、深いため息をついた。

「あんな約束したの、黙ってた僕が悪かったよ。でも本当にお金が欲しかったし、珠緒にちゃんと勉強させたかったんだよ」

「でも、ムカつく。言っちゃ悪いけど、翔ちゃんちの人たちって、みんな心の中でいろんなこと企んでるんだよね。人を見下してさー、自分たちのこと、よっぽどえらいと思ってる。でも私は負けないさー。本当だよ」


「珠緒さん、こんにちは。

もう秋も深くなってきたのに、センター試験のことをずっと引きずっているようですね。確かに残念ながら、点数はあまりかんばしくなかったですが、英語は確実に点数が取れていましたね。実力がついてきた証拠です。

何度でもしつこく言うけれど、珠緒さんにとっての本番は、来年のセンター試験なんですよ。

『落ちたらどうしよう』と不安になるのは、受験生であれば誰にでもあることです。ただ不安に思っていても前進しないので、不安がなくなる、感じなくなるぐらいまで勉強するしかないでしょう。僕も精いっぱいのサポートをしていきます。

ところで前にお話ししたように、受講生が僕たち講師と会うのは規則で禁じられています。が、珠緒さんの場合はいささか特別のようで、僕ではなく、島田塾長が直接教えたいことがあるということです。『受験の神さま』という人は世の中に何人かいますが、塾長は特別だと僕は思っています。その塾長がひとりの受講生に特別講義をするなんて、すごいことだと思うので、ものすごいチャンスだと考えて頑張ってくださいね」

という、奥脇からの通信用紙を受け取った次の日、島田塾長から携帯に電話があった。

「いやぁー、久しぶりだね」

彼の声は、小柄な男によくあるきんきんと響くものだ。

「奥脇先生からずうっと報告を聞いてるよ。センターも模試も今ひとつで、ちょっとがっかりしてるみたいだね」

「そうなんです」

「だけど僕に言わせれば、すごい伸び方だよ。たった一年で、あれだけ数学と英語の点数が取れればたいしたもんだよ」

「ホントですか」

「そうだよ。だけど今のままじゃ、合格はちょっとむずかしいかもしれないな」

「やっぱり……」

珠緒は肩を落とした。これ以上やっても無理だから、もううちの通信教育はやめてくれという通告なのかもしれない。

「それで合宿だ、宮城さん」

「えっ？」

「暮れに向けて合宿してもらう。大丈夫だよ。住むところは決まってるから」

「ちょっと待ってください。合宿だなんて……。私、どこに行くんですか」

「そこよりもずっと快適なとこだよ。大村さんが宮城さんのことをすごく心配しててね。もし不合格だとタダじゃおかないよ、って僕を脅すんだよね」

島田は何がおかしいのか、くっくっと笑った。

「僕もさ、大村さんから頼まれてるから責任がある。僕はね、本当は塾へ行くよりも、自己学習がいちばんって信じてるんだよ。塾へ行くとね、先生が教えてくれるから、わかってくるような気がする。だけど勉強は自分でしなきゃいけないものなんだ。コツコツひとりで暗記して反復しなきゃ身につかない、っていうのが僕の信念だからね。だけど今回は仕方ない。僕が直接教えよう。なーに、東大ならともかく、宮崎大の医学部だったら、ラストスパートをかければ何とかなる」

「本当ですか」

「もちろん。宮城さんさ、来週にでも荷物まとめといて。車で迎えに行ってあげるから」

「あの、私、どこに行くんですか」

「大村さんのマンション」

ことなげに言う。

「といっても、大村さんが投資用に持ってる白金のマンションだよ。彼が今、住んでるとこじゃない。あのマンション、このあいだまで若い恋人を住まわせてたけど、彼が逃げちゃったからさ、今は空いてるんだよ」

そうか、美容整形医の大村の恋人は、〝彼〟だったと思い出した。

「大村さんも好きなように使っていいって言ってくれたから、宮城さん、二ケ月入ってようよ」

「えー、二ケ月もですか」

「そうだよ。ちょうど出る頃が入試の半月前ぐらいになるように計算してるんだ。僕もね、出来る限り毎日行くようにするけど、行けない日は別の講師が行くから」

「奥脇さんですか？」

「ううん。彼とは合格するまで会えないよ。別の講師だ。落ちた時のことを考えて、受講生と講師は会えないことになってる」

「そうですか……」

「大丈夫、きっと合格させてみせる。そうしたらうちの宣材に出てくれるよね。ほら、大村さんのクリニックで、美容整形の使用前、使用後で出るみたいにさ」

宅配便で荷物を送る前に、一度白金のマンションを見に行った。もう五年近く東京に住んでいるが、ここに来たのは初めてだ。地下鉄だと乗り換えが大変なので、目黒駅からバスに乗った。

マンションは、プラチナ通りと呼ばれる大きな道路に面している。一階にレストランが入っている大きな建物だ。大村が自分が住むためでなく、投資用に買ったものなのでそう広くはない、と聞いていたが、とんでもなかった。2LDKにテラスがつき、街路樹がたっぷり眺められるようになっている。大村の恋人が出て行った後は、外国人用に貸すつもりだったそうで、家具や生活に必要なものはすべて揃っていた。

「す、すごいじゃん」

と思わず声に出し、バスルームやクローゼットのあちこちのドアを開けていると、携帯が鳴った。島田からであった。

「どう、いけそうかな」

「すっごいですよ!」

珠緒は叫んだ。

「私、こんなすごいところに住んだことない。夜なんか広過ぎておっかなくなりそうですよ」

「ふふっ……。大村さんが好きなように使ってくれだってさ。男にも逃げられたし、この不景気で外国人は借りてくれないし、ずっとほっておいたからって」

「お金持ちって、もったいないことするもんですねー」

「宮城さんもね、もし医者になれたら、そのくらいのところ充分に住めるよ。もっとも大学病院の勤務医は給料安いから無理だけど、もし本当に住みたいんだったら、開業医になるか、大村さんみたいに美容整形医やればいい」

「そんな先のこと、考えられません」

「ダメダメ。イメージトレーニングってうんと重要なことだからね。とにかくさ、大村さんも言ってたよ、同棲してる彼氏と、いちゃついたり、セックスしたりするエネルギー、すべて勉強の方に向けてくれって。だからさ、当分、彼氏を部屋に入れないようにね」

「私、そんなことしませんよ」

それは本当だった。あの喧嘩以来、翔との間にはどこかよそよそしい空気が流れている。

珠緒がボストンバッグと共に、再び白金のマンションを訪れた夕方、ピンポーンとチャイムが鳴った。しかしオートロック式のマンションというところに住んだことがない珠緒は、なかなか解錠出来ない。

「落ち着いて、どこかのボタンを押してみて。そうしたら開くから」

と、小さなモニター画面から、島田が怒鳴った。やっと部屋に入ってきた彼は、珠緒をまず机につかせた。リビングルームの隅に、ライティングデスクがあり、珠緒はそこに参考書を並べたところだ。

「ふーん、洋服を取り出してかけるより先に、本を出すなんて、それだけでえらいよ。もう心の準備は出来てるよ」

島田はその中から、生物の本を取り出した。

「いいかい、センターに出る問題っていうのは、ねじれたりしていない。ヘンに凝ってもいない。後で何だかんだとイチャモンつけられるのを何よりも恐れているからさ。だからとても素直だ。ちょうど宮城さんみたいにね。普通の受験生が、普通に一生懸命やればちゃんと解けるようになってる。僕はね、奥脇先生から、君の解答を全部見せてもらったよ。そして君が何が苦手か、ちゃんと把握したつもりだ。これからはね、暗記を中心にやってもらう。暗記っていうのはね、ちょっとしたコツで、いくらでも頭に詰め込めるものなんだよ。いい? たとえば好気呼吸のところで出てくる『クエン酸回路』は、こういう風に憶えようよ」

と生物の一ページを指さした。

「カキクケコフリオ」

「カキクケコフリオ？」

「そう、カキは活性酢酸、クはクエン酸、ケはケトグルタル酸、コはコハク酸、フはフマル酸、リはリンゴ酸、オはオキサロ酢酸」

驚いたことに、島田は参考書を閉じて、諳《そら》んじてみせた。

「よく憶えてますねぇ……」

「あたり前だよ。僕はこの語呂合わせの天才と言われたんだよ。今、うちの塾に伝わっているこういうのは、全部自分でつくり出したんだよ」

「すっごいですねぇ」

「節をつけてやると憶えやすいよ。これは化学にも応用出来る。それから数学は過去問を徹底的に解いていこう。そうしたらね、あるスタイルが浮かび上がってくるんだよ」

それからね、と島田は言った。

「センターに向けて、栄養管理は自分の責任だよ。コンビニ弁当ばっかりじゃ、体力もつかないし風邪もひきやすくなる。この通りの右にも左にもスーパーがあるよ。そりゃあ、他のところに比べれば品ものの値段は高いけれど、外食するよりはずっといい。宮城さんは料理が得意だっけ」

「わりとつくります」

母の洋子が沖縄豆腐と菓子をよく島から送ってくる。島では案外野菜が高いので、

「チャンプルーの材料はそっちで買いな」

ということらしい。が、珠緒の大好物の沖縄そばのレトルトも入れてくれるので、珠緒はこれに炒めた野菜をたっぷりのせることにしている。それと珠緒が愛してやまないサーターアンダギー。少女の頃からの自分の肥満の原因はこれだとわかっているものの、珠緒はこれをやめることが出来ない。砂糖がたっぷり入った沖縄のドーナツだ。

「料理は気分転換にもなるから、ちゃんと三度つくるように。それから風邪には本当に気をつけてくれよ。僕は入試前にちゃんと仕上がっていたのに、風邪をひいたばっかりに、口惜し涙にくれた塾生を何人も見てる。インフルエンザの予防注射は早めにうっておいてね」

矢継ぎ早にいろいろな指示を与えた後、いきなり言った。

「それじゃ、さっきの語呂合わせ、言ってみよう」

「えーと、カキクケコサシ……」

「じゃない、カキクケコフリオだよ。いいかい、語呂合わせの暗記は、いったん憶えたら、また三十分後に復唱する。憶えたかな、と思ったら今度は次の日にもう一度言う。こうやって反復するものの数を増やして確実にしていくことが、今の宮城さんにいちばん大切なことだよ。わかったね。そうしたら次は英語の長文トレーニング開始だ。さっ、このプリントを解いてみよう」

「あの、そんなにいっぺんは……」

「何言ってんだよ。宮城さん、入試前の一ケ月はね、やく半年分に相当する。自分を追い込んで、追い込んで、火事場のバカ力が出るようにするんだよ。僕がそのやり方をこれから教えていくから」

マンション暮らしの四日後、珠緒は初めて散歩というものをした。それまでは出かけるというと、せいぜいが歩いて数分のスーパーだったからだ。

プラチナ通りをゆっくりと歩く。それにしてもなんと綺麗な街だろうか。あまり女が歩いていないのに、しゃれた店が両脇に並んでいる。輸入紅茶の専門店、高級そうな服ばかりを並べたブティック、花屋、そしてペット用品の店。

水色の壁の店は、どうやらチョコレートショップらしい。ショウウインドウにまるで宝石のようにチョコレートや菓子が並べられていた。おいしそうだけれどきっと高いだろうと、どうしても中に入っていく勇気がない。

しばらく窓ごしに眺めていると、向こうからベビーカーを押す若い女が近づいてきた。彼女の様子で、この店に入ろうとしているのがわかったので、珠緒はドアを開けてやった。

あら、どうもありがとうございますと、女は軽く会釈した。綺麗な人だなあと、珠緒は思わず横顔に見入ってしまった。女はどうということもないダッフルコートにデニムというでたちだったが、どれも上等そうだった。きちんと化粧をし、髪もふわふわとカールさせている。ベビーカーも、中で眠っている子どもも、とても可愛かった。

女はふだん着だったから、近くのマンションから出てきたに違いない。自分とそう変わらない年齢のような気がするのだが、どうしてこんなところに住んでいるのだろう。

「きっと、いいとこの奥さんなんだろうな」

と珠緒は結論づけ、それきり女のことを忘れてしまった。なにしろ散歩といっても、さまざまな暗記の語呂合わせを憶えていくので、なにかと忙しいのだ。

「観光客かしら」

と可奈の方も、ほんの一瞬だけ珠緒のことを考えた。とてもこの街の住人には見えない。時々そんな輩《やから》がここにやってくる。雑誌やテレビで見て、白金というところにいっぺん行ってみたいと思う女の子たちだ。しかしドアを開けてくれた女の子は、何も手にしていなかった。バッグを持っていない、ということはこの近くに住んでいるのか。

まさかねと、可奈はウインドウの前に立つ。あんなダサい女の子のことを考えてる場合ではない。大好物のチョコを食べないととてもやりきれない気分なのだ。

第十五章　入り乱れて福原家・宮城家のこと

夫の北沢が、朝どうしても起きられない、と言い出したのは、今から十日前のことだ。目が覚めても体がだるく、そのまま横になってしまうという。

「新型インフルエンザかしら。だるさから始まる時もあるっていうし」

可奈は医者に行くように勧めたのであるが、たいしたことはない、という夫の言葉に押し切られてしまった。北沢は午後になってどうにか起き上がり、パソコンをうったり、携帯でいろいろ連絡をとったりしていたのであるが、今週はもうそのような気力もなくなっている。食事の時に起きてくるのであるが、だらしなくパジャマを着て、どんよりとした表情は尋常ではなかった。

「まさか……、うつ病じゃないわよねぇ……」

と言ったところ、縁起でもないと怒鳴られた。

「あのね、僕たちみたいな仕事をしていて、そんな噂が立ったらそれだけでお終《しま》いだよ。仲間が何人もそれでやめていったんだから」

きっと忙しくて無理をしたのがいけなかったのだろう。週末にゆっくり休めば大丈夫、と言っていたのであるが、月曜日はやはり出社出来なかった。そうなるときちんと受診するようにと、会社の方から厳命が下ったらしい。知り合いの医者のつてで、有名な心療内科に診てもらったところ、やはり初期のうつ病、と診断されたのはおとといのことだ。

「そんなはずないでしょ！」

思わず可奈は叫びそうになった。

「結婚してまだ一年もたっていない新婚だし、こんな可愛い子どもも生まれてるのよ。うつ病なんかになるはずないじゃないの」

夫が幸福でない、などとは毫《ごう》も疑ったことはなかった。結婚してから、自分は夫にかなり尽くしてきたつもりだ。大学を出たばかりで実家暮らしだったから、料理もろくにつくれなかった自分が、レシピ本を見ながら二品も三品も夕食の皿をつくった。それだけの収入はあるのだから、ベビーシッターかパートのお手伝いさんを雇ってくれと頼んだのだが、夫は許してくれず、ひとりでなんとか頑張ってきた。それなのに、どうして夫が精神的にダメージを受けたりするのか。うつ病などであるはずはない、それに北沢は言ったものだ。

「薬でコロッと治ることもあるから」

うつ病というのは、場合によっては薬で嘘のように治ることがある。今は夫のその言葉を信じるしかない。

それに可奈の知っている限り、外資の男たちというのは、極めて強靭《きょうじん》な肉体と精神の持ち主である。ストレスを溜めないことに驚くほどの時間と金を使う。みんなジムでトレーニングをしたり泳いだりして体を鍛え、精神を調整しているのである。だからまだ若く、結婚したばかりの北沢が、うつ病になるというのは考えられない。

「初期だっていうからすぐに治るはずよね。全く冗談じゃないわよ」

自分の部屋に戻り、包装紙をびりりと破いた。中からチョコレートを入れた透明の袋が顔を出す。最高のカカオでつくった、この店のチョコレートが、前から可奈は大好きだった。小さな箱をプレゼントに貰うとどれほど嬉しかっただろう。この白金に引っ越して、チョコレートショップを見た時、信じられない思いでしばらく立ちつくした。なんという幸運だろう。歩いてすぐのところに大好きなチョコレートの店があり、しかも自分は欲しいだけ買えるほどの金を有しているのである。いや、正確に言えば有している男の妻になったということであるが、それでも構わなかった。北沢は案外吝嗇な男であったが、毎月渡してくれる家計費は、普通のサラリーマンに比べればずっと潤沢である。

　自分はとてつもなく運がいい。多くの女たちから嫉まれるほどに。それを実感したのは、ここのショップで、好きなだけトリュフチョコレートや、アーモンド入りのチョコを買った時だった。もちろん体重にさしつかえない程度にではあるが、可奈はここのチョコを毎日口にする。が、今やそれを口に含む意味合いがかなり違ってきた。

「絶対におかしなことにならないわよねぇー」

　自分を励ますために、可奈はチョコをゆっくりと舌の上で溶かす。今週になってから、北沢は会社を休んだうえに自分の部屋から出てこようとしない。夜中にも夜明けにも、モニターから情報は流れ、電話はかかってくる。そんなわけで引っ越した時から、寝室は別にしていた。子育て中の可奈にもこの方が都合がよく、今までどうということもなかったのであるが、この二、三日はドアの向こうの静けさが不気味だ。

「まさか、死んだりしてないわよねぇ……」

　にわかに不安になり、ノックをすることがたびたびだ。

「レイちゃん、お昼ご飯出来たわよ」

「お茶淹れたからどう？　おいしいクッキーもあるけど」

　が、その日は違っていた。何も声をかけないうちに、ドアがすうっと開いたのだ。パジャマではなく、水色のセーターに着替えている。可奈が初めて見る、少し毛玉のついたセーターだ。ドアの隙間ごしに、ついたままのパソコンの大型画面が見えた。どうやら部屋でひとり見ていたらしい。

「あのさァ」

大股でダイニングテーブルの椅子に、どさりと座った。

「君さ、お袋のところに電話しただろ」

「えっ、したわよ。だっていろいろ相談したかったから」

舌うちしたい気分だ。電話を切る時、このことはレイイチさんに内緒に、もちろん、わかってるわ、という会話があったばかりである。やはり母ひとり子ひとりで育った絆《きずな》というのは、可奈のはかり知れないものがあるようだ。

「あのさ、君、お袋にすんごい失礼なこと聞いたんだって？　僕の親戚にさ、うつ病の患者がいないかどうかって。精神病の家系かどうかって聞いたんだって」

「私、そんな失礼なこと聞いてないわよ。ただ、他にそういう方がいましたかって、世間話的に聞いただけよ」

「世間話にそんな話するかよッ」

北沢は声を荒らげた。ふだんはそんなことはないのだが、話が母親に少しでも触れるようなことになると尋常ではなくなる。そのため、可奈は彼の実家に電話をめったにしなくなったほどだ。

「あのさー、うちのお袋にどうしてうつ病のことなんか話すんだよ」

「ごめんなさい、ちょっと相談したかったのよ」

そこには可奈としての計算もあった。早めに母親を味方につけておかなくては、今起こっている事態にうまく対処出来ないのではないだろうか。母親だったらうまい解決策を知っているかもしれない。

「こういう時こそ、可奈さんが玲一の支えになってあげてね。コウちゃんもいることだし、本当にお願いね」

三重県で薬剤師をしている北沢の母は、なかなか知的なしっかりとした女である。会話にもそつがない。しかし女同士の内緒ごとと自ら言っておきながら、すぐ息子に電話をかけたのだ。母子のべたついた関係を見るようで可奈はげんなりとする。もしかすると、自慢の息子に危害を与えるものとして、自分のことを見始めているのではないだろうか。

とにかく起きてきた北沢のために熱いほうじ茶を淹れると、夫はそれをゆっくりと飲む。

彼は恐ろしいほどの早喰いであるが猫舌だ。猫舌は自分のような仕事をしている者にとって、何もいいことはないと、以前に話してくれたことがある。毎日、昼食をとる時間などなく、パソコンを動かしながら、サンドイッチをコーヒーで流し込むのであるが、いっきに飲めない。ちびちびと口に入れていると、いろいろ支障が出てくるというのだ。

「そんなの気の毒だわ、ゆっくりランチもとれないなんて」

「仕方ないさ。○・一秒たりともパソコンから目が離せない仕事をしてるんだし、おいしい昼飯を食べる、なんてことよりずっと面白いことが、世界中から発信されてくるんだからね」

「でもお食事は、ゆっくりと楽しくとりたいわ」

「そうだよね。でももうじきそういう日もくるよ。そうしたらカナちゃんとさ、ゆっくりワインでも飲みながらおいしいもの食べるよ」

あれはつき合い始めた頃だ。慌ただしいデイトをしながら、そんな言葉を交わしたことがある。

あれからまだ一年と半年ぐらいしかたっていないというのに、二人から恋人時代の雰囲気は消えようとしている。これはいっ足飛びに、父と母になったせいだと可奈は思っていたのであるが、どうも違うらしい。北沢は何かに苛立っている。それがはっきりとした形をとり始めたのは、彼が〝初期のうつ病〟と診断されてからだ。

「マネージャーから連絡が来たよ」

ぼそっと北沢が言う。

「来週中にどうしても会いたいそうだ。今後のことについて相談したいそうだ」

「それって、あなたの……、病気のこと?」

「他にあるわけないだろ」

夫の表情の険しさに、つい可奈はおもねるように言葉を重ねてしまう。

「だったらかえってよかったじゃないの。ゆっくり休みをとりたいって言えばわかってくれるわよ。一ケ月も休んでたわけじゃなし、まだ十日ぐらいよ。きっとあなたに、早く元気になって戻ってきてもらいたいと思ってるんじゃないの」

「馬鹿!」

北沢は大きな声を出し可奈を睨んだ。手にしたほうじ茶の茶碗がぶるぶると震えている。

「日本の会社じゃあるまいし、そんな優しいことしてくれるわけないだろ。僕たちは一年契約なんだ。今年業績が悪ければ途中だろうと何だろうと首を切られる。本国から来たエクスパッドなんか、日本人の俺たちのことなんか内心猿だと思ってんだから。黄色い顔で頭の回転の速い、使える猿、その猿が使えなくなるとさ、さっさとお払い箱にされるのがオチなんだよ」

やはり夫は病気なのだと思う。そうでなかったら、穏やかで優しい男がこれほど激しく人を罵ることはない。

「でも、いいじゃないの。レイちゃんだったら、どこの企業からも引っ張りだこよ。あなたほどの人が悲観するなんておかしいわ。どーんと構えていてよ」

　このフレーズは何かの本に出ていた。そうそう「男の励まし方」という女性誌の特集の中にあった。昔から可奈はこういう記事を読むのが好きだ。男心の操縦の仕方は、ありとあらゆるところに載っている。この知恵に美貌《びぼう》が加われば完璧だ。そう、今までは確かにすべてうまくいっていたではないか。

「僕はさ、そもそも今でもここにいる自分がよくわからないよ」

「えっ、何ですって」

「だってそうだよ、僕は結婚なんてずっと後でいいと思ってた。それなのにあれよあれよという間に、ことが運んでいったんだ」

「それって、私と結婚したくなかったっていうことなのッ？」

　憤りのあまり、可奈は二オクターブ高い声が出た。ドアの向こうには航一が眠っているはずだが、起き出しても仕方ない。まさか夫となった男から、こんな言葉を聞こうとは思わなかった。

「それって、私のことをアイしてなかったっていうことなのッ？」

「そんなこと言ってないよォ」

　玲一は何かに怯えるように目をしばたたかせる。もともと穏やかな男なので、女と激しい言葉を交わすのは心底苦手らしいのだ。その代わり、不貞腐れたようにぼそりと本音を口にする。

「あのさあ、可奈ちゃんのことは大好きになったし、いずれ結婚しようと思ってたのは本当なんだよ。だけどさ、もっと時間がかかるかなあと思ってたし」

「お互い好きなら、すぐに結婚したいと考えるの、普通じゃないの」

「そりゃそうかもしれないけどさ、可奈ちゃんも大学出たばっかりだから、まだ結婚なんてそんなに考えてないと思ってたんだよ。もっと時間かかる気がしてたんだ」

「私だって、まだ結婚はしたくなかったけど、レイちゃんが現れて、気持ちが変わったのよ」

多少後ろめたいところがある可奈は、自然に早口になる。

「だけどさ、あっという間に結婚ってことになったんだよ。プロポーズもちゃんとしてないうちに」

「だって、コウがお腹の中に出来ちゃったんだから仕方ないじゃん」

「そうなんだよ」

北沢はいくらか痩せた肩をがっくりと落とした。

「とにかくこの一年半の間に、すごい勢いですべてが変わっちゃったんだよ。前にも話したと思うけど、うちの親は離婚してるから、父親になるなんてこと、どうしていいのかわかんないんだ。わかんないまま、すべてがどんどん始まっちゃった」

「じゃ、すべて私が悪いってことなのね」

自分でもぞっとする冷たい声が出る。

「そうじゃない。仕事のことでも、僕はかなり大きな失敗してるんだ。君だけのせいじゃない。コウのせいでもない。みんな僕のせいなんだ……」

自己推薦書　宮城珠緒
あらゆる動機は不純である、という人がいたけれども、私が医者になろうとしたきっかけもそうだった。

二年以上前のこと、私は好きな男の人との結婚を反対された。彼のお母さんは、私と彼とは生まれ育ちが違うというのだ。どうしてお母さんがそんなにすごいプライドを持っているかというと、地方で医者の娘だったからだという。

そんなに医者がえらいんですか、と私が問うたら、私はそう思っています、と言われ、かなり頭に血がのぼった。そしてそれじゃ私も医者になります、とタンカを切ったのが、医学部を志したきっかけだ。おそらく他の人たちは、子どもの頃、肉親を救ってくれた医者に感動してとか、親の姿を見ていてとかいう、ちゃんとした動機を持っているだろう。私のように、

「頭にきたから」「彼と結婚したいから」

なんていう人間はひとりもいないだろう。

この二年間、私は自分でもよく頑張ったと思う。高校を卒業して四年、いわゆるバイトのフリーターをしていた私が、高校の教科書から勉強したのだ。つらくないはずはない。ストレスで少し痩せたし、夜うなされるほどだった。

そして私はわかったのだ。医者というのはやはり尊敬されてあたり前の仕事なのだ。これだけ勉強して、努力する人たちがやっと手にする職業なのだから、やはり特別なすごい仕事なのだ。フリーターでまるっきりエリートでない私だから素直にそう思う。そして私は、この努力をたぶん患者さんに向けることが出来る医者になるはずだ。私はそれまで努力ということを知らなかった。普通のバイトだった。しかし受験勉強によって、努力という巨大なエネルギーの固まりを体の中に持てた。この固まりをこれから医者の勉強に使い、それから患者さんのために使うことが出来ると自信を持って言える。私はたぶんすごくいい医者になれると思う。なぜならば、患者さんにいちばん近い場所にいたからだ。私はエリートといわれる人たちとまるで違う。そこいらのおネエちゃんだった私が、今、ここで医学部の試験を受けている。こんなすごい体験を、いずれ医療の分野で使いたいと思っている。

「珠緒さん

自己推薦書の下書き読ませてもらいました。大変面白い内容でした。が、入試の際の『自己推薦書』としては内容が赤裸々過ぎるかもしれません。実際の入試ですと、評価が分かれる可能性は充分にあると思います。面接で、ここのところを突かれたらかなり苦しいような気がします。

先日のセンター試験も、島田塾長の合宿の成果があり、充分に合格点に達していると僕は思っています。それなのに最後の面接で落ちてしまったら、泣いても泣ききれませんよ。たとえばどのような医者になりたいか、どのように患者さんに接したいかについての内容がもう少しあった方がいいと思います。書き直したら、至急ファクスで送ってください」

「奥脇先生

ご指摘ありがとうございました。ちょっとリキを入れ過ぎたかなァと自分でも思っていました。後半を次のように変えてみるつもりですがどうでしょうか。

『フリーターとして働いていた私は、医療制度からはじかれていた人たちを何人も見てきた。それは保険証を所持していなかったり、あるいは貧乏なために、ぞんざいな扱いを受ける人たちだ。エリートからはほど遠いところにいた私だからこそ、そういう人たちの立場になれる医師の目を持つことが出来るはずだ』

こんなのでどうでしょうか」

「宮城さんへ
島田です。あの白金での二ケ月、本当によく頑張ったね。センター入試の結果を聞いて、ホッとしているところです。八割とれたら合格圏です。二次もたぶんこの調子でいけるでしょう。
が、はっきり言うと、医学部を受けるほとんどの学生が、八割とれてると考えていい。合格圏なんだけど、この中に入っている学生は宮城さんが考えているよりもずっと多いよ。医学部受験はそれだけシビアなものなんだ。
奥脇先生は少し書き直せ、と言ったけれど、僕は元のままでいいと思う。宮城さん、こうなったら大バクチをうつしかないよ。このユニークな自己推薦書と、面接とが試験官の心をとらえるかどうかだが、もうこれに賭けてみよう」

宮崎大学の医学部は、病院と隣接しているために、いかにもそっけないコンクリートの建物である。ここの教室で珠緒は順番を待っている。他には制服姿の男女が三人座っている。彼らはみんな本を手にしていた。一人は新書を読んでいる。「厚生労働省」という文字がついたタイトルだ。番号を呼ばれて、珠緒は中に入った。
部屋の向こう側には、三人の男性が座っていた。両側の二人はややふっくらしていて、真ん中の男性はとても痩せている。白髪の硬そうな髪を綺麗に撫でつけていて、珠緒はかなり緊張する。

今までの人生経験で、こういう顔つきの人がとても神経質だということを知っているからだ。

高校時代、似ている顔の数学教師からは、あまり好かれなかった。バイトをしていた時は、やはりこの種類の男性客からねちねちとクレームをつけられたものだ。

「宮城珠緒さんですね」

その痩せた男性は言った。

「あなたの自己推薦書を読んだけれども、とても変わった動機ですよね」

「はい、自分でもそう思います」

男性の口元がふっとゆるんだような気がするのは気のせいだろうか。

「恋人のお母さんを見返したい、っていうことですけど、それならどうでしょう、あなたが合格したら、お母さんに何て言うんですか」

「わかりません」

それが今、いちばん正直な答えだ。

「受験勉強中、本当につらい時、何度か、こういう想像をして自分を励ましました。合格通知を見せて、あっちのお母さんに、ザマミロってアカンベーをしている自分です」

たまりかねたように、右端の男性が噴き出した。

「でも今となっては、そんなことはどうでもいいような気がしてきたんです。カレシ……、いいえ、あの、つき合っている人からも言われました。君は誰のためでもない、僕と結婚したいためでもない。自分のために勉強してるんだって。だから、その最後に、ザマミロなんてことはきっと起こらないと思うんです。はっきり言って、センター試験の直前の頃には、あっちのお母さんのことなんかすっかり忘れてました。ただこんなに一生懸命やったんだから、絶対に医者になりたい、っていうその気持ちだけです。今はその気持ちでいっぱいです」

冷静な低い声で、真ん中の男性が問うてくる。

「それではどういう医師になりたいか、教えてください」

「まだ専門ははっきりと決めていませんが、これだけは言えます。出来るだけしんどい分野のお医者さんになりたいっていうことです」

「医者はどの分野でもしんどいですよ」

「それはわかっていますが、今、問題になっているのは、小児科医や産婦人科の医者がどんどん減っていることですよね。私ならきっと出来ると思います。もし奇跡が起こって私が医者になることが出来たら、それはきっと神さまが、私に他の人よりも働け、って言ってるからだと思います。私はずっとバイトで働いてきたので、体力には自信があります。体を動かすのは慣れていますし、お金が無いのが普通の生活でした。だから他の人が嫌がるようなしんどいことも、何でも出来ると思います」

「宮城さん」

右側の男性が問うてきた。

「合格した場合、六年間は宮崎で勉強しなきゃいけないんですが、あなたの結婚はどうなるんですか」

「相手に宮崎に来てもらうつもりです」

珠緒ははきはきと答える。それはずっと前から考えていたことのような気がする。

「相手も私のようなフリーターなので、宮崎でバイトをすればいいことです」

「でも宮崎でも、なかなかバイトないよ」

男性は急にくだけた口調で言った。

「宮崎で働くのは、かなり大変なことじゃないですかね」

「でも離れ離れにはなりたくありません。こっちで、私を支えてもらいたいと思います」

「それでは晴れて結婚するんですね」

「私はそのつもりです。籍だけ入れてこちらで一緒に暮らそうと思います」

「そりゃ大変ですね。この合否は、あなたの結婚もかかっているわけですね」

「そうです。愛がかかってるんです」

珠緒が深く頷いたとたん、今度は左側の男性が咳をするふりをして、笑いをこらえているのがわかった。その人が今度は声を発する。

「それでは、もし不合格だったら」

「来年また受けます。必ず医者になります」


長い電話を切った後、由美子は娘のために少し泣いた。

考えてみると、娘、可奈のために泣いたのは初めてだったかもしれない。息子、翔の方にはさんざん泣かされてきたけれど、娘に関してはどこか安心していたところがある。

可奈は大学での人間関係も巧みにくぐり抜け、大学からの入学者たちと仲よくやっていたようである。おしゃれに精を出し、大学のブランドを使って合コンやパーティーに忙しい社交的な娘になった。そのやり方は「ちゃっかり」という表現がぴったりで、いったい誰に似たのだろうかと由美子はとまどったことがある。あきらかに「玉の輿《こし》狙い」で安逸な生活を望む娘の生き方は、由美子の年代から見ると、少々古めかしく見えたからだ。

しかし可奈が凄《すさ》まじい額の年収を得る男と結婚し、すぐさま子どもを産んだ時、なるほど、これはこれで賢い生き方かもしれないと感じたのも事実だ。不景気の中、可奈の年頃の女たちが、就職もかなわず右往左往しているニュースが毎日流れている。

それなのに、ある日突然娘の身に降りかかった不幸を、いったいどうしたらいいのだろうか。

どうやら夫がうつ病らしい、という電話を可奈からもらったのは先々月のことだ。このことについて、由美子は最初軽く考えていた。

「今どき、〝うつ〟っていうのは珍しくないからね。よくいろんなところで話を聞くわ。玲一さんみたいな仕事をしていればなおさらでしょう。あなたがしっかりして、励ましてあげるのよ」

可奈の話でも、しばらく通院して薬を貰えばなんとかなるということであった。しかし半月前、悲痛な声で可奈は言った。

「どうやらクビになったみたい。そう、解雇されたのよ。アメリカの会社って情け容赦ないの。日本の会社みたいに、一年ゆっくり休職して、なんてまだるっこいことはしないのよ。彼は一年契約だからあっさりクビなのよね」

それでも気丈な娘はこう言ったものだ。

「でもね、彼のキャリアだったら、他にいくらでもポジションはあるのよ。この業界ってすごく狭いから、若手としての彼の名はみんな知ってるの。彼ね、今度はヨーロッパかオーストラリアの銀行に移ろうか、って言ってるのよ。いろいろ話はあるみたい」

しかしさきほどの電話は、すべてをかなぐり捨てたものであった。こんなのってある……、という涙声で始まったのである。

「彼、しばらく三重の実家に戻るっていうのよ。あっちのお母さんがそうしなさい、って言ったみたい。しばらく田舎で療養した方がいいって。もちろん私も航一も、三重に行かなきゃならないのよ。私、あんな田舎、絶対にイヤ。うちだって狭いし、お母さんと同居なのよ。あっちのお母さん、まだ若くて、ちゃんと薬剤師で働いてたのに、彼がね、やめさせたのよ。ずっと苦労してきたお袋にラクさせたいって……。全く冗談じゃないわ。私、東京生まれなのに、どうして三重のあんな田舎に行かなきゃいけないのっ。おまけに姑と同居なんて、今どき聞いたこともない。あんな小さな家に姑と暮らすなんて、私、絶対に出来ないから」

それなのに、この話を告げた時、夫の健治はかすかに笑ったのである。

「何がおかしいんですか」

由美子はキッとなって夫を睨んだ。

「おかしいわけじゃないよ。あえていうと憐憫《れんびん》というやつかなァ……」

健治はのんびりとした様子で、新聞を畳む。

「いや、なに、人生っていうのもまんざらじゃない、っていう気がしてね。可奈を見るたびにいつも思ってた。そんなに世の中や男を甘く見るんじゃないぞって。だけど、あの子に今言ったって、わかるわけはない。それまでは確かにうまくいってたんだからな。

だけど、いつかしっぺ返しが来ると思ってたら、こんな感じで来たのかなァって、なんだか……、やっぱりおかしいかな……」

「あなた、娘の不幸がおかしいんですかッ」

「別に不幸っていうわけじゃないだろ。もうそろそろ味わわなきゃいけない、最初の試練っていうやつだよ」

「だけど、田舎行って、お姑さんと暮らさなきゃならないんですよ。乳飲み児抱えて、旦那《だんな》はうつ病なんですよッ」

「そんなの、たいした不幸じゃないよ」

健治は立ち上がった。土曜日の午後とあって紺色のカーディガンを着ている。そこに冬の陽ざしがあたり、なにやら夫をやわらかい光でくるんでいる。

「本当の不幸なんてそんなもんじゃない。北沢君の病気はいつかは治るだろうし、彼は充分な蓄えもあるはずだ。可奈には可愛い子どももいる。ちょっと生きていくステージが変わっただけのことを、そんなにギャーギャー言うことはないさ」

「あなたっていつも、他人《ひと》ごとのように言うのよね」

こういう時の女の習性として、過去に記録されていることが、パソコンなみの速さで由美子の脳に甦る。しかも十倍の恨みと怒りを帯びて。

「翔の時もそうだったわ。あの子が高校を中退した時のことよ。私は自分の命に替えたって、それを阻止するつもりだった。どんなことをしても、あの子を道からはずさないようにしたつもりよ。だけどあの時もあなたは言ったのよ。あの子にはあの子の生き方があるんだろ。もう諦めろって。それがどうなの、今のあの子を見てよ。まっとうな職にありつけないフリーターじゃないの。職もないまま二十二歳になる落伍者になったのよッ」

「落伍者っていうことはないさ。翔は翔でよくやってると思うよ」

「あれがですかッ」

由美子も立ち上がり、机をパシッと大きく手のひらでうった。本当なら夫の顔をこうしたいところだ。

「あなたは翔の働いているところを見たことがないからよ。私は行きました、ええ、行きましたとも。歌舞伎町の中に入ったわよ。昼間でも歩くのをためらうようなところにね。あの子の働いている漫画喫茶はね、行くところがない人が時間を潰すところよ。地下へもぐっていくとね、昼でもそこら中にネオンがピカピカついている。お客はね、人がひとりやっと座れるぐらいの広さの個室に入っていくの。まるでモグラみたいにね。その個室に住んでる人だっているのよ。私、吐きそうだったわ。昼間から働きもしないモグラがいっぱいうずくまっている。そして翔はね、そういうモグラの巣の管理人をしてるの。あなたもあの光景をいっぺんでも見ればね、情けなくって涙がこぼれてくるわよね。私はね、やっぱりあの時、死ぬ覚悟で中退をやめさせなきゃいけなかったの。だけどね、あの時、あなたは男親としてやるべきことを何にもやってくれなかったじゃないのッ」

由美子の目から涙が噴き出す。

それをテーブルを叩いた手で拭う。激しい涙と共に、鼻水も出てきてずるずると顎を伝わる。

「もう、よせ。翔のことは僕だって本当に反省している」

「反省してる人が、今の言葉ですか。娘の不幸をせせら笑っていられるんですか」

「可奈は自分が選んだことだ。だからいつかは自分できちんとおとし前をつけるだろう。だけど翔のことは、そんなに自分を責めることはないよ。あの子を責めてもいけない。僕も翔のことについては、ずっと考えてきた。時代がいけないんだ、と思った時もあるけど、ちゃんとしてるコは現にちゃんといるんだし、結局、僕たちは何か失敗したんだ。そんなに間違ったことをしてこなかったし、僕たちは親から受けたとおりのことを息子や娘にしてきたつもりだ。だけどやっぱりどこか違ってきたんだろうな」

「ほら、また、他人ごとみたいな言い方！」

ついに由美子は悲鳴のような声をあげる。

「どこか違ってきたんだろうな、って他人ごとのように言うけど、あの子をこれからどうするつもりなんですか。あのモグラの巣の管理人にするんですかッ」

「もし翔が、そこで満足してるんなら仕方ないだろう」

「あなたね、親でしょう、よくそんなことが言えるわね。あの子をずーっと社会の脱落者にしとくんですか」

「よくわからないよ」

「何ですって！」

「本当によくわからない。僕はいつかあの子が気づいてくれると思ってた。こんな社会の底辺で、安い給料でこきつかわれるのはイヤだって奮起してくれるのを待ってたんだ。だけどこの頃わかった。あの子は、ずっと気づかないし、奮起しないんだろう。僕は親にそうガミガミ言われたわけじゃないけれど、いい学校出て、いいところに就職しなければいけないっていう考えが刷り込まれてたんだろうな。だけどあの子にはまるでそれがない。おそらく奮起、なんてことと一生無縁に暮らしていくんだろう」

「じゃ、あの子が一生フリーターでもいいんですかッ。一生まともな職に就けなくてもいいんですかッ」

「でもあの子はきっと聞くだろう。まともな職ってどういうこと、って。それだけあの子は僕たちと違っているっていうことだよ」

夫婦はしばらく無言で向かい合う。やがてゆっくりと由美子は口を開いた。

「もう、あの子のことは諦めろ、っていうことね」

「諦める、っていうよりも、見守るしかないっていうことだ。僕たちも考え方を大きく変えなきゃいけないいんだろうなぁ」

「私はそんなこと出来ませんよ。自分の息子がスラムみたいなところで働いて、あんな不器量で下品な女と一緒に暮らしている。翔が普通に生きていたら、とても近づけなかったような、あんな下流の女が結婚相手になるのよ。あなた耐えられるのッ」

「いや」

健治は言う。

「話を聞いてるだけだが、あの女の子の方が、今では翔よりずっと上のところにいるよ」

「ねえ、翔ちゃん、今、何分……」

布団の中から、珠緒のくぐもった声がする。

「今はね、九時五十二分……」

テレビの画面を見て翔は答える。今日はどうしてもひとりでいられない、という珠緒のために早番を替わってもらっていたのだ。しばらくたってから、もう一度珠緒は尋ねる。

「ねえ……、今、何分になった……」

「五十七分だよ」

「そうかァ……」

布団の山はぴくりとも動かなくなった。今日、朝十時に合格者が発表される。塾の関係者が携帯で撮って、パソコンに送ってくれることになっているのだが、珠緒はどうやらそれを見る勇気がないらしい。布団をかぶったままなのだ。

「もう、十時五分を過ぎたよ」

翔は声をかけた。

「早く起きて見なよ。どうせ見なきゃならないんだからさ」

「そんなことわかってるさー。でも私って、小心者《しょうしんもの》だから、見るのがおっかないよ……」

布団は再び動かなくなった。テレビの時刻は十時二十分を表示している。ワイドショーの画面に早咲きの桜が映った。翔はマウスを動かした。なぜかわからないが、自分はそういうことをしてもいいような気がした。早く決着をつけたがっているのは自分かもしれないと思う。

パソコンの画面に数字が並んでいる。上から二段目、珠緒が何度も口にし、祈っていた番号がいきなり目に飛び込んできた。

「あったよ、番号！」

「えっ！」

「珠緒の番号、百二十六番、ほら」

その時、風が起こった。すごい勢いで布団がはね上がり、珠緒が中から飛び出してきたのだ。

「ウッソー！」

翔をつき飛ばすようにして、パソコンの前にしゃがむ。翔は画面を指さした。

「ほら、あるじゃん、百二十六番、ほら」

ギャーッと叫び声をあげたかと思うと、珠緒は立ち上がった。そして部屋を走りまわる。狭い部屋だから、ベッドやチェスト、いろいろなものにぶつかる。しかし珠緒は走るのをやめない。歓喜のために体が勝手に動くようだ。

「ワーオー！」動物のような声があがる。

「ワァオー、ワーオー〜」

叫びながら四周ほど走りまわり、珠緒は翔の胸に倒れ込んだ。大きくぐらついたが、翔は珠緒の体をしっかりと受け止めてやった。

「わーん」

珠緒は大声で泣く。声と同じように涙も盛大に出て、翔のセーターの胸元は熱いものでぐっしょりと濡れてくる。

「あ、だけどさ」

突然顔を上げた。

「もしかしたら間違い、ってあるかもしれない。翔ちゃん、本当に番号見た?」

「そんなに疑うならさ」

翔はもう一度クリックして見せてやった。

「ほら、あるじゃん、百二十六番」

「だけどこれ、何かの間違いかも。私が番号間違えてるとか、学部間違えてるとか。だってさ、私の人生に、こんなこと起きるって考えられないじゃん。きっとさ、何か大きなオチがあるんだよ。漫画みたいなオチがさ……」

その時携帯が鳴った。島田の表示が出ている。

「おめでとう」

それが特徴のかん高い声が、興奮で裏返っている。

「やったねー。すごいね。宮城さん、君はすごいよ。奥脇先生も喜んでるよ」

「じゃ、本当に間違いじゃないんですねッ!」

「もちろんだよ。ちゃんと報告受けてるよ」

「まだ信じられないですよー」

「だけど本当だよ。宮城さん、おめでとう。今年うちの塾生の中で、君の合格がいちばん嬉しいよ。本当におめでとう」

その後の珠緒の行動はすばやかった。携帯の番号を押し、耳に当てわめき出す。

「あ、お母ちゃん、合格したさー。本当さー。嘘じゃないさー。本当だってばさー。やったさー」

そして携帯を持ったまま、おいおい泣き出した。

「私も信じられないさー。だけどやったもん。頭がおかしくなるかと思うぐらいやったさー」

ひとしきり泣いて喋った後、珠緒は、再び翔の胸に倒れ込んだ。

「翔ちゃん、私、やったんだねー。本当にやったんだよねー」

「ああ、珠緒は本当にすごいよ。よくやったよ」

その後、翔は悪戯《いたずら》っぽく笑った。

「お袋に電話してみようよ。珠緒が合格したこと知らせたら、何て言うかな」

「いいよ、いいよ、そんなことしなくってもさ」

珠緒は手を振る。

「そういうことするとさ、すんごいしっぺ返しがくるような気がする。大学から電話かかってきてさ、すいません、あなたの番号、間違って出しちゃいました、とかさ、計算間違いしてましたとかさ」

「まさか、そんなことないよ。もう決まりじゃん。お袋、びっくりして卒倒しちゃうんじゃないかな」

「いいよ、いいよ。本当は知りたいけど、今は知りたくない。ザマミロっていう気持ち出したら、今のこの嬉しさが汚れるような気がするもん。もし電話するなら、私のいない時にしてよ」

「うん、わかった」

そうしている間にも、珠緒の携帯が何度も鳴った。合格を知った美容整形医の大村や、スタイリストの水谷からの祝福だ。

「そうなんですよー。まだ夢みてるみたいですよー。えっ？　私、美容整形医にはなりませんよ。えー、何となく……。ほら、私だと説得力なさそうだし」

「そう、そう、まだ信じられないよ。マジに震えてるよ……。本当にありがとうねー。私、一生懸命勉強するからね……。うん、するよ、結婚。学生結婚っていうやつ⁉　だってもう、誰にも文句言わせないもん」

携帯を切りながら、珠緒はねえ、と翔に声をかける。

「私たち結婚届出そうよね。明日でもあさってでもいいよねー。私、合格したら、真っ先にそれをしようと思ってたんだ」

「そんなの出来るわけないじゃん」

「えっ」

珠緒は翔の顔を凝視する。穏やかで優しい笑顔。初めて見るような大人びた表情だ。

「もう僕たち結婚なんか出来るはずないよ。珠緒だってよくわかってるはずだよ」

「それって、どういうことよォ！」

珠緒は翔の胸ぐらをつかむ。セーターごとぶるんぶるんと横に振った。

「もう私にはわかってるって、どういうことよォ！　翔ちゃん、ねぇ、私と結婚するんでしょ、今すぐ」

「そんなこと、出来るわけないじゃん……」

「どうして、どうしてよォ。私、翔ちゃんのために、こんなに頑張ったんじゃん。喜んでくれないワケ⁉」

「おめでとう。オレ、心から喜んでるよ。本当に珠緒はえらいよ……」

翔は自分の胸にからみついている珠緒の指を、一本一本静かにはずす。

「珠緒は本当にすごい。驚いたよ。本当にすごいよ。でも前に言ったことあるじゃん。珠緒はオレのためじゃない。自分のために頑張ったんだって」

「そんなことないさー。私さー、翔ちゃんと結婚したくって、それでこんなに頑張ったんじゃん」

「いいよ、もう、そんなに無理しなくってもいいんだよ」

珠緒の肩をぽんと叩いた。その優しい行為がいつもの翔とまるで違っていることに珠緒は気づく。

「もうオレたち、こんなに離れてるじゃん。珠緒はこれから医者になるけど、オレはずっとプーのままだと思うよ、きっと。そしたらどうなるかわかるじゃん。珠緒はオレのこと軽蔑するし、バカにするよ」

「私がそんなことするわけないじゃん。翔ちゃんをバカにするなんて」

「いや、そういう日がくる。もうじきさ」

きっぱりと言った。

「それにさ、もうオレの方が珠緒と離れたいんだ。オレさ、はっきり言うとさ、努力する人って、重苦しいんだ。傍《そば》にいるだけで責められているような気がするからさー」

「えー！　じゃ、私のこと、重苦しかったワケ。私が翔ちゃんのこと、責めてたワケ」

「そうだよ。オレ、これからはきっと我慢出来ないと思うんだ」

「そんなのアリィー!?」

珠緒は目を大きく見張り、口をぽかんと開ける。

「私、翔ちゃんに、そんなに嫌われてたワケ？　こんなのアリィ!?　私に我慢出来ないなんて、そんなのひどい！」

「珠緒に我慢出来ないんじゃない。だけどさ、オレはすごく頑張る人が駄目なんだ。一緒にいるのがすごくつらくなってくるんだ……」

「そりゃさ、私、今までは、死ぬほど頑張ってきたさー。あたり前じゃん。医学部に行くって目標があったんだから。だけどさ、もう受かったんだから大丈夫。元の私に戻るからさー。本当だよー」

「そんなの、出来るわけないじゃん」

翔は微笑んだ。大人びた笑いだ。それはもう珠緒の知っている翔ではなかった。

「珠緒はさ、これから医者になるために勉強するんだろう。医学部の勉強って、半端じゃ出来ないっていうよ。そのくらいオレにだってわかるさ。受験の倍ぐらい勉強しなきゃならないはずだよ」

「だからさー、翔ちゃん、一緒に宮崎へ行こうよ。翔ちゃんがいなきゃ、私は頑張れないよ。本当だよ」

「いや、珠緒は今にきっとオレに我慢出来なくなると思うよ。医学部通うようになったら、プーのオレになんか絶対に耐えられなくなるよ」

「そんなことない。私が本当に好きになったのは翔ちゃんだけさー。愛してるんだもの。私、絶対に結婚するんだもん」

いつのまにか涙と鼻水とで、珠緒の顔はぐちゃぐちゃになっている。しかしその涙は、ほとんどさっきまでの歓喜のために流したものだ。今の涙は〝おつり〟のように出ているものだと翔は気づく。

「あのさ、これからさ、珠緒は医学部入って頑張るわけじゃん。そしてそういう仲間もいっぱい出来るわけじゃん。あのさ、絶対に負け惜しみじゃなくって、オレ、頑張ってる人たち見て、すごい、とは思うけど、憧れたり、そうなりたい、って思ったことはないワケ。だけど珠緒と結婚したりするとさ、そういう人たちから、同情されたり、バカにされたりするワケじゃん。そしていつかは、珠緒もそういうひとりになる……」

「なるワケないじゃん！」

「きっとなるよ。あのさ、オレもさ、一応プライドってあるワケ。同情されたり、バカにされたりする場所には、絶対に行きたくない。そういう場所には、珠緒がひとりで行きなよ。珠緒はもうそこのメンバーなんだ。オレとは違う」

「初夏のさわやかな頃となりました。

今回のことでは、お母さんに本当にご心配、ご迷惑をおかけしました。

翔がお母さんからお金を借りて、あの珠緒という娘に渡していたということを初めて知りました。だけど沖縄の母親が、すべて返したということでホッとしたような腹が立つような……。あちらはもうこれで、ケリがついたと思っているんでしょうね。結局、翔も私たちもあの娘の踏み台にされたということになるんじゃないでしょうか。

お母さんはあの娘を見たことがないから、今の私の気持ちをよくはわかってくれないと思います。下品で不器量で、本当に頭が悪そうな娘だったんですよ。それが翔と結婚したいがために勉強して、医学部に入ったんです。私は今回ほど驚いたことはありません。

交際を反対する私に、あの娘はそりゃあ失礼なことを口にしたのですよ。ヤンキーというんでしょうか。街にたむろしている下品な不良そのまんまの口調でした。

『だったら、私は医者になってやる』

私は笑いました。あたり前です。そんなことが出来るわけがないと思ったからです。あの娘を見れば、誰だってそう思いますよ。それなのにあの娘は、二年間猛勉強して、国立大の医学部に入ったたっていうじゃありませんか。その陰には翔がいて、励ましたり、応援したりしたんです。そしてあの娘が合格したとたん、翔は捨てられたんです。翔は詳しいことは話してくれませんが、たぶんそういうことでしょう。私は口惜しくて口惜しくて、しばらく眠れない日が続きました。

あの下品で頭の悪そうな娘が医学部ですって！　そして翔は一向に変わる気はありません。勤めていた漫画喫茶というところは、最近経営者が替わって居酒屋になったようです。翔は今、居酒屋の店員になっています。とてもひとり暮らし出来ない給料のようです。

で、この一ケ月、うちに帰ってきています。

それからまことに言いづらいのですが、可奈の方も家にいます。なんでも夫の実家へ行くのは嫌だからと、しばらく子どもを連れて別居することになりました。半分出戻りの娘と、居酒屋で働く息子。あまりのことに、なんだか笑ってしまいます。お母さん、それにしても口惜しさはつのるばかりです。あの下品で頭も悪く、育ちもよくない娘に出来たことが、どうしてうちの息子は出来なかったのでしょうか。主人は言います。翔は『奮起する』ということを一生知らずにこのままいくだろうと。

私はあの子の二十年後を想像しぞっとしました。たぶん今とそう変わらない生活をしているでしょう。そして珠緒という娘は、女医になっているのです。あの娘を奮起させ、下の世界から引っぱり上げるきっかけを与えたのは、うちの息子なんですよ。それなのに翔は、一生社会の底辺にいることになるんです。それに可奈も加わりました。あれほど上昇志向の強い娘だったのに、今や子持ちの別居中の女、ということになってしまったのです。

お母さん、私は何を間違えたんでしょうか。私はお母さんから教わったとおりのことを、子どもたちに伝えてきたつもりです。それなのにどこかが狂い出してしまったんです。あと十年すれば、主人も退職しただの老人となり、わが家は本当に下流の家になるはずです。お母さんは以前、アパートの住人たちについてこう言いました。

『あの人たちは根っからの下の人。私たちはたまたまここに居るだけ』

でも私たちも、根っからの下の人たちになるんです」

由美子はいったんここでペンを置いた。あまりにも脈絡のない長い手紙になったことに気づいたことと、リビングルームの向こうから何やらごそごそ音が聞こえたからだ。ドアを開けると、一歳半になる孫の航一が立っている。

「まあ、ママはどうしたの」

コレ、ドージョと、彼はカードを手渡す。ひらがなを憶えさせる知育カードだ。それは由美子が買ってきたものである。

「まあ、コウちゃんはなんて賢いの」

由美子は孫を思いきり抱き締める。可奈似のつぶらな瞳は澄みきっていて、それは聡明の証にしか見えない。

「そう、コウちゃんは勉強するのよ。絶対に頑張るのよ。バアバには、もうコウちゃんしかいないんだから。バアバをこの場所から救ってね。お願いよ」

幼児の体は温かく、希望という名にふさわしく甘いかおりがした。

謝辞

この小説を書くにあたり、多くの方々にお世話になりました。

精神科医であり、進学に関するご著書も多い和田秀樹さんには、受験のノウハウはじめたくさんのアドバイスをいただきました。

沖縄の島々のことを教えてくださった作曲家の三枝成彰さん、ありがとうございました。それからあたかも珠緒が実在の人物がごとく、親身になって通信教育の通信欄に書いてくださった緑鐵受験指導ゼミナールの奥田先生、また、この通信教育を必死に受けてくださり、日夜勉学に励んでくれた毎日新聞の学芸部記者・内藤麻里子さん、本当にありがとうございました。

著者

解説　中流の本質

桐野　夏生

「下流の宴」とは、何とも挑発的なタイトルだ。初出は毎日新聞朝刊だから、最初にタイトルを目にした新聞読者は、さぞかし度肝を抜かれたことだろう。

少し前まで、国民のほとんどが「中流」と言われていた時代があった。が、しかし、異変が起きている。

不況、リストラ、倒産。終身雇用制度は崩壊し、若者が容易に正社員になれない時代になった。安定と中庸の代名詞だった「中流」が、富める者と貧しき者とに分化しつつある。

最初から不況の中で生きる若者たちは、貧困を貧困と思っていない。車は別に欲しくない。持ち家なんて端から諦めている。海外旅行に興味がない。パソコンが買えないから携帯電話で間に合わせる。年金も貰えそうもないから加入しない。

欲望を持てないし、また持つ気もない彼ら。右肩上がりだった高度経済成長世代や、爛熟を極めたバブル世代からは、想像もできないメンタリティを持った世代が生まれつつある。

子供たちが、親の信じてきた生き方と違う生き方を選択したら？

そして、その心がまったくわからなかったら？

本書のタイトルが滑稽ながらもどこか切実なのは、私たちが先の読めない時代を生きている証だろう。

物語は、主人公・福原由美子と、由美子の長男、翔の結婚相手である宮城珠緒の周辺とが、交互に描かれて進む。

福原家はまさに絵で描いたような「中流家庭」だ。夫、健治は堅実なメーカー勤務で、会社ではまあまあの地位に就いている。子供二人を中学から私立にやる余裕はさすがになかったが、建売住宅もすでに購入し、安定した家庭を築いている。

由美子は、地方の国立大学を出た。頑張り屋で勉強もよくしたし、結婚してからは子育てにも手を抜いていない。「上品」を志向する非の打ち所のない専業主婦である。

しかし、その心の中には、得られなかったものへの憧憬がある。コンプレックスと名を替えてもいいものが。

由美子が小学生の時に、勤務医だった父親が急死したのだ。母親の満津枝は、補正下着を売り捌いて二人の娘を育て上げた。最後には、自力で家まで建てた努力家である。

一軒家を手放してアパート暮らしを余儀なくされた時、満津枝は由美子と妹にこう告げる。

「あなたたちは、ここに住むあっちの人たちとは違う。お父さんが死んでしまったから、ほんのいっときここにいるだけなのよ」

アパートはあくまでも仮住まいで、「あっちの人たち」とは一線を画さねばならない、というのだ。父親さえ生きていたら、由美子たちは「お医者様のお嬢様」だったのだから。

かくして、由美子は満津枝の価値観を色濃く受け継いで育つ。ちなみに、「あっちの人たち」とは、アパートに生まれて、一生アパートで暮らす「下流」の人々のことである。

この差別意識の母胎となるものは、相手を下に見て、相対的に上に上がろうとする心のメカニズムだ。もちろん、父親の急死で運命が変わってしまった由美子には、差別という認識はない。努力をしてこなかった「あっちの人たち」と自分たちは違う、というプライドだ。それが、由美子を勉強に駆り立て、「上品」な家庭を作ろうという努力をさせてきた。その点は、堂々と自立してのけた母親の満津枝とぶれずに重なり合う。

しかし、満津枝と違い、由美子は予想外の裏切りに遭う。一人息子の翔が、あろうことかあるまいことか、高校を中退してしまうのだ。

我が子が中卒だなんてあり得ない、と焦る由美子は、翔に大検を受けて、大学に入学するよう説得を試みる。が、翔は干渉を嫌って家を出て行き、アルバイト生活を始めてしまう。大事な息子が「あっちの人たち」になるのではないか、と恐怖にも似た感情を持つ由美子。

翔と対照的なのが、長女の可奈だ。可奈は見栄っ張りで計算高い。高校までは公立だったが、男にもてる有名女子大にちゃっかり入学。合コンで男の品定めをする毎日である。可奈が目指すのは、「出張でビジネスクラスに乗る女ではなく、ビジネスクラスで家族旅行に出かける女」だ。

由美子は、可奈の計算高さもあまり好まない。それは母や自分が努力してきたことと少し違うような気がする。さらに言えば、「上品」ではないと感じている。自分は素直に母の言うことを聞いてきたのに、子供たちは思うように育たないのだ。子育ては難しい。

やがて、由美子の怖れが現実になる日がやってくる。

翔が、結婚したいと連れて来た相手は、沖縄の離島出身の宮城珠緒だった。専門学校卒のアルバイト店員。しかも珠緒の家は離婚家庭で、母親は飲み屋をやっているというではないか。

由美子は、翔と珠緒を別れさせようと決意する。でないと、大事な息子が「下流」に完全に組み込まれてしまう。

一方、天真爛漫な珠緒は、「医者の娘」と威張る由美子に仰天する。これまで会ったことのない人間だったからだ。

母親の洋子に相談すると、人生経験が豊富でさばけた洋子は、「皆に祝福される結婚をすべきだ」と諭す。ここは当然のことながら、「下流」かつ「下品」と由美子に断じられた洋子や珠緒の方が、人間としてははるかに格が上である。

そこに事件が起きる。珠緒の弟が犯罪に巻き込まれて、翔に迷惑をかけてしまうのだ。由美子に詰られた珠緒は、「医者の娘っていうことで、そんなにえらいんなら、私が医者になりますよ」と啖呵を切ってしまう。

それからは、医学部を目指して刻苦勉励する珠緒の物語となっていく。皮肉なもので、必死に頑張る珠緒を横で眺めつつ、翔はそこに祖母に似た影を感じて、内心引いていくのである。

「この頃の珠緒おかしいよ。（中略）プライドなんて言葉、珠緒には全然似合わないよ」

そんな翔に珠緒はこう言うのだ。

「私だって自分がこんな言葉使おうとは思ってもみなかったけど仕方ないじゃん。一生懸命何かやるとさ、やっぱりプライドっていうもんは自然と生まれてくるさー」

確かに翔は、上に這い上がるための努力をしない。だが、余計な欲望など持たなければ、現状で充分幸せだという人々も多くいる。努力することで得るものもあれば、失うものだってあるのだ。

得たものがプライドとは、何という達観だろうか。プライドが魔物であることは、満津枝と由美子の親子を見れば明らかだ。

上流には決してなれない「中流」は、努力することによってプライドを形成する。そして、「下流」を蔑んでプライドを増長させる。

これは確かに「プライド」と「努力」を巡る物語でもある。「下流」と謳いながら、実は「中流」の本質を描いた作品だと面白く読んだ。

女の見栄と、見栄に懸ける攻略。そして、人間を目利きする視線を描かせたら、林真理子の右に出る者はいない。福原家の俗物ぶりのディテールには、凄味さえ漂う。由美子のような人物は大勢いる、と読者の共感を得ることだろう。

（作家）

初出　毎日新聞連載　二〇〇九年三月一日～二〇〇九年十二月三十一日
＊この作品はフィクションです。実在の人物・団体等には一切関係ありません。
単行本　毎日新聞社　二〇一〇年三月刊
ＤＴＰ制作　ジェイ　エスキューブ

文春文庫

下《か》流《りゅう》の宴《うたげ》

定価はカバーに表示してあります

2013年1月10日　第1刷

著　者　林《はやし》　真《ま》理《り》子《こ》

発行者　羽鳥好之
発行所　株式会社　文藝春秋

東京都千代田区紀尾井町 3-23　〒102-8008
TEL 03・3265・1211
文藝春秋ホームページ　http://www.bunshun.co.jp

落丁、乱丁本は、お手数ですが小社製作部宛お送り下さい。送料小社負担でお取替致します。

印刷・凸版印刷　製本・加藤製本
Printed in Japan
ISBN978-4-16-747640-3